ESCONDIDO EM HAVANA

José Latour

ESCONDIDO EM HAVANA

tradução de
MARILUCE PESSOA

EDITORA RECORD
RIO DE JANEIRO • SÃO PAULO
2010

CIP-BRASIL. CATALOGAÇÃO-NA-FONTE
SINDICATO NACIONAL DOS EDITORES DE LIVROS, RJ

L383e
Latour, José, 1940-
    Escondido em Havana / José Latour; tradução de Mariluce Pessoa. – Rio de Janeiro: Record, 2010.
    -(Negra)

    Tradução de: Havana best friends
    ISBN 978-85-01-08166-7

    1. Cuba – Ficção. 2. Romance americano. I. Pessoa, Mariluce. II. Título. III. Série.

10-0768

CDD: 813
CDU: 821.111(73)-3

TÍTULO ORIGINAL EM INGLÊS:
Havana Best Friends

Copyright © José Latour, 2006

Editoração eletrônica: Abreu's System

Texto revisado segundo o novo Acordo Ortográfico da Língua Portuguesa.

Todos os direitos reservados. Proibida a reprodução, no todo ou em parte, através de quaisquer meios.

Direitos exclusivos de publicação em língua portuguesa somente para o Brasil adquiridos pela
EDITORA RECORD LTDA.
Rua Argentina, 171 – Rio de Janeiro, RJ – 20921-380 – Tel.: 2585-2000, que se reserva a propriedade literária desta tradução.

Impresso no Brasil

ISBN 978-85-01-08166-7

Seja um leitor preferencial Record.
Cadastre-se e receba informações sobre nossos lançamentos e nossas promoções.

Atendimento e venda direta ao leitor:
mdireto@record.com.br ou (21) 2585-2002

EDITORA AFILIADA

A todos os professores de portadores de necessidades especiais, cujos entusiasmo e abnegação devem ser a luz que nos guia a todos.

Há duas maneiras de difundir a luz: ser a vela ou o espelho que a reflete.

Edith Wharton

PARTE UM

CAPÍTULO 1

A característica mais extraordinária do Parque de la Quinta, em Miramar, luxuoso subúrbio de Havana, são as figueiras adultas, de cerca de 20 metros de altura. Seus ramos caem sobre o barro vermelho do parque público, penetram o solo, enraízam-se e formam dezenas de caules finos em torno do tronco principal. Os turistas amantes da natureza que passam pela Quinta Avenida, em seus veículos alugados, frequentemente desaceleram para apreciá-las, arriscando-se a receber uma multa de trânsito por estacionarem no meio-fio para serem fotografados ou filmados ao lado daquelas árvores gigantescas.

Quando isso ocorre, o policial que fica sob um toldo metálico em frente à residência branca e reluzente do embaixador belga em

Cuba, uma mansão restaurada na esquina da rua 5 com a 24, normalmente envia uma mensagem pelo rádio, ajustado sobre seu ombro esquerdo, algo do tipo: "41 para 04. Um 314 na rua 5, entre a rua 24 e a 26. Placa T-00357", e então espera para ver se algum guarda de trânsito que esteja nas imediações num veículo da força policial se aproxima e multa o infrator. Mas, naquela manhã de sexta-feira, o jovem policial devorava com os olhos uma mulher que corria no parque e não notou o Hyundai preto estacionado ilegalmente na rua 5, do qual descera um homem alto e gordo.

Os cabelos louros da mulher estavam presos num rabo de cavalo que batia abaixo dos ombros e balançava graciosamente enquanto ela corria. Uma camiseta verde-clara cobria o parcimonioso sutiã, que aninhava seios pequenos; uma calça justa preta de lycra contornava os amplos quadris arredondados e as coxas benfeitas; meias de algodão e tênis completavam seu vestuário. O policial não prestava atenção às sobrancelhas longas da mulher, aos olhos cor de mel, ao nariz afilado nem aos lábios delgados; concentrava-se nas nádegas dela, não tão grandes quanto gostaria que fossem.

— Bela *temba* — disse ele, usando a gíria cubana para uma mulher atraente em torno dos 40 anos.

Para o policial, o acompanhante dela, um homem alto e magro, que se mantinha alguns passos atrás, parecia um professor de meia-idade que decidira se exercitar com regularidade depois de estudar os benefícios advindos dessa prática, impressão acentuada pelos inocentes olhos azuis e pelo rosto bem barbeado daquele homem. Quinze ou 20 centímetros mais alto do que ela, que aparentava cerca de 1,60 metro de altura, tinha cabelos curtos acobreados, parcialmente escondidos por um lenço branco. Uma camiseta roxa cobria-lhe o tórax e o abdômen batido; shorts marrons folgados deixavam à mostra pernas cabeludas. Seus pés, sem meias, em tênis Reebok, revelavam tornozelos magros.

Os dois dobraram a esquina da rua 24 e continuaram sua quarta volta na calçada da rua 5. O suor brilhava em seus rostos e deixava manchas escuras nas camisas embaixo dos braços. A pele, onde visível, tinha um tom rosado.

Isso fez o policial classificá-los como 611, o código usado para estrangeiros. Em Havana, entre as pessoas brancas, percebia-se, mesmo a distância, a tez morena que distinguia a população local dos estrangeiros. Em Miramar, particularmente, onde as embaixadas e os escritórios de multinacionais são rodeados de residências particulares, não é fácil dizer quem é nativo ou não.

A maneira de vestir não é uma pista infalível. A maioria dos cubanos se veste modestamente, mas o número daqueles que usam roupas esportivas da moda e tênis de corrida vistosos — vestimenta preferida de muitos turistas — cresce com regularidade, à medida que os cubanos que vivem fora do país remetem ano a ano quantias cada vez maiores aos familiares. Pele avermelhada ou rosada é uma indicação mais confiável.

Poucos raios de sol atravessavam as copas densas das árvores e alcançavam o solo, onde precariamente sobreviviam pontos de grama ao lado de seixos miúdos. Folhas mortas eram ciscadas por um jardineiro. O perfume do orvalho e das plantas era sobrepujado pelos gases constantes vindos do escapamento dos veículos, que passavam velozes. Os pardais e os melros, que buscavam alimento pelas aleias sinuosas, esvoaçavam à procura da segurança dos ramos e galhos das árvores à aproximação dos pedestres. Uma pérgula de 10 metros estava sendo varrida por uma mulher velha que lembrava Warty, a feiticeira, mas sem o gato e o chapéu.

O casal passou correndo pelo busto do general Prado, presidente peruano do século XIX que defendeu a independência de Cuba, e dobrou a calçada na altura da rua 26. Aquela era a terceira manhã consecutiva em que eles corriam no parque entre 7h45 e

8h15, com variação de alguns minutos. Do outro lado da rua, a igreja católica de Santa Rita de Cássia já havia aberto as portas.

Os dois dobraram a esquina da rua 26 e fixaram o olhar na direção da rua 3A, uma via sinuosa. Três rapazes que conversavam na esquina e o homem alto e gordo que admirava o monumento a Mahatma Gandhi por trás da pérgula dirigiram olhares curiosos ao casal quando o homem desacelerou o passo, parou, inclinou-se e colocou as mãos nos joelhos. A mulher olhou para trás, reduziu a marcha e parou. Ele se agachou. Ela recuou alguns passos, apoiou a mão esquerda nas costas do companheiro e lhe disse algo, parecendo preocupada.

O homem balançou a cabeça afirmativamente antes de ficar de pé. Ambos tentavam normalizar a respiração. Ela murmurou algo, olhando para um prédio de apartamentos de três pavimentos do outro lado da rua. Ele fez que não com a cabeça, mas em seguida apoiou-se no ombro da mulher, como se para manter o equilíbrio. Ela o conduziu até o edifício, com um ar preocupado.

O cubo de concreto e tijolos, de número 2.406, era um prédio de seis apartamentos — três de frente para a rua e três de fundos — e fora construído na década de 1950. De cor cinza, tinha de um lado um terreno onde estava sendo preparada a fundação para um novo edifício, e do outro, uma casa de telhado vermelho. Parecia deslocado naquele bairro de construções mais antigas. Três varandas, com portas amplas de vidro, uma em cada andar, davam para a rua.

No interior do edifício, a mulher tocou a campainha ao lado da única porta no andar térreo. Quase um minuto se passou até a porta ser aberta por uma moça alta e bonita, usando uma blusa branca de mangas curtas, uma saia verde-escura na altura dos joelhos e sapatos altos.

— *Sí?* — perguntou a residente, surpresa, a sobrancelha esquerda arqueada.

— Desculpe incomodar — respondeu a corredora, também em espanhol. — Meu nome é Marina. Este aqui é meu marido, Sean. Estávamos correndo no parque e... a vista dele ficou turva, e ele sentiu uma tontura. Por causa do calor, sabe? Os canadenses não estão acostumados a esta temperatura. Será que poderia lhe dar um copo d'água, por favor? Esquecemos de trazer.

A mulher dirigiu o olhar para o homem por alguns instantes. Ele parecia exausto e esboçava um leve sorriso, envergonhado.

— Claro, entrem — disse, dando um passo atrás e abrindo mais a porta.

Marina e Sean entraram numa sala espaçosa em condições deploráveis. Um sofá de braços superestofados e duas poltronas combinando estavam bem puídos e manchados. A mesinha de centro de cedro perdera o vidro de cima e apresentava, no tampo, várias marcas de copos; sobre ela havia um cinzeiro cheio de pontas de cigarro, que emitiam um cheiro desagradável. As cortinas da porta de vidro que dava para a varanda e as cúpulas de duas luminárias de piso também estavam manchadas. Havia uma única lâmpada no teto, e a tinta vinil das paredes de cor creme começava a descascar.

— Sentem-se, por favor — disse a anfitriã. — Vou buscar água.

Ela desapareceu no corredor, os saltos estalando no piso de granito. O casal sentou-se na beira do sofá e dirigiu o olhar para um belo quadro de natureza-morta, numa moldura barroca pendurada à sua esquerda, duas poltronas desalinhadas e um aparelho de televisão diante deles. De dentro da casa, um homem gritou:

— Quem diabo está aí, Elena? — Os visitantes entreolharam-se. Uma porta de geladeira batendo foi a única resposta. A mulher voltou para a sala com dois copos de água gelada sobre uma bandeja, que ela colocou na mesinha de centro.

— Aí está. Se quiserem mais, é só dizer.

O homem pegou um copo e bebeu com avidez, seu pomo de adão descendo e subindo a cada gole. Em seguida, reclinou-se no sofá e fechou os olhos.

— O médico de família fica a dois quarteirões daqui. Posso ir buscá-lo, se quiser — sugeriu a dona da casa num tom solícito, enquanto se sentava numa poltrona.

— Vamos esperar um minuto — disse Marina, ainda com ar de preocupação ao olhar para o companheiro. — Isso nunca aconteceu antes. Pode ser insolação.

— Eu perguntei quem está aí, po... — gritou um homem baixo e careca da entrada do corredor. Estava descalço, apenas de cueca, e parte dos pelos púbicos estava à mostra pela abertura na frente. Com uma expressão de surpresa, ajeitou-se, deu meia-volta e desapareceu. Os cabelos longos caíam de forma ridícula sobre a parte posterior da cabeça.

Reprimindo um sorriso desrespeitoso, Marina deu um gole e em seguida bebeu toda a água. Sean abrira os olhos ao ouvir o homem falar.

— Obrigado — sussurrou em inglês, antes de escorregar para a beira do sofá e estender a mão direita para cumprimentá-la. — Sean — acrescentou, aparentemente recuperado.

— Elena — disse a anfitriã com um forte aperto de mãos. — Sente-se melhor?

Marina traduziu para o marido.

— Ele não fala espanhol — explicou.

— Bem melhor, obrigado — respondeu Sean, sorrindo e apoiando um tornozelo sobre o outro joelho.

— Ele disse que está bem melhor, obrigado.

— Bom, meu inglês é péssimo, talvez umas cinquenta palavras, mas isso eu consigo entender. Aceita um espresso? Café é um ótimo estimulante, sabia? E aqui em Cuba fazemos um café bem forte. Um cafezinho pode ser bom para ele.

— Não queremos dar trabalho.

— Não é trabalho. Pergunte a ele.

Sean cedeu diante da insistência de Elena. Ela foi até a cozinha, e o casal de corredores trocou sorrisos de satisfação e esperou em silêncio. Alguns minutos depois, o aroma de café fresco e o som de sussurros zangados chegaram até a sala. Sean e Marina trocaram olhares inquisitivos.

Um minuto depois, Elena voltou com duas xicrinhas de café numa bandeja. Atrás dela seguia o baixinho careca, agora usando uma *guayabera* azul, uma calça branca folgada e botas de couro com saltos de 7,5 centímetros. Os poucos cabelos que tinha estavam presos num rabo de cavalo ralo. Antes de servir o café, Elena fez as apresentações.

— Este é meu irmão, Pablo — disse, sua expressão neutra.

Pablo estendeu-lhes a mão com um sorriso largo.

— Muito prazer — disse em inglês com forte sotaque. Elena revirou os olhos. Marina se perguntou como os irmãos podiam ser tão diferentes fisicamente. Elena era uns 10 centímetros mais alta que ele, que parecia ter pouco mais de 1,60 metro de altura; era uma mulher esbelta, de ossos largos, olhos escuros, lábios graciosos e belas curvas, todas nos lugares certos. Pablo tinha olhos verdes, lábios finos, uma palidez pouco saudável, ombros estreitos e braços magros que o faziam parecer frágil. Talvez fosse isso que lhe desse a aparência de ser mais novo que a irmã. Somente um dos pais em comum? Talvez. Mas ela dissera "irmão", e não "meio-irmão". Aparentemente, havia pouca amizade entre os dois.

— Bom estarem aqui. Esta — fez um gesto amplo com os braços — sua casa — acrescentou Pablo com um sorriso que pareceu um tanto forçado.

— Pablo — disse Elena entre os dentes.

— Ah, sim, minha irmã, ela não entende inglês.

Elena contraiu os lábios em desaprovação.

Pablo sentou-se na outra poltrona e esperou impaciente que Marina terminasse o café para então começar a lhe fazer perguntas em espanhol. O que tinha acontecido? O marido dela estava se sentindo melhor agora? Ela era argentina? Sim, ele deduzira, identificara o sotaque. De Buenos Aires? Ah, *Mi Buenos Aires querido*, ele cantou, o único verso que conhecia do mais famoso dos tangos, enquanto dirigia um olhar lascivo às coxas dela. E o marido? Ah... que legal. Qual cidade? Toronto? Ah, então ela estava morando em Toronto agora? E quando chegaram em Cuba? Onde estavam hospedados?

Enquanto sua mulher respondia a todo tipo de pergunta, Sean bebia o café devagar, seu olhar indo do irmão à irmã, avaliando-os friamente. Elena parecia legal; Pablo era tagarela demais para seu gosto. Sean tomou todo o café e pôs a xicrinha na bandeja, apanhando em seguida a de Marina para fazer o mesmo. Elena levantou-se e levou a bandeja de volta para a cozinha. Quando retornou para sua poltrona, eles estavam rindo de alguma coisa. Seu irmão acendeu um cigarro e lançou a fumaça para o teto.

— Este é um bom apartamento — comentou Marina, vasculhando toda a sala. — Já moram aqui há muito tempo?

— A vida toda — respondeu Pablo. — Nascemos aqui. Nossos pais...

— Como ele está se sentindo? — perguntou Elena, interrompendo o irmão, que fechou a cara.

Marina traduziu. Sean disse que estava bem melhor.

— Bem, então vão ter que me desculpar. Não posso me atrasar para o trabalho.

Pablo arregalou os olhos.

— Elena, você está sendo muito grosseira.

— Escute, Pablo... — disse Elena, impaciente, tentando não começar uma discussão com o irmão na frente de estranhos.

— Mas claro — interrompeu Marina, levantando-se de uma vez. Sean, aparentemente surpreso, endireitou-se no sofá.

— Vocês foram muito atenciosos. Gostaríamos de agradecer de alguma forma. Que tal um jantar?

— Não, obrigada, não foi nada...

— Seria ótimo — disse Pablo, agarrando a oferta com mais um sorriso.

— Pablo! Não, Marina. A gente só...

— Mas eu insisto. Seria um grande prazer sair com vocês. Não conhecemos ninguém aqui. Gostaríamos de levá-los a algum lugar hoje à noite. Vai ser bom conhecer um lugar diferente desses mais frequentados. Na verdade, vocês iam nos fazer mais um favor.

— Vai ser um prazer levar vocês aonde quiserem ir — disse Pablo, também em espanhol. — Conheço um restaurante muito bom e reservado. Tem que ser depois das 17 horas, sabe. Depois que eu deixo o escritório.

Marina traduziu para Sean.

— Fazemos questão — disse ele quando sua mulher acabou de falar. — Não vou aceitar um não.

— Sean disse que será uma honra levar vocês para jantar. Tem que ser hoje, porque estamos indo embora amanhã. Alugamos um carro, então passamos aqui mais tarde. — E, voltando-se para Elena: — Por favor, Elena, você recebeu dois estranhos em sua casa. Essa é a verdadeira hospitalidade. Não recuse. Por favor?

Elena balançou a cabeça negativamente e forçou um sorriso.

— O que é isso, minha irmã? — disse Pablo num falso tom de súplica.

Elena pensou um pouco.

— Então está bem, hoje à noite. Às 20 horas.

— Às 20 está ótimo — concordou Marina.

Assim que se despediu, o casal de corredores deixou o apartamento, caminhou até a esquina da rua 24, virou à esquerda e desapareceu de vista. Sem saber que havia escapado de uma multa de trânsito, o homem alto e gordo lançou um último olhar às árvores gigantes antes de entrar no automóvel alugado e ir embora.

Começava a escurecer, os pássaros encontravam-se em seus ninhos nas figueiras e os morcegos começavam a voar, quando Marina tocou de novo a campainha do apartamento. A porta foi aberta imediatamente por um animado Pablo usando uma camisa berrante, calça jeans e sapatos de couro de porco com saltos de 5 centímetros.

— Entrem, amigos, entrem — disse em inglês, enquanto estendia a mão primeiro para Marina, depois para Sean. — E como vai o... — ele desesperadamente procurou as palavras, não as encontrou e reverteu para o espanhol — ...*mareado amigo*?

— Amigo nauseado — traduziu Marina.

— Muito melhor, Pablo, pronto para uma certa extravagância, se é que me entende — disse Sean com um ar conspiratório.

— Ótimo, ótimo! — exclamou Pablo, mas lançou um olhar um pouco preocupado para Marina. — Vou... preparar uns mojitos para vocês. Sabem o que é mojito?

Sean e Marina fizeram que sim com a cabeça.

— Está bem. Sentem um pouco. Vou preparar os mojitos. Minha irmã está trocando de roupa. Mulheres, sempre atrasadas. Um minuto.

A sala havia sido arrumada. As marcas na mesinha de centro haviam quase desaparecido, o cinzeiro estava vazio e lavado, o chão, limpo. A TV em preto e branco estava ligada, o volume baixo. Da cozinha vinha o tilintar de cubos de gelo no copo, o abrir e fechar de armários, o som de uma colher de metal mexendo as bebidas.

Prevendo que Elena não teria vestidos longos para a noite, Marina decidiu vestir-se casualmente, escolhendo uma blusa rosa de mangas curtas, uma saia branco-marfim que ia até o meio das pernas e sandálias de couro. Sua maquiagem era leve, seus cabelos louros estavam presos num coque e uma aliança de ouro era sua única joia; seus trajes eram discretos mas elegantes. Sean vestia uma camisa social de listras vermelhas e brancas, punhos dobrados até os cotovelos, calça cáqui e mocassins de couro. Eles se entreolharam, e Sean fez um leve movimento com a cabeça. Marina sorriu e cruzou as pernas.

Pablo voltou à sala carregando uma bandeja com os coquetéis, três copos cheios até a borda. Serviu as bebidas aos convidados e tocou seu copo nos deles antes de acomodar-se na poltrona.

— *Salud*.

— *Salud* — retribuíram Marina e Sean. *Ele não preparou uma bebida para Elena*, Marina notou, enquanto retirava um galhinho de hortelã antes de beber.

— Muito bom — disse Sean, arqueando as sobrancelhas em admiração.

— Gostou? — perguntou Pablo, obviamente satisfeito.

— O melhor que já tomei — respondeu Sean.

— E a senhora...

— Marina, por favor. Delicioso.

— Que bom que gostaram. Agora vou falar sobre o lugar aonde vou levar vocês. Será que pode traduzir para o Sean, Marina?

— Mas não é preciso. Seu inglês é muito bom.

— Acha mesmo? Não muito bom, eu sei. Mas vou melhorar com o tempo. Estou estudando muito.

Da televisão veio o toque de trompas.

— Ah, as notícias. Ih! — resmungou Pablo. — Sempre a mesma coisa. Tudo em Cuba é perfeito, o resto do mundo é uma confusão. Esperem aí.

Marina traduziu o desdém do homem careca para com o noticiário cubano, enquanto ele desligava o aparelho de televisão e voltava para sua poltrona. Sean parecia divertir-se.

— Por favor, Marina, traduza para o seu marido. Durante muitos anos, o governo não permitiu negócios particulares em Cuba. Agora, alguns são permitidos. Eles têm uma carga tributária muito pesada, não podem se expandir a partir de um certo ponto e têm que obedecer a muitas regras. É por isso que alguns são... clandestinos. Na verdade, todos os melhores são clandestinos. Vou levar vocês para o que os cubanos chamam de *paladar*, um restaurante particular. Como você traduziria *paladar*, Marina?

— Sentido do gosto?

— Essa não vou esquecer. Agora, poucos estrangeiros jantam num *paladar* clandestino. Você precisa de um padrinho para entrar, alguém em quem o gerente confie e que possa fazer uma reserva. Vamos ser os únicos fregueses lá hoje. A comida é excelente, o serviço, de primeira, e tem um bom divertimento...

— Boa noite — Elena disse com um sorriso agradável ao entrar na sala. Sean levantou-se. Recém-saída do banho, com um leve toque de maquiagem apenas, estava ainda mais atraente que 12 horas antes, Sean observou. Seus cabelos espessos, de um louro-escuro, caíam graciosamente sobre os ombros, e a blusa de mangas compridas de seda preta, bordada com borboletas coloridas, era linda.

— Que blusa linda! — disse Marina com sincera admiração.

— Gosta? Era da minha avó, minha mãe herdou e há poucos anos me deu.

— É belíssima. Seu irmão prepara mojitos deliciosos. Você quer um?

— Quero, sim.

Pablo ficou confuso por um momento, mas rapidamente se recuperou:

— Claro — disse, antes de levantar-se e ir à cozinha. Marina deu atenção total a Elena, e por um certo tempo prevaleceu uma conversa feminina. Pablo voltou com o coquetel e o entregou à irmã. — Beba rápido — disse de forma rude. — Estamos atrasados por sua causa.

— Se meu irmãozinho tivesse me ajudado um pouco a arrumar a casa, eu não teria me atrasado — criticou Elena, voltada para Marina. — Mas ele nunca ajuda, sabe, nunca.

— Ah, são apenas 20h10 — disse Marina, olhando para o relógio e fingindo não ter percebido a intensa divergência. — E esses mojitos merecem ser saboreados devagar. Me conte mais sobre os leques espanhóis de sua avó...

Após um minuto de plumas e paetês e incrustações de madre-pérola, quando o tópico se tornou tão específico a ponto de os homens se sentirem completamente excluídos, Pablo afastou-se das duas mulheres e se aproximou mais de Sean.

— Você falou numa "certa extravagância" e, nesse *paladar*, duas garotas lindas, incríveis, uma negra e outra loura... — disse, num tom conspiratório — ...mas você está com sua mulher...

— Preciso fazer xixi — disse Marina a Elena enquanto Sean pensava numa resposta.

— Deem licença um minutinho — observou Elena, levantando-se. Elas deixaram as bebidas na bandeja e desapareceram pelo corredor.

Pablo suspirou aliviado.

— Eu gostaria que você se divertisse. Não sei se pode... mandar sua mulher de volta para o hotel.

Sean balançou a cabeça.

— Não, Pablo, não posso — articulando devagar, para que o homem careca entendesse. — Marina tem o temperamento quente dos latinos. Ficaria muito brava se eu fizesse isso com ela em público. Quando eu disse "certa extravagância", eu quis dizer um bom jantar, bebidas, passear um pouco de carro, talvez ir a uma boate. Devo voltar a Cuba em breve, sozinho, então você pode me levar aos melhores lugares para eu refinar meu "sentido do gosto". Está bem?

Do vaso sanitário, Marina examinou o banheiro. O de sempre, mais um bidé. Uma cortina de plástico estragada na extremidade inferior, um basculante circular ao lado da banheira. Dois buracos grandes ao lado da pia indicavam o antigo lugar de um porta-toalhas. Ficou imaginando qual seria a função de um balde cheio de água. Não havia papel higiênico à vista, e ela pegou um lenço de papel na bolsa.

Depois de fechar o zíper da saia, inspecionou as saboneteiras de cerâmica embutidas na parede, uma ao lado da banheira, próxima à pia — onde sobrevivia um pedacinho de sabonete — e outra junto do bidé. Então voltou-se para o porta-papel. As quatro peças estavam localizadas no mesmo nível dos azulejos azul-claros da parede. Era muito provável que estivessem lá desde que os azulejos foram assentados.

Marina deu descarga. Fora um leve gorgolejo, nada aconteceu. Então essa era a razão por que o balde havia sido colocado ali. Ela despejou metade do conteúdo no vaso sanitário, fechou a tampa e olhou à volta. Encheu de água uma jarra de vidro que estava na pia e lavou as mãos. Estava examinando o rosto no espelho do pequeno armário de remédios, sacudindo o excesso de água das mãos para pegar outro lenço de papel, quando ouviu uma batida à porta do banheiro. Disse:

— Entre. — E Elena virou a maçaneta e lhe entregou uma toalha.

— Desculpe, não notei que não tinha toalha aí.

— Tudo bem.

Escondido em Havana **25**

— Só temos água corrente das 17 às 19 horas. É quando eu tomo banho e encho todos os baldes e panelas da casa.

— Por que há racionamento de água? — perguntou Marina enquanto enxugava as mãos.

— Por duas razões, de acordo com o presidente do "Conselho de Bairros" — respondeu Elena, enquanto observava com inveja as unhas pintadas de Marina. — O sistema de abastecimento de água da cidade está quase destruído; metade do que é para servir à população se perde no subsolo. Por isso, a cisterna nunca tem água para mais de três ou quatro horas de consumo normal. Depois, a bomba d'água que enche as caixas no telhado do prédio é velha demais e se quebra com frequência; então, o vizinho que faz a manutenção só liga duas horas por dia.

Marina devolveu a toalha a Elena.

— É muito transtorno. A vida aqui parece cheia de problemas. — Estudou as palavras.

— É, é. Inconveniências, nada de trágico, mas às vezes você tem que esperar duas horas por um ônibus, dois meses por uma fatia de carne, economizar pelo menos dois anos para comprar um par de sapatos decente.

— E para morar num lugar como este? — perguntou Marina enquanto tirava da bolsa um batom e virava-se para o espelho.

— Bom, talvez dois séculos — disse Elena com um sorriso aberto. — Edifícios como este são coisa do passado. Este aqui foi construído em 1957. É feio, parece uma caixa grande, mas naquela época tínhamos construtores profissionais, e aqueles caras conheciam o ofício, construíam para durar.

— É um apartamento ótimo — disse Marina depois de pressionar os lábios e colocar a tampa de volta no batom. — O aluguel de um desses em Manhattan? Não menos de 5 mil dólares por mês, e uns 8 mil numa boa área.

— É mesmo?

— É. Mas este aqui precisa de uns bons consertos. Vocês nunca fizeram nenhuma reforma?

— Nunca. Mas está em bom estado. Não tem rachaduras nem canos furados. Está precisando de uma boa pintura, isso sim. Mas o galão de tinta custa 16 dólares.

— Não é um preço exorbitante.

— Não para vocês. Provavelmente vocês ganham isso por hora.

— Mais — admitiu Marina.

— Sabe qual é meu salário mensal? Quinze dólares.

— Você está brincando.

— Não, não estou.

— O que é que você faz?

— Sou professora para portadores de necessidades especiais. — Elena deu uma olhada no relógio. — Educo crianças especiais na casa delas. Vamos voltar para junto dos homens antes que nos acusem de estarmos conversando demais e perdendo a noite.

Estava escuro, e os grilos cantavam alegremente no Parque de la Quinta, quando os dois casais entraram no Nissan alugado. Pablo e Elena ocuparam o assento traseiro. Ao volante, Sean seguia as instruções dadas pelo homem careca. Quando fazia dois minutos que se encontravam na Quinta Avenida, indo na direção oeste, os cubanos apontando os lugares interessantes, Marina virou-se para trás, querendo saber mais sobre o trabalho de Elena.

— Bom, a deficiência de algumas dessas crianças é tão grande que elas não podem sequer frequentar as escolas especiais — começou Elena.

— Ah, meu Deus — resmungou Pablo em inglês. — Hoje não.

— Algumas são deficientes de nascença, outras sofreram algum tipo de acidente — continuou Elena, ignorando-o. — Elas dependem de algum aparelho que é difícil de carregar, ou são tetraplégicas. Há uma equipe de professores que ensinam na casa delas. Eu sou um deles.

— Seu trabalho não é... um tanto deprimente? — perguntou Marina, depois de traduzir para Sean.

— Não para madre Teresa — interrompeu Pablo. — Vire à direita no próximo sinal, Sean.

— Está bem. Mas deixe eu ouvir sobre o trabalho de sua irmã, por favor — disse Sean num tom seco.

Marina lançou um olhar rápido a Sean. Pablo ficou amuado. Elena quase não conseguia esconder o sorriso. Não compreendera as palavras de Sean, mas seu tom fora bem claro.

— Ao contrário do que as pessoas em geral pensam, é gratificante — continuou ela. — Essas crianças são as mais felizes da face da Terra. Agem como se quase tudo acontecesse para a satisfação pessoal delas. Quando você chega lá, tratam você como se fosse uma fada madrinha que move uma varinha de condão sobre elas. E estar em contato diário, ver os pais tentarem esconder o sofrimento, faz você perceber como nós, pessoas saudáveis, não reconhecemos o valor da saúde, e como nossos problemas são pequenos diante dos delas.

— Quantos alunos você tem? — perguntou Marina.

— Dois. Um menino de 9 anos pela manhã e uma menina de 11 à tarde.

— Para todas as matérias?

— Todas, exceto educação física.

— Quem paga por isso? — quis saber Sean.

— O Ministério da Educação, claro.

Sean mantinha a vista no sinal vermelho, o pé no pedal do freio.

— Ela recebe 15 dólares por mês — disse Marina.

— O quê?

Elena deu um sorriso sem graça.

— Salários baixos possibilitam muitas coisas. Se os professores e médicos cubanos recebessem metade do que recebem seus colegas no México, na Jamaica ou em qualquer outro país da América Latina, o governo não poderia oferecer os cuidados médicos e a educação que oferece.

— Sinal verde — disse Pablo. — Dobre à direita na segunda esquina.

Marina terminou a tradução para Sean quando dobravam a esquina.

A mansão de dois pavimentos, circundada por uma cerca viva, parecia estar em perfeitas condições, proeza nada pequena, considerando-se que os fundos da casa davam para o mar. No terraço coberto havia quatro cadeiras de balanço, diversos vasos de flores e uma luminária de ferro e vidro pendurada no teto. Do telhado, lâmpadas clareavam um pequeno jardim bem-cuidado. Um senhor que estava na entrada da garagem abriu o portão e lhes fez sinal para entrarem. Depois de fechar a porta da garagem, recebeu os quatro em silêncio com uma série de meneios de cabeça e um sorriso, e em seguida apontou para uma porta pequena.

Pablo entrou primeiro e seguiu em direção à área de jantar de um amplo salão, mas continuou andando empertigado — os outros seguindo-o — até chegar ao hall social. Uma mulher branca e gorda, de seus 60 anos, coberta de joias e perfumada, levantou-se da cadeira e o abraçou com carinho. A maquiagem pesada não conseguia esconder as rugas profundas e as bolsas escuras caídas embaixo dos olhos. Cumprimentaram-se tocando as faces e dando beijos no ar, antes de o baixinho virar-se e fazer as apresentações.

— Conheçam a melhor proprietária de restaurantes de Havana! *Señora* Roselia. Este casal, Roselia, é amigo meu: Sean e Marina. Sean é canadense, e Marina é argentina.

— Muito prazer — disse Roselia em espanhol, estendendo-lhe a mão. — Espero que fiquem satisfeitos com nosso serviço.

Marina virou-se para Elena e percebeu a vergonha nos olhos dela.

— Conhece Elena, *señora*?

— Ah, desculpe — disse Pablo em voz baixa.

— Ainda não tive o prazer — admitiu Roselia.

— Elena é irmã do Pablo — explicou Marina, pensando como devia ser difícil não detestar aquele imbecil.

Apertando a mão de Roselia, Elena forçou um sorriso que quase se transformou num esgar.

Pablo esfregou as mãos em ansiosa expectativa.

— Agora, o que é que vocês vão querer? Um drinque primeiro? — Quanto mais os clientes consumissem, maior sua comissão.

Sentaram-se no salão, pediram mojitos e depois analisaram o cardápio. Elena olhou ao redor, admirada: paredes recém-pintadas, mobília moderna e confortável, cortinas muito bonitas, um espelho grande e belíssimo, louça de boa qualidade e ornamentos de vidro sobre mesinhas de canto, dois aparelhos de arcondicionado em pleno funcionamento, luminárias, pinturas, chão de mármore impecável. Durante toda a sua vida, jamais fora a um lugar tão imponente como aquele. Ouviam-se canções do CD do Buena Vista Social Club, vindas de alto-falantes ocultos.

As bebidas e uma tigelinha de amendoins foram servidas pelas mãos de uma sorridente garçonete loura, de pernas longas, que tinha entre 19 e 20 anos. Ela usava um miniuniforme preto, que tinha como complementos um chapeuzinho e um minúsculo avental branco. Inclinando-se para servir primeiro as mulheres, a saia curtinha expunha para os homens nádegas redondas e bronzeadas. Sean não sabia dizer se ela não usava nada ou se vestia apenas uma calcinha fio dental. Pablo notou a reação de Sean, a curiosidade brilhando nos olhos do visitante. Elena e Marina assistiram à mesma cena quando a garçonete se virou para servir Sean. Marina não se abalou, mas Elena ficou boquiaberta. O que as mulheres perderam foi o sorriso sedutor e a piscadela que a garçonete deu para Sean.

Tendo sido informados pela dona do restaurante de que uma paella levaria mais de uma hora para preparar, optaram por uma salada verde, um coquetel de lagosta, um pargo regado a azeite de oliva e acompanhado de purê de batatas. Pablo pediu, ainda, um bife. Da carta de vinhos, Marina escolheu um Concha y Toro branco. Sean concordou com um movimento indiferente de ombros, Elena aceitou, em total ignorância, e Pablo pediu uma Heineken.

A segunda rodada de bebidas foi servida por uma negra linda, de tipo *mignon*. O uniforme dela era branco, o chapeuzinho e o avental, pretos. Seu traseiro era mais arredondado e maior, a calcinha, se é que usava uma, invisível, e o sorriso que dirigiu a Sean, descaradamente provocativo. Sean enfiou dois amendoins na boca, tomou um pouco do mojito, colocou o copo na mesinha do lado e depois virou-se para Pablo, que o olhava com uma expressão de quem diz: agora faça sua escolha.

— E você, Pablo, o que faz?

Marina suspirou, traduziu, e depois lançou para Elena um olhar cúmplice, sugerindo: o comportamento de sempre entre os homens.

— Sou gerente de uma empresa italiana associada ao governo cubano — respondeu o homem baixinho. — Importamos roupas, sapatos, perfumes, cosméticos, artigos de cozinha, trilhões de coisas.

— É mesmo? Quantas lojas vocês têm?

Pablo balançou a cabeça e sorriu.

Escondido em Havana **31**

— Nenhuma. A venda no varejo é monopólio do Estado. Vendemos em atacado para diversas distribuidoras do governo, que vendem no varejo à população.

Com um movimento afirmativo de cabeça, Sean retrucou:

— Entendo. E me desculpe por perguntar, mas é que ainda estou impressionado com o salário de professora de Elena. E você, quanto recebe?

— Cerca de 16 dólares.

— Só isso? Não recebe hora extra nem bonificação?

— Não.

Elena explodiu numa risada. Cobriu a boca com a mão direita, mas seu riso era tão infantil e incontido que Marina e Sean trocaram olhares. Pablo, visivelmente irado, lançou um olhar fulminante para a irmã. A professora fez um esforço para se conter mas não conseguiu; depois de alguns minutos parou de rir. Aparentemente os mojitos a deixaram alta.

— Que bom que você está se divertindo tanto — disse Marina, ainda sorrindo.

— Ah, sim. É a bebida, sabe? Ela me deixa mais relaxada.

— E vocês, trabalham em quê? — perguntou Pablo.

Marina disse que era programadora de computadores, e Sean, corretor de imóveis. Nem Pablo nem Elena sabiam o que significava ser corretor de imóveis, e Marina passou um bom tempo explicando as palavras de Sean. Quando acabou, a *señora* Roselia informou que o jantar estava pronto.

— Esperem um pouco — disse Marina enquanto procurava alguma coisa na bolsa. — Deixem eu tirar uma foto de vocês, para mostrar a nossos amigos quando voltarmos para casa.

Com uma pequena câmera Olympia, ela tirou cinco fotos: uma mostrava os irmãos sentados lado a lado no sofá; duas eram de Elena de pé, com uma parede ao fundo; a quarta e a quinta foram de Pablo com um largo sorriso ao lado de uma cortina. Depois, todos se dirigiram ao salão de jantar.

Uma linda toalha de mesa branca de crochê cobria o tampo de vidro de uma mesa de jantar de cedro para seis pessoas, onde se viam quatro velas acesas num candelabro banhado a ouro. A louça com bordas de ouro, os talheres de prata pesada, as taças de um cristal fino. Elena engasgou-se com a água, quando a garçonete passou nua da cintura para cima, mas Marina e Sean agiram tão naturalmente que ela procurou se mostrar indiferente.

A comida era boa, o vinho, forte. A conversa interessante girou em torno do que havia acontecido com Sean naquela manhã, das profissões dos quatro, das comidas e bebidas cubanas, dos lugares mais atraentes de Havana e de outros assuntos.

A *pièce de résistance* do jantar foi um espresso, servido por uma garçonete usando apenas um biquíni fio dental e sandálias. Elena ficou chocada, e Sean permaneceu impassível, o que deixou Pablo decepcionado. Seriam os canadenses tão frios quanto seu país, ou será que aquele cara era gay? Marina devia estar sexualmente faminta. Então, como se para confirmar essa impressão, Roselia entrou pela porta de vaivém que dava para a cozinha, e Marina, com ironia, lhe perguntou se ela e Elena também não poderiam ver o chef de cueca. A proprietária respondeu dizendo que tinha certeza de que as damas não iriam achar nada atraente um gordo baixo afeminado, de 49 anos, de cueca. Todos riram da piada.

— Vocês querem mais alguma coisa? — perguntou Sean a todos, quando pararam de rir.

Todos fizeram que não com a cabeça.

— Então, pode trazer a conta, por favor? — pediu o canadense.

A conta deu 85 dólares. Sean deu uma gorjeta de 10 dólares a cada uma das garçonetes, e eles retornaram ao hall social, onde foi servido um licor. Elena, sentindo-se um pouco tonta, recusou.

— Bom, aonde vocês gostariam de ir agora? — perguntou Pablo. — Podemos ir a um show no Tropicana ou no Havana Café, ou ir a uma boate, talvez visitar um *santero*, e pedir a ele que jogue búzios para vocês.

Marina olhou para Sean, que entortou a boca e arqueou uma sobrancelha para indicar sua hesitação. Em seguida, virou-se para Elena:

— O que você sugere, Elena?

— Eu... não sei. Raramente saio. O especialista é o Pablo. Mas o que decidirem, vão ter que me desculpar. Estou me sentindo um pouco enjoada.

— Qual é o problema? — perguntou Marina.

— Acho que bebi demais. Vocês podem me deixar em casa e depois podem ir para onde quiserem. Sinto muito, Marina.

— Que pena — disse Marina antes de traduzir para Sean.

Um silêncio desconfortável se seguiu.

— Sabe de uma coisa? — disse Sean. — Nosso voo é muito cedo. Acho bom darmos a noite por encerrada.

Pablo tirou dos lábios o sorriso que vinha abrindo. Estava esperando uma das melhores boates, Chivas Regal, um fragrante Cohiba Lancero, dez mulatas esculturais em biquínis sumários requebrando os quadris ao ritmo da salsa.

— Ah, não. Não me deixe estragar a noite de vocês — objetou Elena.

— Você tem razão, querido — disse Marina a Sean. A ideia de passar uma noite com Pablo sem a influência neutralizadora da irmã não a atraía. — Será que podemos ficar lhe devendo essa, Pablo?

— Como quiserem. Só lamento porque a culpada disso é a minha irmã — resmungou Pablo.

— Eu estou me sentindo mal, OK? — retrucou Elena.

— Não é culpa da Elena, Pablo. Podemos ir agora?

— Se vocês conseguirem achar o caminho de volta para minha casa, acho que vou ficar por aqui um pouco mais — disse Pablo, de olho na garçonete negra, que estava à porta da cozinha, entre Roselia e a mulher loura. Ela sorriu e piscou para ele.

— Tudo bem — comentou Marina. — Precisa de ajuda, Elena?

— Acho que não — respondeu ela, levantando-se.

Roselia e Pablo os acompanharam até o carro. Os turistas agradeceram formalmente ao irmão de Elena por ter se prestado a acompanhá-los, prometeram que lhes fariam uma visita assim que voltassem a Havana e garantiram a Roselia que tinham gostado muito do *paladar*. Da porta da garagem, sorrindo e acenando, a dona do restaurante e Pablo observavam os visitantes saírem. O mesmo senhor fechou o portão e, arrastando os pés, entrou pela garagem.

Cerca de uma hora mais tarde, enquanto seguia dirigindo pela Quinta Avenida rumo a leste, Marina lançou a vista para Sean, sentado no assento do carona. Não disseram uma única palavra após terem deixado Elena em casa. Sean parecia estar em reflexão profunda, mordendo o lábio inferior, indiferente aos veículos à frente, às calçadas desertas, ao luar e às luzes traseiras dos veículos incidindo sobre as belas plantas nas amplas calçadas centrais. Ela lançou o olhar para a rua e respirou fundo antes de entrar num túnel sob um rio.

No Malecón, início da avenida Línea, ela pegou a rua O e, duas quadras adiante, entrou no hotel Nacional. Deixaram o carro no estacionamento, e Sean, segurando a mão dela, conduziu-a ao redor de uma fonte mourisca toda ladrilhada. Um violonista de cabelos compridos dedilhava seu instrumento para um grupo sentado nos bancos de pedra no pátio. Os dois atravessaram o gramado até a beirada de um pequeno rochedo. A despeito dos bancos de madeira um pouco à direita, permaneceram de pé.

Dois canhões gigantescos, resquícios do que um dia fora a praça de armas espanhola até 1898, ainda apontavam para o local onde seu último alvo — o USS *Montgomery* — havia navegado um século antes. Marina tinha a atenção voltada para a vastidão das águas tranquilas do estreito da Flórida, as minúsculas luzes dos barquinhos dos pescadores na água, o céu coberto de estrelas.

— As saboneteiras originais ainda estão lá. E o porta-papel — disse ela.

— Conte uma novidade! Se não estivessem lá, você não teria demonstrado tanta alegria quando saiu daquele banheiro, não é verdade?

— É, acho que não.

Os dois ficaram em silêncio por alguns minutos.

— Elena disse que o edifício foi construído em 1957.

Sean olhou para ela, aparentemente satisfeito.

— Sabe, você é uma atriz bem melhor do que eu pensava. Saiu-se muito bem hoje à noite.

— Obrigada.

Uma outra pausa, menor.

— Sean?

— Diga.

— O trabalho está feito. E foi benfeito, no meu entender. Descobrimos tudo o que queríamos. Fiz o melhor que pude, e você também. Então, acho que posso lhe fazer uma pergunta, certo?

Sean dirigiu a Marina um olhar sério. Ela não gostou de o sorriso dele ter desaparecido do rosto, nem do seu piscar de olhos.

— Certo.

— Você disse: "Não tenha as coisas como líquidas e certas, não fale sobre nosso negócio na agência de aluguel de automóveis nem no quarto do hotel; pode haver câmeras escondidas e equipamento de escuta." Bom, eu duvido muito de que essas pessoas queiram, ou possam, gravar as conversas de todos os casais que vêm passar uma semana aqui, mas, como você estava no comando, eu segui as instruções. O que realmente me irrita é isso de a gente estar dirigindo para cima e para baixo como turistas idiotas, comprando suvenires, fingindo uma lua de mel ridícula, acariciando-se em público. Por quê? Quem vai suspeitar da gente? Por que diabos alguém iria suspeitar de nós dois? Estamos aqui há uma semana e nem sequer avançamos um sinal vermelho, pelo amor de Deus! Nesta república de banana, o turista é rei.

O olhar perdido no mar escuro, Sean balançou a cabeça.

— Então você está achando que fui cauteloso demais.

— É isso mesmo.

— Bom, você tem direito a sua opinião. Não vou discutir. A coisa mais importante é que você seguiu direito as instruções. Vamos passar adiante. Me diga, o que acha daqueles dois?

Marina cerrou os lábios, irritada por sua opinião ter sido ignorada tão facilmente, mas seu tom permaneceu controlado.

— O safado é um verdadeiro canalha. Nunca perde a oportunidade de diminuir ou envergonhar a irmã. É chocante como ele a despreza!

Sean fez uma pausa e em seguida disse, o olhar abstraído e fixo no horizonte escuro:

— Mas ela já está acostumada.

Marina dirigiu os olhos ao monumento às vítimas do encouraçado *Maine*. À esquerda, bem em frente à Seção de Interesses Norte-Americanos, encontrava-se a praça onde ocorreram as manifestações para o retorno de Elián González.

— Elena parece bem respeitável, não acha? Uma pessoa sensata, nada difícil — disse.

— Acho que sim — respondeu Sean. Depois de refletir um pouco, observou: — Pablo se acha o trapaceiro mais esperto e confiante da face da Terra. Deve ser por isso que Elena detesta o cara. E é por isso também que temos que tomar cuidado com ele.

— Quanta hostilidade — disse Marina. — Entre aqueles dois há muito ressentimento.

— E ele é viciado em coca.

Marina virou-se e o encarou.

— Como você sabe?

— Eu sei.

Ela contemplou o mar de novo.

— O que você achou daquela risada descontrolada de Elena quando o irmão disse que ganhava 16 dólares por mês?

— Que ele ganha muito mais que isso.

— É, também achei.

— Mas ele não queria que soubéssemos. E ela é tão bem-educada que não dedurou o filho da puta que a humilha só por prazer.

Eles ficaram em silêncio. Marina fixou o olhar na parede de um metro de altura, que se estendia por quilômetros de distância, do outro lado da imensa avenida. Nela, viam-se pescadores que mantinham uma distância respeitável entre si segurando suas linhas de pescaria. A luz do farol varria a água com a mesma monótona exatidão de todos os sinais luminosos.

— Ele não parece o tipo de cara que recebe a féria e fica satisfeito — disse ela, mais para si mesma do que para o companheiro.

Sean abriu um meio sorriso.

— Olha, a palavra *salafrário* foi cunhada para pessoas como ele. — E, apontando o queixo para o oceano, acrescentou: — Ele afogaria a própria mãe ali para colocar a mão em tudo.

— E Elena? Você acha que ela concordaria em dividir?

— Não sei. Aquela mulher é... — Fez uma pausa, procurando a palavra certa.

— Imprevisível? — completou ela.

— Não. De forma alguma. Mas *eu* não posso prever como reagiria à nossa proposta. Não sabemos o que ela pensa sobre um milhão de coisas. Ela é... difícil de classificar. Professora de crianças especiais. Que diabo de profissão é essa? Parece uma daquelas solteironas cheias de princípios e moralistas. Entende o que eu quero dizer? Morando com o irmão, sem marido, sem filhos.

— Talvez ela tenha se casado e divorciado.

— Por que você não perguntou?

— Não quis dar a impressão de que estava me intrometendo.

— Talvez tenha sido melhor mesmo.

Marina baixou a vista e analisou as tiras da sandália.

— Ele disse que sempre moraram ali. Quantos anos você dá a ela?

— Uns 30 e tantos? — calculou Sean.

— É, por aí, certamente não mais de 40. E o safado?

— Eu diria 35, 36. Ele ficou fascinado por suas coxas hoje de manhã.

— Notei. O tarado sem-vergonha só pensa em mulher. Você viu o olhar dele para aquela garçonete negra? Ela provavelmente vomita depois que faz sexo com ele.

— Nunca se sabe. Talvez ele cresça na cama.

Ela arqueou uma sobrancelha. Aquele não era o tipo de comentário que esperasse de um homem. Mas era bem verdade: nunca se sabe. Lembrou-se de um carinha tímido, modesto, magricela e ligeiramente vesgo que a conduzira ao ápice do prazer. Somente um dos poucos gostosões com quem havia ido para a cama a levara até aquele ponto, e ele era cego. Ficou curiosa para

Escondido em Havana **39**

saber se por trás do comentário de Sean haveria um amante fenomenal ou um certo filósofo.

— Não me parece — disse ela. — O que vamos fazer com ele?

— Fazer com ele?

— Você disse que temos que tomar cuidado com ele.

— Claro. Mas o que é que podemos fazer?

Marina refletiu.

— Esqueça.

— Está bem.

Sean pareceu perdido em pensamentos por uns instantes. Então elevou a vista para os andares mais altos do hotel.

— Vou colocar meu braço sobre seus ombros agora, e você me envolve pela cintura. Vamos tomar nosso último drinque da noite.

Foram caminhando lentamente de volta ao terraço e sentaram-se num sofá. Sean pediu um Black Label com gelo; Marina permaneceu fiel ao aperitivo local e pediu um mojito. Quarenta ou cinquenta pessoas relaxavam em sofás e poltronas, riam de piadas, pareciam estar se divertindo. Quando as bebidas chegaram e eles começaram a beber, um homem alto e gordo, sentado sozinho à esquerda deles, levantou-se e dirigiu-se ao banheiro.

— Com licença, querida, preciso mijar — disse Sean.

Marina teve vontade de dizer "eu também", mas decidiu esperar ele voltar.

Sean abriu o zíper diante do mictório ao lado daquele em que o homem gordo estava urinando. Falou baixo o suficiente para que o empregado que ficava à porta não conseguisse escutar.

— O baixote careca mora lá. Fala um pouco de inglês e é um filho da puta fominha por dinheiro, viciado em cocaína — disse ele.

Com um simples movimento afirmativo de cabeça, o homem alto e gordo balançou o pênis, abotoou-se e lavou as mãos. O empregado lhe entregou toalhas de papel. Antes de deixar o banheiro, o homem colocou uma moeda no prato para gorjetas. Sentindo-se generoso, Sean pôs 1 dólar no prato.

Na manhã seguinte, às 8h45, enquanto Marina e Sean embarcavam num DC-10 para Toronto, o homem gordo deixava a igreja de Santa Rita de Cássia pela porta lateral que dá para a rua 26. Atravessou a rua e, com as mãos entrelaçadas nas costas, cabeça inclinada para trás, olhou para as figueiras no Parque de la Quinta. Parecia estar na casa dos 40 anos, e tinha os pulsos e braços fortes de um estivador. Seus olhos castanhos eram vivos, o bigode espesso, da cor de café, os lábios grossos. Depois de alguns minutos circulando as árvores com grande admiração, sentou-se ao volante de um Hyundai preto e saiu em grande velocidade.

O jardineiro e o varredor que cuidavam do parque ficaram intrigados quando o homem repetiu o mesmo procedimento dois dias seguidos. A curiosidade deles, no entanto, não era motivada pelo fato de ele chegar antes das 8 e ir para a igreja no momento em que as portas se abriam. Vários católicos cubanos faziam o mesmo e, ocasionalmente, visitantes curiosos exploravam o interior da igrejinha moderna. Alguns diplomatas e executivos de empresas estrangeiras — acompanhados de esposas e filhos — também assistiam à missa aos domingos. O que era estranho acerca do homem alto e gordo era sua fixação na figueira. Os funcionários do parque estavam acostumados a ver turistas pararem ali, mas poucos retornavam, e aqueles que voltavam o faziam para mostrar as árvores gigantescas a algum outro visitante. Eles tinham curiosidade de saber se o homem era um botânico ou um admirador excêntrico da natureza.

Teriam ficado ainda mais surpresos se o tivessem observado na igreja. Invariavelmente sentava-se no mesmo banco, de um ponto onde pudesse ficar de olho na rua 26, não prestava atenção ao culto religioso, não se ajoelhava, nem fingia rezar. Seu comportamento chamou a atenção de um leigo extremamente anticomunista que informou ao padre da paróquia que um agente de segurança do Estado estava usando sua igreja para espionar alguém.

Na terça-feira, enquanto circulava o tronco da figueira, próximo ao busto do general Prado, o homem alto e gordo avistou um baixinho careca de *guayabera* branca que saía do prédio que dava para o parque e seguia pela rua 3A em direção à 26. Com o olhar ainda voltado para a árvore, o homem alto foi para a calçada e esperou até que sua presa estivesse a poucos metros de distância.

— Você fala inglês? — perguntou com um sorriso afável.

— Claro — respondeu Pablo, tentando parecer inteligente e informado. Sempre invejara homens grandes, e aquele cara de pescoço de touro tinha no mínimo um metro e noventa de altura.

— Graças a Deus. Você sabe o nome dessas árvores? — perguntou o homem, com um movimento circular da mão que incluía todas as figueiras do parque.

— Figueira.

— Pode soletrar para mim?

Pablo disse "F" e fez uma pausa. Uma de suas frequentes confusões em inglês era a pronúncia das vogais "I" e "E". Tirou um caderninho de anotações e uma caneta do bolso de sua *guayabera*, escreveu o nome e arrancou a página.

— Obrigado — disse o homem gordo ao receber o papel. — As árvores mais incríveis que vi neste país.

— É mesmo? — Pablo estudava o estrangeiro, sua roda mental girando rápido. Aquele grandalhão usava camisa polo azul-marinho, shorts cáqui, meias brancas de algodão e tênis.

— Eu não tinha conseguido aprender esse nome. Poucas pessoas aqui falam inglês.

— É.

— E qual é o nome desse parque?

— Parque de la Quinta.

— O que significa?

— Bem... — Pablo coçou a cabeça careca, como se buscando no cérebro a tradução correta. — *Quinta* em espanhol é... como uma casa de campo, entende o que eu quero dizer? Como um sítio.

— Então é o parque da Casa de Campo.

— Isso.

— Bom, obrigado pela informação — disse o homem grande. — Espere um pouco — acrescentou, procurando a carteira e tirando dela uma nota de 20 dólares. — Tome aqui. Obrigado.

Pablo agarrou o dinheiro pensando que fosse uma nota de 5. Quando viu o retrato de Jackson, ficou pasmo. Vinte dólares pelo nome de uma árvore e de um parque? Quanto aquele gigante idiota daria para ser levado para conhecer a cidade?

— Bom, o senhor é muito... — Pablo procurou sem sucesso a palavra "generoso", enquanto guardava a nota num dos bolsos da calça — ...é muita bondade sua. Se eu puder ajudar... de alguma outra forma.

Os olhos fixos em Pablo, a cabeça ereta, um sorriso se abrindo nos lábios, o turista parecia ponderar a oferta.

— Talvez você possa. Esta é a primeira vez que venho aqui, não sei andar pela cidade, e estava querendo me divertir, entende?

Pablo abriu um sorriso.

— Você quer dizer diversão, garotas?

— É exatamente isso que quero dizer.

— É o que acho... não, foi o que achei. Mas agora é muito cedo. De manhã as garotas bonitas dormem. De noite elas se divertem. Nos encontramos de noite. Eu levo você até as garotas mais bonitas de Havana.

Que mentira, calculou o homem grande.

— Vou lhe dizer uma coisa. Você me leva para as garotas mais bonitas de Havana e eu lhe pago 100 paus. Você me leva para *a* garota mais bonita de Havana e eu lhe pago 200. O que me diz?

— É excelente, senhor...?

— Splittoesser.

— Por favor, pode repetir?

— Pode me chamar de John.

— Está bem, John. Então, onde nos encontramos?

— Vamos ver... — John fingiu estar pensando. — Tem um bar-restaurante onde eu jantei ontem à noite, La Zaragua... ou coisa assim.

— Comida espanhola? Em Havana Velha?

— Isso.

— La Zaragozana.

— Já foi lá?

— John, eu já fui a todos os bons lugares de Havana.

O homem gordo e alto refletiu por um momento.

— Combinado. Às 20 horas, então?   perguntou.

— Oito está bom para mim.

— Quer que eu lhe deixe em algum lugar? — perguntou John.

— Não, obrigado. Meu escritório é do outro lado da rua.

— Até lá, então — disse John, e estendeu a mão direita. A mão de Pablo ficou perdida na garra do homem. O cubano seguiu seu caminho, de vez em quando esticando o pescoço, observando o turista abrir o carro. John lhe acenou um adeus; Pablo fez o mesmo antes de atravessar a Quinta Avenida. *Será um golpe de sorte ou será um golpe de sorte?*, pensava ele.

John Splittoesser passou a tarde fazendo o reconhecimento que começara três noites antes, dirigindo pelas ruas de Santa Maria del Mar e Guanabo, duas praias de veraneio próximas, 25 quilômetros a leste de Havana.

Depois do jantar em La Zaragozana, Pablo sugeriu um passeio por Havana Velha. Deixaram o automóvel sob os cuidados do manobrista do restaurante e caminharam pela Obispo, que se transformara numa rua exclusiva para pedestres. Os transeuntes olhavam para o par estranho: alguns se lembravam de *Irmãos gêmeos*, o filme estrelado por Danny DeVito e Arnold Schwarzenegger.

A temperatura baixara consideravelmente, como consequência das chuvas pesadas do fim da tarde. A iluminação das vitrines das bem sortidas lojas de produtos vendidos somente em dólar refletiam-se no asfalto molhado. Uma novela brasileira e várias músicas populares soavam forte em televisores, rádios e aparelhos de CD, numa cacofonia ensurdecedora.

Havia policiais em todas as esquinas, a maioria deles jovens vigilantes recém-chegados do campo, ainda impressionados com os vigaristas da cidade: batedores de carteira, meretrizes, cafetões, travestis, garotos de programa, ladrões de lojas, traficantes e pessoas envolvidas no mercado negro, que olhos treinados detectam facilmente ao longo dos lugares turísticos de Havana.

Um bando de policiais veteranos, de uns 30 anos, com expressões entediadas e sorrisos céticos, em sussurros, dava conselhos aos novatos. Eram policiais que haviam sobrevivido por permanecerem nos limites da corrupção permissível: sim a um sanduíche de 3 dólares, não a uma nota de 1 dólar; sim a um programa de graça com uma prostituta, não a uma calça jeans

Escondido em Havana **45**

oferecida pelo cafetão dela; sim a um maço de cigarros, não a uma caixa de Cohibas falsos.

Pablo e John dobraram à esquerda na rua Havana e, três quarteirões depois, viraram à direita na rua Empedrado, de reputação mais baixa. Ao vê-los caminhando lado a lado, dois seminaristas que voltavam do seminário de São Carlos e Santo Ambrósio lembraram-se da história de Davi e Golias. Um jovem de pele escura e um adolescente branco aproximaram-se do par.

— Senhor, senhor, charutos, violões, garotas... — abordaram John em inglês.

— Estou com ele — disse Pablo em espanhol, encarando-os. Os jovens não se intimidaram com a informação e ignoraram o homem baixo de rabo de cavalo pequeno. — Garotas, lindas. Cohibas, 40 dólares. Violões de qualidade, 80 dólares.

— Não — disse John.

— Coca? Maconha?

— Não.

— Estou levando ele para o Angelito — disse Pablo, mais uma vez em espanhol, tentando ser indiferente.

Isso instantaneamente parou os oportunistas. Eles deram meia-volta e entraram por uma porta, desaparecendo. John dirigiu o olhar para a calçada mais estreita que já vira na vida, de não mais de 50 centímetros.

— Agora olhe para cima, para o... *balcón*? Vocês dizem *balcón* em inglês?

John franziu a testa, sem compreender.

— O *balcón* da casa na próxima esquina — disse Pablo, estendendo o braço e apontando.

Quatro moças estavam debruçadas na balaustrada de uma sacada de ferro no andar superior de uma casa dilapidada de dois pavimentos. A luz de uma lâmpada próxima permitia ver que duas das prostitutas estavam de shorts, uma terceira vestia minissaia, e a quarta usava a parte de baixo de um biquíni minúsculo. Todas usavam corpetes e, no pescoço, correntes e medalhas. Olhando para a rua embaixo, elas riam.

— Interessado? — perguntou Pablo.

— Vamos ver mais de perto.

Enquanto subiam as escadas de mármore, Pablo disse que essa era a Casa de Angelito e em seguida, traduziu para o inglês. Saudados cordialmente no lance da escada por um halterofilista branco, afeminado, em shorts de lycra verde e camiseta rosa, foram conduzidos até uma sala à meia-luz, onde havia quatro sofás de dois lugares, um aparelho de CD, um minibar e mesinhas para bebidas e cinzeiros. Três portas amplas de vidro davam para a sacada onde se encontravam as mulheres, alheias à presença dos clientes em potencial. O halterofilista fanático bateu palmas e ordenou:

— Garotas, bar.

Uma das meretrizes ofuscava as outras completamente, percebeu John. Era uma dessas poucas preciosidades, em todas as esferas da vida, que tentam minimizar seu sex appeal e fracassam totalmente. A bênção ou a maldição de sua sensualidade — dependendo do resultado final — é tão indefinível quanto inexorável, impossível de disfarçar ou acentuar com roupas, joias ou perfumes. Uma deslumbrante atriz americana, cotada talvez em 100 milhões e com o poder de sedução de uma geladeira, lhe veio à mente. E aqui em Havana, num prostíbulo aos pedaços, ele estava diante de uma puta barata, capaz de enlouquecer magnatas, presidentes e reis, e ele também, verdade seja dita.

De 20 anos no máximo, a moça tinha um rosto belíssimo, emoldurado por longos cabelos castanhos. Algo da doçura e inocência infantis ainda se via em suas pupilas escuras e seu delicado sorriso. Seu corpo nu seria um bálsamo para os olhos, tinha certeza, e sentiu-se tentado a pedir-lhe que se despisse e desfilasse pela sala, quando lembrou que tinha uma tarefa a cumprir.

— Isso é o que você tem de melhor? — perguntou a Pablo, aparentemente impassível.

O cubano ficou perplexo.

— Não gostou?

— Podemos andar um pouco mais?

Pablo levou John ao Marinita, três quadras a leste, onde beberam uma cerveja, depois ao Tongolele, cinco quadras ao sul. Em todos esses lugares, o cubano baixinho e careca era recebido com carinho. John percebeu que seu guia estava um pouco alto quando deixaram o Tongolele. A parada seguinte era em La Reina del Gado, em San Isidro, que Pablo traduziu como "A rainha do gado". O turista descobriu que o nome era derivado de uma novela brasileira, *El rey del ganado* — *O rei do gado* —, cujo protagonista possuía centenas de milhares de cabeças de gado. O rebanho da proprietária do prostíbulo, que compreendia umas vinte mulheres, era exibido num álbum de fotografias, todas posando nuas. Ela só o mostrava a estrangeiros que não se sentissem atraídos por nenhuma daquelas à disposição imediata na casa. John examinou todas as fotos, considerou três candidatas promissoras, terminou um cuba-libre e em seguida voltou-se para Pablo.

— Quer saber de uma coisa? Um cara no hotel me deu um endereço em Guanabo e disse que há belas garotas lá. Vamos pegar o carro e ir até lá. Se eu não achar uma que realmente me interesse, voltamos para o primeiro lugar aonde você me levou, e eu fico com a morena.

Pablo não gostou da ideia, mas decidira concordar sempre com John. Achou estranho que, ao deixar o túnel sob a baía de Havana, John não pediu orientação do caminho. Ele deve ter ido sozinho à praia, pensou o cubano. O turista permaneceu em silêncio, atenção fixa na estrada, observando o limite de velocidade de 100 quilômetros, o ar-condicionado ligado, os vidros fechados.

O cubano também não estava disposto a conversa. Tinha estado bastante empolgado durante o dia no escritório, extasiado com a perspectiva de ganhar numa noite o que muitos cubanos não ganhavam em um ano de muito trabalho. Havia até cheirado uma carreira de cocaína no Tongolele e comprado mais quatro numa comemoração prematura. Mas, naquele momento, estava tenso. Pablo admitiu que não era fácil agradar o filho da puta; podia dizer adeus a um dos cenzinhos.

E se o patife encontrasse uma mulher de seu gosto em Guanabo? Então ele não ganharia um tostão, já que não teria sido como resultado de sua busca. Conseguiria somente 100 dólares se voltassem ao Angelito para a morena que o idiota devorara com os olhos. Ele teria de inventar uma história para fazê-lo voltar. E se lhe dissesse que a Aids havia contaminado centenas de pessoas em Guanabo? Acendeu um cigarro e considerou alternativas durante os vinte minutos da viagem.

Era 0h15 quando John dobrou à esquerda no cruzamento da Vía Blanca com a rua 462, pegou a principal avenida da cidade, seguiu em frente com segurança até sair do bulevar e, indo em direção ao interior, seguiu uma rua por três quarteirões antes de pegar a esquerda, apagar os faróis e estacionar.

— É aqui? — perguntou Pablo, assustado com o aspecto estranho das redondezas. À esquerda, por trás de uma cerca de arame farpado, os fundos de um enorme armazém de um único andar estendia-se por todo o quarteirão. Do outro lado da rua, várias casas bem simples estavam com as venezianas das janelas da frente escancaradas, os moradores provavelmente dormindo, ventiladores elétricos em pleno funcionamento para afastar os mosquitos e aliviar o calor, as luzes apagadas. Nas proximidades, um cão latia sem entusiasmo. A iluminação da rua era fornecida por uma lâmpada de baixa voltagem num poste elétrico a 50 metros de distância.

— É. Vamos.

Enquanto John trancava o carro, Pablo alcançou a calçada e ficou a seu lado.

— Escute, John, não queria te deixar preocupado — começou Pablo, parecendo apreensivo. — Mas, no ano passado, muitas pessoas aqui em Guanabo contraíram...

Pablo não soube o que aconteceu com ele. Do canto do olho, percebeu um movimento rápido e inesperado, e começou a virar a cabeça, mas, nesse mesmo instante, o punho fechado de John lhe acertou a têmpora, e ele tombou, todos os seus sistemas entrando em colapso.

O homem alto e gordo olhou à volta como se tivesse todo o tempo do mundo. O cão continuava latindo. Levantando o corpo flácido pelas axilas, John colocou Pablo na posição sentada e, agachando-se por trás dele, segurou-lhe o queixo com a mão direita e a parte de trás da cabeça com a esquerda; em seguida, com toda a sua força, torceu o pescoço do homem careca. A coluna cervical de Pablo estalou.

Ajoelhando-se ao lado do corpo, John mordeu duas vezes, de modo selvagem, o lado esquerdo do pescoço da vítima. Cuspiu enojado diversas vezes antes de pegar um envelope contendo quatro notas de 50 dólares dobradas ao meio. Com a ponta das unhas, pegou o dinheiro e o enfiou num dos bolsos da calça do morto. Finalmente, retirou o relógio barato de Pablo, sua carteira e seus sapatos.

Ofegante, o suor lhe pingando da testa, levantou-se, limpou os joelhos e esquadrinhou as duas extremidades do quarteirão. O cão ainda latia, agora insistentemente, incitado pelo cheiro da morte. John abriu a porta do carro, sentou-se ao volante, colocou os pertences de Pablo no assento do carona e ligou a ignição. O carro seguiu por duas quadras, de luzes apagadas, antes de dobrar à esquerda e retornar à rua principal da cidade. Sentiu a repugnância de alguém que tivesse esmagado um inseto grande com a sola do sapato.

Depois de descartar os objetos pessoais do cubano num esgoto em Havana Velha, John pensou em voltar ao Angelito e transar com a puta sexy. Mas depois de cerca de um minuto segurando o volante com ambas as mãos e contraindo os lábios, ele fez que não com a cabeça, suspirou resignadamente e seguiu para o hotel Nacional.

CAPÍTULO 2

Como em geral ocorre, a cena do crime havia sido contaminada quando, ao raiar do dia, a polícia de Guanabo chegou, respondendo a um chamado feito nove minutos antes. Ninguém havia tocado o cadáver, mas o motorista do caminhão que o encontrou a caminho do trabalho, e os parentes e vizinhos a quem ele, agitado, comunicou a descoberta, haviam se aproximado o suficiente para levantar dúvidas quanto a pegadas, fibras ou cabelo que viessem a ser encontrados. As marcas de pneus na terra ao longo do meio-fio também haviam sido destruídas.

A polícia de Guanabo não era equipada para lidar com homicídios e raramente se via diante de um, portanto se restringiu a isolar a área, interrogar as pessoas, colocar guardas no local e depois entrar em contato com o Departamento de Investigações Criminais (DTI), o Laboratório Central de Criminalística (LCC) e o Instituto Médico-Legal (IML), todos com sede na capital cubana.

Às 7h11, quando se iniciavam as atividades do dia e a maré começava a virar, três especialistas do LCC e o capitão Félix Trujillo do DTI chegaram numa caminhonete Lada. Escutaram em silêncio o tenente que os recebeu. Nenhum vizinho vira nem ouvira nada fora do comum antes ou depois de ir deitar-se, os passantes curiosos haviam destruído as imediações do crime e ninguém ali conhecia o morto.

Os peritos do IML fariam a investigação do corpo no local, o removeriam para o necrotério, coletariam toda e qualquer prova nele encontrada, realizariam a autópsia e auxiliariam na identificação da vítima, portanto, a equipe do LCC observou o cadáver somente de longe, antes de fotografar o local e medir as distâncias.

O rabecão do IML, uma caminhonete Mercedes-Benz branca, chegou às 7h49. Três homens e uma mulher em jalecos brancos, calças verde-oliva e botas pretas saíram do carro, cumprimentaram os policiais e trocaram algumas palavras. O capitão Trujillo parecia especialmente alegre ao ver a patologista, a Dra. Bárbara Valverde, uma atraente negra de 33 anos. Ela se inteirou dos poucos fatos de que ele tinha conhecimento e, em seguida, tirou da parte traseira do veículo uma maleta de alumínio para a perícia da cena do crime; abriu-a, distribuiu luvas de látex e botinas de papel plastificado entre seus assistentes, calçou um par de luvas e as botinas e colocou uma máscara cirúrgica. Fechou a maleta, aproximou-se do cadáver, afastou as moscas, colocou a maleta no chão e agachou-se ao lado. O corpo estava de bruços, o rosto apoiado na face esquerda, os braços estendidos ao longo do corpo, as pernas um pouco dobradas para a direita. Na rua, os moradores mais antigos, por trás do cordão de isolamento da polícia, franziam as testas estarrecidos e falavam em alvoroço. Uma mulher examinando um homem morto? Seria uma necrófila? Os mais jovens entre eles, impacientes, pediam que se calassem.

A primeira coisa que a patologista percebeu foi o inchaço na base do pescoço. Deslizou os dedos médio e indicador por cima, sentindo a vértebra deslocada. Em seguida, localizou a laceração na têmpora direita, e as pontas de seus dedos detectaram fraturas cominutivas no osso temporal. Havia manchas de sangue de fluxo de baixa velocidade na calçada, abaixo do canto esquerdo da boca, provavelmente oriundas de lábios cortados e de dentes soltos, causados pelo impacto com o cimento.

— Vamos desvirá-lo — disse a Dra. Valverde.

O *rigor mortis* estava quase completo. Ela segurou o cadáver pela cabeça, enquanto seus assistentes desviravam-no. Notas de dinheiro dobradas pela metade caíram de um dos bolsos da calça. Um dos assistentes assobiou. A patologista abriu de novo a maleta de alumínio e pegou uma pinça, que usou para apanhar as notas e acondicioná-las em um saco plástico para coleta de provas.

A Dra. Valverde franziu a testa quando percebeu marcas de dentadas no pescoço. Analisou-as por algum tempo com uma lupa.

— Osvaldo, comunique-se pelo rádio e peça a Graciela que telefone para o odontologista e que vá até o instituto. Há marcas de dentes para serem moldadas.

O assistente mais alto caminhou em direção ao rabecão. O outro mediu a temperatura e a umidade.

Ela examinou a têmpora lacerada com a lupa antes de usar cotonetes esterilizados para coletar fluidos do nariz, da boca e dos ouvidos e acondicionou cada uma das amostras em sacos separados, os quais rotulou com uma caneta. Coletou amostras de sangue também da calçada e em seguida apalpou o topo da cabeça, a caixa torácica, as coxas, as pernas e os tornozelos, antes de fechar a maleta e levantar-se.

— O que temos aí, Dra. Valverde? — perguntou o capitão Trujillo. Ele permaneceu a alguns centímetros de distância dela, pernas abertas, cotovelo direito apoiado no coldre, um cigarro aceso na mão esquerda. A patologista suspeitou de que ele tivesse cochilado de uniforme: a camisa cinza-clara de mangas compridas e a calça azul estavam amarrotadas, vincadas. Em seu íntimo, admitia que sentia atração por ele, apesar de não ser muito atraente à primeira vista, mas achava-o viril. Sempre que trabalhavam juntos, ele tentava estabelecer um relacionamento não profissional, mas Félix era jovem demais para ela; e casado. Ela apanhou a maleta; depois, seguida pelo capitão, levou o material de volta para a caminhonete e tirou as luvas.

— O que temos aí é um pescoço quebrado, um golpe forte na têmpora direita, lábios e queixo lacerados, dentes soltos, marcas de dentadas no pescoço.

— Tempo estimado?

— Preliminar. Entre 4 e 8 horas.

— Está planejando fazer a autópsia imediatamente?

— Sim. Meu turno é das 6 às 14 horas.

— Então vou passar por lá, ou envio alguém mais tarde, para coletar os pertences do morto e levá-los para o LCC. Se ele não estiver com a carteira de identidade, teria um cartão com as dez digitais pronto para mim?

— Carreguem o morto, camaradas — disse a Dra. Valverde a seus assistentes. Os dois homens tiraram uma maca do rabecão. Ela os seguiu com os olhos.

— Doutora? — chamou Trujillo, percebendo que ela não havia escutado.

— Desculpe, Félix.

— Pode me arranjar um cartão de digitais, se o presunto não estiver portando carteira de identidade?

— Claro. — Depois de uma pausa, ela acrescentou: — Caíram algumas notas de dólares do bolso dele.

— É, eu percebi.

— A de cima parecia ser de 50.

— Sério?

— Mas, quando apalpei o corpo, não percebi nenhuma carteira. E o pulso esquerdo tem uma marca mais clara, como a de um relógio, mas ele estava sem relógio.

O capitão Trujillo tinha uma paixão pela Dra. Valverde, porque a beleza dela era estonteante e seu corpo, escultural. Era competente e brilhante também, e ele gostava disso.

— Então, sua opinião é de que quem rouba um relógio, uma carteira e um par de sapatos vasculha todos os bolsos.

— Correto.

O capitão deu um trago no cigarro e considerou o que ela disse enquanto a maca era colocada dentro do rabecão. O motorista ligou a ignição; os assistentes tiraram as luvas.

— Está me parecendo sexo, talvez sodomia — acrescentou a patologista. — Isso explicaria as mordidas. Vou verificar se há indícios de relação sexual. Mas, se não tiver havido sexo nas últimas 12 horas, você vai ter um osso duro de roer: um assassino que morde sem motivo sexual e rouba objetos de valor mas não leva o dinheiro. Muito estranho, não acha?

— Acho sim. Apareço por lá depois, doutora.

— Não antes do meio-dia, Félix. Não antes do meio-dia.

O Instituto Médico-Legal, na Boyeros, entre a Calzada del Cerro e a rua 26, é um edifício pré-fabricado de dois andares, escondido por trás de uma clínica psiquiátrica e grandes loureiros. Antes de seus peritos terem localizado, exumado e identificado os restos mortais de Che Guevara e seus homens na Bolívia, o instituto gozava da duvidosa distinção de ser a menos conhecida de todas as instituições públicas de Havana.

De volta ao IML, a Dra. Valverde comeu um pãozinho com manteiga e tomou um copo de suco de laranja de café da manhã, seguidos de um espresso. Depois, fumou um cigarro no hall, ao lado de um dos vários cinzeiros de alumínio, todos de muito mau gosto. Jogou nele a ponta, antes de se dirigir ao vestiário para pôr um jaleco, protetores de mangas, protetores para os sapatos, um gorro cirúrgico, uma máscara cirúrgica e três pares de luvas de látex.

A sala de autópsias tinha quatro mesas, um eficiente sistema de ventilação e ar-condicionado e a parafernália padrão: serras Stryker, fonte de luz forense com um dispositivo de fibra ótica, lâmpadas de luz ultravioleta, lâmpadas cirúrgicas e com lentes de aumento, cubas metálicas, afastadores, pinças, bisturis, pias, mangueiras e baldes. Armários de todos os tipos e tamanhos nas paredes de azulejos, e caixas para raios X.

O corpo estava numa maca à direita da mesa número três, na qual se sentavam os dois assistentes da Dra. Valverde, pernas penduradas, as máscaras levantadas para evitar que ficassem embaçadas, enquanto conversavam sobre o jogo de beisebol da noite anterior no estádio latino-americano. Na mesa número 1, uma outra equipe examinava uma mulher de 25 anos que morrera em casa, provavelmente de ataque cardíaco. Osvaldo entregou um microfone à Dra. Valverde, que o prendeu ao jaleco. René acionou o botão para a gravação.

Os assistentes colocaram o corpo sobre a mesa de necropsia e, então, romperam a rigidez cadavérica nos braços e pernas. Primeiro a Dra. Valverde coletou cabelo e substâncias sob as unhas. Em seguida o cadáver foi despido, e os bolsos, examinados. Quatro papelotes de cocaína, um chaveiro com cinco chaves, um pacote de cigarros pela metade, um isqueiro, um lenço e nove moedas foram achados e acondicionados nos sacos com as provas. Depois de mergulhar as mãos do morto numa vasilha com água morna durante alguns minutos, Osvaldo as secou, em seguida cobriu com tinta cada um dos dedos e pressionou-os sobre o cartão de digitais. Todas as provas que precisavam ser enviadas para o Laboratório Central de Criminologia estavam prontas.

O corpo foi medido e pesado, a temperatura tirada. René fotografou o pescoço, a têmpora e as marcas de mordidas — com Osvaldo segurando a régua como escala — enquanto a Dra. Valverde inspecionava os ferimentos de novo, desta vez sob uma lupa com iluminação fluorescente. O odontologista, um homem baixo e barbudo, chegou. Durante alguns minutos contou algumas piadas, antes de tirar as impressões das mordidas.

Quando ele terminou, a patologista examinou cuidadosamente os joelhos, os cotovelos, o lado interno dos braços, o pênis e o escroto do cadáver, coletando material de todas essas partes. Pediu que o desvirassem e examinou as costas, as nádegas e o ânus, e passou um cotonete esterilizado no reto à procura de fluido seminal. Em seguida colocou lentes coloridas, mandou que apagassem as luzes e usou o dispositivo de fibra ótica da fonte de luz forense para verificar a fluorescência que o sêmen, o sangue, a saliva e a urina apresentam sob a luz de alta intensidade.

Uma hora e meia se passou. Sem uma palavra, a Dra. Valverde desprendeu o microfone. René parou a gravação, e o grupo dirigiu-se para um canto. Arrancaram o terceiro par de luvas e fumaram enquanto discutiam o estágio seguinte do exame pósmorte. Todos concordaram que ele traria poucos esclarecimentos acerca da causa da morte, mas teria que ser feito de qualquer forma.

Voltando a usar o microfone, a patologista passou o bisturi da clavícula ao esterno, descendo até a pélvis, e em seguida afastou o escudo formado pelas costelas. Depois de trinta minutos de trabalho, os principais órgãos haviam sido retirados. Todos estavam dentro dos limites normais. Os pulmões do homem morto revelavam que ele havia sido um fumante inveterado. Carne, banana-da-terra, arroz e feijão em processo de digestão foram identificados no estômago. A Dra. Valverde ajustou a lâmpada cirúrgica para examinar a vértebra fraturada e a medula espinhal afetada. Ela suspirou e pediu a serra Stryker para começar o trabalho no crânio, mas depois mudou de ideia. Uma radiografia do osso temporal direito seria suficiente. O trabalho foi completado três horas e dez minutos depois que começou. René colocou no dedo do pé do cadáver uma placa em que se lia "Homem desconhecido 4", antes de transportá-lo na maca para uma gaveta na geladeira.

A Dra. Valverde tomou banho e trocou de roupa no vestiário, depois dirigiu-se apressadamente à lanchonete, que estava quase vazia, para almoçar. O menu do dia era arroz, ovos mexidos, batata-doce e vagem cozida. Cansada, sentou-se a uma mesa vazia. Avistou então o capitão Trujillo à porta, espichando o pescoço à sua procura. Acenou-lhe com a mão.

— Já almoçou? — perguntou ela.

— Ainda não.

— Por que não almoça?

Hesitante:

— Posso? Eu achava que esse lugar era só para o pessoal do IML.

— E é, mas vamos ver.

Ela falou com o responsável, Trujillo pagou 50 centavos e depois se dirigiu ao balcão de comidas. A Dra. Valverde já estava no meio do almoço quando ele puxou uma cadeira à sua frente.

— Obrigado. Estou faminto — disse ele.

— O mínimo que eu podia fazer. De qualquer maneira, isto aqui está às moscas.

— Bom, é verdade, mas é melhor do que nada. Quando eu voltar para o meu refeitório, provavelmente não vai ter sobrado nada.

— Aproveite, então.

Trujillo engoliu a comida, e eles terminaram simultaneamente. Saíram em seguida para o hall. Ela lhe ofereceu seu maço de Populares. Ele pegou um, depois acendeu o isqueiro para ela. Ambos inalaram fundo.

— Não tinha identidade, não houve relação sexual, foi morto por volta da meia-noite — disse ela.

Trujillo virou levemente a cabeça.

— Alguma coisa mais? — perguntou.

— O que parece ser quatro papelotes de cocaína — respondeu ela entre tragos de cigarro.

Trujillo franziu o cenho e eles fumaram em silêncio por um ou dois minutos. Nas 72 horas anteriores, ele dormira apenas 12, não trocara de roupa fazia dois dias e fora repreendido pelo coronel por ter faltado às três últimas reuniões de célula do partido, de modo que não estava com ânimo para se envolver num caso complicado de assassinato. Mas sabia muito bem que não podia sugerir ao major Pena que passasse a bola para outro. O homicídio havia sido comunicado durante seu turno, 37 minutos antes de sua folga. Aquela era a sua sorte. Se pelo menos fosse um crime passional. Um daqueles casos de solução imediata, em que o assassino é encontrado soluçando ao lado do corpo, pendurado numa forca nas proximidades ou escondido na casa dos pais.

— Bom, doutora, vou pegar o cartão com as digitais e os objetos dele agora e levar para o LCC. Por favor, envie o relatório da autópsia o mais rápido que puder.

— Claro. Não invejo você, capitão. Esse é um caso complicado.

— Estou sabendo. Obrigado por tudo. Mudando de assunto, estou exausto, e você provavelmente também, quer... pegar um cinema ou ir jantar comigo uma noite dessas?

A patologista lhe lançou um olhar desaprovador.

— Félix, você está dando em cima de mim? Qual é o problema de vocês, caras?

— Calma. Eu só achei que você poderia querer. Alguém me disse que é divorciada. Não é?

— Sou sim. Mas você não. Dá um tempo, Félix.

Trujillo baixou a cabeça e enrubesceu levemente. Como ela havia descoberto que ele era casado?

— Está bem. Desculpe. Sinto muito. Está zangada comigo?

— Não, não. Preciso fazer meu relatório. Cuide-se.

Às 14h15, o cartão com as impressões digitais foi examinado oticamente pelo computador do LCC. As principais características do padrão geral e dos aspectos específicos forneciam uma lista de candidatos, classificados por um algoritmo de comparação. Pela internet, o perito em digitais solicitou 72 cartões do registro nacional e começou o longo processo de análise. Às 19h50, naquela noite, ele discou o número do DTI e pediu para falar com Trujillo. Teve de esperar que o capitão se levantasse da cama, no dormitório dos detetives de polícia mais antigos, fosse ao banheiro, jogasse água no rosto e, por fim, sentindo-se razoavelmente desperto, caminhasse devagar em direção ao telefone, no escritório do policial de plantão.

— Capitão Trujillo, às suas ordens.

— Aqui é o capitão Lorffe, de Digitais, LCC.

— Sim.

— Tem papel e caneta?

— Um minuto.

Trujillo procurou nos bolsos da camisa. Encontrou um bilhete de ônibus e uma esferográfica.

— Pode falar.

— Pablo Carlos Miranda Garcés — ditou lentamente o capitão Lorffe. — Um cidadão cubano. Nascido em 17 de agosto, 1965, em Havana. O endereço em seu registro de identidade é rua 3A, 2.406, entre as ruas 24 e 26, Miramar, Playa.

Trujillo anotou tudo, em seguida repetiu para ter certeza de que havia anotado corretamente.

— Certo. Obrigado. Agora, capitão, com todo o respeito, mas as impressões foram tiradas de um homem morto. Tenho que notificar à família. Há alguma possibilidade de erro de identidade?

Trujillo ouviu a respiração de Lorffe.

— O cartão que tenho em mãos contém as dez digitais de Pablo Carlos Miranda Garcés. Há mais correspondência nas características de cada uma das digitais do que o número de cabelos da minha cabeça. Agora, se alguém no Setor de Identidades de Playa se enganou na porra do cartão e arquivou erroneamente as impressões originais do cara; se você deixou o cartão do IML na sua mesa e alguém alterou; se alguém...

— Espero que nada disso tenha acontecido — interrompeu Trujillo. — Muito obrigado, camarada.

De volta ao dormitório, o capitão do DTI pegou sua maleta, colocou no bolso o chaveiro encontrado no cadáver, jantou no refeitório, em seguida solicitou um veículo Lada, recebeu uma motocicleta russa Ural com sidecar e seguiu para Miramar. Primeiro, interrogou o homem responsável pela vigilância no Comitê para a Defesa da Revolução (CDR). José Kuan morava na mesma quadra de Pablo Miranda, na rua 26, entre a 3 e a 3A.

Kuan era filho de imigrantes chineses e aparentava ter 30 e tantos anos, então Trujillo calculou que ele deveria ter pouco mais de 50. Morava num apartamento de terceiro andar com a mulher e dois filhos, que tinham ambos menos de 10 anos, e era subgerente de uma empresa estatal que comercializava objetos de arte popular. Os filhos de Kuan estavam assistindo à televisão na sala, portanto ele foi com Trujillo para o quarto do casal. A mulher dele ofereceu uma xícara de café espresso ao capitão, que aceitou de bom grado.

Sim, um homem chamado Pablo Carlos Miranda Garcés morava no mesmo quarteirão dele. Kuan disse que era baixo, careca e que trabalhava numa empresa associada ao governo, que ficava a duas quadras de distância. Trujillo anotou o nome e o endereço da empresa. Não, ele não o vira nos últimos dias. Não, ele não era casado; pelo que sabia, morava com a irmã. Não, ela também não era casada. Ninguém mais morava ali.

Trujillo pediu para ver o Registro de Endereços. Kuan abriu um armário e tirou dele um arquivo, com uma página para cada residente na área coberta pelo CDR. Na do apartamento do homem morto também constava o nome de Elena Miranda Garcés, e lá também se achava a data de nascimento da mulher. O nome Gladys Garcés Benitéz, nascida em 1938, havia sido riscado com tinta vermelha em 1987, logo que ela se mudou para Zulueta, Villa Clara. O sobrenome dela era idêntico ao segundo sobrenome dos dois irmãos. Se ainda estivesse viva, Trujillo calculou, a mãe deles teria agora 62 anos.

— O que você tem para me dizer sobre esse Pablo Miranda? — perguntou Trujillo.

O homem remexia, nervoso, as páginas do livro de registros, seus olhos evitando os do policial. Em seus 11 anos na força, Trujillo vira essa linguagem corporal repetidas vezes. Homens e mulheres que não queriam delatar vizinhos tropeçavam nas palavras para dar as respostas. *Então por que aceitam a posição*?, costumava se perguntar quando ainda era recruta. Agora ele sabia a resposta: era medo de que achassem que estavam se opondo ao cumprimento dos deveres revolucionários se não respondessem, o que resultaria em sérias implicações.

— Bom, na verdade eu não o conheço bem, entende? É um tipo que não se mistura muito com os vizinhos. Acho que trabalha muito.

— Sabe que tipo de amizade ele tem? As pessoas que andam com ele?

— Não. Acho que não vou poder ajudar muito nesse ponto.

— Ele tem carro?

— Não que eu saiba.

— Sai muito?

— Não sei dizer.

— E a irmã dele?

Alívio espalhou-se pelo rosto do homem.

— É uma pessoa boa.

— Diferente do irmão?

— Não, não, não foi isso que eu quis dizer. — Ele pareceu nervoso. Mas ela é uma pessoa delicada. Sempre bem-educada, gentil, e linda também.

Trujillo assentiu e reprimiu um sorriso. Estaria o homem atraído pela irmã? Bom, ele tinha uma bela mulata toda para ele. Que mais um homem poderia desejar? Então lembrou-se de que as aspirações humanas são ilimitadas.

— Bom, camarada Kuan, tem uma coisa que eu preciso lhe dizer. Pablo Miranda foi encontrado morto hoje de manhã em Guanabo.

A notícia deixou o homem sem fala.

— Tenho que comunicar à irmã agora e conduzir uma busca no apartamento dele. Como você sabe, testemunhas do CDR devem estar presentes. Preciso que me acompanhe, por favor. A presidente também, se possível.

A presidente do CDR, Zoila Pérez — conhecida como "Dia e Noite", por causa de uma série de TV patrocinada pelo Ministério do Interior —, era vendedora numa livraria, 58 anos, morava no segundo andar do edifício do homem morto, em um apartamento de frente. Zoila ganhara aquele apelido e a posição de presidente do CDR depois de tentar persuadir os vizinhos de que uma invasão americana era iminente. Nunca faltara a seu posto de vigilante e estava sempre disposta a substituir os *cederistas* doentes (ou os que se diziam doentes ou saturados).

Para Zoila, todo estrangeiro era suspeito, principalmente de noite, e ela informava atividade inimiga num piscar de olhos. Em sua imaginação fértil, casais se abraçando no Parque de la Quinta eram soldados camuflados da vanguarda da força expedicionária, portanto, pelo menos duas ou três noites por semana, ela pegava o telefone e ligava para o departamento de polícia mais próximo. Os sargentos, já acostumados com a paranoia da mulher, agradeciam com polidez, desligavam e depois riam antes de contar aos outros policiais na sala do pelotão: "Ei, turma, era a Dia e Noite. A garota tocando punheta no namorado no parque é uma fuzileira naval se preparando para abrir fogo com um lança-mísseis contra o edifício da Dia e Noite."

Agora, tendo sido informada do que ocorrera a Pablo, ela retorcia as mãos em desespero, enquanto Trujillo tocava a campainha do apartamento de Elena Miranda. Era o tipo de notícia que Zoila detestava. Uma invasão imaginária radical, ela conseguia aceitar; mas o assassinato real de um vizinho a deixava abalada.

Cerca de um minuto depois, Elena abriu a porta, usando apenas um penhoar e sandálias. Oba!, pensou Trujillo. Ela viu a expressão de sofrimento no rosto de Zoila, um Kuan acabrunhado, um policial com expressão impassível. Más notícias, pensou, e perguntou:

— O que aconteceu?

— Elena, este é o capitão Trujillo, do Departamento de Investigações Técnicas da polícia — disse Zoila.

— Qual é o problema, capitão?

— Podemos entrar, camarada Elena? — Tentando parecer natural, Trujillo apresentou sua identidade.

— Claro, desculpem, entrem, por favor. Podem sentar.

Elena sentou-se na beira de uma poltrona, Trujillo à sua frente, Kuan e Zoila no sofá.

— Infelizmente tenho más notícias para lhe dar, camarada Elena — começou Trujillo. — Seu irmão, Pablo, foi encontrado morto hoje pela manhã.

Elena sentiu um tremor na espinha, uma dormência, um sentimento de perda. *Choque, pela terceira vez na minha vida.* Olhando o policial nos olhos, ela balançou a cabeça de forma reflexiva, contraiu os lábios, entrelaçou os dedos no colo, engoliu forte.

— Acidente? — perguntou.

— Não sabemos ainda. Ele teve o pescoço quebrado e sofreu ferimentos na cabeça. Pode ter levado uma queda ou pode ter sido assassinado.

— Tem certeza de que é meu irmão? — Ela parecia arrasada.

— Temos certeza sim, camarada.

— Posso vê-lo?

— Na verdade, se for o único parente em Havana, vai precisar identificá-lo. O corpo está no IML. Amanhã pela manhã...

— Onde?

— No necrotério. Pode ir amanhã de manhã. Às 8. É na Boyeros, próximo à Fonte Luminosa. É o único parente dele?

— Em Havana, sim. Temos nossa mãe... e pai.

— Pode comunicar a eles?

— Bom, posso telefonar para minha mãe, mas meu pai está preso.

Para esconder sua surpresa, Trujillo abriu a maleta, pegou a agenda e uma caneta esferográfica. Lançou um olhar indignado aos informantes, mas eles fitavam Elena como se aquilo também fosse novidade para eles. Ambos haviam se mudado para a vizinhança anos depois que o pai de Elena fora sentenciado, e ninguém havia se preocupado em lhes contar a história.

— Me diga o nome dele e em que presídio se encontra. Talvez eu possa conseguir uma permissão especial para que ele possa ir ao velório e ao funeral.

— O nome dele é Manuel Miranda, e ele está em Tinguaro.

Trujillo escreveu devagar as três palavras. Tinguaro era um presídio especial, pequeno, 15 quilômetros ao sul de Havana, para aqueles que haviam ocupado altas posições no partido cubano, no governo ou nas forças armadas, antes de serem condenados por algum crime não político. Homens que mereciam consideração especial por terem vencido batalhas, realizado feitos heroicos, seguido ordens ao pé da letra, arriscado a vida pela Revolução. Sim, tinha certeza de ter uma vaga lembrança do nome Manuel Miranda.

— Vou ver o que posso fazer, camarada Agora, preciso examinar os objetos pessoais de seu irmão. Os documentos, a roupa, qualquer coisa que possa esclarecer o que aconteceu. Os camaradas Kuan e Zoila estão aqui como testemunhas. Gostaríamos que nos levasse até o quarto dele e a qualquer outro cômodo onde ele guardava objetos pessoais.

Elena concordou com um movimento enfático de cabeça, duas lágrimas escorrendo-lhe pelo rosto.

— Não tenho a chave do quarto dele. Nós... bem, capitão, ele colocou um cadeado no quarto dele. Não tenho a chave.

Trujillo apresentou o chaveiro de Pablo.

— Reconhece isto?

Elena fez que sim com a cabeça. A última sombra de dúvida se evaporou.

— Foi encontrado no bolso dele.

— Venham comigo, por favor.

Quando Elena acendeu a luz, os visitantes se viram diante de um lugar desordenado e imundo. Dez ou quinze baratas correram em busca de proteção. Sob a mesinha da TV colorida e do videocassete encontravam-se um rolo de papel higiênico, jornais velhos e um aparelho de CD quebrado; uma pilha de cuecas, toalhas e lençóis sujos encontrava-se em cima da cama desfeita; chinelos sob uma escrivaninha; três cinzeiros cheios de pontas de cigarro, vários maços vazios e amassados de Populares, no chão; sapatos e meias por toda parte. O ambiente cheirava mal, a sujeira, suor e sebo humano.

Enquanto Trujillo inspecionava profissionalmente o quarto, sob o olhar envergonhado das testemunhas, Elena, recostada à porta, esforçando-se para evitar as lágrimas e mordendo os lábios, perguntava-se por que ela e o irmão haviam se tornado inimigos e, quando começaram as desavenças, qual parte da culpa teria sido dela. As lembranças lhe vinham à mente como as ondas banham a praia e depois retornam, sendo absorvidas pela areia.

Elena não se lembrava da rejeição que deve ter sentido desde o início. Tinha 3 anos quando a mãe chegou em casa segurando no colo um recém-nascido, com o rosto vermelho de tanto chorar, que exigia dela toda a atenção. Teria o bebê percebido que a irmã o odiava? Seria possível que um recém-nascido percebesse repulsa?

Suas fontes eram as histórias familiares, casos engraçados contados pela mãe. Como na manhã em que encontrara Elena tomando a mamadeira que deveria estar dando ao irmão. Foi assim que descobriu por que o menino estava sempre com fome logo depois de ter sido alimentado pela irmã impropriamente supervisionada. Ou o dia em que ela espalhou as próprias fezes no rosto dele. Ou ainda na noite em que o fez comer uns 100 gramas de passas, que Pablo devorou feliz e quase ficou desidratado da diarreia que teve. Quando eram adolescentes, ao ouvirem essas e outras histórias, Elena e Pablo trocavam rápidos sorrisos, soltavam pilhérias, mas nos olhos do irmão havia um brilho estranho, como se ele estivesse pensando: *Está vendo como foi você que começou tudo isso?*

De acordo com a mãe, Elena era impressionada com o pênis de Pablo. Para quê ele precisava daquilo? Assim que ele ficou de pé e começou a andar, ela quis fazer xixi em pé também. Elena se lembrava claramente do dia em que, aos 7 anos, foi descoberta acariciando o irmão, então com 4 anos. A mãe deu-lhe uma surra como nunca antes, então ela percebeu que havia feito uma coisa terrível e durante anos a lembrança ficou oculta num recanto da mente como uma atrocidade inominável que ela teria de expiar. Depois que o professor de psicologia infantil na Universidade de Havana explicou os jogos sexuais entre as crianças, Elena sentiuse extremamente aliviada. A culpa desapareceu e sua sexualidade melhorou consideravelmente.

Como parte de sua expiação e para encerrar o crescente antagonismo, embora inconscientemente, ela fez um grande esforço para se tornar a melhor amiga do irmão. O Parque de la Quinta era sua área de recreação. Ela aprendeu a lançar uma bola de beisebol, a andar de skate e de bicicleta, enquanto ele aprendia a rebater a bola, andar de patinete e depois de velocípede. Eles eram invejados por muitas crianças da vizinhança, aquelas que não tinham pais com conexões especiais que permitiam a aquisição de tais brinquedos.

Em termos práticos, entretanto, a infância deles fora quase toda longe do pai. Manuel Miranda se tornou major do exército revolucionário — a patente mais alta — em 1958, aos 21 anos. Promovido a tenente dois meses depois de se juntar aos rebeldes na Sierra Maestra, ele se tornou capitão quatro meses mais tarde, e foi indicado para a posição de major duas semanas antes de Batista fugir e o exército regular se desintegrar. Quando os rebeldes chegaram em Havana, ele era uma lenda viva: dezenas de histórias o retratavam como destemido, um homem jovem altamente aventureiro, que desafiava a morte.

O major Miranda passou alguns meses levando uma vida desenfreada na Havana de 1959. Com apenas 1,70 metro de altura, sua autoconfiança, seus cabelos batendo nos ombros e sua história de vida fizeram dele o terceiro homem mais disputado na capital cubana (depois de Fidel Castro e Camilo Cienfuegos). A imponente Gladys Garcés, uma das coristas do mundialmente famoso Tropicana, era 5 centímetros mais alta e dois anos mais velha do que o major, e dançava como as folhas das palmeiras oscilam na brisa vespertina: com uma sensualidade quase mágica. Eles se encontraram, fizeram amor e, pela primeira vez, o garoto do campo ficou perdidamente apaixonado. Não queria acordar do sonho e convenceu a moça a abandonar o cabaré e casar-se com ele em junho. Após quatro anos de vida de cabarés e dezenas de homens, Gladys era muito bem versada nas excentricidades da paixão para ficar louca de amores por qualquer um, mas no íntimo achou que se casar com um herói aventureiro reduziria consideravelmente as incertezas de um futuro no qual milionários e empresários e suas esposas cobertas de joias seriam espécies ameaçadas.

Começou então a luta contra o imperialismo americano. Miranda passava semanas, às vezes meses, numa casamata, em algum lugar, aguardando uma invasão americana; na baía dos

Porcos, destruindo a Brigada 2506; caçando contrarrevolucionários nas montanhas de Las Villas; na Algéria, lutando contra os marroquinos; treinando guerrilheiros para fomentar a subversão na América Latina. Às vezes, à noite, quando tirava uma licença daquela vida de atividade intensa, o major Miranda voltava para casa, o apartamento confiscado em Miramar que lhe fora cedido pelo Instituto Imobiliário em 1960, e seus filhos passavam uns dias brincando com o papai.

Nem Elena nem Pablo tinham idade suficiente para compreender as razões do divórcio dos pais. Não havia sido um lar normal, mas a separação ainda era um choque, porque Gladys, que nunca falava muito sobre o marido e não parecia deprimida por causa de suas prolongadas ausências, de repente passava horas xingando o *filho da puta*, expressão que, como diversas outras palavras ofensivas, aprendera no camarim do Tropicana. Ela também culpava uma certa prostituta por seu infortúnio.

Depois que Pablo completou o segundo ano — ou teria sido o terceiro? —, a escola tornou-se um fator de separação significativo. O garoto se ressentia de ter a irmã como professora (pois Gladys exigia que Elena lhe ensinasse o dever de casa). Detestava também a dedicação dela aos estudos e o fato de ela ter sido eleita presidente do Destacamento de Pioneiros, a organização comunista infantil. A situação se agravou no curso secundário. Por ter puxado à mãe, aos 12 anos, Elena era a garota mais bonita e mais popular da escola. Pablo, aos 9, era a cópia fiel do pai: baixo, magro e destemido a ponto de ser apelidado de "El Loco" — O Maluco.

Nos três ou quatro anos seguintes, os irmãos tornaram-se o centro de grupos contrastantes. Pablo era o líder irrefutável de cinco ou seis adolescentes raivosos, frustrados e rebeldes, a maioria filhos criados por um dos pais apenas, que matavam aula, andavam pelas ruas e eram reprovados nos exames. Elena era o oposto. Aos 15 anos tornou-se presidente da Federação de Alunos Secundaristas de sua escola, aos 17 foi oradora da turma. Eles viviam em uma simbiose peculiar: espécies diferentes sob o mesmo teto, evitando-se, sempre em rota de colisão.

Então, numa noite de 1980, o general Miranda voltou para casa de uma viagem a Angola sem avisar e encontrou sua segunda mulher, uma morena extremamente bela, 13 anos mais nova do que ele, na cama com o vizinho. O general sacou sua Makarov 9mm e esvaziou o primeiro pente contra os dois amantes, que imploravam clemência. Os braços e pernas deles contraíam-se espasmodicamente, então Miranda trocou o pente da arma e garantiu que nenhum dos dois sobrevivesse para contar a história. Em seguida, dirigiu-se ao Ministério das Forças Armadas Revolucionárias conduzindo seu Lada e se entregou.

Nos três ou quatro meses seguintes, a vida de Elena e Pablo virou um caos de incompreensão, apreensão e irritabilidade, que pouco a pouco se transformou em indiferença e insensibilidade, depois num certo consolo, quando souberam que o general fora condenado a trinta anos de prisão, e não à pena de morte, que foi o que o detestável advogado de acusação havia recomendado.

Como a maioria dos cubanos, Gladys tinha a firme convicção de que criticar os vivos não era tão inaceitável quanto zombar dos mortos. Repetia sempre para a filha e o filho, na época com 18 e 15 anos, respectivamente, que os homens viravam cretinos quando pensavam com a cabeça pequena em vez da grande. "Você ainda vai se arrepender", ela dizia ter advertido o marido no dia em que ele fez as malas e foi embora, "quando encontrar a puta te traindo e lembrar que abriu mão do lar e da mulher decente que tinha."

A mídia cubana sabia muito bem que não devia anunciar os escândalos que envolviam comunistas de alto escalão; a ideia de que todos eles eram paradigmas da perfeição humana não podia ser abalada. Mas essa história era sensacional demais para ser abafada. Os generais e coronéis com postos no estrangeiro contaram reservadamente a suas jovens e belas esposas e amantes, que, por sua vez, passaram adiante a amigos e parentes. De leste a oeste da ilha, em todas as cidades e vilas, os cubanos tomaram conhecimento do ocorrido ao sintonizarem a rádio Bemba — rádio boca a boca — entre eles, um vizinho e os filhos de Gladys, que consideraram seu dever informar alguns amigos no quarteirão. A notícia alastrou-se como um fogo incontrolável.

Os adolescentes que um dia invejaram Elena e Pablo — ao vê-los andando no carro do pai; ao espiarem os caminhões de lona verde-oliva fazendo entregas de caixas pesadas no fim de dezembro; ao cobiçarem os brinquedos, as roupas e os sapatos que eles usavam; ao saborearem os bolos de aniversário grandes e vistosos e beberem sofregamente tantos refrigerantes quantos quisessem nos aniversários de Pablo e Elena — aqueles mesmos adolescentes dividiram-se em dois grupos. Alguns ofereciam apoio incondicional e conforto. Mas a maioria deu as costas à família Miranda. Para eles, Elena e Pablo haviam nascido em berço de ouro; agora, finalmente, aprenderiam o que significava construir o socialismo.

No mesmo ano, Elena começou o bacharelado em educação na Universidade de Havana. Sentiu-se como Alice no País das Maravilhas. Ninguém parecia interessado em saber quem eram seus pais nem de onde viera. Não era mais aquela aluna de último ano de ensino médio que tratava os iniciantes com desprezo, mas ela própria uma iniciante que recebia o mesmo tratamento. Agora havia o professor quarentão, o primeiro homem maduro por quem se sentiu atraída; o enorme edifício, a biblioteca e o estádio colossais, comícios políticos sérios. Enfim pôde se ver livre do uniforme, andar de ônibus diariamente, almoçar onde quer que tivesse vontade e sua mesada permitisse. Também tinha que estudar muito mais.

O Maluco, no entanto, permaneceu na mesma escola e foi rebaixado de herdeiro legítimo a um cargo de general para filho de assassino. Sua reação foi violenta: nos dois primeiros meses, ele se envolveu em brigas com dois professores e nove colegas, algo que não poderia ter sido ignorado. Antes de expulsar o garoto, o diretor escreveu uma carta para o ministro das Forças Armadas Revolucionárias. O major Domingo Rosas, de 35 anos, da Contrainteligência do Exército e psicólogo de profissão, foi encarregado de "tomar conta" do filho e da filha do ex-general Manuel Miranda.

O major Rosas visitou Gladys primeiro. Explicou que, em consideração aos méritos extraordinários do ex-marido dela, a "Direção da Revolução" — expressão que em geral significava o Número 1 em pessoa, ainda assim, vaga o suficiente para transferir a culpa para o Número 2, 3 ou 4, caso algo desse errado — havia determinado que fosse apontado um oficial de ligação para Elena e Pablo, que os poria em contato com o pai. Ele os levaria para uma visita ao pai na prisão quando quisessem, e se quisessem; também tentaria conquistar a confiança dos jovens e lhes dar aconselhamento. Gladys deveria sentir-se à vontade para lhe telefonar quando qualquer problema que afetasse seriamente os seus filhos não pudesse ser resolvido pelos canais regulares.

Em seguida, o major Rosas visitou a escola de Pablo e entrevistou o diretor e seus professores. As informações que colheu o convenceram de que o garoto era um verdadeiro desajustado. Comunicou isso a seu superior e foi liberado de todas as outras funções por um mês, no fim do qual fez um relatório e um prognóstico. O relatório estava excelente, e o prognóstico, otimista; omitia apenas um fato significativo: o major Rosas ficara perdidamente apaixonado por Elena Miranda.

— Camarada Elena, pode vir até aqui? — O capitão Trujillo estava diante do armário de Pablo. O detetive do DTI havia tirado uma fita de vídeo de uma caixa que continha outras mais. Estava rotulada com o número 35.

— Deve haver umas quarenta ou cinquenta fitas nessa caixa — disse Trujillo. — Seu irmão gostava tanto assim de vídeos?

— Não saberia responder, capitão.

— Ele nunca lhe mostrou estes aqui?

Elena suspirou e cruzou os braços.

— Escute, capitão, acho que preciso ser sincera com o senhor desde já — disse. — Como irmã do Pablo, e morando sob o mesmo teto que ele, é perfeitamente natural que ache que eu seja a pessoa mais indicada para lhe fornecer todas as informações a respeito de meu irmão, o que fazia no seu tempo livre, com quem saía, se estava indo bem no trabalho, o tipo de coisa que precisaria saber para descobrir o que aconteceu com ele. Mas eu e meu irmão não nos dávamos bem. Ele vivia a vida dele, e eu, a minha. Não tínhamos amigos em comum. Não compartilhávamos esperanças, aspirações, nem problemas. Eu cozinhava para mim, e o Pablo, para ele. Como pode ver, ele mantinha a porta do quarto trancada. Minha televisão é aquela antiga em preto e branco que fica na sala; eu não tenho um vídeo. Pablo nunca me mostrou essas fitas. Durante muitos anos, nós dois concordamos apenas em uma coisa: trocar este apartamento por dois menores, para que cada um pudesse viver sozinho. Mas nunca conseguimos fazer a troca: ou ele não gostava do apartamento que seria para ele, ou eu não gostava do que seria para mim. Portanto, provavelmente eu sou a pessoa que menos conhece meu irmão.

Trujillo dirigiu o olhar às testemunhas. Kuan permaneceu impassível, mas Zoila fez um leve movimento afirmativo de cabeça. O capitão colocou o cassete de volta na caixa, e em seguida retirou outro. A etiqueta mostrava o número 34.

— Sinto muito ouvir isso, camarada Elena. Isso retarda a investigação. Vamos ver o que temos aqui. Provavelmente um filme.

Elena deu de ombros e voltou a se recostar na porta do quarto. Trujillo encontrou um controle remoto embaixo de uma camisa que se encontrava sobre a escrivaninha. Inseriu a fita e ligou o vídeo.

Azul. Nuvens brancas num céu claro, a câmera deslocando-se lentamente para o horizonte, o mar, e então movendo-se gradualmente para a areia de uma praia. Duas moças de mãos dadas aproximam-se da câmera, rindo e saltando as pequenas ondas que se quebram e morrem sob seus pés. Ambas usam chapéu de palha, óculos escuros e um biquíni mínimo. A tela escurece. As mesmas garotas tomando banho de chuveiro, nuas, brincando de jogar água uma na outra. A brincadeira perde intensidade; com um olhar lascivo, a morena acaricia suavemente a loura, elas se abraçam e se beijam sedentas...

Trujillo desligou o vídeo e extraiu o cassete.

— Vou levar todas estas fitas para o departamento — disse ele.

Elena removeu mais uma camada de esquecimento. Com que idade o sexo havia se tornado a força motriz na vida do irmão? Ela não sabia. Mas havia sido bem cedo. Lembrava-se do ar de desprezo das suas amigas de ensino médio quando Pablo lhes lançava um olhar provocante. Uma tarde, ela o pegara se masturbando no corredor, enquanto uma colega de turma sua, de short jeans curto, sentada de pernas cruzadas no sofá da sala, alheia ao que se passava, estudava para uma prova. Quantos anos ele tinha? Treze? Talvez apenas 12.

Elena estalou a língua. Isso fez com que Zoila lhe lançasse um olhar de esguelha que passou despercebido.

Teria sido o irmão bissexual? Julgando pelas aparências, entre os visitantes dele, o número de homens gays e lésbicas fora o mesmo de heterossexuais. Ela suspeitava de que Pablo, apesar da promiscuidade, nunca vivera um caso de amor. Era o tipo de homem que queria apenas desfrutar as delícias da fase inicial de um romance e que precisava encontrar sempre alguém diferente para novas fantasias.

Parecia ser uma daquelas pessoas, em número cada vez maior, que podiam ter uma paixão, podiam se entregar à luxúria e ao sexo, talvez até mesmo viver um romance, mas que não sentiam amor. Homens e mulheres que tentam ocultar, sob um verniz de sofisticação ou de cinismo, a inabilidade de se envolver além de certo ponto, que acreditam que a ausência de compromisso é a maior expressão de liberdade individual. Pessoas solteiras, geralmente sem filhos, que professam amar os parentes e os amigos, aqueles laços humanos que raramente exigem perdão, compreensão e sacrifício.

Kuan arquejou; Zoila cobriu a boca com a mão; Elena voltou à realidade. Trujillo havia encontrado um envelope pardo sob o colchão e retirado de dentro um maço, de mais de 2 centímetros, de notas de 50 e 100 dólares.

— Camarada Kuan, camarada Zoila, podem fazer o favor de contar este dinheiro?

As testemunhas olharam surpresas, como se tivessem sido solicitadas a viajar à Lua.

— Algum problema, camaradas?

Kuan fez que não com a cabeça; Zoila disse não. Eles pegaram o dinheiro e, à escrivaninha, começaram a contá-lo.

A busca não trouxe mais qualquer surpresa. Trujillo sentou-se e anotou em papel timbrado do DTI, em duas vias, a apreensão de 43 fitas de vídeo e de 2.900 dólares encontrados no quarto de Pablo Carlos Miranda Garcés. Os números de série das

44 notas foram anotados em seguida. Todos os quatro presentes assinaram, Elena recebeu a cópia em carbono, e o capitão e os vizinhos deixaram o apartamento. Um minuto depois, quando se encontrava sentada no sofá segurando a cabeça entre as mãos, assustou-se com a campainha. Era Trujillo, perguntando se Elena poderia estar no IML às 8 da manhã seguinte para identificar o corpo do irmão. Ela limitou sua resposta a um movimento afirmativo de cabeça e fechou a porta.

Meia hora depois, ainda tomada pela angústia, deitada na cama com a lâmpada de cabeceira acesa, Elena de repente percebeu que estava fazendo uma coisa que não fizera nos últimos 31 anos — chupando o dedo. Repugnada, tirou o dedo da boca. O que estava havendo com ela? Regredindo à infância? Ficando maluca? Apagou a luz e tentou relaxar.

Sua memória, num ato de insubordinação, começou a relembrar a maior tragédia pessoal que sofrera, aquela que a fez refletir filosoficamente pela primeira vez sobre a vida, o amor e Deus. Seu filhinho angelical, a criança mais linda do mundo, em seu pequeno caixão branco, pálpebras cerradas, cachinhos dourados emoldurando seu rosto. *Não!* Ela pôs a lembrança de lado. Chega de pensamentos sobre a morte. Chega de recordações dos momentos mais tristes do seu passado também. Elena acendeu de novo a luz. Faria um café e leria até o dia amanhecer, e aí telefonaria para a mãe.

Trujillo voltou na Ural para sua unidade na rua Marino, entre Tulipán e Conill, onde obteve do responsável pelo almoxarifado recibos pela entrega das fitas de vídeo e do dinheiro, e depois foi a pé para casa. Morava a dez quarteirões de distância, na rua Falgueras 453, numa casa de madeira de um andar, de telhado avermelhado. Ao longo dos anos, a estrutura havia se inclinado para a direita e agora apoiava-se na casa do vizinho, como se cansada de um século abrigando pessoas.

Quando Trujillo enfiou a chave na fechadura, faltavam dez minutos para a meia-noite. Todos estavam dormindo, e a luz da cozinha fora deixada acesa. Sua mãe havia guardado arroz, feijão-preto e um ovo cozido numa frigideira coberta para ele; deixara uma panela cheia de água para seu banho. Ele acendeu o fogão e fumou um cigarro enquanto a água esquentava. No banheiro, misturou a água quente à que se encontrava num balde já quase cheio e, na ponta dos pés, foi para seu quarto, onde encontrou cuecas limpas e a esposa em sono profundo. Depois do banho, esquentou e comeu a comida, fez um espresso e depois fumou o segundo cigarro.

Enquanto lavava os pratos, os pensamentos de Trujillo voltaram-se para os vídeos. Se todos eles fossem pornô, era provável que Pablo Miranda tivesse sido uma destas três coisas: o melhor cliente, um vendedor ou um produtor. O dinheiro encontrado em seu quarto podia ser relacionado aos vídeos, e o fato de ele conhecer estrangeiros em seu trabalho apontava na mesma direção. Um número considerável de turistas italianos e espanhóis eram homens solteiros que iam a Cuba em busca de sexo barato.

Tudo isso e a cocaína levavam o capitão a acreditar que Pablo estivera envolvido em algo condenável, ilegal e relacionado a sexo. Seu assassinato tinha todos os requintes de um acerto de contas, realizado com profissionalismo. O assassino poderia estar apenas cumprindo ordens de alguém que ordenara a execução de Miranda. As indicações contraditórias — as marcas de mordida, a carteira e o relógio roubados, os 200 dólares deixados num dos bolsos — provavelmente eram uma tentativa de despistar a polícia, fazendo-a crer que o assassino era um maníaco sexual ou um ladrão estúpido. Estaria Pablo chantageando alguém? Teria

Escondido em Havana **79**

ele exigido uma participação maior nos lucros? Qual teria sido sua função nos vídeos? Operador de câmera? Editor? Caçador de talentos?

A polícia sabia que a produção de filmes pornográficos cubanos estava em alta. Os agentes federais já haviam confiscado cópias no aeroporto, os policiais que davam batidas em prostíbulos e espeluncas haviam encontrado outros mais; no entanto, até aquela ocasião, nenhum produtor fora preso. Na sede da polícia nacional, uma unidade especial havia sido destacada sob o comando de um coronel. O chefe de Trujillo, major Pena, era um dos oficiais responsáveis por essa tarefa em Havana. Até aquele momento, dissera Pena, três prostitutas e dois garotos de programa haviam sido identificados, detidos e interrogados. Todos eles contaram a mesma história: um homem que nunca viram antes nem depois os havia convencido. Ele lhes dissera para aguardar uma van azul com vidros escuros num cruzamento. Quando entraram no veículo, tiveram os olhos vendados e foram conduzidos durante meia hora antes de serem deixados na garagem de uma casa. O operador de câmera e os técnicos responsáveis pela iluminação e pelo som usavam máscaras e falavam entre si em sussurros. Assim que acabaram as filmagens, eles foram levados, de olhos vendados, para o mesmo lugar onde haviam sido apanhados. Não, não tinham a menor ideia de onde ficava a casa. Não, não viram as placas do carro. E o pagamento? Cem dólares.

Descrevam o homem que entrou em contato com vocês, ordenou Pena. O primeiro deles disse que o desconhecido tinha olhos castanhos, o segundo jurou que eram verdes, o terceiro não prestara atenção. De acordo com os dois homens, ele era bem barbeado; uma das mulheres disse que ele usava bigode. Três deles descreveram o intermediário como um homem de uns 40 anos, os outros dois disseram que devia ter uns 50. Suas opiniões divergiam até mesmo quanto à altura e ao peso. Sabendo que haviam sido instruídos nas respostas, o major Pena e seus subordinados tentaram persuadi-los e ameaçá-los, mas não tiveram êxito. Finalmente, os transgressores foram acusados, julgados e condenados; as mulheres, a um ano de prisão, e os homens, a três. E a investigação foi encerrada. Sem poder prosseguir, só restava a Pena e a sua unidade especial esperar por uma nova pista. Ficariam satisfeitíssimos com as descobertas de Trujillo.

O capitão deitou-se ao lado da mulher e colocou o alarme para as 6 horas. Com as mãos cruzadas sobre o corpo, Trujillo voltou seu pensamento para Elena Miranda.

O homem assassinado e a irmã não sentiam afeição alguma um pelo outro. Mais um caso de parentes que se tratavam com tanta desconfiança que o relacionamento chegava às raias da hostilidade. Ela parecia uma pessoa decente, de caráter, modesta, sensata, e ainda muito atraente. Aos 20 anos devia ter sido uma mulher belíssima. A antítese de Pablo? Parecia que sim.

A tranca na porta do quarto do irmão provava o que ela dissera: "Ele vivia a vida dele; eu, a minha." O quarto dele era uma bagunça; o restante da casa era bem-arrumado. Bom, as paredes precisavam de uma camada de tinta e os móveis, de novos revestimentos, mas qual a casa cubana que não precisava? Refeições separadas, o desejo de trocar o apartamento grande por dois, tudo indicava personalidades conflitantes. Ele vira isso muitas vezes entre casais divorciados e sogros forçados a viver sob o mesmo teto devido à escassez de moradias. A coabitação forçada causa choques de personalidades, e a polícia é chamada para resolver todo tipo de caso, desde agressões a homicídios.

Teria sido Pablo Miranda um aluno malsucedido? Uma criança estragada por um pai poderoso, que se sentira abandonada depois que o pai, antes respeitado, perdera todos os privilégios?

Manuel Miranda. Trujillo tentou lembrar-se de quem havia sido aquele homem. Certamente um dos poucos que um dia dera as cartas e estabelecera as regras, considerando-se o lugar onde estava detido. Um ex-membro do Politburo ou um general ou um ministro, com certeza. Um VIP, até mesmo na prisão. Pela manhã, teria de descobrir a pessoa encarregada de telefonar para a Diretoria-Geral de Presídios, notificar o assassinato do filho de um detento e pedir para transmitirem a notícia ao prisioneiro. Provavelmente lhe permitiriam ir ao funeral, com dois acompanhantes, sem algemas, talvez usando roupas civis.

De repente, Trujillo sentou-se na cama. A mulher mexeu-se a seu lado. Um crime com motivação política? Alguém que havia sido prejudicado pelo pai e assassinado o filho por vingança? Lentamente, Trujillo voltou a deitar-se. Muito pouco provável. Ele desconhecia qualquer precedente. Não, não podia ser. Ele bocejou. Era o tipo de crime que resultaria em elogios e promoção instantânea para o agente que lhe desse uma solução. E, até certo ponto, no despeito dos colegas. Decidiu aceitar o desafio. Mas teria muito trabalho ainda pela frente.

No momento em que o capitão Trujillo adormeceu, o assassino de Pablo estava embarcando num avião para Cancun, no México.

— Se todos forem filmes sujos, você conseguiu uma verdadeira mina   disse o major Pena quando soube, às 7h15 da manhã seguinte, que Trujillo havia levado 43 fitas de vídeo para o almoxarifado, que suspeitava serem pornográficas. Trujillo explicou sua descoberta e o que havia concluído, antes de expor suas teorias. O major tinha 56 anos, cabelos grisalhos, estava acima do peso e quase sempre tinha um olhar frio, desinteressado, como o de quem sente orgulho de ser realista e não acredita mais em bondade humana inata. Entretanto, era respeitado e secretamente admirado, tanto por seus superiores como por seus subordinados.

— Me dê o número do recibo. — O major Pena fez um sinal com a mão direita para Trujillo e levantou-se de sua cadeira desconfortável de madeira. — Quero começar a ver agora.

— Seu velho sujo — disse Trujillo enquanto enfiava dois dedos no bolso traseiro da calça e pegava a carteira. Pegou uma tira de papel e informou o número: 977.

— Entendi. Até mais.

— Vá com calma. O nome da vítima é Pablo Miranda, e o pai dele, Manuel Miranda, está cumprindo pe...

— O pai dele é Manuel Miranda? — interrompeu o major, olhos bem abertos em surpresa, sobrancelhas espessas arqueadas.

Trujillo nunca vira Pena boquiaberto. O major até mesmo se gabava de que nada mais o surpreendia. Porém, naquele momento, teve uma atitude ainda mais surpreendente. Jogou-se de volta na cadeira, fitou a parede com um olhar vazio e exclamou:

— Oh, meu Deus!

O capitão arqueou uma sobrancelha e conteve um sorriso. Antes de a Europa comunista se desintegrar, a terminologia religiosa era simplesmente inexistente entre os membros do partido — os chefões da segurança nacional e os policiais mais antigos em particular. Então, de repente, os adeptos do governo foram convidados a associarem-se a uma organização política que negava a existência de Deus; os céticos se regozijaram. Trujillo e Pena, como muitos cubanos, não eram religiosos, mas agora usavam expressões como "valha-me Deus" para ridicularizar uma repentina reviravolta na liderança.

— Então você conhece o cara. Vamos, desembuche. Vamos. Tenho que estar no IML às 8.

Pena despertou de seu devaneio e acendeu um cigarro.

— As histórias que ouvi desse camarada... É como um filme hollywoodiano. Só que não é nenhum filme. O diabo do cara é louco. Quero dizer, nenhum homem em sã consciência faria as coisas que dizem que ele fez.

— Fez onde?

— Em toda parte. Me diga um lugar onde os cubanos lutaram... deixe ver... de 1958 até quando, 1981? Ele estava lá. Um general de brigada na linha de frente, xingando o inimigo nas trincheiras, atacando com tudo o que tinha. Um cara baixinho, não mais de 60 quilos. Dá para acreditar? Na última contagem, ele tinha sido ferido seis ou sete vezes, não sei exatamente. O homem é um guerreiro nato.

— Então por que ele está em Tinguaro?

Pena contou a história num tom triste. À medida que a história era revelada, o capitão sentia certa simpatia pelo ex-general. Nos últimos dois anos, Trujillo vinha suspeitando de que a mulher o traía. Havia muitas reticências nas explicações que ela dava quando chegava tarde em casa, uma crescente indiferença sexual, frequentes desentendimentos. Era um problema que ele estava adiando já fazia tempo demais; teria de enfrentá-lo em breve. Faria o que Miranda fez? De maneira alguma. Nenhuma mulher desonesta valia um dia na prisão.

— Bom, será que dá para você telefonar para a Diretoria-Geral de Presídios e explicar tudo a eles?

— Agora mesmo.

— Vou me encontrar com a filha do Miranda no IML. Assim que a identidade do irmão for comprovada, devíamos informar à Diretoria-Geral de Presídios o lugar do velório para que o Miranda possa comparecer.

— Sem problema. Até mesmo os contrarrevolucionários recebem permissão para o velório de um parente próximo.

— Contras também? É verdade?

— Com certeza.

— Bastante decente. Vejo você daqui a pouco.

— Espere. Você disse que a vítima tinha droga com ele?

— Quatro papelotes.

— Será que o cara não teve uma overdose antes de ser morto?

— A Bárbara não mencionou isso.

— Ah, é a Bárbara agora — gracejou o major com um sorriso largo.

— Pare de me encher o saco, chefe.

— Calma. Relaxe. — Pena levantou as mãos e conseguiu controlar o riso. — Todo mundo sabe que você tem uma queda pela Rainha Chocolate.

— Estou me mandando.

— Quando o LCC enviar o relatório, me diga se é boa ou ruim.

— Boa ou ruim, o quê?

— A droga, cara, a droga. Vá atrás dela, vá, vá.

O capitão caminhou sem pressa pela Boyeros. A avenida de 12 faixas estava congestionada com o tráfego em ambas as direções, fato que sempre o intrigava. Num país em que a maioria das pessoas recebe menos de 25 dólares por mês e a gasolina mais barata custa 3 dólares por galão, milhares de automóveis americanos particulares, antigos e beberrões, congestionavam as ruas, a maioria financiada por fontes não mencionáveis. A manhã nublada e estranhamente fresca indicava que havia chovido forte na zona sul da cidade na noite anterior.

Quando chegou ao IML, Trujillo sentou-se num banco de granito no hall de entrada e acendeu o segundo cigarro do dia. O capitão sentia-se bem e asseado no uniforme lavado e impecavelmente passado pela mãe. Barbeou-se com cuidado, também. Caso se encontrasse com Bárbara (que fora bastante curiosa a ponto de investigar para saber se ele era casado), e para tirar a impressão de falta de asseio que podia ter causado em Elena Miranda na noite anterior, se é que ela registrou alguma coisa depois de receber a notícia do assassinato do irmão.

Elena chegou às 8h19 e parecia triste, exausta e frustrada por ter enfrentado um ônibus superlotado. Seu rosto estava abatido, e viam-se marcas escuras sob os olhos. O momento depois do choque, concluiu Trujillo, e depois registrou com aprovação a blusa bege, a saia preta no meio das pernas, sapatos e bolsa pretos.

— Bom dia — disse Trujillo, ficando de pé, estendendo-lhe a mão e deixando de lado o "camarada".

— Bom dia.

— Por aqui, por favor.

Na entrada foram informados de que a Dra. Valverde estava de folga naquele dia. Uma assistente os conduziu à sala fria, e Elena identificou Pablo, o que lhe causou ânsias repetidas e a fez vomitar sem nada no estômago. Trujillo a conduziu de volta à entrada principal, o braço em torno de seus ombros numa atitude protetora, e a fez sentar-se num banco. Acendeu um cigarro, inalou e soltou a fumaça.

— Notificamos a Diretoria-Geral de Presídios; eles vão dar a notícia a seu pai.

Elena fez que sim, enquanto passava um lenço nos lábios.

— Se ele quiser vir para o velório, provavelmente lhe darão um passe. Um guarda deve acompanhá-lo.

— Um guarda?

— É o procedimento padrão.

— Ah, sim.

— O corpo vai ser enviado para a funerária na rua 70, número 29B, antes do meio-dia. Todos os preparativos para o enterro serão feitos por eles. Você telefonou para sua mãe?

Elena soluçou, e em seguida conteve as lágrimas.

— Telefonei. Hoje de manhã cedo. Ela virá assim que puder.

Trujillo fez uma pausa para considerar se deveria ou não deveria. Decidiu que deveria.

— Elena, tem uma coisa que eu não lhe contei ontem — disse. — Não quis que se sentisse ainda pior na presença de seus vizinhos, mas você precisa saber que encontramos quatro papelotes de cocaína no bolso de seu irmão.

— Cocaína? — Ela não conseguia sequer entender. Visualizou o irmão, o corpo desgastado, a cabeça meio inclinada, o rosto branco como giz. Sentiu-se nauseada novamente.

— Sim, cocaína. Além dos vídeos. Estamos examinando as fitas agora. Parece que são pornográficas. Portanto, é possível que o Pablo andasse envolvido com pessoas que exercem atividades ilegais. Bom, eu sei que me disse que vocês dois não se davam bem, que viviam vidas separadas, mas preciso lhe pedir que faça um esforço especial e tente se lembrar de coisas que possam ser significativas, dos amigos dele, de pessoas que possamos interrogar para saber o que...

Trujillo parou de falar, porque Elena balançava a cabeça enfaticamente. Estava descartando seu pedido e as terríveis recordações ao mesmo tempo.

— Acho que fui muito clara, capitão — disse ela. — Não sei absolutamente nada sobre a vida pessoal de meu irmão. Éramos dois estranhos. Quando as pessoas vinham visitá-lo, eu não era apresentada, elas me ignoravam e, claro, eu me trancava no meu quarto. Eu não escutava as conversas deles. Meu irmão e eu nunca falamos sobre nossos problemas. Nunca saímos juntos. Bom.

Trujillo deixou que se passasse um momento de silêncio.

— Bom o quê?

— Bom, não saíamos juntos fazia vinte anos, pelo menos. Então, há poucos dias...

Elena contou a história do casal de corredores. Trujillo vislumbrou uma certa esperança. Ela disse que não sabia qual era o sobrenome deles; deu também o endereço do *paladar*. Elena não lembrava se eles haviam mencionado o nome do hotel onde estavam hospedados. O capitão fez anotações.

— Como eu disse, essa foi a única vez que eu e meu irmão saímos juntos... Não sei bem, talvez em vinte ou 21 anos, desde que éramos crianças. E conhecemos essas pessoas por acaso. Eles não tinham nada a ver comigo e com o Pablo.

— Muito bem, Elena. Mas preciso fazer algumas perguntas a seus pais.

— Ah, não, por favor. Eles não sabem nada. Quer dizer, como é que eles iam saber?

— De todo jeito, tenho que interrogá-los, Elena. Seu irmão pode ter escrito para sua mãe, ou visitado seu pai, e você não saberia. Não é verdade?

Elena assentiu.

— Pode ter pedido a eles um conselho sobre alguma coisa relacionada à causa da morte dele.

— Você não conhece... não conhecia meu irmão.

Desta vez, foi Trujillo quem balançou a cabeça afirmativamente. Ele arrancou um pedacinho de papel da agenda e anotou seu número de telefone.

— Se lembrar qualquer coisa, tiver conhecimento de qualquer coisa ou precisar de qualquer coisa, telefone. Se eu não estiver, deixe uma mensagem, e eu ligo de volta para você. Certo?

— Certo — disse ela, enfiando o pedaço de papel na bolsa.

— Você não tem telefone?

Elena fez que não com a cabeça. Abriu os lábios como se fosse acrescentar alguma coisa, mas depois fechou de novo. Eles tiveram um telefone por muito tempo; mas, em 1990, Pablo não havia pago a conta por um período de quatro meses, quando ela foi dar um treinamento para professores de alunos com necessidades especiais na província de Holguín. Quando voltou para Havana, descobriu que a companhia telefônica havia removido seu antigo Kellogg. Seus protestos foram ignorados; o telefone não foi reinstalado. Elena levantou-se.

— Já está indo? — perguntou Trujillo.

— Já.

— Eu acompanho você até o ponto de ônibus.

Vinte minutos mais tarde, o capitão, ao voltar para o DTI, pensou nas coisas que teria de fazer: verificar os vídeos, dar ao major Pena o endereço da funerária, obter informação sobre o casal de corredores. Ele não fizera a Elena uma pergunta que deveria ter feito. *Onde você estava ontem entre as 22 horas e as 2 da manhã?* Sua intuição lhe dissera não ser necessário.

Pena estava a sua espera. Ocorrera um roubo violento numa loja de produtos de 1 dólar, e Trujillo foi destacado para o caso. Dinheiro para gasolina no mercado negro, calculou Trujillo, depois pediu a Pena para telefonar para Presídios e para o Ministério de Turismo enquanto anotava os detalhes. Perto das 10 ele foi a Luyanó acompanhado de dois auxiliares novatos do LCC, um cão policial e seu treinador.

Quando Trujillo voltou para o DTI, às 15h10, Pena disse que já havia examinado 32 das 43 fitas de vídeo. Eram todas pornográficas, cópias originais que deveriam ter sofrido todo o processo de pós-produção em Cuba. Os quartos eram bem mobiliados e decorados, a fotografia e a iluminação; muito profissionais, as mulheres, jovens e atraentes e os homens, com paus avantajados. Todos os tipos de sexo haviam sido filmados, exceto pornografia infantil. O Ministério de Turismo não havia telefonado ainda, então Trujillo foi para casa, almoçou tarde e tirou uma longa sesta.

Sua mulher ainda não havia voltado quando ele acordou, às 18h30. Tomou um banho, vestiu o uniforme e voltou para sua unidade. Antes de retornar para casa, Pena havia deixado o fax do Ministério de Turismo na escrivaninha de Trujillo. Somente um casal com os nomes Sean e Marina havia se hospedado num hotel cubano nas duas últimas semanas. Eram Sean Abercorn e sua mulher Marina Leucci, canadenses que passaram seis noites no hotel Nacional. Os números do passaporte e do quarto foram incluídos, assim como uma cópia das despesas. Haviam encerrado a conta de manhã cedo, no dia 27 de maio, três dias antes de Pablo Miranda ser assassinado.

Trujillo passou a meia hora seguinte ao telefone, falando com os agentes da Imigração do Aeroporto Internacional de Havana. Sim, aqueles dois haviam embarcado no voo para Toronto no mesmo dia em que deixaram o Nacional. Trujillo suspirou. Um beco sem saída.

Jantou na unidade, depois solicitou uma motocicleta Ural, recebeu uma caminhonete Kombi e seguiu direto para Marianao. A funerária originalmente havia sido uma residência particular de dois andares. Depois que seus proprietários deixaram Cuba, fora transformada numa capela mortuária. O lugar havia sido reformado e adequadamente pintado numa cor marrom-escura depressiva, mas a maioria de suas salas era pequena demais para sua função, de modo que, no verão, sem ar-condicionado, era sufocante.

Elena e Gladys, as únicas pessoas no velório de Pablo, estavam em cadeiras de balanço numa sala do segundo andar, num silêncio sepulcral. Ficariam ali a noite toda, como mandava a tradição cubana. Pablo seria enterrado no dia seguinte. Durante o tempo em que estiveram juntas, Elena contou à mãe tudo o que havia acontecido, sem omitir nada significativo.

O capitão apertou a mão de Elena antes de ser apresentado à mãe dela. A semelhança era notável. Era um prazer, pensou Trujillo, encontrar uma mulher de 62 anos cuja beleza permanecia intacta, sem ser afetada pela passagem do tempo. Os olhos dela estavam inchados de tanto chorar, ela não pintava os cabelos grisalhos e usava um vestido simples, antiquado e bem batido; ainda assim, era óbvio que Gladys Garcés havia sido uma mulher extremamente bonita. Depois de um bom intervalo e dois cigarros, Trujillo lhe fez duas perguntas. Não, ela não tivera notícias do filho nos últimos dois anos. Não, ela não tinha ideia de quem poderia querer causar qualquer mal ao filho.

Mais tarde, ele perguntou se elas haviam comido alguma coisa. Haviam. Aceitariam um espresso? Sim, aceitariam. Na lanchonete, ele tomou um café e levou dois copos para elas. Durante a hora e meia seguinte, o policial e as duas mulheres permaneceram sentados em silêncio, ocasionalmente levantando a vista para as pessoas que atravessavam o hall em permanentes idas e vindas, enquanto velavam três outros mortos. A cada 15 ou vinte minutos, Gladys suspirava, levantava-se, aproximava-se do caixão, contemplava o corpo do filho, chorava, assoava o nariz e em seguida voltava para sua cadeira.

Já eram quase 11 horas quando Manuel Miranda chegou. Era um homem baixo, mas, diferentemente do filho, sua calvície limitava-se ao bico de viúva e a um ponto brilhoso na parte de trás da cabeça. Tinha uma constituição física frágil e usava jeans cubanos, camisa de mangas compridas azul-clara e botas. Havia sido dispensado da humilhação de ser acompanhado por guardas do presídio, e Trujillo concluiu que o homem deveria estar num sistema de licença para saídas. Depois de servir durante vinte anos, certamente estava. Alguns prisioneiros, depois de quatro ou cinco anos, recebiam permissão para fazer visitas mensais à família.

Miranda aproximou-se do caixão e olhou fixo para Pablo por quase um minuto. Seu rosto não expressava emoção; seu olhar era firme. Em seguida, virou-se e dirigiu a vista para Elena. Ela se levantou. Gladys observou fascinada pai e filha se abraçarem, e Elena começou a chorar inconsolavelmente. Ela era pelo menos uns 8 centímetros mais alta do que o pai, 10 de sapato, e ele teve de levantar o rosto para chegar ao dela. Depois de alguns minutos, ela voltou para a cadeira de balanço, fungando. Miranda abaixou-se e beijou a ex-mulher na face. Lágrimas escorreram-lhe pelo rosto, e ela assoou o nariz outra vez. Por um instante, parecia que eram uma família de novo. Para lhes dar mais privacidade, Trujillo sentou-se em uma cadeira de balanço que estava a alguns metros de distância.

Miranda cumprimentou Trujillo com um aceno de cabeça antes de puxar a calça para cima e sentar-se ao lado da filha. O capitão se perguntava por que grande parte dos homens cubanos acima de 50 anos puxa a calça antes de sentar-se. Será que teriam colhões maiores? Bom, nesse caso particular, sabendo que o major Pena não exageraria sobre a bravura de um outro homem, não ficaria surpreso se o cara tivesse *cojones* do tamanho de bolas de beisebol.

Elena levou dez minutos para contar ao pai o que acontecera. Ele fez algumas perguntas em voz baixa, prestou atenção ao que dizia a filha, balançando a cabeça de vez em quando. Quando acabaram, o ex-general levantou o olhar para o capitão da polícia e, segurando os braços da cadeira de balanço, levantou-se. Inclinou a cabeça, sinalizando que queria falar com ele. Ambos dirigiram-se para a parede oposta e sentaram-se.

De perto, rugas e manchas escuras revelavam a idade de Miranda. A expressão em seu rosto, particularmente nos olhos, era a de um homem acostumado a dar ordens. Trujillo se perguntou se ele não seria um homem de confiança no presídio. Provavelmente. Havia também um tanto de apreensão em seus olhos castanhos, algo que o capitão interpretou como: *Será que esse magricela filho da puta aparvalhado tem capacidade para descobrir quem matou meu filho?*

— Meu nome é Manuel Miranda.

— Eu sou Félix Trujillo. Trabalho para o DTI.

Cumprimentaram-se com um aperto de mãos.

— Minha filha me disse que você está conduzindo a investigação e que... suspeita de que meu filho tenha sido assassinado.

— É isso mesmo.

— Por quê?

O tom do general era autoritário, como se exigisse explicações de um subordinado. Trujillo considerou a pergunta por um instante.

— Quando foi a última vez que viu seu filho?

Miranda não tomou como ofensa o fato de sua pergunta ter sido ignorada.

— Não me lembro exatamente. Os registros da prisão vão dizer quando. Talvez dois ou três meses atrás.

— Ele foi lhe fazer uma visita?

— Isso.

— Ele lhe contou alguma coisa que possa ser relevante neste caso?

O homem refletiu por certo tempo, depois deu de ombros.

— Ele não me contou nada de extraordinário. Mas, pela segunda vez, me deu 100 dólares. Da primeira vez, perguntei como tinha conseguido o dinheiro. Ele disse que parte do seu salário na empresa era em dólares.

— Quando foi a primeira vez que ele lhe deu 100 dólares?

— No último Natal.

— Então Pablo não lhe disse nada que pudesse indicar que estava envolvido em alguma operação ilegal ou perigosa?

— Não.

— Não mencionou nada sobre estar comprando ou vendendo alguma coisa, se misturando com as pessoas erradas, nem
transando com alguma mulher casada?

No momento em que perguntou isso, Trujillo percebeu que
dissera a coisa errada. De qualquer forma, era uma hipótese válida. Ah, sim, esse presidiário, mais do que qualquer outra pessoa,
admitiria que essa era uma suposição válida.

Miranda apertou os olhos.

— Ele nunca falou em nenhum tipo de envolvimento com o
tráfico, se é o que está interessado em saber. O que me disse foi
que andava transando com algumas das melhores mulheres de Havana, mas, pela maneira como falava, parecia que estava se referindo a mulheres livres, que simplesmente queriam se divertir. Você
sabe: boates, comidas, bebidas e dinheiro. Nunca falou no nome de
uma mulher específica. Sempre se referia a mulheres em geral.

— Então, não tinha razão alguma para se preocupar com seu
filho, com o tipo de vida que levava?

Miranda olhou para as duas mulheres e depois de volta para
o policial.

— Talvez eu devesse ter perguntado mais sobre o dinheiro.
Mas eu sabia que ele trabalhava numa empresa corporativa, sabia que os sócios estrangeiros dão bonificação em dólares aos
funcionários para ficarem mais motivados. Então não perdi meu
sono por causa do dinheiro que ele me deu.

Trujillo ofereceu o maço de Populares a Miranda, que balançou a cabeça, recusando. O capitão acendeu um.

— Agora, camarada, eu sei quem você é, as posições que ocu-
pou. Um homem como você faz muitos amigos, mas também
muitos inimigos. Acha que pode ter sido um crime com motivação política? Uma vingança por algum dever revolucionário que
teve que fazer no passado?

Miranda levantou a vista para o teto, depois balançou a cabeça negando e sorriu.

— Essa teoria daria centenas de suspeitos. Eu já fiz muita coisa: matei pessoas em combate, comandei pelotões de fuzilamento, mandei homens para a prisão, capturei centenas de prisioneiros, mas tudo aconteceu há tanto tempo que eu duvido que alguém ainda tenha tanto ódio a ponto de querer... matar meu filho, que não teve nada a ver com isso.

A explicação era plausível. Seria o primeiro caso: alguém que esperaria vinte anos para se vingar.

— Desculpe, mas preciso fazer essa pergunta. Talvez alguém relacionado ao homem que você matou em sua casa, ou a sua segunda mulher...

— Não acredito. Eu tinha todo o direito do mundo de fazer o que fiz. Ninguém se vinga quando se trata de traidores.

Absolutamente incontestável; caso encerrado; sem discussão. Bom... talvez, especulou o policial. Mas esse era um ponto que teria de explorar.

— Quando foi dada sua sentença?

— Em 1980.

— Então você está no sistema de licença para saídas.

— Estou.

— Quando recebe permissão para sair, aonde costuma ir?

Miranda enrijeceu, e seu olhar era fulminante.

— Pergunte isso aos agentes presidiários — disse, furioso.

Trujillo retirou o quepe e coçou a cabeça, depois falou em voz baixa:

— Seu filho foi assassinado, general Miranda. Não há dúvida sobre isso. Alguém quebrou o pescoço dele. Tenho certeza de que sua filha já lhe disse que ele estava portando cocaína. No quarto dele, encontramos 2.900 dólares e 43 filmes pornográficos. Pablo obviamente estava envolvido em alguma atividade obscura

Escondido em Havana **95**

ou perigosa, ou ambas. É meu dever descobrir o que aconteceu com ele, e eu gostaria, provavelmente ele também, que você tornasse as coisas um pouco mais fáceis para mim.

De repente, lágrimas escorreram pelas faces do ex-general. Sem soluços, sem fungados. Trujillo desviou o olhar. Amor? Culpa? Uma combinação de ambos? Miranda tirou do bolso um lenço. Pouco tempo depois, falou:

— Eu me casei de novo há seis anos. A maior parte de meus dias de visita passo na casa de minha mulher. Às vezes vamos ao cinema, outras vezes vamos jantar fora, mas em geral ficamos em casa. Cada cinco ou seis meses visito Elena e Pablo no domingo de manhã, na casa deles. — Miranda suspirou. — Acho que vou precisar visitar Elena mais vezes, agora.

Trujillo ficou satisfeito.

— Quando foi sua última saída?

— Na semana passada. Deixo Tinguaro toda sexta-feira à tarde; tenho que estar de volta no domingo à noite.

Trujillo colocou o quepe de volta.

— Obrigado. Pode ficar tranquilo que, se eu descobrir quem matou seu filho, peço permissão a meu superior para fazer um relatório completo para você. Preciso colocar meu conhecimento de história em dia, mas um homem que eu respeito e admiro respeita e admira muito você, camarada. E, por favor, aceite os meus pêsames.

Miranda fitou o detetive de polícia.

— Obrigado, capitão.

Trujillo se despediu de Elena e Gladys e depois foi embora.

De volta ao DTI, passou mais de três horas batendo com dois dedos numa Olivetti manual, datilografando seus relatórios sobre o caso de Pablo Miranda e o roubo daquela manhã. Foi dormir pouco depois das 5 da manhã.

CAPÍTULO 3

O eloquente camarada Carmelo Fonseca, gerente-geral da Turintrade, tinha em torno de seus 50 anos. De *guayabera* branca, calça Dockers cáqui e sapatos elegantes, o camarada Fonseca combinava tristeza com satisfação ao cumprimentar Trujillo. Tristeza porque a firma havia perdido seu gerente; satisfação pelo prazer e privilégio de poder contribuir com os diligentes heróis anônimos e subestimados da Polícia Nacional Revolucionária (PNR).

Fonseca tinha um sorriso sedutor, dentes perfeitos, cabelos negros brilhosos, com alguns fios grisalhos sobre a fronte, e um aperto de mãos firme. Tinha aproximadamente 1,80 metro de altura e estava acima do peso. Mas isso lhe dava uma boa aparência, constatou Trujillo. Assim como o charuto fino e os catálogos sobre a mesa que ficava atrás da sua cadeira presidente, sua barriga contribuía para a aparência de um homem de negócios bem-sucedido.

Anita Owen deixou o escritório particular do gerente-geral discretamente, fechando a porta com cuidado, como se estivesse saindo de uma capela. A secretária de Fonseca era uma loura estonteante, de uns 30 e poucos anos, abençoada com olhos verdes encantadores, lábios cheios bem delineados e as pernas longas tão ao gosto da maioria dos homens. Alguns minutos antes, na antessala do escritório particular do gerente-geral, enquanto aguardavam Fonseca, sentados em poltronas diante da escrivaninha da moça, Pena sussurrou para Trujillo:

— Você tem alguma teoria que explique por que a maioria das mulheres nesses lugares é tão incrivelmente atraente?

A resposta de Trujillo foi um sorriso irônico. O que Pena queria dizer com "esses lugares" eram as corporações, as empresas associadas, as lojas que vendem somente em dólares, as lojas em geral e as butiques, os negócios com os empregos de tempo integral mais cobiçados do país. Trabalhar num hotel, no comércio ou no escritório de uma dessas empresas significava ter um padrão de vida melhor do que trabalhar em escolas, hospitais ou escritórios governamentais. Ao investigar casos de roubo, Trujillo havia visitado vários desses estabelecimentos para entrevistar os gerentes e os executivos. Sempre notava as belas mulheres que havia lá. Isso era altamente revelador da política de seleção de pessoal de alguns executivos.

— Recebi a notícia ontem, mais ou menos ao meio-dia — dizia Fonseca. — Mandei minha secretária se informar por que Pablo havia faltado dois dias seguidos. Ele mora... morava a dois quarteirões de distância. Bom, claro que você sabe disso. A irmã do Pablo tinha acabado de chegar do necrotério. Anita voltou chorando. Mas aqui ninguém sabe o que aconteceu. Ele sofreu um acidente?

— Não, camarada, não foi um acidente — começou o major Pena. — Ele foi assassinado. Alguém quebrou o pescoço dele.

Fonseca ficou sem fala por uns instantes. Balançou a cabeça sem acreditar.

— Por quê?

— É o que estamos tentando descobrir — respondeu Pena.

Enquanto tentava, sem êxito, aspirar a fumaça do charuto, Fonseca franziu o cenho.

— Muito bem. Diga o que podemos fazer para cooperar e nós o faremos, a qualquer custo; não importa quanto tempo leve, nós faremos.

Pena e Trujillo balançaram a cabeça concordando. Esse era o tipo de jargão usado pelos figurões sempre que sabiam que um armazém ou um carro do governo havia sido roubado, ou um caixa assaltado. O empresário importante, disposto a ajudar a polícia a solucionar um crime, colocando sua firma à disposição. Cumprimento da regra tácita número dois: total cooperação com a polícia e com a segurança do Estado.

— Bom, em primeiro lugar, gostaríamos de ter uma conversa com você. Depois precisamos falar com toda a equipe que trabalhava com o rapaz.

— Pode contar com isso, sem dúvida. — Fonseca girou a cadeira com energia e pressionou o botão do interfone — Anita, telefone para o Ministério de Comércio Exterior e cancele a reunião. Não recebo telefonemas enquanto eu estiver aqui com os camaradas.

Suprimindo sorrisos, Pena e Trujillo trocaram olhares.

Oito anos antes, quando Marco Ferrero, o maior acionista da EuroAmerican Trading, empresa com base em Turim, na Itália, assinou os documentos que deram origem à joint venture cubano-italiana, o governo cubano nomeou Fonseca como seu representante. O homem não tinha nenhuma experiência em comércio, não falava uma segunda língua, não tinha ideia do que significava *nota promissória* ou *carta de crédito* e não sabia usar computador, fax, copiadora nem qualquer outro equipamento de escritório. Na ocasião, Fonseca calculou que, durante toda a sua vida, havia passado menos de cinquenta horas dentro de um escritório.

Entretanto, como confiança política era a qualificação primordial, Fonseca tinha todas as credenciais exigidas: coronel do Exército, da reserva, especialista em tanques de guerra, servira em Angola e na Etiópia e era militante do Partido Comunista. Era extremamente obsequioso ao lidar com os superiores; tenaz e obstinado ao dar ordens aos subordinados. Fonseca não precisava ser lembrado onde era esperada sua lealdade: devia informar às autoridades cubanas tudo que o parceiro estrangeiro tentasse ocultar em relação a vendas, preços, contas, margens de lucros, impostos, novos produtos e planejamento de longo prazo. Quanto a isso, a equipe cubana sob sua responsabilidade era muito cooperativa, e seu dever revolucionário, mais importante.

Marco Ferrero havia aprimorado sua capacidade de negociação com países comunistas e se inteirado das fraquezas do sistema e do papel que um gerente cubano deveria desempenhar. O empresário italiano também contava com o fato de que a natureza humana é a mesma em toda parte. Então, a primeira coisa que fez foi presentear Fonseca com um Toyota Corolla novo. Seu gerente cubano não deveria mais dirigir o automóvel velho que comprara anos antes, enquanto ainda no Exército. Tomar ônibus estava fora de cogitação. Era uma questão de imagem, explicou o parceiro italiano.

Gradualmente, à medida que Fonseca usava os generosos auxílios financeiros para despesas extras ao levar os clientes — executivos de empresas aparentemente privadas, mas que na verdade eram governamentais — a restaurantes, clubes e bares, à medida que distribuía presentes de Natal e se acostumava às bonificações, às duas viagens por ano a Milão, ao luxuoso escritório, à secretária-amante muito mais jovem do que ele e extremamente atraente, descobria uma nova perspectiva de vida, bem diferente daquela vista através do periscópio de um tanque russo.

O que as autoridades cubanas ignoravam, o que Marco Ferrero e o próprio Carmelo Fonseca desconheciam, era sua aptidão para fazer negócios e usar atalhos. Ele sabia coisas que nenhuma universidade ensina: como seduzir, persuadir, premiar e punir. Aprendia rápido. Era bom em classificar as pessoas. E, sem ao menos ter consciência do fato, era ambicioso. Sua única falta grave era a exagerada autoconfiança.

Durante cinco anos, Fonseca conseguiu agradar tanto Ferrero quanto seus superiores cubanos e foi premiado com uma promoção a gerente-geral. Ferrero visitava a ilha três ou quatro vezes por ano e, a cada vez, passava de uma semana a dez dias supervisionando e dando ordens durante o dia e cultivando e aumentando seu círculo de amizades bissexuais, gays e lésbicas à noite. No seu voo de volta a Milão, bebendo champanhe no conforto do seu assento de primeira classe, o italiano se congratulava por ter o que Graham Greene tinha em mente quando deu título a seu mundialmente famoso romance. A EuroAmerican Trading tinha um homem em Havana.

— Em primeiro lugar — disse Pena, para quebrar o gelo —, você notou alguma mudança no comportamento de Pablo nas últimas semanas? Ele andava preocupado, ansioso ou coisa parecida?

Fonseca fez que não com a cabeça lentamente e curvou os lábios para baixo.

— Não, major. O Pablo continuava... o mesmo de sempre.

— Como era a ética de trabalho dele?

Olhos presos ao teto, a cadeira ligeiramente reclinada, num esforço para causar nos policiais a impressão de estar considerando a resposta com seriedade, Fonseca disse:

— Eu não diria que ele era um funcionário excepcional nem totalmente dedicado à empresa, mas fazia suas tarefas com cuidado e responsabilidade.

— Sabe dizer se ele estava envolvido com alguma das mulheres que trabalham aqui?

Fonseca, sério, fez que não vigorosamente, e em seguida se conteve.

— Bom, como vocês, camaradas, podem muito bem entender, nunca se sabe ao certo sobre esse tipo de coisa, mas, pelo que eu saiba, nenhum funcionário ou executivo desta firma tem qualquer envolvimento sexual com outro membro da equipe.

— E quanto a mulheres em geral? — perguntou Trujillo. — Você saberia dizer se ele é o que se chama de mulherengo?

— O Pablo? Está brincando? — Fonseca esboçou um meio sorriso de incredulidade. Achou difícil manter-se sério. — Aquele magricela baixote e careca? Duvido que muitas mulheres se sentissem atraídas por ele.

— Talvez ele pagasse para isso.

— Bom, é possível.

— Quanto ele ganhava aqui?

— Eu teria que verificar os registros. Era algo entre 325 e 340 pesos por mês.

— Não, não — disse Trujillo intencionalmente. — Isso é o que ele recebia da ACOREC. Eu quis dizer aqui. Quanto ele recebia aqui?

Trujillo estava se referindo a uma das agências de empregos cubanas que contratam pessoal para empresas estrangeiras e joint ventures. Elas todas cobram em dólares e pagam aos funcionários em pesos. Seus empregados concordam com isso, porque os gerentes estrangeiros fazem pagamentos em dólares usando o caixa dois, para estimular a produtividade.

— Bom, a parte italiana insiste em conceder bonificações e incentivos para nosso pessoal — começou Fonseca. — É o que todas as firmas fazem.

— Algo que é ilegal — disse Pena.

— Tecnicamente, sim — concordou Fonseca. — Mas desde...

— Não se preocupe, camarada Fonseca — retrucou Pena, sorrindo ao interrompê-lo. — Todo mundo em Cuba sabe como isso funciona. As autoridades fazem vista grossa, então, não é problema nosso. É apenas uma dessas regras que existem para manter as aparências, para agradar alguns mandachuvas, e que são impossíveis de ser impostas. Só queremos saber quanto sua firma pagava a Pablo por mês.

— Ele recebia em torno de 50 dólares por mês — respondeu Fonseca, louco para reacender o charuto, mas receoso de que policiais que fumavam os asquerosos Populares pudessem invejar seu finíssimo Cohiba.

Trujillo virou-se na cadeira para ficar de frente para Pena.

— Cinquenta dólares, pela taxa de câmbio atual, equivalem a 1.050 pesos; com mais 325 ou 340 da ALCOREC, isso chega a quase 1.400 por mês. Nada mau para um homem solteiro.

— Nada mau — concordou Pena.

— Mas ainda não explica como Pablo pode ter economizado 2.900 dólares — disse Trujillo enquanto se virava para olhar Fonseca de frente outra vez.

O gerente-geral parecia perplexo.

— Você disse *dólares*?

— Exatamente. Encontramos o dinheiro na casa dele.

Por alguns minutos, Fonseca lançou um olhar vazio para a porta fechada por trás dos policiais.

— Preciso fazer uma auditoria imediatamente.

— Ótima ideia — disse Pena. — Mas agora gostaríamos de inspecionar o escritório de Pablo.

— Sem dúvida.

— Gostaríamos que nos acompanhasse.

— Claro.

Pablo Miranda havia compartilhado uma pequena sala com o homem encarregado do almoxarifado, que havia saído para comprar artigos de escritório. A única coisa estranha que os policiais acharam no recinto foram dez fitas cassetes de formato VHS na terceira gaveta de um arquivo.

— O trabalho de Pablo incluía o uso de vídeos? — perguntou Pena.

Fonseca fez que não com a cabeça.

— Nem sequer temos um aparelho de vídeo aqui — respondeu, e em seguida acendeu o charuto com um isqueiro de ouro. O camarada não usa um descartável, notou o major.

— Talvez ele tenha comprado esses aí para alguém — disse Trujillo. — Algum fã de vídeos entre seus empregados, camarada Fonseca?

— Não que eu saiba.

O gerente-geral parecia um pouco tenso, Pena achou.

— Bom, já tomamos um bocado de seu tempo, camarada — disse. — Falamos com você antes de irmos embora, depois que terminarmos a investigação com as outras pessoas daqui. Com quem devemos conversar primeiro? Com alguém próximo a ele, talvez?

— Seria o Rivero, o rapaz que fica ali naquela mesa, mas ele está fora. Então, podem escolher qualquer um. Vou mandar Anita apresentar vocês aos outros camaradas.

O restante do pessoal não tinha nada a acrescentar. Pablo era uma pessoa legal, sempre contando uma piada engraçada, um empregado consciencioso. O que será que havia acontecido a ele? Quase duas horas depois de interrogar os nove membros da equipe, Pena e Trujillo voltaram ao escritório de Fonseca.

— Acabaram? Por favor, sentem-se — disse o gerente-geral.

— Sim, acabamos — disse Pena enquanto se sentava numa poltrona. — Só não falamos com a faxineira e o jardineiro. Conversamos com todos os outros, inclusive Rivero, que chegou há meia hora. Agradecemos a sua cooperação, camarada Fonseca.

— Não há de quê. É meu dever. Espero que tenham encontrado uma pista, alguma coisa que possa ajudar a resolver esse caso.

— É possível sim, é possível — comentou Pena com uma ambiguidade deliberada. Ele sabia o que estava por vir. O gerente tentaria saber o que eles haviam descoberto. — Por favor, informe-nos sobre essa auditoria que vai mandar fazer — acrescentou.

— Informo sim, com certeza.

— Você tem nossos telefones.

— Tenho.

— Bom, acho que é só isso, por enquanto — disse Pena, dando uma pancadinha nas coxas e levantando-se.

— Um momento, major. Só por curiosidade.

Aquele era o ponto.

— Diga.

— Todas essas perguntas sobre mulheres na vida do Pablo... Há alguma coisa relacionada a sexo nesse assassinato? Acham que ele foi morto por algum marido ciumento?

— É uma possibilidade, camarada. Você sabe, homem solteiro, ainda jovem, dinheiro no bolso. Nessa fase, não podemos descartar nenhuma possibilidade.

— Sei. Bom, desejo boa sorte, camaradas. Quero o assassino preso e condenado.

— Obrigado, camarada — disse Trujillo. — Mas sorte é um fator de pouca importância em investigações criminais.

Foi provavelmente aí que a Sra. Sorte decidiu mostrar ao capitão Trujillo que ela não devia ser subestimada, pois naquela noite, no DTI, ele recebeu um telefonema.

— Capitão Trujillo, a seu dispor.

— Fonseca e Pablo eram como unha e carne — sussurrou um homem.

— Quem está falando?

— Eles costumavam se trancar no escritório do Fonseca. Passavam horas lá durante a noite.

— Fazendo o quê?

— Não sei.

— Tem mais alguma coisa que possa me dizer?

— Verifique onde estão o filho e a filha do Fonseca.

— O filho e a filha?

— Isso mesmo.

— Eles moram com ele?

— É melhor você mesmo averiguar. Ele se mudou para o Casino Deportivo recentemente.

O homem desligou o telefone, e Trujillo franziu o cenho ao colocar o fone de volta no gancho.

— A parte mais difícil foi localizar seu novo endereço — resmungou Trujillo.

— Poupe-me dos detalhes, Sherlock — retrucou Pena.

Dois dias depois, o capitão passava a informação para seu superior. Eles estavam no escritório do major, tomando um péssimo espresso. Nos últimos meses, o café estava ficando cada vez mais fraco, e os dois homens suspeitavam de que a cozinheira estivesse subtraindo o estoque de café moído para vender no mercado negro.

— Não, é verdade. Claro, eu não podia perguntar a ele, não podia ir à ACOREC, não podia telefonar para...

— Você está querendo uma maldita medalha por ter descoberto o endereço?

— Ei, qual é o problema, chefe? Teve sonhos eróticos com a Anita Owen?

— Quem me dera.

Trujillo deu um riso de escárnio. Pena terminou o café e acendeu um cigarro.

— Bom, eu finalmente consegui descobrir que ele mora na avenida dos Ocujes — disse Trujillo.

— Desde quando?

— Mudou-se para lá faz quatro meses.

— E o lugar...

— Do outro mundo.

— Me diga mais.

— Uma casa térrea, construída por algum grã-fino de classe alta no final da década de 1950. Três aparelhos de ar-condicionado, garagem para dois carros, janelas de madeira enormes com grades de ferro, vários quartos, completamente reformada e recém-pintada em creme e branco, da parede de tijolos ao longo da calçada até a cerca de arame em torno do quintal.

— Exatamente do que você precisa — disse Pena com um riso sarcástico, imaginando a casa inclinada do seu subordinado.

— Certíssimo — concordou Trujillo.

Os dois homens sabiam que, como a compra e venda de imóveis é ilegal em Cuba, e que para se mudar é preciso obter permissão do Instituto Nacional de Habitação, os abastados abordam as pessoas que têm o que eles gostariam de possuir e pagam à vista pela troca.

A fumaça do cigarro entrou nos olhos de Pena. Ele tirou os óculos e esfregou as pálpebras com as palmas das mãos.

— Onde ele morava antes? — perguntou.

— Num apartamento de três quartos na rua Hidalgo, a cinco quarteirões daqui — respondeu Trujillo. — Quase todas as pessoas que moram lá são oficiais do Exército, da ativa ou da reserva, e parentes.

Os músculos do maxilar inferior de Pena ficaram à vista.

— Ele fez uma troca, não é?

— Isso.

— E quanto... você acha que pagou?

O capitão deu de ombros.

— Quinze mil dólares, 20 mil, 25, quem sabe? Mera especulação.

— Há poucos dias, minha velha mencionou um sujeito que pagou 5 mil dólares por um apartamento de dois quartos na área mais decadente do centro de Havana. A família de nove pessoas que morava lá se mudou para um apartamento de um quarto em Santos Suárez.

Trujillo não fez nenhum comentário. Pena deu um último trago no cigarro e amassou-o no cinzeiro.

— Será que vou ter que perguntar?

— Perguntar o quê? — observou Trujillo, fingindo não ter entendido.

— Porra. Dá um tempo.

— O que foi que eu disse?

— É coisa grande. O que é que você está escondendo de mim? É muito grande.

Trujillo sorriu.

— Você não vai acreditar.

— Vamos lá.

— O filho dele está fazendo um curso em Paris. E a filha está estudando em Madri.

Pena endireitou o corpo na cadeira e lançou um olhar ao capitão.

— Aí tem coisa. Você sabe, meu filho fez um curso de pós-graduação na Espanha. Anda, desembucha.

— Os filhos dele nunca frequentaram uma universidade cubana.

Pena piscou, considerando a nova informação por alguns instantes.

— Muito bem. Foram enviados para a Europa pelos empregadores.

— Eles não trabalham em lugar algum.

— Então é uma bolsa para estudantes cubanos, oferecida pelos governos da França e da Espanha.

— Não.

— Deixe de brincadeira comigo, Trujillo. Quem diabos paga por tudo isso?

— O pai deles.

O major apoiou o queixo gordo sobre os dedos entrelaçados e fitou Trujillo por quase meio minuto, enquanto seu cérebro analisava todos os ângulos. Impossível. Era claramente um erro. Fonseca devia muito bem saber disso. Ostentação era um pecado capital.

— Deixe ver se estou entendendo bem. Você quer dizer que Carmelo Fonseca mandou os filhos estudarem na Europa e pagou as despesas do próprio bolso?

— É exatamente o que estou querendo dizer.

— Muito bem, capitão, quero um relatório completo agora mesmo. Quem lhe contou isso, com quem verificou a informação, o negócio todo.

Trujillo havia feito tudo de acordo com as regras. Sua fonte de informação foi um tenente-coronel da reserva que morava no antigo edifício de Fonseca. O homem dizia-se horrorizado com o grau de corrupção do ex-vizinho. Logo que a Imigração confirmou que os dois jovens haviam deixado Cuba seis ou cinco meses antes, Trujillo visitou os ministérios da Educação e de Educação Superior para certificar-se de que os adolescentes não haviam recebido bolsas de estudo nem qualquer outro incentivo educacional do governo. Os registros do Trabalho não acusavam o nome de nenhum dos dois, nem como empregados, nem como autônomos, nem mesmo como desempregados.

Seguiu-se um longo silêncio. Pena girou a cadeira e olhou fixo pela janela para um poste na rua Tulipán, cujas luzes espalhavam-se pelas folhas de uma árvore próxima, que tremulavam ao vento. Trujillo deve ter deixado passar algo vital, considerou ele. Aquilo era absurdo. O gerente cubano de uma joint venture gastando abertamente milhares de dólares numa residência de luxo e na educação dos filhos no exterior? Não havia possibilidade de um representante do governo sair impune de uma coisa como aquela. Centenas de alcaguetes começariam a sair de suas tocas para delatá-lo. A única forma que teria de se safar seria estar sob a proteção de alguém extremamente poderoso. Nesse caso, então, a melhor coisa a fazer seria ficar longe dessa artilharia chamada Carmelo Fonseca.

— Isso não é de nossa conta — disse finalmente.

— O quê?

— Estamos investigando o assassinato de Pablo Miranda, certo? Que diabos isso tem a ver com nosso caso? — E, sem interrupção, continuou: — Que cursos estão fazendo?

Escondido em Havana **111**

— Ele está em relações públicas. A moça disse que iria estudar decoração de interiores.

— Filho da puta! Bom, não é problema nosso. Isso não tem nada a ver com o caso. Não há o mínimo indício que sugira que Fonseca esteja envolvido nesse crime. Então recomendo que se concentre no assassinato.

Trujillo estalou os dedos e inclinou a cabeça para o lado.

— E ele escapa dessa?

— De quê?

— Corrupção.

Pena ignorou o termo.

— Você, na Brigada Anticorrupção? Temos uma Brigada Anticorrupção?

Trujillo deu um riso amarelo e olhou na outra direção.

— Eu lhe fiz uma pergunta, capitão. Temos uma Brigada Anticorrupção?

— Não, não temos.

— Então, concentre-se no caso do assassinato. Faça o melhor que puder. Se você descobrir que esse patife tem algum envolvimento com o caso, aí vamos atrás dele com toda a carga.

— E se ele não tiver nada a ver com isso?

— Eu relato ao coronel suas informações, e ele vai saber o que fazer. Não é da nossa alçada, Trujillo. Não é da nossa alçada.

O capitão levantou-se e rearranjou o cinto e a arma.

— Está certo. Vou fazer uma visita a esse *paladar* amanhã.

— Para quê? — perguntou Pena. — O rapaz foi lá três ou quatro dias antes de ser morto. E os turistas deixaram Cuba na manhã seguinte. Eles não tiveram nada a ver com isso.

— É uma pista que ainda não segui. Talvez as pessoas de lá se lembrem de alguma coisa que Pablo tenha dito ou feito. Também quero verificar se estão falando a verdade. Se não, posso dar um susto neles dizendo que vão precisar de uma licença.

— E depois?

— Depois vou me encontrar com o Garcia. Ver se ele identificou alguém ou algum lugar naqueles vídeos, assistir a alguns eu mesmo. Suspeito de que os vídeos e o dinheiro estão conectados com o assassinato. Não sei como, mas têm relação.

— Provavelmente.

— Até amanhã, chefe.

Trujillo parou à porta e virou-se para o major.

— Eu queria saber o que era que o Pablo e o Fonseca faziam no escritório à noite.

— O crime, capitão. Concentre-se no crime. Resolva esse caso e receberá a patente de major para colocar na sua dragona.

A *señora* Roselia espiou pelo olho mágico e recuou apavorada. Um policial à porta da frente? Quem a teria denunciado? O maldito CDR, com certeza. A campainha tocou de novo. A proprietária arranjou os cabelos, enfiou os dedos na blusa e puxou as duas alças do sutiã. Abriu um sorriso e em seguida destrancou a porta.

— Bom dia, capitão — cumprimentou-o, parecendo muito alegre.

— Bom dia, camarada.

— Está procurando o CDR? É no próximo quarteirão.

— Obrigada. Eu sei que o CDR é no próximo quarteirão. É a camarada Roselia?

— Sou Roselia, sim. — Sentiu raiva de ser chamada de camarada.

— Quero dar uma palavrinha com a senhora.

— Pois não, entre.

Desde que assumira a investigação desse caso, Trujillo havia ficado ainda mais consciente da condição precária de sua casa. O apartamento de Elena, embora malconservado, era uma mansão se comparado à sua casa; Turintrade era o escritório mais luxuoso que ele conhecera; de fora, a casa de Fonseca parecia um palácio. E agora, ao entrar na sala de visitas de Roselia, sentiu uma ponta de inveja. Essa casa o fazia lembrar dos cenários dos musicais de Hollywood. E tinha um cheiro tão bom... tão agradável e... natural? Pela primeira vez na vida, Trujillo sentia no ar o cheiro de um aromatizante de pinho recém-borrifado.

— Vamos sentar, por favor.

— Obrigado.

O capitão escolheu o sofá e mostrou a identidade. Roselia sentou-se à frente dele, na beira de uma poltrona.

— Sou o capitão Félix Trujillo do DTI.

— Prazer em conhecê-lo.

Cem por cento hipocrisia, ambos sabiam.

— O prazer é todo meu. Conhece Pablo Miranda?

A *señora* Roselia franziu a testa, como se tentando lembrar-se. Sabia que o anão lhe traria problemas algum dia. Ele era irresponsável e descuidado demais. Levantou a cabeça bruscamente, fingindo de repente ter se lembrado de quem se tratava.

— Pablito, quer dizer. Um homem baixo e careca? — perguntou ela.

— É.

— Bom, não sei o sobrenome dele. Ele é Pablito para mim.

— É seu amigo?

Roselia contraiu os lábios e considerou a pergunta.

— Eu... não chamaria de amigo; amigo não, não. É um conhecido meu.

— Sei. Quando foi a última vez que viu esse homem?

Roselia puxou a bainha da saia e mais uma vez evitou o olhar do policial. Ela não estava gostando daquilo, não estava gostando de forma alguma. Capitão, sim! Nos filmes de cinema e televisão, ela aprendera que, nos países capitalistas, capitães eram pessoas importantes nos departamentos de polícia, usavam dragonas douradas, andavam em sedãs lustrosos. Assim como era em Cuba, antes da revolução. Agora, todos os policiais acima de 30 anos — que andavam de ônibus em seus uniformes gastos — eram capitães. Centenas de capitães de polícia em Havana; provavelmente milhares em todo o país. Em qualquer outro lugar, seriam apenas sargentos. Mas aquilo podia ser algo sério, e era melhor entrar na jogada dele e ficar o mais próxima possível da verdade.

— Faz uma semana mais ou menos.

— Aqui?

— Sim.

— Ele veio lhe fazer uma visita?

— Bom... veio, de certa forma. Telefonou, tinha uns amigos, turistas, e queria vir com eles para jantar. Disse que não tinha condições de ir a um restaurante, e como eu... bom, talvez eu não esteja sendo modesta, mas as pessoas dizem que sou uma ótima cozinheira, aí ele perguntou se eu podia preparar um bom jantar para quatro. Eu recusei. Disse a ele: "Pablito, você quer que eu gaste os poucos dólares que meu filho me manda de Miami comprando os ingredientes para um bom jantar de cinco pratos?" E ele respondeu: "Eu devolvo até o último centavo. Se você gastar 10 dólares, 15 dólares, eu pago. Não mais do que 15 dólares, isso é tudo que tenho. Não posso levar essas pessoas para um *paladar*. Custaria uma fortuna. Por favor, Roselia, me ajude com isso." Sou uma idiota quando se trata de ajudar as pessoas, então disse: "Está bem, Pablito, vou fazer isso por você, mas somente dessa vez, não vá criar o hábito." Então preparei um bom jantar para quatro pessoas, ele trouxe os convidados e a irmã, me pagou os 14 dólares que gastei nos ingredientes, e essa foi a última vez que ele veio aqui.

— É muito generosa, camarada Roselia — disse Trujillo. — Se faz isso por um conhecido, posso imaginar o que não faria por um amigo. Agora compreendo por que as pessoas dizem que administra um *paladar* em sua casa.

— Ah, capitão, alguns dos meus vizinhos são muito injustos — lamentou Roselia, decepcionada com a maldade humana. — Adoro cozinhar e me orgulho de meus dotes culinários. Dos prazeres da vida, cozinhar e morar nesta casa maravilhosa são as únicas coisas que me dão satisfação. E é verdade que de vez em quando alguns amigos trazem os ingredientes, e eu cozinho para eles, de graça, claro. Não lucro nada com isso. Recuperar os gastos, sim; mas ganhar dinheiro, não. Esses meus vizinhos invejosos, eles veem os carros, as pessoas entrando e saindo, e concluem: "Roselia abriu um *paladar*."

— Isso não é problema meu, camarada Roselia. Só quero saber como se tornou amiga de Pablo Miranda.

Roselia fitou o capitão, mais uma vez fingindo tentar lembrar.

— Foi, provavelmente... há seis meses. Ele deve ter sido convidado por algum amigo meu. Pablito elogiou muito minha comida e disse que aquela tinha sido a melhor refeição que tinha feito na vida. Foi o que fez eu me lembrar dele quando ligou.

— Quem o apresentou à senhora?

— Francamente, não me lembro.

— Camarada Roselia, para quantos amigos cozinha?

— Como?

— Pergunta simples. Para quantos amigos e conhecidos cozinha?

— Bom, nunca contei. Deixe-me ver... — Olhando para o teto, Roselia fingia contar os patrocinadores do jantar nos dedos. O que ela estava tentando calcular era a multa por dirigir um *paladar* ilegal; que um policial a estivesse interrogando, parecia estranho também. Ela ouvira dizer que eram os inspetores municipais de comércio que lidavam com negócios ilegais. Será que esse capitão tinha conhecimento de seus outros empreendimentos? Estaria o filho da puta fingindo investigar uma coisa quando de fato estava atrás de outra? Quem sabe poderia lhe oferecer uma nota de 20?

— Acho que deve ter uns dez amigos para quem cozinho de vez em quando.

— E não lembra qual deles trouxe Pablo Miranda aqui?

— Imagine, capitão! Às vezes um amigo traz entre oito e dez convidados. Além disso, minha memória não é mais a mesma. É a idade, sabe?

Trujillo não havia planejado perguntar-lhe isto, mas por que não?

— Talvez tenha sido Carmelo Fonseca — disse.

Roselia hesitou por um instante. Deveria confirmar?

— É provável. Bom, acho que foi o Carmelo. Agora que está falando, tive a impressão de que o Pablito trabalha para o Carmelo.

— É, trabalha sim — confirmou Trujillo. — Muito bem, camarada, vamos voltar àquela noite. Ouviu Pablo Miranda dizer alguma coisa que parecesse estranho? Observou se ele estava preocupado ou nervoso?

— Nervoso? O Pablito? Não, ele estava feliz como se fosse Natal. Ele é sempre assim.

— Ele era assim.

— O que está dizendo, capitão?

— Pablo Miranda está morto, *señora* Roselia. Foi assassinado.

— Virgem Maria! — Um arrepio lhe percorreu a espinha. O anão? Assassinado? E ela tivera a impressão de que... — Quando? Por quê? — perguntou ela.

— Três dias depois que jantou aqui. Estou investigando exatamente isso, camarada. Pode me ajudar?

Roselia balançou a cabeça enfaticamente.

— Não. Como eu poderia? Quero dizer, eu não tinha nenhuma amizade com ele. Era só um conhecido.

— Bom, camarada — disse Trujillo, levantando-se. — Obrigado pela sua atenção. E recomendo que procure obter uma licença para dirigir um *paladar*, ou diga a seus amigos que não vai mais cozinhar para eles. Na vizinhança, todos — e eu repito, *todos* — acreditam que isto aqui é um *paladar*, e qualquer dia desses a senhora pode receber uma multa de milhares de pesos.

— Está bem, capitão. Tem razão — concordou Roselia enquanto se levantava. — Vou explicar aos meus amigos quando telefonarem. Obrigada pelo aviso. Posso lhe oferecer alguma coisa? Um refrigerante? Um espresso?

— Não, obrigado, camarada. Até mais.

— Até mais, capitão. Apareça quando estiver por esses lados.

— Sem dúvida. Até logo.

Trujillo retornou para o DTI, almoçou, verificou suas mensagens, depois decidiu assistir a tantos filmes pornô quanto pudesse à tarde. Não estava muito animado. Sabia que ficaria sexualmente excitado e, à noite, sua mulher muito provavelmente diria que estava cansada demais para fazer sexo, que era a maneira como andava respondendo a suas cada vez mais raras iniciativas. Mas ele precisava buscar pistas, se quisesse descobrir uma solução para o crime.

No primeiro minuto do vídeo número 3, enquanto o casal se beijava e começava a se despir, os dois sentados num sofá, o capitão franziu o cenho, parou a fita de vídeo, voltou ao início da cena e a repetiu. Depois de assistir aos 22 minutos completos, voltou à cena do início. Finalmente, sem conseguir conter sua satisfação, dirigiu-se ao escritório de Pena e explicou o que havia descoberto. Seu chefe foi até a sala de projeção e assistiu ao primeiro minuto da fita.

Uma hora depois, o major, o capitão e a tenente Yunisleidis Aguirre, uma advogada corpulenta, de uns 29 anos, chegaram à casa da *señora* Roselia. Trujillo tocou a campainha. Na sua bolsa de imitação de couro, a policial levava a fita de vídeo número 3, uma filmadora mini-DV e um gravador.

— Capitão! — Roselia nem sequer simulou um sorriso. O medo se estampava em seus olhos.

— Boa tarde, camarada. Quero lhe apresentar o major Pena e a tenente Aguirre.

— Muito prazer, major, tenente. Mas, capitão, já lhe disse tudo o que eu sabia. E estou preparando o jantar.

— Desculpe interromper, mas precisamos lhe mostrar uma coisa.

— Me mostrar?

— Sim, podemos entrar? Não vamos demorar muito.

Impressionados, e sem conseguir esconder isso, Pena e Aguirre acomodaram-se no sofá, os olhos de ambos vasculhando a sala toda. Roselia e Trujillo sentaram-se nas poltronas em frente. A dona do restaurante, tomada de pânico, brincava com os anéis nos dedos.

— Bom, o que é que querem me mostrar?

— Posso usar seu videocassete, camarada?

Subitamente Roselia empalideceu.

— Meu... meu aparelho de vídeo? — gaguejou.

— Aquele ali.

— Está... quebrado.

— Temos um no carro, que está em perfeitas condições. Quer que eu vá buscar?

Roselia suspirou fundo. Sabia exatamente o que estava para acontecer. Eles haviam encontrado os filmes pornô; os três nos quais sua sala e o quarto principal podiam ser facilmente identificados. Por causa de malditos 300 dólares, ela iria para a cadeia. De que adiantaria adiar o inevitável?

— Não, fiquem à vontade — disse ela.

A tenente Aguirre tirou da bolsa a fita e a colocou no aparelho de videocassete. Apertou o botão play.

— Pare aí — ordenou Trujillo, depois de quarenta segundos.

Roselia tinha o olhar fixo no chão.

— Cidadã Roselia Rodríguez — disse o capitão. — Olhe para a tela.

Ao ouvir *cidadã*, Roselia percebeu que estava encrencada. Ela se retraiu e dirigiu a vista para o aparelho.

— Aquela sala é *esta* sala, cidadã Roselia.

Tudo o que ela conseguia fazer era balançar a cabeça concordando.

— Dentro de um minuto mais ou menos, o casal que está se beijando vai ter uma relação sexual num quarto muito bonito, provavelmente nesta casa. Quer assistir ao vídeo todo?

Roselia fez que não com a cabeça.

— Esse vídeo, cidadã Roselia, é material pornográfico. Agora, de acordo com o Artigo 302.1 do Código Penal cubano, a senhora pode ser condenada a cinco anos de prisão por permitir o uso de sua residência para essa filmagem.

— Cinco anos? — perguntou Roselia, de olhos arregalados.

— Não menos do que dois e não mais do que cinco, se o tribunal a julgar culpada. E com essa prova, cidadã, a senhora será condenada.

— Oh, valha-me, Nossa Senhora!

— Devo preveni-la de que daqui a pouco a tenente Aguirre — ele apontou para a policial — vai filmar esta sala e o quarto também, portanto, se alguém pensar em mudar a disposição dos móveis ou trocar a decoração depois que a gente sair, de nada vai adiantar.

Aguirre retirou da bolsa a filmadora.

Roselia parecia estar aterrorizada.

— Eu... não sabia... eu... sou velha demais para ir para a cadeia.

— O tribunal pode ser indulgente se cooperar com a polícia.

— Foi o anão que me convenceu.

— Quem?

— Pablo Miranda.

— Espere um minuto. Tenente, comece a filmar.

A policial levantou a filmadora, fechou o olho esquerdo, focalizou através do visor e em seguida fez um sinal afirmativo com a cabeça para Trujillo.

— Então, agora, cidadã Roselia, quem filmou vídeos pornográficos em sua casa?

Dezessete dias depois, às 10h05, Carmelo Fonseca, agora mais magro e extraordinariamente dócil, explicou a todos os empregados da Turintrade que havia recebido um novo cargo numa firma estatal. Apresentou então sua substituta, uma mulher negra, de olhar sério e cabelos grisalhos, que em poucas palavras explicou que a empresa continuaria a ser conduzida como sempre e pediu a cooperação total de sua nova equipe. Fonseca deixou o escritório, seguido de dois sujeitos vestidos à paisana, que o haviam acompanhado até lá e que os empregados nunca viram antes. É procedimento padrão manter a equipe sem saber da bandalheira que o chefe fez. E o procedimento padrão tem um resultado padrão: uma semana depois, a equipe tem conhecimento do que o chefe fez de errado, e isso passa a ser o comentário geral na cidade.

Uma noite, Roselia confessara à polícia que Pablo Miranda, completamente bêbado, lhe contara na mais absoluta confiança que o gerente da Turintrade era o cabeça por trás do esquema de vídeos pornográficos. A mulher havia sido detida, e Pena relatara o que ela lhe dissera ao chefe do DTI, que, por sua vez, informou ao chefe da polícia. Pena e Trujillo foram instruídos a continuar a investigação do assassinato de Pablo Miranda e deixar o caso Fonseca em mãos mais competentes.

Como Carmelo Fonseca era ex-coronel do Exército, o Ministério do Interior fez um relatório ao Ministério da Defesa. A contrainteligência militar nomeou um investigador especial para chefiar uma equipe de três homens. Uma semana depois da confissão de Roselia, a equipe sentou-se com Fonseca para uma conversa. Durante uma hora e meia ele veementemente negou qualquer delito, mas, sob hábil interrogatório, o ex-coronel começou a se contradizer.

O inquiridor-chefe perguntou como ele havia conseguido pagar mais de 5 mil dólares pelo VW de 15 anos, em perfeitas condições, que dera à amante, Anita Owen, a atraente secretária. Uma averiguação das contas da Turintrade revelara não ter havido nenhum desfalque, então de onde havia surgido o dinheiro, *cidadão* Fonseca? O dinheiro lhe fora dado em espécie por Marco Ferrero como bonificação, declarou ele. Ah, é? E de quanto foi a bonificação, *cidadão* Fonseca? O gerente-geral, suando por todos os poros, respondeu que não sabia dizer.

— Bom, então o que é que você sabe? — perguntou o inquiridor, irritado. — Mas deve ter sido muito. Pagou 35 mil dólares por uma casa nova, depois gastou mais uns 5 mil para reformar. E por favor, esclareça: quanto investiu na educação de seus filhos no exterior? Por que Ferrero lhe deu todo esse dinheiro? Que trabalhos especiais você fez para ele que o governo cubano não podia saber? Traiu a confiança que a Revolução depositou em você, *cidadão* Fonseca? Estava espionando para alguma potência estrangeira, *cidadão*?

Aquilo foi o suficiente. Diante de acusações que poderiam condená-lo à morte, Fonseca confessou que três anos antes, enquanto assistia à apresentação de uma dançarina nua num clube de striptease na Via Manzoni, em Milão, Ferrero dissera que havia um grande mercado para vídeos pornográficos na Europa e que ele, Ferrero, estava disposto a pagar 3 mil dólares por cada vídeo de vinte minutos que exibisse cubanos bonitos, de raças variadas, realizando todas as formas de atos sexuais. Fonseca recrutara e instruíra Pablo Miranda, que, por sua vez, contratou um operador de vídeo, um técnico de iluminação e um editor. Pablo também descobria talentos e alugava o transporte. Incluindo a parte de Pablo, o custo de cada vídeo era de mil dólares. Quarenta e três fitas haviam sido feitas e vendidas a Ferrero em 32 meses, garantindo a Fonseca um lucro líquido de 86 mil dólares.

O prisioneiro negou com veemência qualquer participação no assassinato de Pablo Miranda, mas mesmo assim a impressão de sua mordida foi tirada e enviada para o LCC. Quando o capitão Trujillo soube que não havia correspondência, perdeu as esperanças. Sabia que havia pouca chance: Fonseca não parecia ser um assassino, mas estava ansioso para encerrar o caso.

— Então, daqui partimos para onde? — perguntou Trujillo a Pena, enquanto estavam no escritório do major na noite em que lhe informaram sobre a confissão de Fonseca.

Pena coçou a cabeça. Cinco dos cúmplices de Pablo no esquema dos vídeos, delatados por Fonseca, haviam sido presos e interrogados, e foram capturadas suas impressões digitais. As impressões das mordidas dos cinco também haviam sido tiradas. Nada os associava ao crime.

— É assassinato, Trujillo, então continuamos tentando — era tudo o que Pena tinha a dizer. — Talvez você devesse considerar pelo ângulo do general. Verificar se o crime foi cometido por algum parente ou algum amigo do homem que ele matou.

Trujillo endireitou-se na cadeira, pronto para dar sua opinião em relação àquela hipótese, mas Pena continuou:

— Sei que as chances são poucas. Mas o que mais você pode fazer? — A pergunta elucidou uma ideia nova. — Talvez o cara que denunciou o Fonseca volte a entrar em contato com você, lhe dê mais uma pista.

— Não, ele já contou o que sabia e recebeu o que queria. Estava atrás do Fonseca, não liga a mínima para o Pablo e não sabe quem matou o cara, se você quer saber. Ele provavelmente trabalha na Turintrade ou em alguma outra firma. Talvez tenha dedurado o Fonseca porque está de olho na secretária dele.

Pena deu de ombros. Trujillo massageou as têmporas antes de falar de novo.

— Mas tem uma coisa que está me incomodando — disse ele.

— E o que é?

— Esse cara, o Fonseca, ele não é burro.

— E daí?

— Daí, como achou que podia sair dessa impunemente?

— O Fonseca não nos diz respeito, capitão.

— Eu sei, eu sei. Só estou aqui pensando junto com você, certo?

— Certo, vá lá, diga.

— O que eu quero dizer é: se tivesse guardado o dinheiro e mantido discrição, ele poderia ter negado tudo. Poderia ter argumentado que Roselia e Pablo estavam mentindo. O que o denunciou foi a onda de gastos estúpidos em que embarcou. Por que cometeu um erro tão óbvio?

— Qual é a sua teoria? — perguntou Pena, antevendo a resposta. *O maldito sujeito lê a minha mente. Será que sou transparente?*

Trujillo ponderou a melhor maneira de expressar os pensamentos.

— Ele deve ter calculado que podia escapar dessa, porque conhecia outras pessoas que estavam comprando casas e carros e talvez até enviando os filhos para o exterior sem que nada acontecesse a elas.

— Isso é coisa grave, capitão.

— Escute, chefe, Fonseca não é burro. Provavelmente é muito esperto. A única explicação que me vem à mente para todo aquele descaramento é que ele conhecia outras pessoas, mais importantes do que ele, que estavam fazendo a mesma coisa, ou talvez até pior.

— A mesma coisa? Outros gerentes produzindo filmes pornôs?

— Eu não quis dizer a mesma coisa exatamente. O que eu quis dizer foi tráfico de influência, suborno, corrupção.

— Então, você acha que o Ministério do Interior deveria investigar todos os gerentes de joint ventures? — retrucou Pena num tom de sarcasmo.

Trujillo fitou a parede vazia.

— Não seria má ideia. Coisas estranhas e inexplicáveis estão acontecendo nesta cidade, talvez em todo o país. Talvez alguns caras que fingem ser revolucionários verdadeiros sejam, na verdade, corruptos safados. Isso não é problema meu como policial, mas, como cidadão, me incomoda.

Pena acendeu um cigarro e deu uma longa tragada.

— Se você estiver certo, mais cedo ou mais tarde eles vão ser descobertos — disse, entre nuvens de fumaça. — Alguns já estão na cadeia, outros vão parar lá quando a notícia sobre a queda de Fonseca se espalhar. A impunidade não é um de nossos problemas.

— Tem certeza?

— Sim, tenho.

Trujillo achou melhor não discutir.

— Tomara que seja assim, chefe, tomara.

INTERLÚDIO

Elena Miranda estava na cama, nua, olhando para o teto. Acabava de ter um orgasmo e nesse estágio da relação sempre ansiava por estar ao lado de Seis. Coincidentemente, Seis começava com o mesmo "se" de sexo, e o rapaz era bom do início ao fim, mas nos dez a 15 minutos depois do arroubo da paixão era incomparável. Ele a mantinha nos braços, sussurrava palavras carinhosas, beijava-a com suavidade, e ela se sentia descendo uma encosta íngreme, conduzida para um vale silencioso e belo de sono profundo. Mas Dezenove, ao que parecia, tinha muito o que aprender sobre a fase pós-orgástica da sexualidade feminina, e menos de cinco minutos depois da ejaculação já soltava um ronco ruidoso.

Paradoxal, Elena considerava, era o fato de Seis ter sido motorista de caminhão de pouca escolaridade, que admitira não ter lido nenhum poema desde a escola primária, enquanto Dezenove era um dramaturgo culto, que escrevera uma consagrada peça de vanguarda sobre as inadequações sexuais. O que prova, pensou Elena, que é basicamente uma questão de talento ou aptidão, algo inerente a algumas pessoas e de que outras são desprovidas. Assim como na arte. Elena sorriu ao lhe vir à mente a imagem de Seis. Se alguém perguntasse ao rapaz quem eram Masters e Johnson, ele provavelmente franziria o cenho e, concentrado, arriscaria: "Jogadores da Liga Americana?"

Fora da cama, Seis era impetuoso e antissocial, enquanto Dezenove revelava-se contido e gentil. Parecia, no entanto, que os homens mais sagazes e cultos não eram lá grande coisa sexualmente. Dezenove era um deles. Dizia verdades patéticas de maneira espirituosa, tais como: "As únicas pessoas realmente livres neste país são aquelas que podem recusar um convite para um comício político sem dar desculpas." E dissera algo que ela ainda tentava entender: "As pessoas que governam o mundo pertencem a duas amplas categorias: as bem-sucedidas e as malsucedidas. As bem-sucedidas são plenamente conscientes da impossibilidade de dominar até mesmo uma fração ínfima do conhecimento universal, então contratam especialistas, delegam responsabilidades e lamentam sua falibilidade. As malsucedidas consideram-se geniais, tomam todas as decisões e preocupam-se em conquistar seu lugar na História."

Fascinante. Mas na cama, bem, para não dizer o pior, ele não deixava saudade.

Na adolescência ela havia lido sobre o homem "ideal" em exemplares antigos, pré-revolucionários, de revistas femininas que circulavam quase clandestinamente entre as alunas. Os olhos de Rock Hudson, o nariz de James Dean, a personalidade de Paul Newman, esse tipo de asneira. Bom, ela poderia imaginar um homem bem aceitável escolhendo os melhores atributos

Escondido em Havana **131**

essenciais de cada um dos 19 com quem havia ido para a cama. Embora houvesse alguns que não tinham nada a oferecer.

Essa linha de raciocínio a fez lembrar-se de Ricardo Lagos e Lucinda Barreras, um casal que tinha duas filhas. O casamento deles era de tamanha solidez que todos os invejavam. Ambos tinham aquele senso de humor malicioso que os tornava companhia agradável nas festas. E sua encenação final era hilariante.

— Vocês, mulheres, são todas iguais — Ricardo de repente grita, dirigindo-se a Lucinda, copo na mão, cambaleante, fingindo-se de bêbado. A conversa é encerrada, e os presentes parecem completamente atônitos. Os dois agem dessa maneira somente quando estão certos de que a maioria das pessoas na festa não presenciou a cena antes, somente se alguém que os conhece pede, somente se não houver a presença de crianças, e não antes de estarem prontos para ir embora.

— Vocês querem um homem que seja bonito, bem-educado, que tenha carro, apartamento, ganhe muito dinheiro, fique de pau duro, deste tamanho, em apenas cinco segundos, e goze somente depois que vocês tiverem orgasmos múltiplos — ele diz, aos brados. — Claro, esse homem não sente tesão se vocês não estiverem excitadas. Mas quando estão, ele se torna um maníaco sexual. Ele cozinha, lava os pratos, cuida da roupa, esvazia as latas de lixo toda noite, traz flores quando vocês menos esperam. O amor dele é tão grande que, quando vocês confessam que não estavam numa reunião do sindicato e sim na cama com outro homem, ele perdoa e esquece. Vocês lhe pediriam para amamentar o bebê, se isso fosse fisiologicamente possível, meu Deus! Qual é o problema de vocês, mulheres, porra? Todas aspirantes a Cinderelas!

Nesse momento, até mesmo o mais ingênuo dos convidados compreende que aquilo é uma encenação. Alguns começam a rir timidamente.

— Ah, é? — Lucinda retruca para alegria de todos, também fazendo de conta que está bêbada. — E vocês, seus punheteiros? Tudo que ganhamos é para sustentar a família, enquanto vocês contribuem com 25 por cento ou menos da mixaria que recebem. Nós, mulheres, somos escravas. Quem leva as crianças doentes ao médico? As escravas. Quem cozinha? As escravas. Quem lava a roupa e limpa a casa? As escravas. Quem passa metade do tempo de folga nas porras das filas do mercado? As escravas. E ainda temos que ser compreensivas e perdoar quando, no dia do pagamento, vocês chegam em casa às 11 da noite, fedendo como se fossem uma maldita destilaria de rum. Temos que levar vocês para debaixo do chuveiro, limpar o vômito, requentar e servir o jantar.

Com isso, as pessoas não contêm o riso.

— Além do mais, vocês querem que a gente seja uma combinação de Salma Hayek e Jennifer Lopez com a moral de uma freira católica. E quando as escravas exaustas vão para a cama, às 11, os patrões, que ficam com tesão depois de assistirem a um filme com a Catherine Zeta-Jones, esperam que lutemos por 15 minutos para levantar, não importa de que maneira, as coisinhas insignificantes e patéticas que chamam de *pau*!

As pessoas dão risadas ruidosas. Lucinda espera até que todos se acalmem antes de encenar as últimas falas.

— Sabe de uma coisa? A Catherine Zeta-Jones riria na sua cara. Quer saber mais? Eu fico toda molhada quando vejo o Michael Douglas, que parece ter uma ferramenta de verdade. Mas sei que o Michael também riria na minha cara. E tenho plena consciência de que estou presa a você, então vamos para casa e quem sabe hoje eu consiga fazer você esquecer esse mundo de fantasia em que vive.

Em seguida, cambaleantes como que se apoiando um no outro, deixam a festa enquanto as pessoas gritam e aplaudem.

De qualquer forma que se veja isso, como coisa séria ou como brincadeira, Elena concluiu pela enésima vez, cinco ou seis milênios de registro da história humana provam que os relacionamentos sexuais são, de todos, os mais difíceis. Irritava-a perceber como sempre retornava ao mesmo tópico, como se esse fosse o maior mistério da vida. Estaria louca? Teria realmente amado algum homem? Não sabia dizer. Enquanto esteve envolvida com Um, Quatro e Onze, considerara-se apaixonada. Em retrospecto, achava que não. Uma única vez, quando engravidou, pedira a um homem para se casar com ela, sem saber que ele já era casado. Elena se perguntava se atração e sentimentos mútuos, algo que até aquele momento não havia alcançado, poderiam fazer um casal passar uma vida inteira junto. Talvez tivesse sido adorada por Três e Nove; eles sem dúvida agiam como se estivessem realmente apaixonados, mas não sentia o mesmo por nenhum dos dois. Com Um, Quatro e Onze havia sido exatamente o contrário.

E tornava-se menos exigente com o passar dos dias. Elena virou-se e dirigiu o olhar para o homem que dormia. Havia conhecido Dezenove três semanas antes, na noite em que ele fora a seu apartamento para sondá-la a respeito de uma troca. Homem alto, de uns 50 anos, magro, decente e bem articulado. Parado à porta, apresentara-se antes de dizer que um amigo que morava nas vizinhanças lhe informara que a *señora* Elena havia perdido o irmão fazia pouco tempo. Às vezes, acrescentou ele, quando um membro da família morre, os parentes julgam melhor mudar-se, para evitar as recordações trazidas por cada um dos ambientes da casa. Ele precisava de um apartamento maior e estava à procura de um em Miramar, porque nadava diariamente: o de Elena ficava a quatro quarteirões da praia. Disse que morava num bom apartamento de dois quartos em Vedado e gostaria de deixar com ela um cartão, caso a *señora* Elena considerasse uma troca num futuro próximo.

Ela não o convidara a entrar, mas aceitou o cartão, porque, de repente, a ideia lhe pareceu atraente. Durante alguns dias considerou os prós e os contras. A morte de Pablo encerrara as discussões e brigas diárias, motivo principal de quererem trocar aquele apartamento por duas unidades menores. Mas, de qualquer forma, talvez uma mudança fosse o melhor para ela. Ainda vivia atormentada pelas lembranças tristes dos anos em que cuidara do filho no quarto. E toda semana percebia o esforço físico que precisava despender naquele apartamento grande para mantê-lo limpo. O mínimo que podia fazer era ver o que o homem tinha a oferecer. Telefonou-lhe, então, e marcaram um encontro. Ele foi até a casa dela, examinou todos os cômodos e se disse interessado.

No dia seguinte à noite, Elena visitou a casa dele. Foi apresentada à filha de Dezenove, ao marido dela e às duas netas. Moravam todos em um dos dois únicos apartamentos do décimo quinto andar de um edifício de 24 andares, construído em 1958 para cubanos de classe média alta. Era claro e ventilado, tinha dois quartos e portas de vidro que iam do piso ao teto, com uma incrível vista do estreito da Flórida. Entretanto, por ocasião dos blecautes ou, menos frequentemente, quando os dois elevadores estavam quebrados, os residentes tinham de subir pela escada, o que depois do quarto ou quinto andar deixa de ser um exercício e torna-se um suplício. A água também era um problema, ela descobriu. E no momento em que deixava o prédio, um saco plástico explodiu no meio da rua, espalhando lixo por todo o pavimento. Algum vizinho de um dos andares superiores não quisera descer até a lixeira.

Pela manhã, Elena telefonou para Dezenove e explicou que gostaria de ver outros lugares antes de tomar uma decisão. Ele disse que não tinha importância, mas será que ela aceitaria um convite para jantar no sábado à noite? Num impulso, aceitou, e em meio a frango assado e cerveja, ele lhe contou que a mulher o abandonara em 1991 e agora morava em Miami. Depois desse encontro, veio uma peça de teatro à noite, durante a semana, um cinema na sexta-feira, bebidas, conversas e dança numa boate à meia-luz no sábado à noite, e agora ela estava ali, na cama com um homem simpático, por quem ela não sentia nenhuma atração especial. Por quê? Não estava ansiosa por sexo; nunca estivera. Para Elena, sexo era somente uma parte. Seu apetite sexual era logo satisfeito, exceto quando estava apaixonada — então se tornava insaciável. Seria isso normal? Ou será que ela era alguma aberração da natureza?

E o que viria depois? Talvez, para não magoá-lo, ela marcasse alguns encontros com Dezenove e depois desse o fora. Ele parecia o tipo de homem que, se incentivado, sugeriria que morassem juntos para matar dois coelhos com uma só cajadada: a filha e o genro transariam livremente no quarto que era dele, enquanto as netas dormiam um sono tranquilo no outro; a mulher cuidaria de tudo para ele, enquanto ele passava as manhãs nadando. De jeito nenhum, cara, de jeito nenhum, Elena decidiu.

A milhares de quilômetros de distância, sentado num sofá velho em posição ereta, um homem cego mergulhava em recordações. Qual teria sido sua idade quando a família se mudou para o apartamento? Não se lembrava do mês. Oito ou 9 anos, pensou. Trouxe à lembrança o Parque de la Quinta, as enormes árvores, as pistas de caminhada, a pérgula, o busto de Prado, mas não o monumento a Gandhi; este devia ter sido erigido mais tarde. A igreja de Santa Rita, onde assistiam à missa aos domingos; o padre Martín, seu confessor. A descrição de Bruce reavivara-lhe a memória, inclusive dos aromas da terra, das folhas, da grama, dos gases dos automóveis, das velas queimando, da fumaça de cigarro, de frango frito, do perfume favorito da mãe — L'Air du Temps.

Um *pirulero* costumava ir ao parque às tardes com centenas de pirulitos de todas as cores e sabores, afixados, de alguma forma, a um cilindro oco de papelão de 1,5 a 2 metros de comprimento. Seu sabor preferido era morango com menta; o da irmã era menta. Ele retirava o papel branco em que era envolto e chupava o pirulito vermelho e verde, segurando-o pelo palito de madeira, firmemente preso no centro do cone. Como seria o palito inserido ali? Devia haver algum processo de aquecimento e esfriamento; sim, claro. Despeja-se o xarope fervendo dentro das forminhas, ele começa a esfriar, e num certo ponto, insere-se o palito. Quando o *pirulí* finalmente atinge a temperatura ambiente, o palito fica preso, e nenhuma criança consegue arrancá-lo. Mas mesmo assim era perigoso. As crianças correndo, pulando e gritando enquanto chupavam um pirulito com um palito afiado.

O cego estava com um roupão de banho preto e chinelos. O sofá era na sala de um apartamento de um dormitório, no quarto andar de um condomínio em condições precárias, na rua Bergen, no Brooklyn, Nova York. Havia mesinhas nas extremidades do sofá. Em cima da mais próxima a ele, encontravam-se um telefone celular, um copo com um pouco de uísque escocês, uns óculos escuros, um chaveiro com cinco chaves e um radinho portátil. Uma bengala preta fora posta em cima do sofá.

O Parque de la Quinta era mil vezes maior do que o jardinzinho da casa alugada em La Víbora, onde ele e a irmã, falecida pouco tempo antes, haviam nascido. Seu pai tornar-se proprietário do edifício em Miramar foi algo inesperado; a mudança, uma surpresa, assim como sua matrícula na prestigiosa escola La Salle. Aquele fora o ano das novidades e do novo. O novo Cadillac Fleetville, ano 1957, trocado no mês de setembro seguinte pelo modelo 1958, o novo apartamento, todo mobiliado com móveis modernos (que, de acordo com Rita, ainda continuavam lá, embora manchados e sujos), eletrodomésticos novos, roupas, vizinhos, amigos. Apenas as três empregadas — a babá, a arrumadeira e a cozinheira — permaneceram as mesmas de antes.

Costumavam ir ao Coney Island, em Marianao, no Cadillac preto do pai. O homem cego riu baixinho. Tinha 13 ou 14 anos quando um colega da escola lhe falou sobre um parque de diversões em Coney Island, Nova York, e ele achou estranho que os nova-iorquinos tivessem copiado o nome. Sua lembrança seguinte o fez rir de pura satisfação. Quando era criança, acreditava que a música "Tea for Two" havia sido plagiada de "Juan Pescao", uma *guaracha* cubana da década de 1940. Havia sido o contrário. "*Anda, camina, camina Juan Pescao; anda camina, no seas descarao*", cantou o cego suavemente. Bom, como ele poderia saber? Ou que Coney Island original era em Nova York?

A imitação em Havana, bem menor, tinha montanha-russa, roda-gigante, Casa dos Espelhos, carrinho bate-bate, um brinquedo chamado Polvo, que fazia os visitantes gritarem de medo, êxtase ou agonia, e outras "máquinas infernais" (nas palavras de sua babá). A mãe deles permitia que comessem algodão-doce à vontade, bebessem duas ou três garrafas de Coca, montassem os pôneis.

Havia as matinês nas tardes de domingo no Cine Miramar, quando assistiam a filmes seriados e desenhos americanos, e ainda a um filme B de caubói e os últimos lançamentos. Havia os grandes fins de semana maravilhosos no Clube Náutico: os garotos pulando da ponte para nadar por baixo d'água, as garotas, menos aventureiras, chapinhando no raso, sua mãe jogando canastra, seu pai curtindo um mau humor, enquanto tomava um uísque com soda, os olhos fixos no horizonte. Somente anos mais tarde viria a entender a razão da contrariedade do pai: seu pedido para entrar como sócio no muito mais prestigioso Havana Iate Clube havia sido recusado duas vezes.

Foi então que, de repente, tudo desmoronou. Os pais preparando freneticamente a mudança, a mãe chorando e pedindo ao pai para se acalmar... o homem cego abanou a cabeça e levou a mão à procura do copo de uísque escocês. Não queria reviver a súbita interrupção da sua infância.

Bruce dissera que Elena era uma mulher atraente. Rita concordou e então, complementando, avisou que o irmão de Elena representava um grande problema. Depois que Rita saiu, Bruce disse que o amigo não se preocupasse com isso. O homem cego não gostou muito do tom dele. Era extremamente sensível às nuances das vozes das pessoas e ouvira Bruce adotar esse mesmo tom quando estavam no Vietnã. Havia nele certa frieza e hesitação, que significavam que nada o deteria. Muito diferente do tom que adotara ao falar sobre Elena, que devia ser uma mulher belíssima para atrair tanto a sua atenção. Seu amigo era um especialista. Nenhuma quarentona o seduziria a menos que fosse realmente um pedaço de mulher. Rita não o impressionara de forma alguma, percebeu isso na voz dele. Mas Elena o deixara extasiado.

Não que Bruce tivesse falado muito sobre ela: alta, esbelta, bonita, professora de crianças com necessidades especiais. Ele não fazia ideia de que Cuba tivesse condições de manter professores para portadores de deficiência. As pessoas estavam passando fome lá. Entretanto, essa não era a opinião de Rita. Pobres, sim; passando fome, não, dissera ela. O pai dele teria retrucado: "Está virando comunista também?"

O homem cego estalou a língua. Seu velho vivera a segunda metade da vida num estado de amargura permanente. Durante muitos anos não conseguiu entender por que Papá fora incapaz de esquecer. Não haviam chegado aos Estados Unidos desamparados; não solicitaram empréstimos nem auxílio do governo. Seu pai comprou um Cadillac Fleetwood, modelo 1959, uma semana depois que a família se hospedou num hotel em Miami Beach. Certo, havia perdido propriedades durante a revolução comunista, mas não a maior parte do dinheiro. Queria a derrubada de Castro; não era de surpreender. Mas logo ficou evidente (pelo menos para ele) que um monte de caras esquisitos disparando Garands e M-Is no Everglades nos fins de semana não derrubaria o comunismo em Cuba.

Seu pai nunca se tornou um bom investidor nem um executivo bem-sucedido, e dez anos depois de chegar a Miami estava falido. Então ficou desesperado, obcecado, paranoico. Citava as famosas palavras de Che Guevara sobre o Vietnã: muitos conflitos semelhantes seriam necessários para fazer os imperialistas se renderem. "O filho da mãe estava 100 por cento certo", repetia seu pai em altos brados. "É por isso que Nixon devia invadir Cuba, jogar napalm na ilha toda, de ponta a ponta, pulverizar agente laranja sobre todos os hectares de terra cultivada, enviar os fuzileiros navais, uma brigada da 82ª divisão, a tropa toda. Matar todos os filhos da puta!"

Quando o homem cego foi enviado para o Vietnã, a despedida de seu pai foi: "Mate tantos comunistas quantos for humanamente possível." Infortúnio seu, mas ele teve que ir. Era um cidadão naturalizado americano, refugiado cubano, republicano, católico e anticomunista. Seu outro infortúnio foi ter retornado um homem cego.

Em março de 1997, no leito de morte, Papá revelou ao único filho o que escondera por mais de quarenta anos no apartamento 1 de seu antigo edifício. Somente então compreendeu perfeitamente por que o pai permanecera com fixação em Cuba. Ficou admirado ao ver como a descoberta de um único ato realizado no passado por uma pessoa que se conhece desde o nascimento pode revelar lados novos e inimagináveis de sua personalidade. Depois do funeral, tentara afastar da mente a informação. "E daí? Sou cego. Não posso ir a Cuba. Outras pessoas moram lá agora. É impossível. Esqueça."

Mas, à medida que as coisas pioravam, que sua pensão, em termos reais, se reduzia com o passar dos meses, ele quebrava a cabeça para arranjar um meio de pôr as mãos no que estava lá. Havia conhecido Rita numa festa um ano antes, mas, apesar de terem se tornado amigos, ele nunca pensara nela como uma possível colaboradora até aquela noite, quando seu melhor amigo, Bruce Lawson, lhe fez uma visita inesperada. Eles não se viam havia seis anos. Parado à porta, perdeu o fôlego ao ouvir o som da voz do companheiro. Centenas de clarões explodiram em seu cérebro, iluminando o caminho. Por que não havia pensado em Bruce? A única pessoa em quem confiava o suficiente para pedir ajuda naquele assunto; a única pessoa capaz de organizar uma operação para reaver a recompensa. Se ele não conseguisse isso, ninguém mais conseguiria. Mas lhe faltava um requisito essencial: fluência em espanhol, que era exatamente o que Rita poderia prover.

O reencontro, a alegria, as reminiscências e o pôr em dia as notícias duraram pouco mais de uma hora. Então ele revelou o segredo. Bruce não quis acreditar. Perguntou: "Você já considerou a possibilidade de seu pai estar sofrendo de algum... tipo de alucinação?", o que era uma pergunta perfeitamente razoável. Mas seu tom dizia: *"Carlos, respeito a memória de seu pai, você sabe disso, mas ele era um louco, um lunático. Caso encerrado."*

O cego então deixou bem claro que seu pai havia morrido de ataque cardíaco e que permanecera mentalmente são até o fim da vida. Então contou a história passo a passo, como o pai lhe contara. Finalmente, Bruce, depois do que pareceram mil perguntas — calculando as coisas, considerando as alternativas, examinando a questão sob ângulos diferentes —, disse que pensaria, sim, sobre o assunto. "Mas não falo uma palavra de espanhol", ele disse.

"Tenho a intérprete certa para você", disse Carlos, e preparou uma apresentação sem dizer a Rita que ela seria avaliada. Depois que ela deixou o restaurante, Bruce disse: "Ela é atriz, Carlos." Seu tom dizia: *Uma porra de uma atriz? Você tem coragem de sugerir que eu faça par com uma atrizinha latina qualquer?*

Talvez o volume da recompensa o tenha fascinado, talvez seu lado aventureiro tenha prevalecido, ou possivelmente ambos, mas Bruce por fim concordou em fazer uma primeira viagem exploratória. Quase podia ouvir o cérebro do amigo fazendo os cálculos. Em seguida, teve que convencer Rita. Naquela noite ele não colocou o CD com os concertos de piano de que ela tanto gostava, não recitou os poemas que ela adorava. Rita se ressentiria, se ele tentasse conquistá-la com música ou poesia antes de lhe fazer uma proposta, em parte negócio, em parte favor. Pedira a ela para sentar-se, então falou durante uma hora sem parar. Ouviu quando ela fungou duas vezes, sinal da sua compaixão. Mas, à medida que a história se desenrolava, ela ficava cada vez mais surpresa.

— Eu aceito fazer esse reconhecimento, como você chama, por você e por mim — conseguiu finalmente dizer. — Não sei se vou continuar até a operação de resgate. Depende do Sean. Se ele prometer que o negócio vai prosseguir sem ameaças nem violências, talvez eu continue.

— Ele me garantiu que nada disso vai acontecer.

— Muito bem. Você acha que agora podemos... ir para a cama?

O tom e as palavras combinavam.

O homem cego retornou ao presente. Em poucos dias o Estágio Dois, a operação de resgate, começaria. Ele deveria ir à igreja de St. Patrick, rezar, acender uma vela.

— Ah, Deus, está na hora de me dar uma ajuda, porra — disse o homem cego em espanhol, antes de levar a mão à procura do copo e virá-lo de vez.

PARTE DOIS

CAPÍTULO 4

Sean Abercorn e Marina Leucci voltaram a Havana numa sexta-feira, no dia quatro de agosto de 2000. Alugaram um Hyundai Accent no aeroporto e foram para o hotel Copacabana, na esquina da Primeira Avenida com a rua 44, em Miramar. Marina estava feliz por ter passado pela Alfândega sem qualquer problema. Sean guiava em direção ao hotel com o ar-condicionado do carro ligado no máximo, enquanto Marina se perguntava como as pessoas conseguiam trabalhar num calor tão opressivo. Como aqueles homens suportavam preparar um asfalto escaldante no meio da tarde? Aquela mulher, como aguentava cuidar de uma horta? E atletas correndo na pista de um complexo esportivo, como resistiam? Inacreditável. Lera em algum lugar que uma das causas da baixa produtividade em países tropicais era o clima. Era possível.

— Está quente demais — observou ela.

Sean apenas fez um gesto com a cabeça, concordando, os olhos fixos no trânsito. *O maldito homem de gelo*, pensou Marina. Mantinha o paletó esporte, compreensível em Toronto, inconcebível em Havana. Quando Carlos os apresentara, quatro meses antes, num restaurante no East Side, em Manhattan, ela ficara impressionada. Um homem de aparência comum, entre 40 e 50 anos, vestido esportivamente, de sorriso agradável, quando se dispunha a tanto. Durante alguns dias depois de concordar com a viagem de reconhecimento, ela chegara a cogitar a ideia de que poderiam divertir-se atuando juntos, porque, essencialmente, aquele era um trabalho de interpretação. Mas, no momento em que Sean começou a explicar como deveriam agir, ele se tornou insuportavelmente dominador e pretensioso. Seu tipo de homem era mais maleável. Caras de quem conseguia o que queria, pela combinação de inteligência e sexo. Sean parecia ser tão maleável quanto concreto armado.

No entanto, tinha que admitir que, ao analisar todos os aspectos de uma questão, ele era muito bom. O esquema para entrar na casa de Elena baseava-se no fato de a porta da frente de seu apartamento ser a primeira quando se entrava no prédio. Se os irmãos morassem no terceiro andar, ele teria arquitetado um plano completamente diferente, que não teria nada a ver com um casal de corredores e o pedido de um copo de água. Sim, ele era bom nisso. O melhor, dissera Carlos, com sua habitual tendência para elogiar as pessoas que admirava. Mas, naquela ocasião, parecia que o homem cego não havia exagerado.

Seus pensamentos voltaram-se para ele. Um dos homens mais simpáticos, amáveis e atraentes que conhecera, vivendo de uma pensão, sozinho, em Nova York. O pior tipo de machista inflexível, daqueles que fazem a mulher acreditar piamente que ele está sempre pronto a atender seus desejos. Poeta, pianista, advogado, bilíngue, carismático. Lembrava-se da noite, cerca de dois anos antes, numa festa, quando alguém lhe perguntou como acontecera aquilo. Nove ou dez pessoas haviam bebido uma dúzia de garrafas de vinho, e as línguas estavam soltas.

Ela nunca tivera coragem de lhe perguntar; ninguém jamais o fizera na presença dela. Foram apresentados em 1996, conheceu alguns de seus amigos e teve a oportunidade de ouvi-lo declamar poemas de Neruda, Mistral, Machado, Darío, e entregar-se a recordações de sua infância em Cuba. Ela o levara a seus lugares prediletos em Greenwich Village, no Central Park, em Chinatown e o acompanhara a inúmeras festas. Ninguém jamais tivera a coragem de perguntar a ele o que havia acontecido.

"Tive uma premonição", começou ele num inglês impecável, cabeça erguida e copo na mão. Em seguida esboçou um sorriso. "Nós todos previmos o que estava por vir. A gente sabe quando alguma coisa muito ruim está prestes a acontecer. A gente, quer dizer, nós, soldados rasos, em terra. Não os coronéis voando a 1.500 metros de altitude, nos helicópteros de controle e comando. Atravessamos pântanos, a selva, os arrozais; cinco meses mais, quatro, três, dois. A contagem regressiva. A cada dia que passa, aumenta a probabilidade de sermos mandados de volta, inválidos pelo resto da vida, ou mortos dentro de um saco. A gente recebia carga de todos os lados: os oficiais de um, os vietcongues de outro. Os oficiais precisavam do maior número de registros de baixas inimigas, e nós éramos enviados para que os vietcongues nos emboscassem; assim, nossa artilharia pesada abriria fogo para eliminá-los. Os vietcongues sabiam disso e ficavam preparados. Naquele dia em particular, eu estava logo atrás do primeiro homem do nosso pelotão, caminhando por uma trilha, quando ele tropeçou no fio de uma armadilha. Ouvi uma explosão, e em seguida tudo escureceu. Soube depois que tínhamos pisado numa mina colocada na trilha. O pelotão recuou, a área toda estava coberta com napalm, mas nenhum corpo do inimigo foi encontrado. Claro. Eles preparavam a armadilha e depois fugiam. Então, não houve nenhum registro de perda de homens, somente de perda de olhos — os meus."

— Dobramos à esquerda aqui? — perguntou Sean enquanto aguardava passagem no tráfego, ao lado da Fonte Luminosa, olhos fixos na rua 26.

Marina consultou o mapa sobre os joelhos.

— Acho que não — respondeu. — Vamos seguir pelo caminho que conhecemos. Siga em frente. Boyeros toda a vida até o Malecón. À esquerda no Malecón.

— Certo.

Percebera na voz de Carlos uma amargura resignada. Quando ele terminou a história, deu de ombros, então sorriu, e de repente ela ficou abalada. Antes daquela noite, nunca perdera o sono com o infortúnio dos soldados, com o enorme preço que a guerra impõe às pessoas comuns, com a loucura da injustiça de tudo aquilo. Tinha 13 anos quando ele fora ferido, em 1973. Naquela época, para ela, o Vietnã ficava num canto remoto da Terra com nomes esquisitos (Saigon, Ho Chi Minh, vietcongue; isso soava como uma música japonesa: *tong, ting, tang, bong*), onde a maioria das pessoas se chamava Nguyen, e onde estava sendo travada uma guerra sangrenta, noticiada pela mídia em Buenos Aires, diariamente, com todos os detalhes trágicos. Mais tarde, sua família mudou-se para os Estados Unidos. Quando ocorreu um golpe militar na Argentina e notícias de torturas e desaparecimentos ocuparam as manchetes em Nova York, tudo parecia tão distante e estranho quanto o Vietnã.

Depois daquela noite, ficou mais próxima de Carlos. Até Robert Klein aparecer na sua vida, transara somente com o cego. Mesmo depois que ela e Robert noivaram, ela ocasionalmente transava com Carlos. Não era amor; era uma combinação de compaixão e atração física que se tornava mais agradável pelo fato de que ele nunca percebera a primeira e não levava a sério a última. O idioma também era um fator. Ela gostava imensamente de sua língua materna, e o espanhol cubano soava tão diferente: *maliciosamente insinuante* foi o termo que ela cunhou para isso. Era tão doce quando, dentro dela, roçando sua virilha no clitóris, Carlos murmurava em seus ouvidos os mais belos poemas de amor em espanhol. Orgasmos sublimes. Ele nunca exigia compromisso, nunca fazia planos, nunca mencionava uma única palavra sobre o futuro. Carlos simplesmente desfrutava o que a vida tinha para lhe oferecer, o que era perfeito. Então, no dia em que Robert anunciou que estava tudo acabado entre eles, a primeira coisa que lhe veio à mente foi como seria bom retomar os passeios pelo Central Park de mãos dadas com seu homem cego favorito. Talvez seu homem favorito, ponto final.

Quando descobriu o segredo de Carlos, perguntou-se se ele não estivera planejando usá-la pelos últimos dois anos. Carlos sabia que Sean não falava uma palavra de espanhol e precisaria de uma tradutora. Mas conhecera Carlos antes de o pai agonizante ter lhe contado sobre o tesouro escondido. O homem cego conhecia outras mulheres que falavam espanhol; vira-as insinuando-se para ele abertamente nas festas, em especial quando ele estava ao piano: cubanas, porto-riquenhas, mexicanas, espanholas, todas extasiadas quando ele, absorto, tocava as músicas mais românticas do século. Ainda assim, ela fora a escolhida. E se tudo desse certo, teria estabilidade financeira pelo resto da vida. Nunca se recuse a ser usada quando a recompensa é boa.

Entretanto, ela preferia acreditar que não estava indo a Cuba pela segunda vez em três meses somente pelo dinheiro. Carlos merecia ter conforto, e ela queria poder colaborar para isso. Uma boa casa própria para ele, um piano de cauda ao lado da lareira, obras de ficção em braille em ambas as línguas, tantos livros gravados em fitas quantos quisesse, toda a boa música que adorava e os melhores aparelhos de CD e de fita cassete à venda no mercado, um carro com motorista, empregados. Era fantástico que suas aspirações e o bem-estar dele coincidissem tão harmoniosamente.

— Carlos é uma pessoa muito boa — disse ela, querendo compartilhar seus sentimentos com alguém que conhecia o homem cego.

Sean lhe devolveu um olhar malévolo antes de apontar para o toca-fitas.

— É — foi seu único comentário.

O maldito homem de gelo paranoico, Marina pensou, e inspirou fundo. Qual era o problema daquele cara? Todos eram suspeitos, todas as salas e carros estavam grampeados, seu lema era ter tudo sob controle. Provavelmente havia muito mais coisas acontecendo do que ela sabia. O planejamento cuidadoso, ela compreendia. O que ele chamava de viagem de reconhecimento, compreendia. Os nomes e passaportes falsos, também compreendia. Mas por que não podia saber seu nome verdadeiro, por Deus? Bem, ele também não queria saber o dela. Uma regra estúpida que transformou Rita Petrone em Marina Leucci. E eles tinham de fingir estar em lua de mel; trocas de intimidades eram proibidas, exceto em lugares públicos. Agora, para completar, a bengala e o manquejar. Beirava as raias do ridículo!

No entanto, aquele homem estava cobrindo todas as despesas e até então devia ter investido muito dinheiro numa história ainda por confirmar. Quanto teriam custado quatro passaportes com todos os carimbos e vistos? Mais as passagens aéreas, os quartos de hotel, as refeições, o aluguel e quem sabe quais outras despesas que ele mantinha em sigilo. Nem sequer imaginava. Carlos não tinha um centavo, e não lhe haviam pedido nenhuma contribuição, portanto, o homem de gelo era o único a financiar as despesas. Qualquer um gostaria de acreditar na incrível história de Carlos — ela mesma havia ficado fascinada —, mas planejar toda a operação e investir uma enorme quantia de dinheiro nela significava estar disposto a assumir riscos, atitude encontrada apenas em aventureiros profissionais.

Pensando bem, era como uma caça ao tesouro. Investe-se muito dinheiro e pode-se ou não localizar o galeão afundado. Um investimento de risco, esse, em que a parte realmente difícil não era encontrar o saque, mas conseguir pôr a mão nele. O homem de gelo maquinara o meio, porém não dizia qual. Compartimentalização, ele chamava. Carlos dera de ombros e concordara. O que mais poderia fazer? Não podia exigir; era forçado a aceitar o que quer que seu amigo considerasse melhor.

"Escute, querida", Carlos havia argumentado quando ela reclamou, na cama, uma noite que ele passou em seu apartamento. "Ele é o único homem que conheço que tem cabeça e colhões para fazer uma coisa dessa natureza. Mas mesmo que não tivesse, ele é o único homem na face da Terra em quem confio totalmente. Éramos amigos no ensino médio, fomos convocados a nos alistar no mesmo dia, fizemos o treinamento básico juntos em Fort Polk, fazíamos parte do mesmo pelotão em Nam. Ele salvou minha vida duas vezes, me carregou para um lugar seguro quando fui ferido, foi o único amigo que veio me visitar depois que foi enviado de volta para casa."

Carlos fizera uma pausa e franzira a testa. Suas cicatrizes se agrupavam sempre que ele juntava as sobrancelhas, como lagartos que se aconchegavam em busca de calor.

"Mas mudou muito depois que saiu do Exército. Quando eu queria saber o que estava fazendo, ele era evasivo. 'Diversas coisas', respondia. Ou então: 'Vendendo bagulho de porta em porta.' Ao longo dos anos, ele se tornou muito reservado. Não me pergunte por quê. Não sei. Provavelmente tem a ver com o tipo de trabalho que faz, que eu desconheço. Um dia ele disse que estava se mudando para a Califórnia para ingressar no negócio de discos. Mas só ele mesmo sabe por onde realmente andou; pode ter ido caçar ursos no Polo Norte ou perfurar poços de petróleo na Nigéria, ao que me consta. Então, de repente, ele bateu à minha porta. E assim que ouvi a sua voz, eu sabia que ele era o homem que eu estava procurando. O que me surpreende é isso nunca ter passado por minha cabeça antes. Incrível. E quando ele concordou com a busca, disse: 'Sua amiga tem que fazer o que eu disser a ela para fazer. Não quero perguntas, nem sugestões. Ela aceita isso?'"

"Ele não vai me trair, nem me enganar", acrescentou Carlos. "Se estiver lá, ele traz de volta, encontra um comprador, entrega nosso dinheiro. Aí dividimos em três partes, e eu e você cobrimos toda a despesa que ele teve. Sem discussão. O que ele cobrar, pagamos, meio a meio. Agora quem pergunta sou eu: Você aceita isso?"

Ela dissera a Carlos que aceitaria, e garantiu a Sean pessoalmente, quando se encontraram. Faria aquilo por ela própria, e por compaixão. Mas detestava obediência cega, principalmente quando envolvia uma mulher se submetendo a um homem. Por isso é que sentira pena de Elena e a compreendera. Seria bom oferecer-lhe a possibilidade de um recomeço no país da escolha dela, a oportunidade de deixar para trás a vida frustrante que vivera até aquele momento e de se tornar independente do irmão maluco. E durante todo esse tempo ela vivera ao lado de milhões sob seu teto. Uma boa mulher. Merecia uma mudança.

— Estou me lembrando desse lugar — disse Sean. Eles estavam no Malecón na esquina da rua G. Contornou o monumento ao general Calixto García e dirigiu-se a Miramar.

— Parece um lago gigantesco — comentou Marina, apreciando o mar azul e calmo, onde se viam crianças nadando.

Escondido em Havana **153**

— Cheio de tubarões — acrescentou Sean.

Maldito homem de gelo, pensou Marina mais uma vez, enquanto lhe dirigia um olhar de desaprovação.

Quatro horas depois, Sean Abercorn recostava-se sobre uma cadeira de plástico branca à beira da piscina. Usava uma sunga, óculos escuros e sandálias; com a mão direita segurava um copo de uísque escocês com gelo. Embaixo da cadeira encontrava-se uma bengala de alumínio. Uma brisa suave soprava seus cabelos, e o sol poente aquecia seu corpo.

Ele estava observando a atividade em torno da maior das piscinas do Copacabana — 100 metros de comprimento, 40 de largura. Havia sido construída na costa rochosa e as ondas subiam e desciam, e, quando a maré virava, a água entrava e saía das fendas do muro de concreto diante do mar. Sean vasculhava a costa de leste a oeste. Parecia que Havana não tinha nem praias de areia nem edifícios. A cidade seria muito mais atraente se parecesse com o Rio de Janeiro nesse particular, pensou ele. Muito bem, aquele era o momento certo para repassar a coisa toda pela última vez.

Fato: ele não conhecera bem Consuegra Senior. Não chegara a vencer a diferença entre as gerações. Mas todas as vezes que ia apanhar Carlos para saírem juntos com mulheres, irem a um jogo ou a uma festa, cumprimentava os pais dele, sentava-se no sofá e trocavam algumas palavras. O pai de seu amigo fora um anticomunista fanático, que dera apoio a todos os grupos de exilados cubanos dispostos a derrubar Castro. Apesar de ter sido esperto o suficiente para mandar para Miami parte de sua fortuna antes do colapso do regime de Batista, Consuegra Senior consumira-se pela raiva e frustração. Agora Sean compreendia por quê. Não era farsa. Sua angústia naquela época aumentava a credibilidade de sua história bizarra no leito de morte.

Fato: sua primeira incursão por Havana parecia confirmar que o material ainda se encontrava lá; Marina tinha 100 por cento de certeza. Disse que a saboneteira permanecera intacta durante todos aqueles anos, repetiu isso para Carlos na presença dele, e o que era mais revelador, retornara a Havana com ele hoje. Apesar de toda a compaixão que sentia pelo amigo cego, a tradutora não teria deixado Nova York, se tivesse a mínima dúvida.

Fato: o perito chegaria no dia seguinte e ficaria no mesmo hotel até a terça-feira seguinte. Provavelmente o convidaria para ir a seu quarto no domingo pela manhã, se tudo corresse bem. Era uma precaução extra, caso Consuegra Senior tivesse sido ludibriado por trapaceiros na negociação. Precisava de garantias de que o prêmio valeria o risco de ser pego levando a mercadoria clandestinamente para fora do país. O velho trabalhara como contador, uma peça na engrenagem política do presidente Batista, e não tinha noção do que havia escondido.

Fato: o principal obstáculo, o baixote, havia sido removido da cena. Ele era o tipo de homem que, depois de gananciosamente ter dado seu consentimento a tudo no início e estimulado a irmã a fazer o mesmo, teria tentado renegociar quando visse a mercadoria. O patife teria causado um verdadeiro problema. Poderia até ter tentado trapaceá-los, fugir com o saque, chamar a polícia. Já havia negociado com canalhas assim no passado, conhecia o tipo. Por isso incluíra Truman na viagem de reconhecimento. Bem, o baixote não constituía mais um problema.

Fato: a única pessoa cuja reação permanecia uma incógnita era Elena Miranda. Muito atraente, ingênua, delicada, provavelmente uma pessoa de princípios. Ela lhe lembrava um campo minado. Você tem consciência da existência dele durante todo o percurso, mas se distrai ao se aproximar de casa e *bum*. O Plano A era fazê-la sair do apartamento e ficar com eles no Copacaba-

Escondido em Havana **155**

na. O Plano B seria acionado se ela recusasse o convite deles. Ele seria forçado a lançar mão do Plano C se ela também recusasse o B, e lamentaria ter que fazer isso, mas faria. Ninguém entraria no seu caminho. No dia seguinte, iriam visitá-la ao meio-dia; ela estava de férias. Vira na internet; as férias escolares de verão em Cuba iam do início de julho ao fim de agosto.

Fato: à noite diria a Marina que Pablo estava morto. Temia a reação dela se tomasse conhecimento do acontecido na frente de Elena, como voltar-se para ele boquiaberta ao perceber que ele fora o mandante. Elena era inteligente, perceberia na hora. Perguntaria a si mesma por que a moça estava tão abalada com a morte de um homem que vira apenas duas vezes na vida. Ele precisava de Marina fria e indiferente, concentrada no negócio que tinham em mãos, e não abalada com a notícia.

Fato: pela manhã procuraria uma loja de ferragens e compraria um formão e um martelo. E era só. Preparações encerradas. Setenta e duas horas, no máximo. Entrar, pegar a encomenda, sair. Ser o único a conhecer todos os detalhes dessa operação o fazia sentir-se muito confiante de que obteria sucesso. Claro, havia fatores incontroláveis que tanto os tolos quanto os sábios chamam de sorte. Orgulhava-se de admitir a existência do acaso. Significava que ele era um homem sábio.

Sean bebeu um pouco de uísque. Enquanto colocava o copo de volta na mesinha redonda de plástico, viu um homem acotovelar um amigo e olhar embasbacado para alguém. O amigo olhou com a mesma intensidade. Sean seguiu aqueles olhares. Marina, num biquíni branco de cós alto, uma toalha na mão esquerda. Estava usando também um chapéu de palha de abas largas, óculos escuros e sandálias de couro. Ele preferia mulheres magras, mas admitia que o corpo dela era do tipo que os homens desejam, provavelmente fazendo-a desprezar os que lhe lançavam olhares luxuriosos. Essa poderia ser a razão por que gostava tanto da companhia de um homem cego. Sentir-se desejada não por motivos físicos para variar, ser vista não como um bife de lombo suculento. Indiferença verdadeira ou simulada é a melhor abordagem para pessoas como ela, pensou Sean.

Em sua opinião, Marina nunca passaria da categoria de aspirante a artista. As mulheres que, aos 25 anos, são incapazes de entender como a mais nova atriz obteve sucesso com metade de sua beleza e talento começam a se envolver com homens casados, fumar um baseado de vez em quando e beber alguns drinques à noite. Quando chegam aos 30 e poucos anos, após inúmeros testes fracassados para papéis insignificantes (ou pinturas não vendidas, poemas não publicados, músicas não gravadas), o que havia começado como uma ninfomania benigna as transforma em sedutoras profissionais, vítimas da grande conspiração masculina, que retaliam com incursões no lesbianismo e no mundo das bebidas. Ao entrarem nos 40, quando surgem os primeiros sintomas da menopausa e o alcoolismo se estabelece, elas começam a procurar freneticamente um cara mais velho e rico para convencê-lo de que acordos pré-nupciais são para pessoas que não se amam como eles. Mas ela parecia bem mais inteligente do que a maioria das mulheres do seu tipo.

Marina dirigiu-se a ele, abaixou-se, beijou-lhe a face e puxou uma espreguiçadeira. Em seguida abriu a toalha sobre a cadeira e deitou-se.

— Ah, que maravilha — disse, jogando os braços para trás e entrelaçando os dedos por sobre a cabeça. Inspirou fundo o ar marinho e exalou com um "aah" de satisfação.

— Você não disse que ia tirar uma soneca?

— Não consegui dormir.

Um garçom sorridente aproximou-se deles e discretamente inspecionou a mulher dos pés à cabeça. Marina pediu um mojito. O garçom saiu.

— É estranho — disse ela. — Geralmente tenho dificuldade para dormir quando há diferença de fuso horário, não quando estamos no mesmo horário.

— Para tudo existe uma primeira vez.

— Imagino que sim. Pôr do sol maravilhoso.

— É. Não vai usar protetor solar?

— A essa hora, não.

Ela fechou os olhos, suspirou, relaxou. Quando o garçom se ausentou para ir buscar a bebida, enquanto Marina se deleitava silenciosamente no calor de fim de tarde, Sean considerou se aquele seria o momento propício para contar-lhe. O garçom voltou. Marina agradeceu ao homem, tomou um pouco da bebida e depois colocou o copo no braço da cadeira.

— Não seria ótimo se o Pablo tivesse se mudado, sofrido um acidente ou coisa parecida? — perguntou Sean passado um minuto.

Marina sorriu.

— Não acredito em milagres.

— Mas assim mesmo eles acontecem, não é verdade?

— Ah, essa é boa, Sean. Um realista como você?

— Uma mera conjectura.

Alguma coisa no tom de voz daquele homem a fez virar lentamente a cabeça.

— Você está tentando me dizer alguma coisa?

Sean fitou-a nos olhos

— Estou.

Marina olhou de esguelha, por trás dos óculos escuros.

— O que é, então?

— Ele sofreu um acidente.

Depois de um momento de hesitação, Marina virou as pernas na cadeira e sentou-se de frente para Sean, o copo na mão. Tirou os óculos escuros.

— Ele o quê?

— Recoste-se na cadeira. Baixe seu tom de voz.

— O que é que você quer dizer com "ele sofreu um acidente"?

— Controle-se. Recoste-se na cadeira. As pessoas estão olhando.

Marina olhou à volta. Sim, 10 metros à frente, dois rapazes os observavam. Percebendo que estava prestes a tomar conhecimento de algo sórdido e perigoso, ela fez o que ele mandou.

— O que aconteceu?

— Ele foi assassinado.

Marina não demonstrou nenhuma reação inicial. Ficou pensando se teria ouvido corretamente. Começou a levantar-se, não conseguiu completar a ação, deixou-se deitar de novo.

— Ai, meu Deus! Você... Ai, meu Deus!

— Relaxe. Não teve nada a ver conosco. Aconteceu três dias depois que viajamos.

Marina bebeu o resto da bebida em dois únicos goles.

— Eu falei para o Carlos e para você — disse com a respiração ofegante. — Nada de ameaças e nada de violência.

— Acalme-se.

— Me acalmar? — Marina aproveitou a oportunidade para dizer o que pensava: — Escute, cara, se quer que eu me acalme, abra o jogo comigo, ou eu pego um táxi agorinha mesmo para o aeroporto e deixo esta cidade na velocidade de um raio.

Sean riu diante da ameaça, deixando Marina irada.

— Não ria de mim, seu filho da puta — retrucou entre dentes.

— Está bem. Não teve nada a ver com a gente, entende? Nada. Aconteceu três dias depois que viajamos.

— Ah, é mesmo? Não teve nada a ver com você? Foi pura sorte, certo? — retorquiu com sarcasmo.

Escondido em Havana **159**

— Acredite ou não, foi isso que aconteceu. — Sean levantou a mão para forçar uma pausa. — Escute o que vou lhe dizer, Marina, só escute. Conheço um americano que mora aqui. Ele sequestrou um avião nos anos 1970; não pode voltar para os Estados Unidos, porque vai ser julgado e condenado. Você se lembra daquela tarde em que eu saí sozinho? Você ficou no Nacional.

— Lembro.

— Fui me encontrar com ele. O cara está em dificuldades, tem pouco dinheiro, vive da tradução de documentos. Então pedi a ele para ficar de olho no Pablo depois que viajássemos. Inventei uma história. Disse que estava trabalhando como intermediário para um investidor americano que está querendo montar uma base de operações em Cuba e que quer comprar a firma em que o Pablo trabalhava. Eu disse que queria umas informações internas, que o Pablo talvez pudesse fornecer. Também disse a ele que o Pablo não parecia confiável e queria que descobrisse o máximo possível sobre ele. Por 500 dólares, prometeu fazer o melhor que pudesse. O que eu realmente queria era que ficasse de olho na Elena e no Pablo. Suponha que os dois se mudassem? Então teríamos que lidar com pessoas diferentes, talvez uma família maior. Está entendendo?

— Continue.

— Bem, o cara concordou em fazer isso para mim. Eu disse que telefonaria no fim de julho. Então, liguei para ele na semana passada e soube que o Pablo tinha sido assassinado três dias depois que viajamos.

Exasperada, ela virou o rosto para o mar. Um segundo depois, enfrentou Sean de novo.

— Por que não me contou isso nessa ocasião?

— Porque tive medo exatamente da reação que você teve um minuto atrás. Que suspeitasse de que eu tivesse dado fim ao Pablo e se recusasse a vir comigo. Pense. É impossível. Nós dois ficamos juntos o tempo todo depois que deixamos aquele *paladar* até chegarmos em Toronto. Não teria sido possível eu fazer isso.

Marina ponderou a questão por menos de dois segundos.

— Certo. Mas você pode ter contratado o sequestrador para fazer isso por você.

— Escute, o Carlos é o meu melhor amigo. Eu faria qualquer coisa por ele. Exceto matar alguém ou mandar alguém fazer isso no meu lugar. Você acha que eu sou um gângster ou coisa parecida?

Desviando o olhar de volta para o mar, Marina inspirou profundamente. *O maldito homem de gelo.* Logo depois, virou-se de novo para o companheiro.

— Por que você está me contando isso agora?

— Porque amanhã Elena vai nos dar a notícia — respondeu ele num tom paciente e superior. — Não quero que você reaja da forma como reagiu agora, olhando para mim como se eu tivesse mandado matar o rapaz, engasgando-se num copo de água nem reagindo de qualquer outra forma extrema. Elena é muito inteligente, ficaria desconfiada de seu comportamento confuso e nervoso pela morte de um homem com quem falou somente duas vezes na vida. Temos que demonstrar uma certa tristeza, dizer que sentimos muito, e pronto.

Marina colocou o copo vazio no chão de cimento e refletiu sobre tudo aquilo por quase um minuto. Sean não podia ter matado Pablo. Ele tinha razão: era impossível. Mas podia ter ordenado o serviço. Se aquele expatriado que morava lá estivesse desesperado por dinheiro, bastaria um estalar de dedos de Sean para ele fazer o que quer que o homem de gelo desejasse. Cheirava a traição a 1 quilômetro de distância. Ela não simpatizara com Sean de início; bem, não de início propriamente, mas um pouco depois. Notara que havia muitos episódios espúrios no passado dele, coisas que pessoas normais não fazem, mas agora sentia verdadeira aversão a ele. O tipo de homem que passa por cima de tudo para conseguir o que quer. E a suspeita dele estava correta. Se tivesse lhe contado quando estavam em Nova York ou Toronto, ela teria saído da jogada. Mas ali, naquele momento, o que podia fazer? Carlos lhe veio à mente. O homem cego depositava uma grande esperança nos dois. E talvez, apenas talvez, a morte de Pablo não tivesse nada a ver com o projeto deles. Uma coincidência que aumentaria em muito a possibilidade de convencer Elena e tornar as coisas mais fáceis para eles três. Sua raiva abrandara-se de certa forma, mas sentiu que ressurgia de novo quando se virou para falar com ele.

— Não me lembre das regras que você estabeleceu no início, Sean. Não preciso ser lembrada. Mas, de agora em diante, não vou mais ser uma intérprete passiva. Quero saber com antecedência todos os passos que está planejando dar. Agora mesmo. E se Elena não concordar com o negócio, ela é deixada livre. Se lhe fizer algum mal, matá-la ou mandar alguém fazer isso, eu denuncio você. Juro por Deus que o denuncio, e você passa o resto de sua maldita vida apodrecendo numa prisão comunista, se é que eles não o fuzilam de madrugada. Agora, qual é a história desse manquejar? Para quê está usando essa bengala? E pare com esse ar de condescendência, seu canalha.

Sua decisão de não acreditar mais em nenhuma palavra do patife não foi mencionada. O horizonte havia engolido metade do sol poente quando ele começou a falar.

Sem o conhecimento dos dois conspiradores, naquele exato momento o homem alto e gordo que dissera a Pablo Miranda que seu nome era John Splittoesser desembarcou de um voo da LACSA vindo de Toronto, Canadá. O tenente da Imigração cubana que examinava o passaporte do canadense e comparava a fotografia com o rosto do passageiro não prestou atenção ao nome do portador do documento. Mesmo que o tivesse feito, não teria obtido nenhuma informação útil. O documento fora emitido em nome de Anthony Cummings. O verdadeiro nome do assassino era Ernest Truman, e ele não era canadense.

Truman era nativo de um bairro violento na parte leste de St. Louis, uma cidade implacável de Illinois. Desertado por um pai gigantesco, criado por uma mãe alcoólatra, o garoto descobriu cedo na vida que era o mais alto e mais forte de todas as crianças de sua idade (até daqueles que eram um ou dois anos mais velhos do que ele) que moravam nas proximidades da avenida Margate e da rua Winder. Desde os 7 anos andara na companhia de amigos pelas ruas cobertas de lixo, onde prostitutas se vendiam, viciados se drogavam, brigas violentas eram frequentes e os policiais eram subornados. Ernest aprendeu a discriminar os valentões, os chicanos e os dedos-duros, a furtar em lojas e a vender drogas, diferenciar pessoas importantes e discretas de trapaceiros exibidos. Aos 11 anos, Ernie fumou seu primeiro baseado, assistiu a seu primeiro filme pornô, foi responsável pela hospitalização de um garoto de 15 anos com o crânio fraturado. Ernie Truman era o tipo de garoto das ruas, safo em qualquer situação.

Quando entrou no ensino médio, Ernie chegou à conclusão de que seu tamanho e força, junto a sua inclinação para espancar os otários, exerceriam grande influência na escolha de sua profissão. Não brilhava nos estudos, mas era excepcionalmente inteligente. Considerando os delitos cometidos na escola como "coisas de criança", em seu tempo livre conseguiu um trabalho de contar dinheiro para um traficante. Também jogava futebol americano, levantava peso, praticava jiu-jítsu e caratê. Lamentando o fato de a Guerra do Vietnã ter acabado antes de sua época, Ernest Truman se ofereceu como voluntário para o

Exército americano em 1978. Os sargentos instrutores admiravam aquele touro e lhe ensinaram nove maneiras diferentes de matar usando somente as mãos. Quando completou o treinamento, Truman considerava-se um homem tranquilo e bem adaptado, com um grande futuro. Em 1983, já sargento condecorado, era um dos conselheiros militares, instrutores dos Contra nicaraguenses.

A primeira vez que Bruce Lawson viu Ernest Truman foi numa foto tirada na selva nicaraguense por um correspondente de guerra. A fotografia mostrava os corpos de dois sandinistas sem camisa, deitados de costas, seus tóraces abertos ao meio. De frente para a câmera, Truman sorria agachado entre os dois homens mortos, os cotovelos apoiados sobre os joelhos abertos, mãos ensanguentadas segurando algo.

— O que é que ele tem nas mãos? — perguntou Lawson.

— Os corações deles — foi a resposta.

O rolo de filme e as fotografias haviam sido interceptados por um oficial da imprensa do Exército guatemalteco, que também era agente da CIA. Lawson sabia o que se esperava dele, e o que teria que fazer. O que se esperava era que ele demonstrasse aversão e expulsasse o criminoso. Como capitão das Forças Especiais e veterano do Vietnã, lembrou-se claramente da repercussão causada por fotografias como aquela durante a crise no sudeste da Ásia. Uma publicidade daquele tipo nos anos 1980 não era apropriada para o Exército americano, concluiu. Mas Lawson também sabia que teria que conhecer aquele cara. Poderia ser útil conhecer um matador nato. Portanto, mandou chamar Truman e teve uma conversa longa e um tanto paternal com ele, tratando principalmente da fotografia. Duas semanas mais tarde, o sargento era enviado de volta aos Estados Unidos.

Depois de renunciar àquela missão, Truman retornou para o leste de St. Louis. O bairro havia mudado substancialmente, todos os figurões que o conheciam haviam se mudado para o norte ou para o sul. Ele começou a trabalhar como garçom de um bar que ficava numa área de meretrício, onde as únicas exigências da função eram saber abrir garrafas de cerveja, servir doses de uísque e expulsar bêbados baderneiros. Entretanto era contratado para espancamentos fora da cidade por 500 dólares, vendia um pouco de cocaína, recebia uma porcentagem por apostas de jogos via telefone e, também em troca de uma porcentagem, indicava clientes para um bordel. No total, fazia entre 40 e 50 mil dólares por ano, o que não era nada mau. Ainda assim, estava insatisfeito. Seu estilo de vida não parecia conduzir a um grande futuro.

Em 1991, Bruce Lawson reformou-se do Exército. Os amigos imediatamente o convidaram para ser gerente de uma instituição de aposentadoria antecipada: 75 mil dólares por ano, trabalho limpo, apenas um intermediário. Lawson quis saber somente de uma coisa: poderia cancelar o contrato — não gostava da palavra *aposentadoria* aplicada a ele — depois de dez anos? A pessoa em posição mais alta na empresa levou uma semana para lhe dar uma resposta; talvez estivesse fora do país, Lawson não sabia, mas finalmente recebeu a confirmação de que em dez anos ele teria permissão para deixar o negócio de aposentadoria antecipada.

Diversos anos passaram-se sem grandes acontecimentos. As obrigações de Lawson incluíam as inscrições de candidatos no quadro de pessoal da companhia, e um dia, em 1995, ele soube que um patologista jovem, que em breve se apresentaria como testemunha em um julgamento em New Hampshire, precisava se aposentar prematuramente por questões de saúde. Lawson, que tinha seus momentos de devaneios filosóficos, pensou: *Imagine, um patologista, um cara que abre tóraces e de lá retira corações diariamente*. Lembrou-se então de Ernest Truman.

Pegou um avião para St. Louis e, de um telefone público, preparou-se para fazer ligações para os 33 Truman no catálogo. Localizou Ernie na oitava chamada. Recordaram os velhos tempos, antes de se sentarem para falar de negócios. Quando chegaram a um acordo, Lawson entregou a Truman um envelope gordo contendo 75 notas de 100 dólares, todas um pouco amassadas, algumas até mesmo engorduradas. Era a metade da soma combinada; a outra metade seria entregue quando o trabalho fosse realizado.

Desde então, sob o comando de Lawson, Ernest Truman havia realizado cinco execuções: duas nos Estados Unidos, uma no Canadá, uma em Paris e a última em Havana. Mas, ao longo daqueles anos, Truman havia adquirido algumas ideias próprias. Estava fazendo um trabalho sujo e perigoso e recebendo as migalhas que caíam da mesa de Lawson. Já não era mais tão jovem. E o contrato cubano era o mais estranho e mais promissor de todos.

Sua recusa inicial genuína fora auspiciosa. Tivesse ele aceitado a primeira oferta de Lawson, não tomaria conhecimento do que se tratava. "De forma alguma, capitão", dissera do modo mais categórico e educado possível. "Até onde eu sei, Cuba é um regime comunista. Se eu for preso lá, não tenho direito a julgamento, nem a advogado de defesa, nada. Não conheço ninguém lá que tenha influência e possa me ajudar. Ouvi falar que as prisões daqui são uma Disneylândia comparadas com as de lá. Não, obrigado. Quer um conselho de amigo? Não se meta com aqueles caras."

Permaneceu absolutamente firme em sua decisão. Lawson argumentou de todas as formas possíveis antes de perceber que, sem uma motivação mais forte e sobretudo crível, o ex-sargento não faria parte do grupo. E, de todas as pessoas que conhecia, Truman era o melhor e mais confiável. Então, revelou o que considerou prudente da história de Consuegra, enfatizando o valor total. Prometeu que, se achasse a mercadoria, a parte que caberia ao assassino seria de no mínimo 250 mil e no máximo meio milhão. E isso se tivesse que dar cabo de alguém ou não. *I-na-cre-di-tá-vel! Fan-tás-ti-co!*, pensou Truman. Estaria feito pelo resto da vida. Por uma recompensa dessas, estava disposto a ir a Cuba, à Coreia do Norte, ao Vietnã ou até mesmo ao inferno.

Truman, entretanto, não gostou nada de ter sido deixado de fora na segunda viagem, nem da impossibilidade de verificar se Lawson tirara ou não a sorte grande. Por quê?, quis perguntar. Suponha que algo dê errado e você precise de mim? Mesmo assim não insistiu; pelo contrário, fingiu concordar e confiar tácita e plenamente em Lawson. Como mestre nos assuntos de rua, aprendera alguns princípios básicos. Nessa operação em particular, quatro lhe vieram à mente em clarões repentinos e repetidos, como anúncios luminosos: não confie em ninguém; não revele suas suspeitas; não alerte inimigos em potencial; não se ponha em desvantagem. Logo, concordou em fazer a viagem de reconhecimento, dar cabo de quem quer que fosse (somente se necessário, Lawson deixara claro), e então esperar até Lawson recuperar a mercadoria na segunda viagem, *se* em agosto ele colocasse as mãos na mina de ouro.

Recebeu 10 mil dólares como adiantamento, realizou sua parte do combinado, manteve o passaporte canadense que Lawson lhe dera para a viagem de reconhecimento e, ao voltar para St Louis, passou duas semanas tentando calcular a melhor maneira de cuidar de seus interesses. A única informação útil que conseguira foi o nome que Bruce Lawson adotara para a expedição a Havana: Sean Abercorn.

No dia 3 de julho, pegou um avião para Toronto e foi até a agência de turismo onde Lawson havia comprado as três passagens para a primeira viagem. Explicou ao gerente que seu irmão mais velho envolvera-se com uma prostituta qualquer, que ameaçara destruir seu casamento de 12 anos com uma mulher honesta. Haviam viajado a Havana no fim de maio, com passagens vendidas por aquela agência. Ele suspeitava de que estivessem planejando uma segunda viagem a Cuba, provavelmente em agosto, e estava pensando em persuadir o irmão a não ir. Truman disse ainda que ficaria imensamente grato se o gerente pudesse lhe fornecer a data do voo assim que a reserva fosse feita.

O gerente respondeu dizendo que sentia muito, mas que não podia desrespeitar a privacidade de seus clientes. Truman, com os olhos úmidos, colocou mil dólares americanos na mesa do gerente e lhe pediu em tom de súplica. Uma quantia daquelas mais do que compensava a perda da comissão da agência, caso conseguisse convencer o irmão a cancelar a viagem. O gerente não gostaria de poupar uma família de três filhos daquele desastre? Talvez até mesmo a vida de seu irmão mais velho, que poderia vir a dar um tiro nos miolos quando a puta o deixasse, pois ela sem dúvida o deixaria assim que lhe tirasse o último centavo.

O gerente reconheceu que um homem diante de tal dilema moral merece toda a ajuda que seus parentes mais próximos possam lhe dar. Como homem de família que era, colaboraria, garantiu a Truman, enquanto pegava a pilha de notas de 50 dólares para, em seguida, contá-las mais rapidamente do que uma calculadora.

Aquela era uma tentativa duvidosa, mas valia a pena. Usando os mesmos passaportes, Lawson contactou a agência de viagens, e Truman foi informado do dia do voo e do hotel, em Havana, onde o casal se hospedaria. Numa agência de viagens diferente, comprou uma passagem de avião para o mesmo dia, deixando Toronto seis horas mais tarde. Quando o DC-10 em que viajava sobrevoou Raleigh, na Carolina do Norte, Ernest Truman já havia verificado uma vez mais a longa lista de fatores desconhecidos que iria enfrentar, as dificuldades de ir assim, às cegas. Acomodou-se no assento e fechou os olhos para dormir pelo restante da viagem. O conforto da poltrona o fez lembrar-se de como eram duros os bancos da igreja de Santa Rita de Cássia.

Marc Scherjon teve raiva de si próprio. Devido à convicção de que responsabilidade financeira é essencial na vida, reservara um assento na classe executiva. Por que cargas-d'água fizera isso, se todas as despesas corriam por conta do cliente? Se tivesse escolhido a primeira classe, provavelmente não a teria visto.

Referia-se à comissária de bordo responsável por ele e pelos outros passageiros do corredor direito do voo 3672, Paris-Havana, da Air France. A mulher mais deslumbrante que Scherjon jamais vira. De aproximadamente 1,80 metro de altura e usando sapatos baixos pretos, tinha cabelos escuros que iam até os ombros, penteados para trás e presos num coque coberto por um lenço azul-turquesa, idêntico ao que usava em torno do pescoço. Fronte lisa e grande, olhos castanhos encantadores, ossos da face salientes, lábios maravilhosos, abençoados por um sorriso sedutor. Maquiagem suave, graça natural, temperamento amável. E, embora sua jaqueta e saia azul-escuras nada revelassem, também não escondiam as proporções perfeitas de seu corpo. Busto médio, cintura fina, belos quadris. Ideal para os seus padrões. Os produtores de moda adotavam critérios diferentes. Eles a teriam descartado por questão de idade (aparentava 30 e tantos anos) e considerariam seus braços e pernas um pouco grossos demais. Mas o que esses modistas entendiam de mulheres excepcionalmente belas?

Ter ficado fascinado e confuso incomodava Scherjon. Era um homem de altura mediana, um pouco gordo, dentuço e tinha 66 anos. Os bifocais sem armação lhe roubavam qualquer expressão que seus olhos verdes projetassem, os lábios finos formavam

Escondido em Havana **169**

uma linha reta insignificante, e sua postura ereta assemelhavase à de um manequim numa vitrine. Para acentuar sua insipidez, usava um paletó cinza-escuro por cima de uma camisa social branca, uma calça larga e sapatos pretos do tipo mocassim. Era um dos melhores avaliadores de diamantes da cidade de Amsterdã, e no compartimento de bagagem de mão colocara um estojo de couro pequeno, de aparência estranha e fino demais para ser classificado como maleta de mão e grande e largo em excesso para ser considerado uma pasta.

Duas semanas antes, Scherjon fora abordado por um de seus colegas em Amsterdã, que lhe perguntou se estaria interessado em ir a Havana para examinar cinco ou seis gemas lapidadas e verificar sua autenticidade. Não teria que pesá-las ou estimar seu valor, bastaria garantir que eram diamantes genuínos. Receberia 2 mil dólares e seria reembolsado por todas as despesas de viagem. Scherjon perguntou se poderia considerar a proposta e dar a resposta no dia seguinte pela manhã. O colega respondeu que não haveria problema.

Naquela noite, Scherjon considerou a questão. Aquilo não tomaria muito tempo, talvez umas duas horas, e ele nunca recebera mil dólares por uma hora de trabalho. Além disso, durante anos ouvira notícias conflitantes sobre a maior ilha do Caribe, e tinha curiosidade. Passar uns dias em Havana não deveria ser uma experiência desagradável, refletiu.

Havia algumas condições estranhas no contrato. Deveria reservar um quarto num determinado hotel e esperar por um convite para encontrar-se com o cliente em um outro quarto do mesmo hotel, por meio de um telefonema, durante o qual deveria usar uma frase combinada. Deveria, também, partir da hipótese de que os quartos eram grampeados, evitar curiosos e manter o verdadeiro propósito da visita somente para si. Se os oficiais da Alfândega o questionassem sobre os instrumentos de sua profissão dentro do estojo estranho, revelaria sua atividade e declararia a intenção de aproveitar a viagem de passeio para visitar algumas joalherias em Havana e talvez comprar algumas pedras preciosas, se estivessem por um bom preço. Passaria um dia fazendo isso de qualquer forma, reduzindo assim a preocupação que as autoridades cubanas pudessem demonstrar.

O pai e o avô haviam sido avaliadores de diamantes, e desde a infância Scherjon aprendera que discrição e sigilo eram exigências diárias no mundo dos diamantes. Estava acostumado a ambos e, na verdade, gostava do sabor da aventura adicionado ao que, para ele, depois de 42 anos avaliando aquelas gemas, tornara-se uma profissão um tanto monótona. Então, na manhã seguinte, telefonou para o amigo e disse que aceitaria a oferta.

Marc Scherjon suspirou profundamente e retirou do saco plástico o tapa-olhos fornecido pela empresa aérea, colocou-o e tentou tirar da cabeça a comissária de bordo, dormindo até a aeronave pousar.

Enquanto Marc Scherjon sofria em silêncio, a 9 mil metros de altitude e a 800 quilômetros por hora, Ernest Truman deixava o terminal 3 de Havana num Mitsubishi Lancer, Sean revelava a Marina o que ela descobriria de qualquer forma algumas horas depois e lhe fazia promessas, e Elena Miranda, 12 quarteirões adiante, aguardava sentada no meio-fio sua ração de carne no açougue. Enquanto esperava, ela ouviu um vizinho dizer a outro freguês que "a segunda rodada do cachorro" havia chegado. Ótimo. De repente ela deu um riso amarelo. Significava que a remessa de salsichas fora insuficiente para todos os cartões de racionamento e uma segunda entrega havia sido efetuada. Às vezes havia segundas rodadas de frango, peixe ou carne moída misturada com soja. "As duas primeiras semanas de açúcar" sig-

Escondido em Havana **171**

nificava que, da ração mensal de 3 quilos, somente a metade era entregue no início do mês; o restante era para "as outras duas semanas". A mesma coisa acontecia ocasionalmente com o sal e o feijão.

— Quem é o último aí? — gritou um homem da esquina mais próxima. Elena levantou o braço, ele caminhou devagar até ela, e assim que a mulher lhe passou a informação, ele seguiu até a porta do açougue à procura de um amigo que o deixasse "passar na frente". A maioria dos fregueses não tolerava essa atitude, porque desrespeitava a ordem da fila, provocava discussões e prolongava o tempo de espera.

— Olá, Elena — disse uma mulher de meia-idade aproximando-se do meio-fio.

— Oi, Carmita, há quanto tempo, hein? — respondeu Elena, satisfeita com a possibilidade de manter uma conversa durante a longa espera. Carmita usava bermuda e um moletom azul velho com o símbolo da Nike. Fora uma mulher saudável até cinco ou seis anos antes, quando, depois de um divórcio e da mais séria das crises econômicas de Cuba, perdera mais de quinze quilos. Agora, seu rosto apresentava rugas profundas e manchas escuras sob os olhos, e a pele, embaixo do queixo e dos braços, revelava flacidez. A mulher desdobrou um jornal e colocou-o na calçada antes de sentar-se.

— Sinto muito pelo aconteceu com seu irmão, Elena.

— Obrigada.

— Andam dizendo que ele foi assassinado.

— Provavelmente. Pelo menos, é o que a polícia acha.

— Ninguém foi preso?

— Não que eu saiba.

— Que tragédia, não é?

— É.

— O que foi que aconteceu?

Àquela altura, Elena já estava acostumada às perguntas. À medida que a notícia se espalhava, amigos, vizinhos e conhecidos queriam saber o máximo possível. Enquanto contava a versão censurada que já havia aperfeiçoado, Elena refletia sobre o hábito indelicado de bisbilhotar da maioria das pessoas. A atitude correta seria oferecer os pêsames e evitar fazê-la entrar nos pormenores de uma situação tão chocante.

Quando terminou, Carmita mudou de assunto.

— Está de férias? — perguntou.

— Como todas as professoras.

— Então não soube ainda?

— Soube de quê?

— Do último vídeo?

Elena supunha que Carmita estivesse falando sobre o último filme pornô que o irmão havia produzido. O capitão Trujillo lhe relatara todo o esquema, várias semanas antes. Mas não seria possível.

— Que vídeo, Carmita?

— Aquele sobre o que aconteceu em Ciego de Ávila.

As lembranças ressurgiram na mente de Elena. Nos anos 1980, muita roupa suja fora lavada em público; em 1989, por exemplo, oficiais do Exército e do Ministério do Interior foram julgados por tráfico de drogas, e a cobertura do processo pela imprensa foi cuidadosamente velada. Mas desde que a tecnologia de vídeo fora adotada em Cuba, os dirigentes passaram a fazer discursos para audiências pequenas, que eram filmados e depois exibidos apenas para os membros do Partido Comunista. Dessa forma, os poucos escolhidos eram informados dos problemas internos e dos acontecimentos no exterior considerados embaraçosos ou alarmantes demais para a população em geral. A teoria era de que a ignorância é uma bênção.

Era proibido passar a informação aos não militantes, mas os cônjuges enraivecidos, querendo descobrir por que os maridos (ou mulheres) haviam chegado em casa depois da meia-noite, normalmente eram os primeiros a saber. No dia seguinte, falavam sobre o assunto com alguns parentes, e poucas semanas depois a maioria dos cubanos tomava conhecimento do problema. Muitos indignavam-se com aquela prática discriminatória. Elena Miranda sentia-se lesada em um de seus direitos fundamentais. "O que nós somos, afinal, cidadãos de segunda classe?", reclamava com amargura quando tomava conhecimento do fato. "O que é que diz respeito ao país que eu não tenho o direito de saber?" Parecia que esse hábito havia sido abandonado, pois não ouvira falar de nenhum vídeo nos últimos anos.

No passado, entretanto, quando a prática era frequentemente implementada, Elena refletira sobre ela com atenção. Para todas as formas de vida, desde o menor dos vírus até o maior dos mamíferos, a informação era essencial à sobrevivência. Os roedores queriam saber se havia uma cobra por perto para decidir se ficavam ou fugiam. Seriam os seres humanos diferentes? O direito ao conhecimento era de importância vital. Reconhecia-se que instituições em todas as partes do mundo detinham informações sigilosas — científicas, militares, econômicas —, mas seria ético ocultar da população, exceto os membros de um partido político, informação que não só dizia respeito às diversas camadas sociais mas também as afetava? Chegara à conclusão de que não.

— Pelo que eu sei, você não é membro do partido, é? — observou Elena.

— Claro que não. Está pensando que eu sou louca?

— Então como está sabendo desse vídeo?

— Ah, não banque a ingênua, Elena. Você sabe como é. Estamos em Cuba, está lembrada?

— E é sobre o quê?

Carmita passou a língua sobre os lábios.

— Bem, o que eu ouvi falar é que, dois ou três anos atrás, um motorista bêbado atropelou e matou uma adolescente que estava numa bicicleta. Isso aconteceu em Ciego de Ávila, e o motorista era um coronel do Ministério do Interior. A família da garota pediu justiça. A rede de informações dos comparsas protegeu o coronel. Depois de vários meses, ele foi julgado e inocentado. A mãe da vítima exigiu a reabertura do processo. Nada foi feito. Ela então escreveu uma carta para o Número Um, que ordenou uma investigação. A conspiração veio às claras, o coronel foi preso, e vários oficiais superiores do Exército e do Ministério foram rebaixados e expulsos.

Isso envolveu as duas mulheres numa conversa sobre a política cubana. Falaram sobre a manipulação da informação e os critérios duplos. Elena criticou os meios de comunicação oficiais por condenarem a pena de morte nos Estados Unidos ao mesmo tempo que deixavam de informar o número de pessoas que recebiam a mesma pena em Cuba. Carmita concordou, e mencionou a crítica da imprensa local à cerca erguida pelos americanos para evitar a imigração mexicana; relembrou também que, quando uma parte da Alemanha estava sob o regime comunista, nada fora dito sobre o Muro de Berlim.

Depois de aproximadamente meia hora dessa conversa, um homem tocou no ombro de Carmita.

— Pois não.

— Você é o número 24?

— Sou.

— O 22 já está comprando.

— Obrigada.

Carmita levantou-se, limpou a poeira da bermuda e pegou o jornal.

— Bom, Elena, foi bom te encontrar.

— Cuide-se, amiga.

— Obrigada. Tchau.

— Tchau.

Uma hora e dez minutos depois, já completamente escuro, Elena voltou para casa com a ração de 250 gramas de carne e seis salsichas, que lhe deveriam durar um mês, talvez dois.

No dia seguinte, logo depois do meio-dia, Marina tocou a campainha do apartamento de Elena. Na cozinha, a professora descascava uma batata-doce grande para o almoço. Lavou as mãos e secou-as num pano de prato. Seguiu pelo hall e chegou à entrada, destravou a porta da frente e abriu-a.

— Surpresa! — disse Marina com um sorriso aberto.

Elena ficou boquiaberta.

— Você por aqui!

— É, voltamos. Você está ótima. — Beijou a face de Elena.

— Olá, Elena — disse Sean, com seu melhor sorriso. A leve atração que sentia pela mulher mexeu com ele. A cabeleira louro-escura lhe batia abaixo dos ombros e lhe emoldurava o rosto, que combinava beleza e conteúdo de forma perturbadora. Voz sensual também. Seria tão bom que ela concordasse facilmente, sem criar confusão.

— Olá, Sean. Venham, entrem, entrem, por favor.

Os visitantes observaram que o chão da sala havia sido limpo recentemente e, em vez do mau cheiro de pontas de cigarro, percebia-se um leve aroma da vegetação do Parque de la Quinta. A mobília, as cortinas e as paredes, entretanto, permaneciam no mesmo estado deplorável.

— O que aconteceu com Sean? — perguntou Elena a Marina quando percebeu que o homem estava mancando e apoiando-se numa bengala.

176 José Latour

— Nada grave, só uma torção no joelho.

— Ah, sinto muito. Dói?

Marina traduziu.

— Um pouco. Mas estou bem melhor, obrigado — respondeu Sean.

— Bem, vamos sentar, por favor. É um prazer ter vocês aqui.

— Ah, é muito bom te ver também — disse Marina, enquanto Sean sentava-se no sofá. Ela também se sentou, tentando parecer contente e ansiosa. — Temos pensado muito em você, querida.

— É mesmo? O que eu fiz por vocês não foi nada.

— Como vai o Pablo? — perguntou Sean.

Os olhos de Elena deixaram claro que ela dispensava a tradução.

— Meu irmão morreu — respondeu simplesmente.

Marina franziu a testa sem compreender.

— O que foi que você disse?

— O Pablo morreu.

— Oh, meu Deus! — Ela fez o sinal da cruz.

— O que houve? — quis saber Sean.

Marina traduziu. O homem também franziu o cenho.

— Jesus! O que aconteceu? Ele sofreu um acidente?

— Não foi acidente — respondeu Elena em inglês, sem esperar pela tradução. Então, retornando ao espanhol, dirigiu-se a Marina: — Ele foi assassinado. O corpo dele foi encontrado numa cidade costeira perto de Havana. É provável que tenha sido um assalto, mas ninguém foi preso, e parece que a polícia não consegue entender o motivo.

Marina traduziu. Seguiu-se uma pequena pausa. A mulher argentina, olhos fixos no chão, balançava a cabeça como se consternada pela notícia. Não lhe foi difícil expressar compaixão: não estava fingindo. Levantou os olhos para Sean, que também parecia genuinamente perturbado. O *patife*, pensou.

— Sentimos muito, Elena. Por favor, aceite nossos pêsames — disse Marina em voz baixa.

— Obrigada.

— Quando foi que aconteceu? — perguntou Sean, querendo confirmar sua inocência para Marina.

— No dia 31 de maio.

— Ah, coitada — disse Marina antes de lançar um olhar rápido para Sean. — Deve ter sido horrível para você. Sozinha aqui, tendo que resolver tudo.

Elena concordou com um gesto de cabeça.

— É, tem sido duro. A gente frequentemente discordava, estava sempre brigando, mas, quando ele morreu assim tão inesperadamente, me senti um pouco culpada, sabe? Fico pensando se eu não podia ter feito alguma coisa para melhorar nosso relacionamento.

— É, eu sei — concordou Marina e depois traduziu.

— Bom, sinto muito pelo Pablo, e por você também — disse Sean. — Não pode imaginar como sentimos, mas depois você vai entender o que quero dizer. — Ele repuxou para baixo os cantos da boca e arqueou as sobrancelhas. — Mas a vida continua. Vamos mudar de assunto. Sendo professora, você deve estar de férias agora, não é?

— É, estou — confirmou Elena depois que Marina traduziu, perguntando-se o que será que viria a entender depois, e por que seus novos amigos sentiam tanto. Em seguida, acrescentou:

— Mas, de qualquer forma, no ensino de portadores de necessidades especiais, essas crianças ficam mais apegadas aos professores, então tenho que passar na casa deles umas duas ou três vezes por semana, ficar lá por algum tempo e ler histórias para eles. Não são férias no sentido completo da palavra.

Marina traduziu.

— Bom, hoje de manhã, Marina teve uma ideia — disse Sean com um sorriso. — Conte a ela, querida.

Sorrindo de novo, Marina cruzou as pernas.

— Escute, Elena, eu achei que você sendo professora e a gente estando em agosto, com o tipo de trabalho que tem e tudo o mais, você precisaria de umas férias de verdade. E depois dessa experiência tão triste, com mais razão ainda. Então, eu disse a Sean: "Não seria maravilhoso convidarmos Elena para passar uns dias conosco no Copacabana? Alugarmos um quarto para ela? Levá-la a todos os lugares a que formos?"

— Ah, não. — Elena balançou a cabeça sorrindo.

— Escute. Nós gostamos de você. Achamos que podemos ajudá-la a melhorar de vida. Queremos que fique conosco num lugar legal para esquecer cozinha, limpeza e todos esses outros trabalhos de casa. Queremos que se divirta um pouco.

— Não posso aceitar isso.

— Pode, sim.

— Não, não há razão para isso. Vocês não me devem nada. Um copo d'água? Ah, por favor.

— Queremos lhe agradecer. Além disso, temos uma coisa para lhe explicar e precisamos de sua ajuda. Contamos depois. E você precisa de umas feriazinhas. Deve isso a si mesma.

— É impossível — disse Elena com um risinho, como se soubesse de alguma coisa que os visitantes desconheciam.

— O que quer dizer com impossível? É perfeitamente possível.

— Não, Marina. Não é. Os hotéis para estrangeiros têm ordem para não alugarem quartos para cubanos. Para os cubanos que vivem em Cuba, a bem dizer. Os cubanos que moram em Miami podem alugar quartos nesses hotéis.

— Você está brincando.

— Não, não estou.

— É invenção sua.

Elena riu.

— Não, não é.

Sean perguntou qual era o problema. Marina explicou.

— Está nos dizendo que se viesse com a gente para o Copacabana, o recepcionista se recusaria a alugar um quarto para você? — perguntou ele.

— Ele tem ordens para não alugar.

— Mas nós cobrimos todas as suas despesas com dólares.

— Não importa. Vocês não vão poder. É regulamento do governo.

— Por quê?

— Ninguém sabe. Nossa constituição tem uma seção sobre igualdade e menciona especificamente que um cidadão pode se hospedar em qualquer hotel. Mas são apenas palavras; na vida real, não é permitido.

Marina traduziu e acrescentou em inglês:

— Não acredito. — Depois, voltando-se para Elena: — Você tem certeza de que esse regulamento estúpido não foi revogado?

— Bom, não estou totalmente certa, mas tenho quase certeza.

Lá se vai o Plano A, pensou Sean, mas então viu uma oportunidade para testar um elemento-chave do Plano B. Inclinou-se para a frente e apoiou os braços sobre as pernas.

— Elena, me diga uma coisa: como é que você se sente quando é discriminada de maneira tão revoltante? Como é que as pessoas conseguem viver num sistema de governo tão arbitrário?

Quando Marina terminou de traduzir, Elena suspirou, e seu olhar percorreu toda a sala.

— Furiosa, é como me sinto. E quanto a sua segunda pergunta, bem, algumas pessoas decidem ir embora. No meu caso, nasci aqui, já estou acostumada. E temos garantia no emprego, educação e sistema de saúde gratuitos, um clima bom, e a maioria das pessoas é generosa. Imagino que em algum momento da vida uma grande porcentagem de cubanos adultos se pergunta: será melhor emigrar? Aí começam a considerar suas opções. A menos que você arrisque a vida atravessando o estreito da Flórida numa jangada ou num barco, o processo de emissão de visto para outro país é complicado. Leva anos e anos. Desde 1994, os Estados Unidos operam um sistema de loteria disponibilizando 20 mil vistos. Cerca de 1 milhão de cubanos já solicitou um visto americano. Há implicações internas também. Os professores, por exemplo, perdem o emprego no momento em que revelam sua intenção de deixar o país permanentemente. Os médicos só recebem permissão para sair cinco anos depois de declararem sua intenção. E aí você começa a pensar: de que é que eu vou viver em outro país? Só falo espanhol. Servindo mesas ou limpando chão? Uma profissional altamente qualificada como eu? Entende o que eu quero dizer?

Elena fez uma pausa para que Marina pudesse traduzir.

— O salário mínimo por hora nos Estados Unidos é de 5 dólares, algo em torno de 800 por mês. Muitas pessoas aqui que recebem 15 ou 20 dólares por mês ficam fascinadas com essa quantia. Mas, uma vez que chegam lá, descobrem que o aluguel de um apartamento bem pequeno é de 400 dólares por mês, fora as contas mensais, a cobertura do plano de saúde, seguro, transporte e alimentação. No fim do mês não sobra nada. Então, se é para ser pobre, prefiro ficar aqui onde nasci, onde tenho meus parentes e amigos, que podem me dar a mão se eu precisar.

— Entendo — disse Sean quando Marina terminou de traduzir. Então, com um sorriso largo, observou: — Dinheiro. Faz toda a diferença. Se você tivesse muito dinheiro e pudesse escolher onde viver, você deixaria Cuba, não deixaria?

Elena inclinou a cabeça, pensando na resposta.

— Não sei. Talvez deixasse, levando em conta que, mesmo se eu tivesse 100 milhões de dólares numa conta aqui, eu ainda assim não poderia me hospedar num bom hotel.

Eles todos riram.

— Nem comprar um carro novo — acrescentou Elena —, nem uma casa, um computador, nem mesmo alugar um telefone celular, nem comprar antibiótico em farmácias que só vendem em dólar, nem assistir a programas estrangeiros de televisão a que se assistem nos hotéis.

— Tudo isso é proibido para cubanos? — perguntou Marina, espantada.

— Na prática, é. Mas não na constituição. Pela constituição, temos muitos direitos. Essa é a razão por que algumas pessoas acham que nossa constituição não vale o papel em que é impressa.

— É inacreditável.

— Os cubanos podem comer nesses bons restaurantes de propriedade do governo? — perguntou Sean, assim que cessou a surpresa.

— Podemos sim, temos permissão para isso — foi a resposta de Elena.

— Vamos almoçar, então.

Marina queria comer frutos do mar, e Elena sugeriu La Terraza, em Cojímar, uma cidadezinha de pescadores a leste da capital cubana. A professora trocou de roupa; vestiu uma saia preta, uma blusa lilás de mangas curtas e calçou sapatos de salto alto. Escovou também os cabelos, antes de colocar uma maquiagem leve. Às 12h40 estavam cruzando o Malecón. Dez minutos depois, atravessaram o túnel sob a baía de Havana e seguiram em alta velocidade pela espaçosa via Monumental até chegarem ao estádio Pan-Americano, onde pegaram uma saída para os arrabaldes de Alamar. Lá tiveram de pedir orientação, porque Elena não sabia o caminho.

— Um estacionamento para três carros? — zombou Sean, quando entrou na área privativa do restaurante.

Sean e Marina pediram mojitos antes de a sopa ser servida, mas Elena, lembrando-se do mal-estar que sentiu no *paladar*, pediu um refrigerante. Comeram coquetel de lagosta, paella e tomaram um espresso. Para Sean, ser servido por garçons foi menos interessante do que pelas garotas de Roselia; Marina e Elena pensavam de maneira completamente diferente. Durante o almoço, falaram sobre o tempo, a vista, a comida, a pesca e outras trivialidades. Não muito longe da mesa deles, almoçava o capitão do iate de Hemingway, Gregorio Fuentes, de 101 anos. Mais tarde, pegaram o carro e foram até o busto de bronze do escritor que ficava próximo à foz do rio. Nuvens negras a leste pressagiavam tempestade, uma revoada de falcões circulava no céu, a umidade aproximava-se de 100 por cento. O calor opressivo os fez permanecer no carro.

Ao voltarem, uma chuva torrencial forçou Sean a atravessar o Malecón muito devagar, mas quando chegaram a Miramar já não chovia mais. Não sabendo bem o que queriam, Elena escondeu sua surpresa quando Sean e Marina desceram do carro, trancaram-no e a acompanharam até a porta.

— Podemos ter uma palavrinha com você agora, Elena? — perguntou Sean.

— Claro — respondeu a professora enquanto enfiava a chave na porta. — Entrem.

As mulheres usaram o banheiro primeiro. Sean entrou em seguida e examinou com cuidado a saboneteira da banheira antes de urinar, lavar as mãos e retornar à sala.

Na cozinha, Elena preparava um espresso. Marina, ao seu lado, veio a saber que o café vendido aos cubanos com os car-

Escondido em Havana **183**

tões de racionamento consistia numa mistura de grãos de café e ervilha, e que o consumidor recebia 50 gramas da mistura a cada duas semanas num pacote de celofane. Meio quilo de café cubano puro custava, nas lojas do governo, 6 dólares. Marina descreveu o funcionamento de uma cafeteira, eletrodoméstico que Elena nunca vira.

— Elena, precisamos de sua ajuda. — Sean colocou a xícara vazia sobre a mesinha da sala.

Plano B, pensou Marina, e preparou-se para uma longa sessão de tradução simultânea.

— Claro. Como posso ajudar? — perguntou a professora, acomodando-se na cadeira.

— Vou lhe explicar. Temos um amigo cubano nos Estados Unidos. Ele tem 54 anos e está com um problema cardíaco sério, decorrente de muitos anos de fumo intenso. Precisa de um transplante de coração e pulmões que custa 350 mil dólares, e ele não tem dinheiro para pagar.

— Trezentos e cinquenta mil dólares? — repetiu Elena, sem poder acreditar.

— Eu sei. É uma quantia monstruosa.

— Aqui não se paga nada por um transplante de coração e pulmões.

— Eu sei disso. Mas ele não pode vir a Cuba. Deixou o país em 1959 com os pais, e hoje é cidadão americano.

— Ninguém consegue ter o melhor de dois mundos.

— É verdade. Agora, o pai desse meu amigo morreu há três anos. No seu leito de morte, revelou ao filho um segredo que tinha guardado durante toda a vida. Disse que havia escondido uma fortuna considerável em pedras preciosas em sua casa em Havana, um apartamento num prédio que havia sido construído em 1956. Esse homem, o pai do meu amigo, tinha sido nomeado pelo presidente Batista para um cargo político e temia ser detido e condenado à prisão se voltasse a Cuba para resgatar suas pedras preciosas, então resolveu aguardar pacientemente uma mudança no governo. Mas... bom, você sabe.

Elena estava profundamente interessada.

— Meu amigo também não fez nada. No início, achou que o pai podia estar enlouquecendo, inventando essa história. O velho estava perdendo a memória nos últimos anos de vida. Depois, achou que seria muito arriscado viajar de avião até aqui e tentar recuperar as pedras, sendo ele filho de um *batistiano*, então resolveu afastar da mente o assunto. Mas há um ano, quando recebeu o diagnóstico do problema cardíaco e se inteirou do custo da operação, compreendeu que sua única chance se encontrava nesse tesouro, real ou imaginário. Ele confiou em nós dois e nos pediu para ajudar a salvar sua vida.

Elena começava a entender.

— É muito difícil dizer não diante de um pedido desses, Elena. Não queríamos fazer parte disso, mas sou amigo dele há muitos anos, e Marina, bem, Marina tem também um carinho grande por ele e disse que devíamos fazer alguma coisa. Para encurtar a história, dissemos a ele que viríamos a Havana, veríamos se o apartamento ainda existia, se alguém estava morando no lugar e voltaríamos para contar a ele. Foi isso que fizemos em maio.

Sean fez uma pausa. Elena balançou a cabeça afirmativamente, depois dirigiu a vista para Marina.

— E o lugar é este aqui, não é? — perguntou ela com ar de reprovação.

— É — admitiu Marina com um sorriso forçado antes de interromper.

Elena sorriu com tristeza.

— Então, aquilo que vocês fizeram em maio foi uma farsa?

Marina traduziu.

— Claro que foi uma farsa, Elena — admitiu Sean. — Tinha que ser uma farsa. Não havia outra maneira. Duas pessoas completamente estranhas não podiam bater à sua porta e contar tudo isso. Não sabíamos que tipo de pessoa morava aqui, não podíamos arriscar sermos denunciados pelos moradores da casa.

— Por que têm tanta certeza de que não vou denunciar vocês?

— Você não é esse tipo de pessoa.

— Vocês dois são realmente casados?

— Claro que somos — Marina deu um risinho. Depois traduziu para Sean, que também riu. Elena tinha quase certeza de que eles estavam mentindo. Se lhe perguntassem por que, ela não seria capaz de dizer. — Certo, então, o que querem que eu faça?

Sean pigarreou.

— Viajamos para Nova York em junho, ele mora lá, sabe? E lhe contamos o que tínhamos encontrado...

— Como é o nome dele? — interrompeu Elena.

— Carlos, Carlos Consuegra — respondeu Sean sem a menor hesitação.

— Continue.

— Bom, de acordo com o pai dele, os diamantes escondidos aqui custavam 1 milhão de dólares em 1958. Naquela época, 1 quilate valia um décimo do que vale hoje, então, se essa história fantástica for verdadeira, pode haver 10 milhões de dólares escondidos neste apartamento.

Elena tentou sem sucesso se controlar, depois dobrou o corpo para a frente, as mãos agarrando o assento da cadeira, e desatou a rir. Sean e Marina trocaram olhares surpresos e riram. Se essa era a maneira como Elena ia reagir, melhor. A cubana finalmente controlou-se, enxugou as lágrimas da face, recostou-se na cadeira.

— Ai, meu Deus, eu não rio assim há anos — disse.

— Você acha isso engraçado? — perguntou Marina, um sorriso nos lábios.

— É que eu não posso acreditar que esteja acontecendo comigo. Comigo, não.

Marina traduziu sua pergunta e a resposta de Elena.

— Pois está acontecendo com você, Elena — retrucou Sean.

— Nós somos reais e estamos aqui; o que pode não ser verdade é que haja uma fortuna escondida nesta casa. Talvez o velho tenha inventado essa história.

— Por que faria uma coisa dessas? — perguntou Elena e levou para trás da orelha uma mecha solta do cabelo. — Por que enganar o filho?

— Talvez tenha esclerosado de vez.

— É possível. Bom, então deixe que eu adivinhe. Vocês querem minha permissão para examinar a casa, certo?

Sean levantou a mão.

— A gente vai chegar lá, Elena. Primeiro deixe que eu explique algumas coisas a você. Não queremos colocar seu futuro em risco de forma alguma. Para começar, se os diamantes estiverem aqui, vamos incluir você. Meu amigo concordou em dividir o que acharmos em três partes: uma para ele, uma para as pessoas que moram aqui e uma para nós dois. O problema que vemos nisso é que talvez você não consiga converter suas pedras em espécie; e, mesmo que conseguisse, você poderia ter problemas se enriquecesse de uma hora para outra. Os vizinhos poderiam denunciá-la, a polícia poderia querer saber de onde veio o dinheiro, então você teria grandes problemas, não é verdade?

— É.

— Mostre a ela, Marina.

Marina abriu a bolsa, tirou de dentro dois passaportes canadenses e os entregou à professora.

— O que é isso?

— Dê uma olhada.

Elena abriu o primeiro passaporte. Levou um choque quando viu uma foto do irmão morto sorrindo para ela.

— As fotografias que vocês tiraram no *paladar*! — disse abruptamente, encarando os visitantes. Sean e Marina assentiram, mas permaneceram em silêncio.

A professora focalizou o passaporte mais uma vez e percebeu que fora emitido no nome de alguém chamado Matthew González.

— Dê uma olhada no outro — insistiu Marina.

O segundo passaporte tinha a foto dela e pertencia a Christine Abernathy.

— *Coño!* — exclamou.

— São passaportes verdadeiros, não falsos — continuou Sean. — Têm os vistos, carimbos e selos legais, inclusive os cubanos. Falsificações perfeitas dos carimbados nos passaportes da nossa primeira visita e idênticos também aos desta viagem. Temos, além disso, duas passagens de avião nos nomes registrados nesses dois passaportes. Não sabíamos que Pablo tinha morrido, e sentimos muito, mas a morte dele simplifica as coisas no sentido de que torna mais fácil levarmos você conosco, supondo que os diamantes estejam aqui e que você queira ir embora, claro.

Elena fechou os olhos, respirou fundo e inclinou um pouco a cabeça.

— Isso é loucura — disse.

Sean lançou um olhar para Marina, piscou lentamente e fez um leve movimento afirmativo de cabeça.

— Agora, Elena, tem umas coisinhas que você precisa saber. Você é uma mulher inteligente, não preciso lhe dizer com todas as letras.

Elena abriu os olhos e fitou Sean. Ela nunca simpatizara com estrangeiros, nem sentira atração por qualquer deles, mas de repente viu nesse homem uma aura de mistério e perigo que a fragilizava. Sentiu a lascívia surgir de um canto escuro e, junto a ela, a culpa. Na frente da mulher dele! Devolveu os passaportes a Marina.

— Só podemos esperar 24 horas por sua decisão — continuou Sean. — Se concordar, nós procuramos os diamantes; se discordar, voltamos e dizemos isso a nosso amigo. Ele aceitou o risco, sabe que você pode recusar a proposta, portanto, vai entender. Seria perfeito se você decidisse agora, mas compreendemos que precisa de tempo. No caso de não concordar, imploramos que não diga nada a ninguém enquanto não deixarmos o país. Não queremos ser enviados para uma prisão cubana e, pelo que eu soube, a legislação local exige que os cubanos entreguem ao governo qualquer tesouro que encontrarem. Uma última coisa: só lhe contamos onde estão os diamantes se aceitar nossa proposta; eles não são propriedade nossa, e a vida de um homem depende deles, mas lhe asseguro que você poderia procurar durante anos e não acharia.

Foi a última jogada de Sean, e ele fitou a professora nos olhos. Elena levantou-se, caminhou até a porta de vidro e, contraindo os lábios, olhou para o Parque de La Quinta através da veneziana. Relutância e cobiça lutavam em seu íntimo. Pela segunda vez, Sean fez um sinal de cabeça animado para Marina. Elena sentiu-se extremamente perturbada por ter sido enganada por aqueles dois. E a história deles ultrapassava as raias da credibilidade. Ainda assim... podia ser verdadeira. O que deveria fazer? Percebeu que precisava ficar sozinha para pôr as coisas em perspectiva e tomar uma decisão.

Virou-se para eles e falou, num tom melancólico:

— Escutem, eu sei que vão entender. Preciso ficar um pouco sozinha.

Marina levantou-se de uma vez.

— Compreendemos. Vamos, Sean, vamos voltar para o hotel.

O homem levantou-se hesitante e pegou a bengala.

— Claro. Não tenha pressa. Você gostaria de ir a algum lugar com a gente hoje para jantar?

Marina traduziu.

— Não sei, Sean. Não sei. Telefono para vocês assim que eu resolver alguma coisa.

— Vamos, Sean — disse Marina, aproximando-se da porta.

— Espere.

Subitamente, o tom de voz de Sean tornava-se autoritário. Olhou de frente para a professora.

— Elena, você nos dá sua palavra de que não vai falar com ninguém sobre isso enquanto não nos comunicar sua decisão?

— Vocês têm a minha palavra.

— Está bem. Aguardamos seu telefonema no hotel. Vamos ficar no quarto, fazer nossas refeições lá, não vamos sair para lugar algum, enquanto você não nos procurar. Se amanhã até o meio-dia, não tiver telefonado, voltamos aqui para visitar você, combinado?

— Combinado.

Marina foi a primeira a tomar um banho morno. Isso era uma das coisas que fazia quando estava nervosa, ansiosa, incapaz de relaxar. Usando uma touca de banho, fechou os olhos embaixo do chuveiro e, por alguns minutos, esqueceu-se de tudo à volta. Ensaboou com sensualidade cada centímetro do corpo, como se estivesse planejando encontrar-se com o mais desinibido dos amantes. Depois, com a mesma voluptuosidade, enxaguou o corpo, enxugou-se, escovou os dentes, usou desodorante e vestiu uma camisola. Saiu do banheiro, tirou a colcha da cama e deitou-se.

Sean levantou-se da cama, pegou uma cueca limpa na gaveta de uma cômoda e foi ao banheiro. Tomou também um banho de chuveiro completo, porém mais rápido. Sete minutos depois, jogou-se na cama.

— Sean?

Ele virou a cabeça.

— Temos que conversar. — Ela pronunciou as palavras com toda a atenção e com as sobrancelhas arqueadas.

Sean abanou a cabeça e voltou a olhar para o teto.

Marina decidiu compartilhar sua apreensão. Levantou-se e, sem esperar ser convidada, sentou-se na cama dele. Depois, encostou os lábios no ouvido esquerdo do rapaz.

— Não estou gostando disso — sussurrou.

Sean virou a cabeça e olhou-a nos olhos.

— E daí? — murmurou, e em seguida fitou as nuvens brancas que eram visíveis através da porta corrediça de vidro da varanda. As coxas dela estavam de encontro às dele e seus seios tocavam o braço esquerdo do companheiro.

— O que quer dizer com "e daí"? Ela pode nos trair. — Sua respiração provocou uma sensação excitante na orelha e no pescoço do rapaz.

Ele virou-se e aproximou os lábios do ouvido dela.

— Não tem nada que a gente possa fazer. Não num país miserável como este, em que um habitante não pode alugar um quarto de hotel. Quem poderia imaginar uma coisa dessas? Não encontrei nada a respeito na internet. Me diga, quem diabos poderia ter previsto isso?

Era verdade. Ela perguntara ao recepcionista antes de subir casualmente, sorrindo como quem não acredita, como se alguém lhes tivesse dito uma mentira absurda. Mas o homem confirmou a proibição. No corpo tenso de Sean, Marina detectou raiva e impotência; ele cheirava a limpeza; seus cabelos estavam úmidos. Era com satisfação que via o maldito homem de gelo derreter de ódio.

Conferenciaram em sussurros por alguns minutos e concluíram que a única coisa a fazer era esperar pelo telefonema de Elena.

— Não é culpa de ninguém. Mas suponha que ela resolva nos entregar — observou Marina.

Se a polícia os procurasse, disse Sean, negariam tudo; Elena Miranda estava louca. Não sabiam nada a respeito desses diamantes escondidos. Fingindo ser a mulher vulnerável em busca de proteção, aproximou-se mais ainda de Sean, passou a coxa esquerda sobre a dele, recostou a face em seu peito, deslizou os dedos sobre o braço direito dele. Sexo era uma névoa invisível que se infiltrava pelo quarto.

Sean virou um pouco a cabeça e procurou o ouvido de Marina para amenizar seu medo. Teria que mudar de posição; não estava disposto a isso. As costas da sua mão esquerda estavam apoiadas sobre a virilha dela. Sentiu o desejo surgindo, e seu pênis despertou. Ela era difícil e irascível e em nada semelhante a seu tipo de mulher, mas, afinal, poderia pelo menos ajudar a relaxar. Marina parecia compartilhar esses pensamentos.

Marina levantou um pouco a cabeça.

— Estou com medo, Sean. Você está preocupado — sussurrou antes de mordiscar a orelha dele. — Uma transa agora ia nos fazer muito bem.

Sean virou-se devagar; seus lábios se encontraram. Ele foi delicado, sem pressa, quase distante. A observação que ele fizera dois meses antes no Nacional, *Nunca se sabe*, veio à mente dela. A língua dele deslizou pela gengiva de Marina, depois pelos lábios, enquanto sua mão lhe acariciava as costas. *Por que estou fazendo isso?*, Marina se perguntou. Ele deslizou as costas da mão esquerda sobre a roupa que cobria o púbis dela. Ela passou as unhas pelas costas dele, descendo pelas nádegas por dentro da cueca, depois voltando ao pescoço para continuar a carícia. *Para transar com um homem de gelo; é por isso. Coisa que nunca fiz.*

Com a mão livre, Sean levantou a camisola de Marina até a cintura e acariciou a parte traseira da coxa e as nádegas da companheira. Ao completar o estágio exploratório, devoraram-se com os lábios, como adversários de bons modos que admitiam a necessidade de uma luta antes de um acordo de trégua acompanhado de um drinque gelado. De repente, Marina ficou de joelhos no colchão, tirou a camisola e jogou-a na cama. *Peitos caídos; celulite; pequenas varizes;* essa foi a avaliação de Sean, mas ele fingiu admiração antes de tirar a cueca. *Nada de novo,* Marina confirmou enquanto mordia o lábio inferior para simular paixão desenfreada. Começou a beijá-lo pelo tórax, seguiu descendo pela linha reta de pelos que dividia o abdômen, continuou até a pelve, onde sua língua passou a brincar com a base do pênis de Sean.

Parou por um segundo para retirar um pelo preso ao dente. Sean aproveitou-se da pausa para fazê-la ficar de joelhos sobre seu rosto com as coxas abertas e começou a explorar com a língua. Ele sabia bem o que fazer, Marina admitiu em seu íntimo. Seguindo pelas áreas mais sensíveis de sua vagina, beijando, lambendo, tentando descobrir por si mesmo se ela sentia mais prazer à esquerda, à direita ou no centro do clitóris. A perfeição desapaixonada do sexo sem amor. Ela estava gostando, mas sentia falta da loucura do desejo incontrolável. Sabendo estar em mãos competentes, Marina inclinou-se, apoiou os braços no colchão e iniciou uma felação relaxada.

Pressa não era um fator. Alguns minutos depois, Sean falou:

— Concentre-se em si mesma. Deite, abra as pernas e esqueça que estou aqui. — A curiosidade a fez seguir as ordens. Com ela deitada de costas, ele começou a alternar os beijos em torno

Escondido em Havana **193**

de suas dobras, lambendo a parte superior da vulva. Um pouco depois, a ponta de sua língua focalizou a parte esquerda do clitóris. A mão direita dele acariciava-lhe o bico dos seios. Ela lembrou que Carlos descobrira esse exato ponto da primeira vez que transaram, então sorriu. Não era de admirar que os dois fossem tão bons companheiros. Dois dos poucos escolhidos. Ela fechou os olhos para entregar-se ao prazer. Sentiu-se como uma deusa venerada e estava próxima, muito próxima, quando ele levantou a cabeça e esboçou um sorriso por cima do queixo molhado.

— Não pare.

— Você está com pressa?

— Não pare, por favor, querido. Não pare.

Sem lhe dar atenção, ele se deitou ao lado dela, colocou o braço por trás do pescoço e começou a alisar-lhe o clitóris com o dedo indicador. Logo Marina virou a cabeça para o outro lado.

— Se você parar eu te mato, seu desgraçado.

A mão dele congelou.

— Não, não!

— Peça com delicadeza.

— Não pare, Sean. Por favor.

A mão descongelou.

— *Pero, ché, sos un torturador vos*. Por favor!

Ele aliviou um pouco a pressão, desacelerou o movimento, para prolongar o orgasmo dela. Marina desatou a falar em espanhol por quase um minuto. No exato momento em que o prazer se tornava agonia, Sean retirou a mão. Marina manteve os olhos fechados, acalmando a respiração. Ótimo, mas Sean não se comparava a Carlos: ela sentia falta do carinho e romantismo do homem cego, de suas palavras amorosas.

— Ah, Sean, foi muito bom.

— Fico feliz que tenha gostado.

— Você tem camisinha?

— Não.

Ela começou com sexo oral, mas, por vingança, o fez atingir o orgasmo com a mão. Logo que controlou a respiração, ele tomou um segundo banho. Ela já voltara para a própria cama quando ele retornou ao quarto.

— Daria tudo para saber o que está pensando — disse Marina com um sorriso.

Ele pôs os joelhos no chão, ao lado da cama, e murmurou-lhe ao ouvido:

— Neste momento, eu daria mil dólares pelos pensamentos *dela*.

Maldito homem de gelo.

CAPÍTULO 5

Elena Miranda percebeu que, enquanto estivesse confusa assim, não seria capaz de tomar uma decisão inteligente. *Muito bem, muito bem, acalme-se. Tome um banho,* disse para si mesma. Dirigiu-se depressa a seu quarto, pegou roupa limpa na cômoda e foi para o banheiro. Colocou o balde de água que ficava ao lado da pia dentro da banheira, pegou um barbeador descartável no armário, despiu-se, apanhou uma lata de massa de tomate vazia e entrou na banheira, encheu a lata com água e despejou-a sobre o rosto. Repetiu isso várias vezes, até que o corpo inteiro estivesse molhado; em seguida, pegou o sabonete e esfregou-o entre as mãos até formar uma espuma.

Ao ensaboar-se, começou a refletir. A matéria de que os filmes são feitos. Mas era perfeitamente possível. Os vizinhos contavam que o prédio pertencera a um homem que se apropriara do dinheiro público. Lembrava-se do sobrenome Consuegra. Este era o apartamento que ele havia reservado para morar com a família; a mobília também lhe pertencera.

No início da década de 1990, isso fora motivo de preocupação para seu irmão. Após o colapso do comunismo na Europa, a mídia local declarou que muitos cubano-americanos alardeavam que, logo que o regime de Castro caísse, eles reivindicariam suas propriedades confiscadas. Seriam ela e o irmão despejados? Mas, como o governo se mantinha firme, suas preocupações desapareceram e o assunto nunca mais fora retomado.

Enquanto depilava as axilas, considerava haver uma certa verdade na história do casal. Dez milhões, divididos por três. Mas Sean tinha razão: em Cuba, ela não poderia vender as pedras que lhe coubessem. Nenhum indivíduo na ilha possuía uma quantia de tal vulto. Teria de entregar os diamantes a alguma associação governamental e responder a algumas perguntas: "Essas pedras são suas? Você tem o certificado de propriedade? Então, como está de posse delas?" Ela terminaria sem nada.

Mas a alternativa era assustadora. Estaria disposta a começar vida nova no estrangeiro? O Canadá era um país de Primeiro Mundo, enorme, habitado esparsamente, cheio de oportunidades. Mas muito frio. E suponha que algo desse errado no aeroporto? Ou que o agente da polícia federal detectasse algo estranho no passaporte? Perguntasse alguma coisa em inglês ou francês? Elena estremeceu, depois terminou de depilar as pernas e começou a se enxaguar.

Acalme-se; uma coisa de cada vez. O primeiro passo era procurar os diamantes. Talvez o velho tivesse inventado essa história, um caso de Alzheimer grave ou alguma outra doença mental. Se Sean e Marina não encontrassem nada, a fantasia se desvaneceria. O que perderia por deixá-los procurar? Nada.

E se os diamantes estivessem lá, ela poderia esconder seu quinhão até que as coisas mudassem, ou até encontrar um comprador confiável, talvez um dos muitos empresários europeus que investiam na ilha. Não precisava decidir agora entre partir ou ficar.

Enxugando-se, perguntou a si mesma onde um homem esconderia uma fortuna em pedras preciosas em seu apartamento. Nunca vira um diamante em toda a vida, mas de revistas e filmes sabia que um brilhante pequeno poderia valer 50, 60, 100 mil dólares, portanto, pedras no valor de alguns milhões poderiam pesar uns 200 a 300 gramas. Na verdade, um pacote bem pequeno. Sua mãe limpara a casa milhares de vezes antes de se mudar para sua cidade natal, e depois, ela própria havia realizado essa atividade pelos últimos 13 anos; elas duas conheciam cada canto da casa. Depois do funeral de Pablo, fizera uma faxina no quarto do irmão. Mesmo assim, não tinha ideia de onde poderiam estar. Embutidos numa parede ou por trás do revestimento de uma porta, sob o piso, certamente em algum lugar que não pudesse ser visto por acaso. Elena saiu da banheira e vestiu a calcinha, a bermuda e um blusão laranja.

Na cozinha, dirigiu o olhar à batata-doce descascada apenas pela metade, que planejara comer no almoço antes de colocá-la de volta na geladeira. Apanhou as xícaras na sala, lavou-as e colocou-as no escorredor. Talvez os diamantes estivessem na cozinha, por baixo da pia ou escondidos por trás dos armários. Devia ser um lugar acessível, ainda assim fora da vista. Suponha... Que tolice ficar fantasiando, pensou. O que diria a Marina e a Sean se os achasse? *Desculpem, não quero me envolver, não tenho intenção de participar disso.* E o que seria do pobre coitado com problemas de coração e de pulmão? Não desejava isso em sua consciência. Mas seria mesmo verdade? Não tinha como saber. Talvez o cara não tivesse fumado um único cigarro na vida. Talvez ele nem existisse; seria apenas parte do esquema. Ela estava enchendo um copo d'água quando a campainha tocou.

De volta, já? Ela os despacharia com educação e firmeza. Enxugou as mãos, caminhou com determinação até a porta e abriu-a. *Ah, não*, pensou Elena. Não conseguiu esconder sua surpresa.

— Soube hoje do que aconteceu — disse um homem em seus 50 anos. Seu rosto era pálido, angular, com rugas profundas, tinha olhos grandes e negros, e sobrancelhas finas. De um pouco menos de 1,80 metro de altura, usava uma camisa azul de mangas compridas com os punhos dobrados até os cotovelos, calça cinza e botas pretas.

— Olá, Domingo. Entre.

O homem deu um passo à frente e beijou Elena na face. Ela deu um sorriso rápido e apontou para uma poltrona.

— Vamos sentar.

— Obrigado.

Elena sentou-se na beira do sofá, mãos sobre o colo, obviamente forçando-se a ser atenciosa, indicando que o tempo era crucial. Domingo parecia um pouco desconcertado.

— É um sentimento estranho — disse. — Eu gostaria que não tivesse acontecido, mas ao mesmo tempo fico contente por você não ter mais que... aturar seu irmão.

Elena baixou a vista.

— Entendo o que quer dizer. Eu também sinto a mesma coisa. — No mesmo instante arrependeu-se de ter admitido isso. Ela sempre se abrira com ele, revelara-lhe o que escondia de todas as outras pessoas. Como se ele fosse um confessor. Era o único aspecto do relacionamento deles que permanecera igual, e queria se ver livre disso também.

Ele balançou a cabeça afirmativamente, enquanto a fitava.

— Então, como é que você está?

— Estou bem, obrigada.

— De férias?

— Você sabe como é.

— É. Tem... ido à praia, ou saído?

— Não. Ando sem disposição.

— Gostaria de ir comigo?

Elena deu um sorriso triste.

— Você nunca desiste, não é?

— Meu amor por você só morre quando eu morrer.

— Ah, pelo amor de Deus — disse Elena, agora com irritação e raiva.

Domingo Rosas, da Contrainteligência do Exército, foi o psicólogo que ficou encarregado de "tomar conta" de Elena e de Pablo, quando o pai deles foi condenado a trinta anos de prisão. Tinha agora 55 anos e fora o terceiro amante dela. Quando se conheceram, ele já era casado, tinha duas filhas e era um dos poucos oficiais do Exército que havia sido promovido a major aos 35 anos.

Fascinado pela beleza e inteligência de Elena, admirado com a maneira como a moça havia enfrentado a tragédia e cheio de compaixão por ela, o major aproveitou-se da posição privilegiada que detinha na família e conseguiu conquistá-la. Ciente de que, depois da traumatizante experiência do general, ela teria rejeitado suas investidas se soubesse que era casado, disse a Elena que era divorciado. Rosas tinha o tipo de trabalho que lhe dava considerável liberdade: sua mulher habituara-se a vê-lo chegar em casa tarde da noite, vestia-se à paisana na maioria das vezes, e durante um ano e meio o relacionamento dos dois seguiu como um caso amoroso aberto e livre.

Rosas disse a Elena que depois do divórcio havia recebido um apartamento no edifício do Exército, mas que eles não deveriam frequentar esse lugar, pois seu chefe morava ao lado. Ele não tinha telefone em casa. Explicara a Elena que enfrentaria grandes problemas no Exército se o relacionamento dos dois se tornasse público antes de ele marcar a data do casamento, então Elena deveria ser cautelosa ao lhe telefonar quando ele estivesse no escritório, porque as ligações eram gravadas. Deveria evitar tanto palavras ternas quanto telefonemas frequentes.

Elena, muito inexperiente, acreditara na palavra dele, sem a menor desconfiança. Depois dos primeiros meses, descobriu que o que sentia por Domingo era mais uma emoção racional, desapaixonada. A vida sexual era boa, sem dúvida, e ela desejava ter a própria família e um lar, mas não se casaria antes de completar os estudos.

Durante dois anos, a verdadeira vítima do triângulo foi Rosas. Arrasado por sentimentos conflitantes, perdeu peso. O major admirava a esposa, uma mulher respeitável, trabalhadora e abnegada; não tinha coragem de lhe dizer que não a amava mais No entanto, a possibilidade de perder Elena era insuportável. Achava especialmente difícil defrontar-se com o general Miranda quando visitava o prisioneiro para relatar o progresso de Pablo: no final dos encontros, quase como uma lembrança tardia, dizia a Miranda que a filha estava bem, que não precisava de nenhum acompanhamento psicológico.

Durante um fim de semana em Guamá, eles se descuidaram e Elena engravidou. Ela estava terminando o segundo ano universitário, temia o aborto e estava certa de que a mãe a ajudaria com o bebê. Disse a Domingo que estava disposta a casar-se. Quando ele esgotou todas as desculpas e lhe contou a verdade, ela já estava no quarto mês de gravidez, e nenhuma clínica de aborto aceitaria interromper aquela gestação.

O relacionamento deles foi rompido, a mãe de Elena recusou-se a falar com o major e denunciou seu envolvimento com a filha ao Ministério da Defesa. O pior ocorreu dois anos depois, quando Elena levou o filho de um ano e meio ao Instituto de Pediatria para exames completos. Ele não conseguia ficar de pé, engatinhar ou sentar-se; nem o médico de família nem o pediatra da clínica local conseguiram diagnosticar o problema. Uma tomografia computadorizada revelou um tumor cerebral inoperável na criança. Os médicos disseram aos pais aflitos que não havia esperança; o tumor impedia as funções motoras do menino, e se fosse maligno — possibilidade de que suspeitavam — o bebê morreria quando o tumor começasse a se espalhar por outras áreas do cérebro.

Elena interrompeu os estudos e, nos três anos seguintes, dedicou todo o seu tempo ao filho. O major Rosas a visitava sempre que podia, para ver o menino e ajudar a mantê-lo, com esperanças secretas de reconquistar a mulher que amava. A criança morreu aos 4 anos e Elena ficou extremamente abalada. Seis meses depois, retornou à universidade.

Rosas foi severamente repreendido, enviado para a província de Guantánamo, relegado ao esquecimento. Em 1985, quando centenas de oficiais de sua idade foram exonerados de forma honrosa do serviço militar, ele foi mantido na ativa. Quinze anos depois, ainda era major. E agora, inquieta e irritada, Elena Miranda percebeu que já era mais do que hora do rompimento final. Ele confundia a sua polidez com amor latente.

— Quantas vezes vou ter que lhe dizer que está tudo acabado, Domingo?

— Mas, escute. Agora é diferente. Vou pedir o divórcio. Podemos nos casar, morar juntos, em paz, agora que o Pablo...

— Domingo?

— O quê?

— Eu errei todos esses anos. Você vem me visitar, eu o convido para entrar, converso com você, tento ser gentil. Você termina pensando que eu ainda sinto alguma coisa por você, que nosso relacionamento pode ser retomado. Mas não é verdade.

Não te amo mais. Esse amor já acabou faz 17 anos. Isso é uma vida, Domingo. Será que não entende?

— Simplesmente não consigo me resignar...

— Domingo.

— Diga.

— Obrigada por vir me visitar. Agradeço seus sentimentos de pêsames. Mas tenho muita coisa para fazer.

— Posso aparecer de vez em quando? Só para dar um alô.

— Acho que não é uma boa ideia. Estou apaixonada. Ele está planejando vir morar comigo.

— Ah.

Elena levantou-se. O major Rosas permaneceu sentado, fitando-a, aturdido.

— Mas você nunca...

— Ah, tive sim, Domingo. Tive vários namorados durante todos esses anos. Só não me sentia na obrigação de lhe contar sobre cada um dos homens com quem fui para a cama — disse Elena. Ser assim tão rude e cruel era difícil; fazia-a sentir-se desprezível. Mas era preciso dar um basta; não queria vê-lo mais.

Ofendido, o major Rosas levantou-se e caminhou nervoso até ela.

— Então está tudo acabado, Elena?

— Tudo acabou entre nós há 17 anos, Domingo. Você nunca percebeu isso? Nosso filho foi o que nos manteve em contato. Você queria passar umas horas com ele de vez em quando. Eu concordei com isso. Mas eu não sentia mais nada por você, nada. Depois que ele morreu, eu devia ter evitado qualquer contato com você. Não fiz isso; foi um erro. Senti compaixão por você, por seu... — Elena parou no meio da frase, sem querer acrescentar insulto à ofensa. — Vamos nos separar como amigos. Não tenho mais nada a dizer. Adeus, Domingo.

De ombros curvados, o major Rosas deixou a casa de Elena.

— Posso lhe dar um abraço?

— Não.

Ela bateu a porta, recostou-se nela e cobriu o rosto com as mãos por um instante. Em seguida, correu até o quarto para trocar de roupa. Percorreria os nove quarteirões até o Nacional a pé, perguntaria pelo casal canadense e lhe diria que concordava com a busca.

Marina tinha quase certeza de que algo havia abalado a professora cubana, algo que a fizera tomar uma decisão, mas achou prudente não perguntar.

Cumprimentaram Elena diante dos funcionários do hotel, como se não a vissem havia muito tempo, então dirigiram-se à piscina, escolheram a mesinha de plástico mais distante e pediram sanduíches e refrigerantes. O mar estava calmo e as últimas luzes do dia eram vistas no horizonte num magnífico pôr do sol. Elena parecia um pouco confusa, como se quisesse saber por que eles não iam direto ao assunto. Somente quando o garçom se afastou, Sean perguntou:

— Sua vinda aqui, Elena, significa que tomou uma decisão?

— É isso mesmo. Podem procurar os diamantes. Se encontrarem, dividiremos da maneira que sugeriram, mas ainda não sei se vou com vocês — disse abruptamente, como uma criança que repete uma oração de memória.

Sabendo da frustração que Sean sentira à tarde, e tendo percebido a pressa do companheiro ao se vestir minutos antes, Marina notou certo alívio por trás daquele semblante calmo. Haviam se surpreendido quando o recepcionista lhes telefonou dizendo que uma mulher os procurava no saguão. Sem discutir o assunto, ambos haviam concluído que teriam que forçar uma decisão de Elena no dia seguinte ao meio-dia. "Se ela disser não, fique calma. Eu tento encontrar uma solução", Sean lhe sussurrara ao ouvido, antes de deixarem o quarto do hotel.

— Sem problema — disse Sean, concordando com um gesto de cabeça, quando Marina terminou de traduzir. — Achamos que poderia querer ir embora, começar uma vida nova, mas se decidir que é melhor para você ficar aqui, não fazemos qualquer objeção.

Seguiu-se uma breve discussão sobre quando seria melhor começar. Sean e Marina queriam realizar a busca imediatamente. Elena perguntou quanto tempo levaria e se fariam muito barulho. Sean disse que não tomaria muito tempo, eles sabiam onde estavam os diamantes, mas que um pouco de barulho seria inevitável. Elena olhou para o relógio. Eram 19h09.

— Meus vizinhos podem querer saber o que está acontecendo — observou ela.

— Vou fazer o mínimo barulho possível — prometeu Sean.
— Você acha que os vizinhos podem se assustar com umas marteladas?

Elena considerou a pergunta por um instante.

— Acho, sim, mas não com a intenção de se meterem no que estou fazendo. É que, como estou morando sozinha agora, alguém pode perguntar se alguma coisa quebrou e se preciso de ajuda. Os cubanos são assim.

— Você pode dizer que um bombeiro está consertando uma torneira?

— Acho que sim.

— E eles podem querer se oferecer para ajudar o bombeiro?
Elena sorriu.

— Não.

O garçom voltou com o pedido. Quando ele se afastou, Elena disse:

— Estou sem fome.

Sean apoiou a mão sobre o braço dela.

— Também estou. Mas, de agora em diante, precisamos ter muito cuidado. Não devemos deixar ninguém suspeitar de que alguma coisa fora do comum esteja acontecendo. Nem mesmo aqui no hotel. Pedimos os sanduíches, agora temos que comer. Basta comer um pouquinho ou colocá-los dentro da bolsa, como se fosse levar para casa.

Eles comeram e conversaram um pouco mais. Às 19h45, depois de pagar a conta, Sean pegou a bengala e dirigiram-se ao saguão. Os hóspedes subiram até o quarto; Elena esperou sentada num confortável sofá. Dez minutos depois, o casal desceu. Marina carregava uma mochila de tecido de algodão de tamanho médio, e Sean, de mãos vazias, apoiava-se na bengala.

O percurso de carro durou um minuto e meio. Enquanto travava a porta do motorista, Sean dirigiu o olhar para o edifício. Luzes acesas em quase todos os apartamentos, varandas vazias, calçadas desertas. Na esquina das ruas 3A e 24, onde em maio a fundação para um novo edifício estava sendo escavada, quatro andares de paredes reforçadas já haviam sido construídos. Já próximo da entrada, ele avistou o Parque de La Quinta. Estava escuro, provavelmente sem visitantes àquela hora.

Na sala de estar, Sean tirou o casaco enquanto Marina pegava na mochila um martelo novo, um formão, um pacote de algodão, uma tesoura, duas toalhas verdes enormes, uma lanterna pequena e um rolo de fita adesiva, e colocou tudo sobre a mesinha da sala. Sean cortou o algodão do tamanho exato e enrolou uma camada grossa no formão, fixando-a em seguida com a fita adesiva. Somente a extremidade pontiaguda foi deixada descoberta. Durante o tempo que levou para preparar a ferramenta, nenhuma palavra foi dita. Elena observava, fascinada. Marina pegou as toalhas e a lanterna.

— Estou pronto — disse ele, levantando a vista para Elena.

— Onde é que está? — perguntou a professora em inglês. O sorriso dela era irresistível.

Considerando-se lascivo demais por se ver tão atraído por aquela mulher, Sean devolveu-lhe o sorriso.

— No seu banheiro.

Ao conduzi-los, Elena lembrou-se de que Marina usara o banheiro na noite em que ela e Pablo foram levados ao *paladar*, e sorriu por ter sido tão crédula e tão ingênua. Recebera dois estranhos, permitira que inspecionassem sua casa, ficara à mercê deles. Felizmente, Marina e Sean eram pessoas legais; se fossem criminosos, a teriam matado e fugido com as pedras preciosas. De repente, a professora percebeu a gravidade da situação em que havia se metido. Que prova tinha de que eram pessoas honestas, decentes? Um frio percorreu-lhe a espinha e seu sorriso desapareceu. Continuou andando firme pelo corredor, cabeça erguida, sem hesitar, mas, daquele momento em diante, Elena Miranda ficou em estado de alerta. Girou a maçaneta e abriu a porta do banheiro, então notou que Sean deixara a bengala na sala de estar; não mancava mais.

Sean aproximou-se da banheira, entrou nela e sentou-se na borda, de frente para a saboneteira. *Então era na saboneteira da banheira*, pensou Marina. Não tinham lhe dito em qual daquelas reentrâncias na parede estavam escondidos os diamantes. Uma das exigências absurdas de Sean, com a qual Carlos concordara. Ela abriu as toalhas no fundo da banheira. *Para abafar o barulho caso ele deixe cair uma das ferramentas*, pensou Elena. Sean colocou a lâmina afiada do formão na borda superior da saboneteira e bateu no cabo com o martelo uma vez.

— Alto demais, Elena?

Marina traduziu.

— Acho que não.

Mas, de qualquer forma, antes de começar a trabalhar, Sean tirou do bolso de trás da calça um lenço dobrado e colocou sobre o cabo do formão.

Trabalhou com muito cuidado, bem rápido para um amador, com o mínimo de barulho. Já perto de terminar, errou o alvo e a saboneteira quebrou-se. Logo que removeu as partes soltas, continuou cavando para retirar o restante. Em seguida, colocou o martelo e o formão sobre as toalhas.

— Lanterna — exigiu como um cirurgião, os olhos fixos na cavidade, o braço direito estendido. Marina lhe entregou a lanterna.

Concreto duro. Sean largou a lanterna, retomou as ferramentas e começou a quebrar as bordas. Marina notou que ele estava molhado de suor do esforço físico e da ansiedade. *Então, malditos homens de gelo transpiram*. Elena, ao lado da pia, parecia paralisada.

Após alguns minutos, Sean direcionou o foco de luz da lanterna para dentro da cavidade pela segunda vez. Algo marrom. Pegou o formão e, usando-o como se fosse um bisturi, começou a raspar em torno do que parecia uma espécie de pano. Elena e Marina aproximaram-se, agacharam-se e observaram fascinadas. Sete minutos se passaram antes de ele extrair um pequeno saco de couro. Pedaços de argamassa grudaram-se às partes onde o couro havia descolorido.

— Ó, meu Deus! — exclamou Marina.

Sorrindo, Sean saiu da banheira.

— Você tem uma mesa de jantar? — perguntou. Marina traduziu.

— Na cozinha.

— Algum pano preto?

Elena pensou por um instante.

— Uma saia.

— Vá buscar.

Havia apenas duas cadeiras, e Marina permaneceu de pé. Sean abriu o barbante que amarrava o saco e inseriu dois dedos na abertura, depois puxou e despejou o conteúdo na saia preta.

Eles olharam embasbacados, boquiabertos.

— Santa mãe de Deus! — exclamou Marina, então, em espanhol. Nos últimos vinte anos, não havia ido à igreja.

Zoila Pérez umedeceu os lábios com a ponta da língua e discou o número escrito num pedaço de papel. Depois de dois toques, uma voz masculina brusca atendeu o telefone:

— Pois não.

— Boa noite, camarada — disse Zoila.

— Boa noite.

— Posso falar com o capitão Félix Trujillo?

— Um momento.

O barulho de fundo foi imediatamente abafado. Zoila imaginou uma mão grande e cabeluda cobrindo o bocal. Depois imaginou a mão sendo retirada.

— O capitão Trujillo não se encontra em serviço, camarada — respondeu uma voz rude.

— Ahh... sabe dizer onde ele pode ser encontrado? Tem o telefone da casa dele?

— É urgente? — perguntou o homem com um toque de curiosidade.

— Bom, ele disse que eu devia entrar em contato, se notasse alguma coisa estranha.

— Quem quer falar com ele?

— Meu nome é Zoila Pérez. Sou presidente do CDR número 45, zona 6, municipalidade de Playa.

Houve uma pausa. Zoila visualizou a mão cabeluda anotando o que ela acabara de dizer.

— Sou o policial de plantão, camarada. Você me diz o que está querendo relatar de estranho que eu decido se devo ou não telefonar para o capitão Trujillo. Certo?

— Bom, dois estrangeiros, um homem e uma mulher, estão fazendo uma visita a minha vizinha do andar de baixo, Elena. Ela é professora, quero dizer, minha vizinha, uma mulher muito legal. Eu vi os dois chegando hoje de noite, por volta das 20 horas. O carro deles está parado em frente ao nosso prédio... e ouvi... uns barulhos estranhos como se fossem umas marteladas no apartamento dela.

Zoila sentiu-se um pouco desconcertada quando ouviu um suspiro de resignação no outro lado da linha.

— Esse barulho é como o quê, uma marreta derrubando uma parede? — perguntou a voz.

— Não, não, quase nem se ouve, é como se... estivessem batendo uns preguinhos na parede.

— Alguma briga, gritos?

— Não.

— Você viu esses turistas entrarem, certo?

— Claro que vi.

— Sua vizinha estava com eles?

— Estava.

— Ela parecia estar sendo ameaçada, assustada, forçada a deixar os dois entrarem?

— Não. Na verdade, ela estava conversando animada com a mulher.

— E você anotou o número da placa?

— Não pensei nisso.

— Tem algum motivo para achar que sua vizinha de baixo esteja em perigo?

— Não.

— E por que quer relatar esse fato ao capitão Trujillo?

— Bom, dois ou três meses atrás, o irmão de minha vizinha foi assassinado em Guanabo. Pablo Miranda era o nome dele. O capitão Trujillo está encarregado da investigação e me pediu para informar qualquer coisa que eu achasse suspeita.

— Você está telefonando de sua casa?

— Estou.

— Me dê o número do seu telefone.

Zoila aquiesceu.

— Muito bem, camarada. Só uma coisa. Anote o número da placa do carro de aluguel. Vou transmitir sua mensagem ao capitão Trujillo, e ele lhe retornará o telefonema assim que puder. Obrigado por telefonar.

— É meu dever revolucionário.

— Sim, é. Até logo.

— Até logo, camarada.

O tenente Mauro Blázquez colocou o fone no gancho e fitou-o. O número do telefone de Trujillo e os de todos os outros oficiais estavam listados numa folha impressa na gaveta superior da direita. Ele vira o capitão deixar o prédio menos de meia hora antes, resfriado, assoando o nariz num lenço amassado, os olhos lacrimejando. Uns turistas visitando uma amiga que estava pregando alguma coisa na parede, provavelmente um pòster, não era um motivo forte para acordar um policial febril que trabalhara o dia inteiro. Destacou a primeira página de um bloco de anotações. Nela se lia: "Zoila Pérez, CDR 45, Zona 6, Playa, telefone 24-5576; telefonou às 20h55. Caso do assassinato de Miranda." Depois levantou-se e enfiou a nota no escaninho de Trujillo.

A adrenalina era forte, os corações batiam em descompasso. A Cobiça, talvez a mais forte, a mais vil de todas as emoções humanas, era desenfreada. Como uma criança de 5 anos, Marina, de olhos bem abertos, começou a pular, pressionando as mãos sobre a boca para suprimir um grito de alegria. Elena fitou os diamantes, com um sorriso largo nos lábios, antes de olhar primeiro para Marina, depois para Sean. Seria verdade? Estariam ricos?, perguntavam seus olhos. O homem, como se agradecendo a alguma divindade, rosto levantado para o teto, agitou os punhos fechados no ar e articulou sem emitir som:

— Conseguimos!

O veterano do Vietnã cego — e paciente que precisava de um transplante de coração e de pulmão —, o irmão assassinado, as incertezas à frente foram todos esquecidos. Era um daqueles momentos que se gravam no cérebro, que dão origem a sonhos e pesadelos pelo resto da vida. Gradualmente voltaram aos sentidos. Marina parou de pular, mas manteve a boca coberta, Elena suspirou profundamente, Sean fechou os olhos por um momento, inclinou a cabeça para a frente e, em seguida, fitou os diamantes.

— Alguém pode me ver um copo d'água? — pediu ele.

Eles todos beberam. Sean pediu outro copo e bebeu em três goles. Marina foi depressa até a sala, pegou uma cadeira e colocou-a à mesa.

— A primeira coisa que temos que fazer é lavar as pedras com água morna e um pouco de detergente, depois contá-las — disse Sean.

Ainda havia água na torneira. Elena amornou-a, encheu um balde de plástico, acrescentou detergente, e, uma por uma, 114 pedras redondas, brilhantemente lapidadas, foram lavadas, enxaguadas e, em seguida, secas com algodão. Enquanto faziam isso, iam de um tópico a outro, desde as circunstâncias que levam um homem a esconder um tesouro como aquele até o trabalhador que realizou a tarefa e depois manteve segredo. Teria Consuegra matado o infeliz?, conjecturou Marina, assim como os piratas matavam aqueles que cavavam os buracos onde haviam enterrado seus tesouros? Sean achava possível, mas preferiu não dar sua opinião.

— Vamos separá-los em três grupos — sugeriu ele. — Os maiores do que este — selecionando uma pedra de tamanho médio —, os menores, e os que forem aproximadamente do mesmo tamanho.

A tarefa demorou quase uma hora, porque os diamantes de tamanho médio provocaram muita discussão. "Este aqui é grande ou médio?" "E este é pequeno ou médio?" A decisão final era tomada por meio do voto. Havia 29 gemas grandes, 41 de tamanho médio e 44 pequenas.

— Você tem papel e lápis, Elena?

A professora abriu um armário e achou caderneta e lápis. Sean fez os cálculos.

— Muito bem. Agora vamos dividir em três partes. Uma para você, Elena; uma para Carlos; uma para mim e Marina. Há 29 pedras grandes, então eu sugiro que a gente faça três lotes: dez, dez e nove. O que ficar com o de nove tem direito ao diamante maior. O que vocês acham?

Marina traduziu e então lançou um olhar questionador para a professora.

— Acho justo — respondeu Elena.

— Sim, mas temos que nos certificar de que cada lote receba pedras sortidas — disse Marina, primeiro em espanhol, depois em inglês.

— O que você está querendo dizer? — quis saber Sean.

— Entre os diamantes maiores, há alguns que são ainda maiores que outros. Vamos dividir de modo que cada lote receba a mesma quantidade de pedras grandes, médias e pequenas. Entende o que estou querendo dizer? — Enquanto ela traduzia para Elena, Sean parecia estar tentando compreender a exigência dela.

Escondido em Havana **213**

— Certo, vamos fazer como você está sugerindo — observou Sean quando ela terminou. — Mas isso não são dólares e centavos, nunca vamos conseguir fazer uma divisão exata. Você sabe alguma coisa sobre diamantes?

— Nada, a não ser que eles são os melhores amigos das mulheres.

— Andei lendo um pouco sobre o assunto. O preço de uma pedra...

— Tradução, por favor. — Elena queria saber o que eles discutiam.

— Claro, eu concordo com a sugestão de Marina — disse Sean —, mas nunca vamos conseguir uma divisão equitativa. O preço de uma pedra não depende somente do tamanho, que significa peso. Cor, brilho e proporções da lapidação são fatores igualmente importantes. Portanto, uma pedra pequena pode valer mais do que uma grande. Mas nós não somos especialistas. O máximo que podemos fazer é dividi-los por tamanho; portanto, a ideia de Marina me parece boa, embora não garanta uma divisão equitativa. Vamos logo, então.

A reclassificação foi árdua, uma tarefa demorada com deliberações frequentes. Já era quase meia-noite quando nove lotes de diamantes brilhavam sobre a saia preta. Os de números 1, 2 e 3 tinham dez, dez e nove das pedras maiores. Os de números 4, 5 e 6 continham 14, 14 e 13 pedras de tamanho médio. Os de número 7, 8 e 9 reuniam 14, 15 e 15 pedras menores.

Marina pediu licença e foi ao banheiro. Sean foi em seguida, depois que Marina voltou. A bexiga de Elena estava cheia, mas ela achou prudente não tirar os olhos dos diamantes até receber a sua parte.

— Agora minha sugestão é... — Sean fez uma pausa e Marina traduziu. — Cortamos nove pedaços de papel do mesmo tamanho. — Pausa. — Escrevemos em cada pedaço um número, de 1 a 9. Pausa. — Dobramos os papéis com os números 1, 2 e 3; colocamos numa caneca, num copo ou em qualquer outra coisa, agitamos, e depois cada um escolhe o seu. — Pausa. — A Elena tira para ela, claro, você tira para nós dois, Marina; eu tiro para o Carlos. — Pausa. — Quem tirar o número 1 fica com o lote 1...

— Certo — interrompeu Marina. Virando-se para Elena, disse: — A gente não precisa desses detalhes todos, não é?

Elena deu um sorriso breve. Sean contraiu a boca e disse:

— Depois fazemos o mesmo com os papéis de números 4, 5 e 6.

— Sean, não somos burras.

— Bom saber disso.

— Tradução, por favor.

— Nada, Elena. Você conhece os homens. Ele só quer ter certeza de que nós, mulheres, estamos entendendo essa loteria extremamente complexa.

— Eu estou entendendo.

— Foi o que eu disse a ele. Certo, então vamos.

Sean tirou os papéis de número 2, 5 e 8. Elena ganhou os lotes 3, 4 e 9. Marina, 1, 6 e 7. Elena apanhou suas 38 pedras uma a uma. Quando tinha dez na palma da mão esquerda, colocou-os no bolso da calça vermelha que estava usando. O restante de seus diamantes também foi guardado no bolso alguns minutos depois. Enquanto ela fazia isso, Marina foi até a sala de estar buscar sua mochila e voltou com uma caixa de lenços de papel. Sua parte e a do homem cego foram embrulhadas em lenços de papel e colocadas na mochila.

— Você tem alguma roupa velha de que não precisa mais, Elena? — perguntou Sean.

Os fragmentos da saboneteira quebrada, o lenço de Sean e o entulho foram despejados numa camisa velha de Pablo e depois jogados na lata do lixo. As ferramentas e os outros objetos permaneceram no banheiro. Em seguida, enquanto Marina e Sean observavam, Elena jogou várias latas de água na banheira e fez a sujeira escoar pelo cano.

— Estou cansada — disse a professora, passando as costas das mãos pela testa.

— Eu também — concordou Marina, suspirando. — Por que será? Não corremos a maratona nem nadamos 5 mil metros

— É o alívio da tensão — disse Sean. — Foi um dia longo e intenso. Mas não devemos ir embora, Elena, antes de você decidir o que vai fazer.

— Fazer? — repetiu, franzindo o cenho.

— Vai deixar Cuba e viajar conosco ou vai ficar aqui?

Olhando para o chão, Elena inspirou fundo e depois exalou.

— Eu não sei — disse finalmente, levantando a vista e dirigindo o olhar para Sean. Ela realmente se sentia atraída pelo rapaz, por aqueles olhos azuis de olhar inocente, tão raros em Cuba.

— Você vai ter que decidir.

— Eu sei. Eu sei. É que... neste momento...

— Está bem, escute. Temos quatro lugares reservados num voo que parte na próxima terça-feira. Mas esperamos dar o fora daqui o mais rápido possível. Amanhã, ou depois de amanhã, vamos direto para o aeroporto, vamos dizer que nosso filho sofreu um acidente e que precisamos voltar imediatamente e compramos passagens no primeiro voo que conseguirmos. Se for para o Canadá, perfeito. Mas vamos pegar um avião para qualquer outro país nas imediações: México, Bahamas, Jamaica, qualquer um. Eu sei que é baixa temporada de turismo aqui. Não deve ser difícil encontrar passagens.

— É, não deve ser — concordou Elena, balançando a cabeça afirmativamente.

— Portanto, você vai ter que decidir até amanhã.

Elena mordeu o lábio inferior e mais uma vez dirigiu o olhar para o chão.

— Pergunte a ele — fitou Marina nos olhos depois de uma breve hesitação — se quando voltarem para o Canadá, vocês vão conceder uma entrevista à imprensa. Vão revelar isso ao mundo?

— Claro que não — disse Marina antes de traduzir.

— Nunca faríamos uma coisa dessas, Elena — confirmou Sean.

— E o tal Carlos? — perguntou Elena.

Marina sorriu e balançou a cabeça de um lado para o outro.

— Posso garantir por Carlos, Elena. Ele não fará isso. — Em seguida traduziu.

— Ele não teria interesse nisso, Elena — acrescentou Sean, fitando a moça nos olhos. — Há outras coisas a serem consideradas além de sua segurança pessoal. A reação do governo cubano e os impostos, para mencionar apenas duas. Tenho certeza de que seu governo faria um escândalo e exigiria a restituição. De qualquer maneira, Carlos não dirá uma palavra a ninguém quando explicarmos que poria em risco sua liberdade ou seu bem-estar.

Quando Marina completou a tradução, Elena acenou com a cabeça, concordando.

— E se alguém, no balcão da companhia de aviação ou no setor de Imigração, me perguntar alguma coisa em inglês ou francês? — continuou.

Parecendo tão intrigada quanto Elena, Marina interpretou. Não havia pensado sobre *isso*.

Obviamente divertindo-se, Sean sorriu.

— Você é surda-muda.

— O quê? — perguntou Marina.

— Ela é surda-muda. É simples assim. — Seu tom inspirava confiança.

Escondido em Havana **217**

— O que você...?

— Tradução, por favor.

Marina a satisfez.

— Pode ser mais explícito? — retrucou Elena, depois de pensar sobre a questão por alguns segundos.

— Claro. Vocês duas ficam para trás. Sou eu que vou ao balcão com os três passaportes e as passagens. O machão tomando conta de tudo. Tentaremos fazer o mesmo no serviço de Imigração. Mas, se alguém quiser lhe perguntar alguma coisa, Marina vira-se para você e começa a fazer sinais com as mãos, bem rápido, articula as palavras sem som, atuando como tradutora. Você responde da mesma forma. O homem pergunta qual é o problema. Marina explica que você é surda-muda. Você é uma amiga nossa. Veio com a gente nessa viagem.

Elena ficou desconfiada.

— Você acha que isso vai dar certo?

— Elena, me escute — disse Sean. — Em primeiro lugar, você está viajando com um passaporte autêntico, que tem sua foto. Depois, não há razão para ninguém lhe perguntar nada, porque, eu vou estar à frente de tudo. Os funcionários das companhias aéreas estão acostumados a isso, porque quando as famílias ou os amigos viajam juntos, geralmente uma pessoa apresenta todos os passaportes e bilhetes de passagem e se responsabiliza por tudo. Na verdade, até gostam disso; torna as coisas mais fáceis para eles. O pessoal da Imigração é mais exigente: querem comparar seu rosto com a foto do passaporte, e podem fazer uma ou duas perguntas. Mas, se por alguma razão lhe perguntarem alguma coisa, você é surda-muda. Isso inspira compaixão; o funcionário aceita o que quer que Marina diga e deixa você entrar.

Marina completou a tradução e fitou Elena.

— Ele tem razão. Pode dar certo — acrescentou em espanhol.

Elena inspirou fundo e examinou mentalmente a proposta por um instante.

— Obrigada, amigos, mas eu fico.

Marina traduziu.

— Essa é sua palavra final, Elena? — perguntou Sean.

— É.

Agora já não está mais em nossas mãos, disse Sean a si mesmo. *Eu fiz tudo que podia. Assunto encerrado.*

— Está bem. Damos uma passadinha por aqui amanhã de manhã para nos despedirmos. — E finalizou: — Agradecemos muito a sua colaboração e lhe desejamos boa sorte. — E voltando-se para Marina: — Amor?

Voltaram para a sala de estar. Sean segurou a bengala; Marina pegou a mochila e depois virou-se para Elena.

— Gosto de você, Elena. Gosto mesmo. Amanhã deixo meu endereço e telefone para que possa se comunicar comigo... quer dizer, conosco, caso venha a precisar de alguma coisa. Desejo a você toda a felicidade do mundo.

— Obrigada, Marina. Eu também gosto de você.

— Até amanhã — disse Sean, aproximando-se da porta principal.

— Fico esperando — observou Elena, enquanto abria a porta da frente.

Elena levou-os até o vestíbulo. De dentro do carro, Marina acenou um adeus, e Elena respondeu à despedida. O carro saiu, e a professora entrou em casa e fechou a porta. Durante vários minutos, tudo ficou calmo na entrada do apartamento. Então, Ernest Truman surgiu de sob a escada, na entrada para o segundo andar. Por quase quatro horas, tão invisível quanto uma teia de aranha, ele havia esperado pacientemente em seu esconderijo. Ouvira o som abafado e repetido das ferramentas e deduziu que Lawson estava quebrando algo duro e tentando suprimir o barulho tanto quanto possível. Em torno das 21 horas, quando ninguém mais usara a escada por mais de meia hora, ele arriscou pressionar o ouvido contra a porta da frente e ouviu uma conversa ininteligível. Aproximava-se da 1 hora quando as vozes no apartamento pareciam mais próximas, e ele supôs que Lawson e a companheira estariam partindo. Escutou quando Lawson disse que visitaria a mulher cubana pela manhã.

Truman esperou que se passassem cinco minutos para, da entrada do prédio, vigiar a rua e apurar o ouvido. Tudo que conseguiu ouvir foi o canto dos grilos e o farfalhar das folhas, movidas pela brisa suave que afagava a figueira. Seguro de que o quarteirão estava deserto, deixou o prédio. Cinco minutos depois e distante quatro quarteirões, Truman ligou a ignição do Mitsubishi. Ele precisava saber o que havia acontecido no apartamento da mulher cubana.

Deitada na cama, o olho esquerdo fechado e o direito entreaberto examinando o diamante que tinha entre o indicador e o polegar da mão direita, Elena passou a filosofar. A concentração máxima de riqueza numa pedrinha, cujo único valor prático era o de cortar coisas duras. Como podia a raça humana ser tão tola? Bem, algumas pessoas — como aquele Consuegra — compravam diamantes somente como uma forma de investimento, ou para guardar e portar grandes valores em recipientes pequenos para evitar controle monetário ou impostos, ou algo assim.

Mas a principal razão para o valor astronômico dos diamantes — o que os torna uma aquisição judiciosa para investidores, sonegadores e todos os que lavam dinheiro — era sua escassez. Não seria o desejo de possuir o que muito poucos tinham mais uma manifestação da insensatez humana? Bem, graças a esse contrassenso, de repente ela se tornara uma mulher rica. E pensar que passara toda a vida a um passo de uma imensa fortuna;

que tomara banhos diários a poucos centímetros dela; que alguns anos antes, nos dias mais tenebrosos do Período Especial, ela fora para a cama de estômago vazio enquanto milhões de dólares encontravam-se numa droga de uma saboneteira.

Elena abaixou o braço e olhou para o teto. Poderia considerar-se uma mulher rica? Agora que decidira definitivamente ficar em Cuba (surda-muda?), precisava encontrar uma forma de vender as pedras. Talvez devesse tentar vender a menor de todas inicialmente. Mas para quem? E como faria isso? Não tinha a menor ideia de preço. Poderia conseguir 500 dólares pelo que valesse 5 mil. Elena estalou a língua e balançou a cabeça, desanimada. Mesmo rica, poderia ainda ter que enfrentar filas pela segunda rodada da carne moída por muitos anos.

Um grande bocejo a surpreendeu. Esfregou o olho com a palma da mão, depois massageou a testa. Percebendo que estava exausta, virou-se de lado e colocou o diamante em cima da mesinha de cabeceira, ao lado das outras 37 pedras. Apagou a luz, suspirou profundamente, abraçou o travesseiro e mergulhou no estado de inconsciência.

No quarto 321 do hotel Copacabana, sentado numa poltrona ao lado do aparelho de televisão, Sean deu a última volta no tampo da bengala de alumínio e olhou para Marina. O tubo de 4 centímetros de diâmetro com uma ponta de borracha preta na extremidade inferior agora armazenava 74 diamantes, que haviam sido cuidadosamente colocados, um a um, num recipiente de chumbo que cabia com exatidão dentro do tubo de alumínio. Por fora, a bengala era idêntica àquelas bem baratas, vendidas em qualquer lugar do mundo a pessoas que quebravam uma perna, aos velhos, doentes e cegos que não têm condições financeiras de comprar algo melhor. Ninguém suporia que Sean havia pago 2 mil dólares por aquele dispositivo feito sob encomenda.

Sentada na cama, Marina tinha os olhos fixos em três brilhantes, um pequeno, um médio e um grande, colocados sobre a palma de sua mão. A pedra maior, em particular, a fascinava. Era a gema mais bonita que jamais vira; parecia irradiar a misteriosa luz interna que muitas pessoas desinformadas atribuem a diamantes. Ergueu a cabeça quando ouviu Sean levantar-se; observou-o aproximar-se da mesinha de cabeceira entre as camas, pegar o telefone e discar 415.

— Meu querido amigo — disse Sean ao telefone depois de alguns instantes —, estamos aqui tomando uns drinques, lendo um bom livro de poesia, e minha mulher sugeriu que convidássemos você.

— A esta hora? — perguntou a voz do outro lado da linha.

— Ela sempre diz que "A noite é jovem; a noite é uma mulher".

— Terei imenso prazer em me juntar a vocês. Mas não me lembro do número do quarto.

— 321.

— Está bem. Dentro de... uns 15 minutos estarei aí.

— Tchau.

Sean colocou o telefone de volta no gancho e sentou-se em sua cama. Marina colocou os diamantes ao lado do telefone e se dirigiu ao frigobar. Abriu-o e virou-se para Sean.

— Quer alguma coisa?

— Uma Coca.

Ela abriu uma lata de Pepsi Diet e outra de Coca-Cola, entregou a Sean a dele, tomou um pouco do seu refrigerante e então foi ao banheiro fazer xixi e lavar as mãos e o rosto. Depois, sentou-se numa cadeira plástica com apoio para os braços ao lado da porta corrediça de vidro da varanda, para terminar sua Pepsi. Estava totalmente pregada, mas o suspense a manteve desperta. Qual seria o veredicto do especialista? Sean entrou no banheiro.

Marina calculou que, se o perito declarasse que as pedras preciosas eram genuínas, ela poderia dormir por 12 horas ininterruptas. Mas não dormiria. Sean disse que eles deveriam fechar a conta do hotel em torno das 10 horas, despedir-se de Elena e, em seguida, ir o mais rápido possível para o aeroporto. Ela olhou para o relógio no pulso. Dez para as duas. Quanto tempo levaria para sair o veredicto? Digamos, meia hora. Iriam dormir em torno das 2h30 e se levantariam no máximo às 9. Seis horas e meia de sono, nada mau.

Por que os homens eram tão grosseiros?, Marina se perguntava. Antes de eles dois transarem, Sean nunca deixara a porta do banheiro aberta. Depois de ter intimidades com um homem, uma mulher era obrigada a escutá-lo peidar, urinar, tossir, cuspir, tomar banho e escovar os dentes. Havia alguns que deixavam a porta do banheiro aberta até quando cagavam. Trogloditas do século XXI. Mas não Carlos. O homem cego sempre fechava a porta, mesmo quando estavam na casa dela e ele precisava tatear cuidadosamente para se dirigir ao banheiro. Fechava a porta até para se barbear, meu Deus! Ela deu um sorriso rápido. Que homem! Marina bebeu um pouco mais da sua Pepsi.

Depois de lavar o rosto e pentear os cabelos, Sean ficou mais desperto. Terminou a Coca-Cola, sentado na poltrona ao lado do televisor. Às 2h02, ouviram três leves batidas à porta. Sean levantou-se para abri-la.

Marc Scherjon entrou com um sorriso circunspecto. Vestia a mesma camisa social branca, uma calça larga e sapatos pretos do tipo mocassim que usara no avião. Carregava o mesmo estojo de couro estranho.

— Bem-vindo, querido amigo — disse Sean, mas, no momento em que fechou a porta, lançou um olhar significativo para o perito e colocou o dedo indicador sobre os lábios.

Escondido em Havana **223**

— Como vai? — perguntou Marina enquanto se levantava e estendia a mão.

— Vou bem, obrigado — respondeu Scherjon indiferentemente. — Ansioso para escutar belos poemas.

— Achamos que gostaria. Fique à vontade, sente-se. — Sean puxou uma das cadeiras em torno da mesa de plástico preta ao lado da porta da varanda. — O que quer beber?

— Uma cerveja cai bem.

Marina foi buscar a bebida. Sean pegou os três diamantes na mesinha de cabeceira e colocou-os na frente do holandês, que lhes lançou um olhar antes de abrir a pasta. Depois de avaliar pedras preciosas por 42 anos, Scherjon desenvolvera um sexto sentido. Instintivamente percebeu que aquelas pedras eram verdadeiras, mas precisava de confirmação científica.

O primeiro instrumento que retirou do estojo foi um medidor de condutividade térmica. Depois, colocou sobre a mesa uma lâmpada ultravioleta, um microscópio binocular, uma extensão, pinças, uma lanterna pequena e, finalmente, um pedaço de veludo escuro dobrado ao meio. Marina pôs um copo e uma garrafa de Heineken à direita do especialista. Scherjon lhe agradeceu, colocou metade da bebida no copo e bebeu tudo. Com um aceno de mão, pediu para que o copo e a garrafa fossem retirados dali. Sean entregou-os a Marina.

O perito desdobrou o pano de veludo e, em seguida, depositou nele os diamantes. Inclinando a cabeça para indicar que Marina devia voltar para a cadeira, Sean fez o mesmo. Scherjon levantou-se para conectar a extensão numa tomada. O visor do medidor eletrônico de condutividade térmica revelou que as três pedras eram condutores magníficos. Com um sinal, o avaliador pediu para apagarem as luzes. A ausência de fluorescência amarela sob luz ultravioleta confirmou que os diamantes não eram sintéticos. Com as luzes de novo acesas, sob o microscópio binocular e usando a lanterna, examinou-os, um a um. Nenhuma fratura preenchida era visível, embora ele não pudesse estar 100 por cento seguro; na década de 1980, desenvolveu-se um material semelhante ao vidro que era injetado nas fraturas, e os diamantes assim tratados eram difíceis de detectar, especialmente sob iluminação tão fraca. Scherjon encerrou a verificação e podia declarar a genuinidade daqueles diamantes, que foi o que lhe haviam solicitado. Não trouxera o equipamento para prosseguir na avaliação, mas era um homem curioso e consciencioso.

Pelo tamanho, julgou que as pedras tinham sido trazidas de Nova York. De Beers cedera para os revendedores dessa grande cidade as pedras brutas maiores e de cores mais bonitas, levando em consideração que os Estados Unidos eram o principal mercado e tinham os mais hábeis lapidadores. Essa impressão foi reforçada pelo estilo da lapidação.

Sentados, os olhos grudados no avaliador, Sean e Marina estavam tentando deduzir o veredicto pela expressão facial do homem. Mas o holandês havia lidado com milhares de gemas em sua vida, e seu semblante era tão inexpressivo quanto o de um padeiro fazendo pão ou um garçom enchendo um copo de cerveja.

Mais uma vez, ele levantou o maior dos diamantes e o examinou sob o microscópio, com a coroa para baixo, analisando-o através das facetas do pavilhão. Se tivesse trazido sua caixa de exemplares, comparando-o com as pedras mestras, podia determinar a cor exata da pedra; sem ela, calculava que a cor fosse de grau F ou G. Considerou a pureza da gema como tendo inclusões muito, muito leves. Não era possível determinar as proporções exatas da profundidade do pavilhão, da coroa, do rondízio e da culaça, e não lhe haviam solicitado isso mas pareciam muito boas, entre o que havia de melhor e o ideal. O polimento parecia muito bom, assim como a simetria.

Scherjon examinou também a pureza, a cor, as proporções e o polimento das gemas médias e das menores, antes de depor o microscópio e retornar à sua cadeira diante do casal. Consultou o relógio. Haviam se passado 55 minutos desde que entrara no quarto.

— Esses poemas são excelentes — disse simplesmente.

Sorridentes, Sean e Marina fitaram-se e ficaram de pé. O avaliador sorriu. Sean abriu a porta da varanda, saiu do quarto e fez sinal para que Marina e Scherjon o acompanhassem. Quando estavam todos do lado de fora, fechou a porta. Uma lua minguante brilhava no céu coberto de estrelas, o mar estava calmo, a brisa, suave, e a temperatura ainda alta.

— O diamante maior, quantos quilates? — perguntou Sean.

Scherjon fez um gesto com a cabeça.

— Para medir isso, eu preciso de uma balança eletrônica. Você disse que tudo que queria saber era se as gemas eram genuínas.

— Eu sei, eu sei — retrucou Sean impacientemente. — Você consegue fazer uma estimativa?

O perito levantou a vista para a lua e passou a mão no queixo. Gostava de ver as pessoas ansiosamente atentas a cada uma de suas palavras num momento como aquele.

— Eu diria uns 5 quilates.

Sean passou a língua sobre os lábios.

— E as de tamanho médio?

— Em torno de uns 3,5 quilates. O menor deve ter entre 1 quilate e sete oitavos e 2 quilates.

Marina não se conteve:

— Qual seria o valor deles? Quero dizer, dos três?

Sean duvidou de que Scherjon respondesse à pergunta; não fazia parte do acordo, mas não interferiu.

— Minha cara senhora — começou pomposamente o perito —, tudo que o senhor Abercorn me pediu foi para determinar se essas pedras eram genuínas ou não. Não pretendo fazer uma preleção sobre as complexidades de se estimar o preço de uma pedra preciosa. Pode ter certeza de que não é tão simples como possa imaginar.

— Somente uma estimativa grosseira, por favor? — Marina usou um charme considerável.

— Senhora, por favor — objetou o holandês sem firmeza, já decidido a ceder. Esses amadores podem querer vender, e sua firma em Amsterdã estaria interessada em comprar, se o preço fosse justo e se pudesse obter um bom lucro. Isso significaria que ele levaria uma excelente comissão por seus honorários de consulta.

— Uma estimativa bem, bem grosseira? — suplicou Marina.

Scherjon direcionou o olhar para o reflexo da Lua sobre o mar. Aquelas eram gemas de excelente qualidade. A maior poderia ser vendida por 50 ou 55 mil dólares por quilate no varejo. Isso daria um mínimo de 250 mil dólares e o máximo de 275 mil.

— Com uma grande reserva, eu diria que a maior poderia ser vendida por algo entre 150 e 180 mil dólares.

Sean e Marina trocaram olhares que tentavam parecer naturais. Simultaneamente, seus cérebros fizeram um cálculo idêntico: eles tinham vinte diamantes aproximadamente do mesmo tamanho — mais de 3,5 milhões de dólares. *Há mais pedras como esta*, inferiu Scherjon, observando atentamente os dois pares de olhos. *Eles podem tê-las aqui ou em outro lugar, mas há mais pedras*. Sean refez-se primeiro.

— E as outras duas? — perguntou ele tão indiferente quanto pôde.

Mais uma vez o perito se perdeu em estimativas:

Escondido em Havana **227**

— As pedras de 3,5 quilates podem ficar entre 85 e 90 mil dólares; a menor, eu diria, algo entre 32 e 35 mil.

Scherjon esperou pacientemente que seus clientes parassem as manobras mentais, com um sorriso intencional nos lábios. Contemplando o mar escuro sem vê-lo, esforçando-se para afetar tranquilidade, Marina e Sean efetuavam multiplicações freneticamente. Havia 29 pedras de tamanho médio, aproximadamente 2,5 milhões, mais 28 pedras pequenas, mais 1 milhão. De acordo com o holandês, a recompensa valia um pouco mais de 6,5 milhões; dividido por três e descontando as despesas, cada um ficaria com 2 milhões e 200 mil ou 2 milhões e 300 mil dólares. Sean tinha certeza de que o avaliador dera um preço inferior aos diamantes para fazer a proposta mais baixa caso ele e Marina quisessem vendê-los para a firma em que ele trabalhava. Em virtude da depreciação do dólar desde 1958, o que naquela época valia 1 milhão deveria agora estar valendo 10 milhões ou mais. O lote inteiro, incluindo a parte de Elena Miranda, devia valer em torno de 9, 10, talvez 11 milhões. A parcela da professora cubana poderia chegar a 3 ou 3,5 milhões.

— O dono está pedindo 300 mil pelos três — improvisou Sean.

Suspeitando de que seu cliente estivesse tentando passar-lhe a perna, Scherjon arqueou a sobrancelha esquerda ceticamente. Num país tão pobre como aquele, tinha certeza de que o dono estaria preparado para vender seus diamantes por uma pequena fração do valor — se já não o tivesse feito. O que o Sr. Abercorn estava realmente tentando calcular era por quanto ele poderia vender aquelas pedras no exterior. Mas fora uma boa estimativa.

— Bem, eu não daria mais um centavo além de 250 mil — disse ele.

Sean balançou a cabeça e disse:

— Está bem. Obrigado. Sugiro que voltemos para dentro agora e acertemos as contas. Já fez um cálculo de suas despesas?

— Já. A passagem aérea foi 956 dólares. O hotel e as refeições não devem exceder 500.

— Muito bem. Eu vou lhe pagar 3.500 dólares, então.

— Obrigado.

Sean abriu a porta, e eles três voltaram para o quarto. Passado um minuto, depois de recolocar os instrumentos na pasta, Scherjon enfiou 35 notas de 100 dólares no bolso, agradeceu a Sean, cumprimentou Marina e partiu. Seu trabalho estava feito; a comissária de bordo voltou-lhe à mente.

Sean fitou Marina do outro lado do quarto.

— Estamos ricos — disse Marina.

— Ainda não. Mas há uma grande probabilidade de que ficaremos em breve.

Sorrindo e balançando a cabeça em concordância, Marina dirigiu-se a sua cama e retirou a colcha.

— Preciso me deitar — disse ela, tirando os sapatos. — Estou exausta, esgotada. Não consigo pensar em mais nada — acrescentou enquanto se jogava na cama, agarrava o travesseiro e virava para o lado direito.

— Troque a roupa — sugeriu Sean.

— Daqui a pouco — murmurou.

Dormiu imediatamente. Sean a observou curiosamente por um instante, depois aproximou-se da mesinha de cabeceira e apanhou os três diamantes. Pegou a bengala, sentou-se na cama e colocou as pedras a seu lado. Girou três vezes para a direita o cabo da bengala, retirou de dentro o recipiente, abriu a tampa de plástico e fez deslizar para dentro as três avaliadas. De dentro da mochila de Marina, retirou o rolo de algodão e o utilizou para preencher os espaços vazios do recipiente quase até o topo, pressionando-o para baixo com o dedo mínimo. Então colocou de volta a tampa de plástico, atarraxou o cabo da bengala e balançou-a ao ouvido para certificar-se de que as gemas não faziam barulho. Finalmente, Sean despiu-se, desligou as luzes e enfiou-se na cama.

Virou a cabeça e cravou o olhar na mulher que dormia. Elena Miranda resolvera não ir, então ele podia partir. Marina já não era mais criança e seria capaz de se safar em situações difíceis. E dentro de uma semana aproximadamente, quando se encontrassem de novo e ele desse explicações, ela compreenderia.

CAPÍTULO 6

No dia 6 de agosto, madrugada um domingo, às 3h52, o policial enviado para render o patrulheiro que montava guarda no portão principal da embaixada da Coreia do Norte encontrou seu colega estatelado na calçada. Parecia que o pescoço do jovem havia sido quebrado, e sua arma, uma automática russa de 9mm, desaparecera. Dois carregadores haviam desaparecido também.

Seis meses antes, tendo se formado na academia de polícia, Evelio Díaz havia sido designado para o destacamento responsável durante 24 horas pela proteção a embaixadas e consulados. Naquela noite, às 11h50, ele substituíra um outro policial em seu posto, um toldo metálico, redondo, na esquina da avenida Passeo com a rua 17. O policial Díaz tinha 26 anos, era casado e membro da Juventude Comunista.

Como ocorre com seus colegas em outras partes do mundo, nada inflama mais a polícia cubana do que o assassinato de um dos membros de sua corporação. Então, um pouco depois das 4, houve uma grande agitação no quartel-general nacional, localizado na esquina da avenida Rancho Boyeros com a rua Lombillo.

O policial de plantão na residência do embaixador inglês em Cuba, um quarteirão ao norte de onde o corpo havia sido encontrado, foi imediatamente chamado para o quartel e interrogado por um longo período de tempo. Ele não vira nem ouvira nada estranho. Percebera vários pedestres desacompanhados, casais, bêbados e veículos em velocidade característicos de fins de semana, mas não se lembrava de ter presenciado brigas, confusões ou gritos na vizinhança. Nenhum indivíduo de aparência suspeita atraíra sua atenção. Ocasionalmente lançara o olhar na direção onde seu colega deveria estar, mas não o vira. Isso não constituía motivo de preocupação, porque os loureiros grandes daquele quarteirão obscureciam a fraca iluminação das lâmpadas da rua e, além disso, por medida de segurança, os policiais eram instruídos a ficar nos pontos escuros à noite.

O corpo foi removido às 6h15 e transportado para o Instituto Médico-Legal. O laudo cadavérico final seria divulgado em torno do meio-dia, o patologista de plantão prometera, mas o exame inicial revelou apenas pescoço quebrado.

Um boletim geral foi transmitido, e a polícia de Havana se manteve em prontidão. Em seus novos automóveis Peugeot, policiais atentos examinavam minuciosamente pedestres, ciclistas e motoristas. Centenas de homens suspeitos foram interceptados, revistados e brevemente interrogados; aqueles que não portavam suas carteiras de identidades eram conduzidos para as delegacias de polícia; milhares de informantes foram convocados a permanecer de vigia. Mas, sem uma descrição do assassino e sem testemunhas, todos os esforços pareciam ser em vão;

muitos dos que estavam a par do acontecimento pensavam no provérbio da agulha no palheiro.

Alguns minutos antes das 6, o recepcionista do Copacabana observava do seu balcão um hóspede aproximar-se carregando uma bagagem de mão. O funcionário do hotel sabia que nenhum grupo de turistas embarcaria num ônibus antes do amanhecer e que os hóspedes que estavam sozinhos geralmente não partiam tão cedo assim. Apoiando-se numa bengala, o homem aproximou-se da recepção com um sorriso confiante. Usava calça cáqui, camisa branca e paletó esporte marrom.

— Estou indo — disse, entregando sua chave-cartão. — Quarto 321. Pode me ver a conta, por favor?

— Sem dúvida.

O recepcionista concentrou-se no computador por alguns minutos, e, em seguida, a impressora cuspiu a conta especificada. Sean colocou a bengala em cima do balcão e examinou a página com atenção, como se conferindo cada item para não ser cobrado além do que devia, o que era a menor de suas preocupações naquele momento. Com um gesto de consentimento, pegou a carteira no bolso traseiro da calça e tirou dela duas notas de 100 dólares e uma de 50. Seu troco foi de 17 dólares e algumas moedas. Sean deixou no balcão uma nota de 5 dólares e as moedas.

— Minha mulher ainda está dormindo, ela vai se encontrar comigo mais tarde. Por favor, acorde-a às 10.

O recepcionista assentiu e anotou o número do quarto e a hora num bloco.

— Carregador, senhor?

— Não, não preciso, obrigado — disse Sean, pegando de volta a bengala de sobre o balcão e segurando sua maleta de mão.

— Obrigado, senhor. Bom dia.

No estacionamento, Sean colocou a bagagem na mala do carro antes de sentar-se ao volante. Um funcionário terminou de limpar o vidro dianteiro do automóvel, e Sean lhe deu 1 dólar antes de ligar a ignição. Saindo de ré, pegou a Primeira Avenida, deserta àquela hora, e seguiu em direção ao leste. Os faróis clareavam a vasta área escura entre os espaçados postes de iluminação. No horizonte, o amanhecer era apenas uma promessa acinzentada.

No quarteirão entre as ruas 36 e 34, Sean percebeu um automóvel escuro que tentava ultrapassá-lo. Inesperadamente, o veículo emparelhou com seu Hyundai, tentando lhe bloquear a passagem. *Que diabo*! Franzindo o cenho, Sean freou suavemente e desviou para a direita para evitar uma colisão. O outro motorista também desviou para a direita e desacelerou. Sean percebeu que estava sendo forçado para o meio-fio, mas, em vez de acelerar e fugir, freou e parou no acostamento. O Mitsubishi Lancer, de faróis apagados, o interceptou abruptamente. Sean poderia ter dado marcha a ré e fugido, mas estava mais intrigado do que receoso. Seria aquele um carro de polícia? Teria ele cometido alguma infração? Seria brincadeira de jovens? Então, a razão mais plausível passou-lhe pela mente. Marina acordara, descobrira que ele havia fugido e pedira a alguém do hotel para interceptá-lo. Bom, como sempre, ele tinha pronta uma justificativa plausível. O grandalhão que saía naquele momento do carro, encoberto pela escuridão, tinha uma aparência ligeiramente familiar. No momento em que Sean percebeu quem era, o homem já estava bem próximo à porta do passageiro, o braço estendido, o revólver apontado para seu rosto.

— Desligue os faróis e o motor — foi sua primeira ordem. Sean fez o que ele ordenou.

— Saia.

— O que você está fazendo aqui?

— SAIA!

Sean estranhou receber ordens no tom duro e linguagem simples usados por soldados e policiais quando lidavam com suspeitos. Mas o que realmente lhe deixou irritado foi o fato de ter subestimado Truman daquela forma. Jamais imaginara que aquele canalha pudesse pensar. Nunca lhe passara pela mente a ideia de que pudesse traí-lo, elaborar um plano para roubar os diamantes. Agora era tarde demais para reavaliar o patife. Tentaria prever seus passos. Pegou a bengala e saiu do carro.

— Uma Red Star 9mm — disse Sean, demonstrando frieza.

— Abra a mala.

Sean inclinou-se, tirou a chave da ignição, fechou a porta e fez o que o homem ordenou.

— Pegue sua bagagem.

Sean levou a maleta para o automóvel de Truman. Depois que o porta-malas foi fechado, o grandalhão o revistou.

— Entre no carro, ao volante — ordenou Truman, sinalizando com a arma para seu próprio automóvel.

Sean obedeceu, ao mesmo tempo que Truman abria a porta da frente do passageiro e sentava-se no carro.

— Coloque o cinto — exigiu o grandalhão, enquanto ele próprio fazia o mesmo, usando sem jeito apenas a mão esquerda. Antes de seguir a ordem, Sean puxou o assento para a frente. Em seguida, o homem lhe entregou as chaves do veículo.

— Vamos seguindo.

— Para onde?

— Vá dirigindo. Pegue o Malecón. Precisamos conversar. E não me venha com ideias estranhas se quiser sair dessa com vida. Se pedir ajuda, passar da velocidade permitida ou seguir um carro de polícia, será a última coisa que faz. Está entendendo o que quero dizer?

— Estou sim — respondeu Sean, girando a chave na ignição e passando a marcha.

— Achei que ia entender. Siga em frente.

Durante quase cinco minutos, não trocaram nenhuma palavra. Sean chegou à Quinta Avenida, atravessou o túnel sob o rio Almendares e em seguida pegou o Malecón. Uma nesga de sol nascente revelava a silhueta do morro Castelo, que tinha como pano de fundo nuvens avermelhadas. O ar-condicionado estava desligado, e a maresia invadia o veículo.

Sean seguia as instruções ao pé da letra, aguardando sua vez, esperando poder vencê-lo pela astúcia, porque sabia que, pela força, não conseguiria derrotar o patife. Jamais imaginara ter como inimigo aquele homem, exímio especialista em extração de corações, nem se encontrar numa situação como aquela. Olhou para Truman. O homem tinha a arma ao lado de sua coxa direita, fora de vista.

Sean não quis parecer nervoso nem demonstrar que estava de posse daquilo que o patife cobiçava. Evidentemente, num determinado momento, Truman percebera que a vida não o presentearia de novo com a oportunidade de tornar-se multimilionário e decidira saquear a mercadoria. Era simples assim. Sean compreendeu que sobreviveria enquanto conseguisse esconder os diamantes.

— Não estou entendendo a bengala — admitiu Truman.

Sean suspirou, mantendo os olhos na estrada.

— Não tem o que entender. Torci o tornozelo e estava com dificuldade para andar. O médico recomendou que eu maneirasse, por um mês ou dois, e sugeriu a bengala. Já estou bem melhor.

— É mesmo? Por que pegou a estrada assim tão cedo?

Sean deu de ombros.

— Frustração, eu acho. Não consegui dormir.

— Querendo se livrar da mulher, era isso?

— Não.

— Por que a bagagem, então?

Sean percebeu a contradição também, mas o que podia fazer?

— Não aguento mais aquela mulher. Sempre me irritando, infernizando minha vida. Então resolvi passar uns dias sozinho numa praia tranquila, Varadero, depois voltar para buscá-la e me mandar dessa merda de ilha. Vou telefonar mais tarde. Agora ela está dormindo.

— Mas vocês prometeram à mulher cubana passar por lá hoje de manhã.

Por alguns instantes, Sean concentrou-se em esconder sua perplexidade. Quanto Truman saberia? Tocou no freio diante do sinal vermelho, em Linea.

— Você escutou o que eu disse? — perguntou Sean, lançando um olhar a seu captor. Truman balançou a cabeça duas vezes assentindo, enquanto forçava um sorriso.

— Eu mudei de ideia — disse Sean.

— Assim, de repente?

— Marina explica tudo a ela.

— Estou entendendo. A mulher que não sabe que você está dando o fora vai explicar tudo à cubana que você prometeu visitar hoje de manhã. Muito boa essa. E onde estão os diamantes? Na sua valise?

— Não tinha nada lá

Truman riu, meneando a cabeça. O sinal verde acendeu. Sean pôs o pé no acelerador, admitindo para si mesmo que estava metido numa enrascada. O tipo de problema em que a melhor defesa é o ataque.

— Vocês passaram cinco horas naquele apartamento — disse Truman. — Martelaram alguma coisa por menos de vinte minutos. Aposto que acharam os diamantes, e o resto do tempo comemoraram e dividiram tudo entre os três. E digo mais: você está se livrando das duas mulheres latinas e fugindo sozinho com tudo.

Sean suspirou de novo e fez um movimento negativo com a cabeça, como se resignado a ser tão injustamente julgado.

— Pois você está errado, mas entendo seu raciocínio. Meu amigo disse que tinha certeza da existência das pedras; que achava que o estado mental do pai era excelente. O que não andava bem era o coração, não o cérebro. Eu lhe disse isso. "Por trás da saboneteira da banheira", disse o velho ao filho várias vezes.

— Você não tinha me dito onde estava.

— Ora, se ponha no meu lugar. Você teria dito a mim? Dá um tempo, porra.

Sean interpretou o silêncio de Truman como o de quem admite que também não teria contado a ninguém. Depois de considerar se deveria encerrar a ofensiva, finalmente interrompeu a pausa:

— Bom, não tinha nada lá. — Seu tom ocultava o medo que sentia. — O puto do velho devia odiar o filho para pregar uma peça dessas. Você está se sentindo enganado? O que acha que estou sentindo? — Mostrou-se muito irritado. — O que você acha que meu amigo vai pensar? Que fugi com suas pedras preciosas, é isso que vai pensar. Sabe quanto investi nisso? Quase uns 45 mil. E você me acusa de fugir com a mercadoria? Por falar nisso, que diabo você está fazendo aqui, me sequestrando com arma em punho, seu filho da puta?

— Opa, espere aí.

— Espere uma merda — explodiu Sean, batendo no volante com a palma da mão. Olhos na pista, estava totalmente mergulhado em seu papel, acreditando em cada palavra que lhe vinha à mente. — A gente fez um trato. Você não devia estar aqui. Está aqui porque estava planejando me matar e roubar os diamantes.

Bom, sabe de uma coisa, Ernie? Acabou, não faço mais negócio com você. Entendeu? Nunca mais — encerrou Sean, desacelerando diante do sinal vermelho na rua Marina.

Truman o observava, um sorriso nos lábios.

— Você acha que sou retardado, é isso? — perguntou com sarcasmo.

— Não está acreditando em mim? Muito bem, vamos fazer um trato — disse Sean, encarando o oponente. — Eu paro onde quiser, você procura na minha maleta, me revista, rasga toda a minha roupa, desmonta meu sapato, quebra minha bengala...

A gargalhada de Truman congelou Sean no meio da frase.

— Um trato? — zombou o sequestrador. — O que vou forçar você a fazer sob a mira de uma arma é *um trato*?

Recuperando-se, Sean continuou como se não tivesse sido interrompido.

— Então eu me curvo com prazer e você mete o dedo no meu traseiro para ter a certeza de que as pedras não estão lá, dentro de uma camisinha. Se encontrar um único diamante comigo...

O carro atrás tocou a buzina.

— Verde — disse Truman. O Mitsubishi deu partida bruscamente.

— Se encontrar um único diamante que seja, pode atirar. O trato é o seguinte: se não achar nada, eu vou embora e não nos vemos nunca mais — disse Sean de forma abrupta.

Pelos quarteirões seguintes, Truman pensou sobre o assunto. Talvez seu parceiro não tivesse achado as gemas. Mas, na noite anterior, quando os caçadores de tesouro despediram-se da mulher cubana, o tom deles era alegre, não pareciam pessoas desapontadas, de forma alguma. Precisava ter certeza.

— Pegue a faixa da direita — disse, depois de algum tempo. — Dobre à direita no próximo sinal.

Paseo del Prado é o passeio público onde os ricos e famosos de Havana costumavam caminhar no século XIX e início do século XX. Hoje em dia bem mais plebeu, ainda preserva um pouco de seu esplendor original: chão de granito, bancos de pedra, leões de bronze e loureiros enormes, de onde esvoaçaram milhares de pássaros, a maioria pardais, naquele alvorecer, quando o Mitsubishi entrou numa avenida de três faixas, em direção ao sul, seguindo ao longo do passeio. Após alguns quarteirões, Truman orientou Sean para que entrasse à direita na rua Virtudes e parasse entre Consulado e Industria, em frente a um prédio velho e em mau estado de dois andares, onde uma pequena placa em inglês e italiano anunciava quartos de aluguel para turistas.

O proprietário deveria registrar todos os hóspedes num livro frequentemente examinado pela polícia e pelos fiscais, mas, como a maioria de seus clientes eram prostitutas e travestis que haviam acabado de pegar um turista em Prado e nunca ficavam mais do que umas poucas horas, ele muitas vezes dispensava a formalidade. Quando Truman lhe entregou uma nota de 20 dólares e disse, num terrível espanhol, "Duas horas, e nada de passaporte", ele decidiu que o gigante sodomita e o bicha mereciam o melhor quarto, o único com ar-condicionado. E por 20 paus, eles poderiam permanecer ali o dia todo, se quisessem.

O proprietário os conduziu pelo corredor com quartos à direita, abriu uma das portas, entrou, ligou o ar-condicionado, depois acendeu um abajur com uma lâmpada de 60 watts na mesinha de cabeceira, a única luz no recinto. Abriu a porta para um banheiro e acendeu a luz. Depois de movimentar repetidamente a cabeça recusando as ofertas de bebidas, charutos e cigarros, Truman fechou a porta, trancando-a à chave, ordenou que seu prisioneiro se sentasse sobre os calcanhares num canto do quarto e esvaziou a maleta sobre a cama. Numa espantosa exibição de força bruta, começou a despedaçar a valise com as próprias mãos.

— Ei! — gritou Sean.

Truman lançou-lhe um olhar ameaçador antes de retomar sua tarefa.

— Se você fizer isso, onde é que vou guardar minhas coisas? — perguntou, para deixar claro ao captor que esperava sobreviver àquela provação.

Não houve resposta.

Vinte minutos mais tarde, Truman parecia razoavelmente seguro de que as gemas não estavam escondidas no que antes fora uma valise. Inspecionou a roupa que agora se encontrava espalhada sobre a cama antes de mandar Sean despir-se. O paletó esporte do prisioneiro, a calça, a camisa e a roupa de baixo foram examinados, e as costuras, inspecionadas. Em seguida, Truman examinou os sapatos de Sean; viu claramente que os saltos não haviam sofrido nenhuma adulteração. Além do mais, o prisioneiro seria alvo de olhares curiosos se saísse descalço, por isso não rasgou os sapatos.

Sean ficou tenso quando o sequestrador pegou a bengala e balançou-a ao ouvido. Negociaria, se rebaixaria, suplicaria, deixaria o canalha ficar com tudo; viver tornou-se sua maior prioridade. Truman removeu a ponta de borracha na extremidade da bengala e tentou abri-la ao meio. A iluminação do quarto era tênue demais para que se pudesse perceber a linha ultrafina onde as duas seções se uniam, logo abaixo do cabo. Não lhe ocorreu girar o cabo. Sean suprimiu um suspiro de alívio.

— Está satisfeito? Convencido de que falei a verdade? Ou quer que eu me curve para a frente, agora?

Os olhos de Truman lançavam faíscas.

— Alguma coisa me diz que você encontrou aquelas pedras.

— Ah, pelo amor de Deus, Ernie.

242 José Latour

— Você está querendo escapar no blefe.

— Claro, engoli cada uma das pedras. Como pílulas, certo?

— Talvez.

Sean girou os olhos numa exasperação fingida.

— Certo. Agora, o que mais? Quer que eu cague no chão? — perguntou, um instante depois.

Truman não respondeu e permaneceu refletindo por quase um minuto.

— Vista-se. Vamos à igreja — disse finalmente.

— O quê?

— Vamos à igreja. Hoje é domingo, está lembrado?

— Escute aqui, Ernie — disse Sean tentando parecer razoável, reduzindo a importância daquele incidente. — Vamos resolver essa questão. Agora você sabe que eu não achei os diamantes. Não tinha diamante nenhum, pode acreditar.

— Opa! Por que não disse *isso* desde o começo?

— Vamos fazer o seguinte? Eu sigo meu caminho, e você, o seu. — Deixou de lado o sarcasmo. — Eu considerava você meu amigo, mas agora acabou. Depois disso, não dá mais para trabalharmos juntos. Mas não vou fazer nada contra você. Como se diz por aí, vamos mijar no fogo e seguir para o rancho.

— A gente vai assistir à missa, Lawson. Agora, se vista. — Truman olhou para o relógio e retirou a automática do bolso do paletó esporte. — Vamos sair daqui a uma hora. Enquanto isso, cale essa droga de boca e me deixe pensar.

A cobiça brilhou nos olhos do proprietário quando viu os dois homens partirem. Haviam deixado a maleta. Provavelmente cheia de roupas boas. Que golpe de sorte!

O capitão Félix Trujillo entrou no prédio do DTI às 8h15 da manhã. O nariz escorria, os olhos lacrimejavam, e ele espirrava com frequência. Ao se aproximar do escaninho onde se encontravam os recados para ele, escutou um colega contando as novidades a outro policial. Juntou-se a eles e ficou a par do pouco que se sabia sobre o assassinato do policial. Então, Trujillo deu meia-volta e subiu as escadas até o escritório de Pena. O major, com seu ar grave, nem sequer deixou que ele abrisse a boca.

— Você ficou sabendo?

— Sobre o camarada assassinado?

— Sim.

— Torriente estava contando ao Pichardo, lá embaixo.

— Quero que você vá ao IML agora mesmo — gritou Pena.

— Agora. Mas o que é que eu vou fazer lá?

— Dê uma olhada no corpo.

Trujillo pestanejou duas vezes, em seguida espirrou.

— Pescoço fraturado, certo? — disse, depois de assoar o nariz.

— Exatamente. Tirando os acidentes, você tem ideia de quantas pessoas tiveram o pescoço quebrado em Havana nos últimos dez anos?

— Não.

— Duas. Pablo Miranda e esse nosso camarada. Quero que você examine o corpo com cuidado, veja se alguma coisa lhe chama a atenção, talvez alguma semelhança com o do Pablo. Fale com o patologista que está fazendo a autópsia e procure saber se tem alguma coisa de que ele não esteja muito certo e não queira relatar oficialmente. Depois vá ao LCC e verifique o que foi encontrado nele: carteira, caderneta de endereços, chaves, moedas, cigarros, tudo. Quero você de volta aqui ao meio-dia, nem um minuto depois. Agora ande, porra, ande.

— Agora mesmo, camarada major.

Trujillo virou-se, espirrou e deixou o recinto assoando o nariz. Pena deu um rápido sorriso, enquanto seguia o capitão com os olhos, depois balançou a cabeça de um lado para o outro, pegou o telefone e começou a discar.

Eles estavam no topo do Empire State Building, e o olhar dela vasculhava o horizonte. De repente, Carlos apontou para algo, e ela se perguntou: *Como ele pode estar vendo alguma coisa? Ele é cego!* Ela segurou o queixo do homem e forçou-o a olhar para ela. Em vez de íris, ele tinha dois belos diamantes e suas pupilas eram pequenas esmeraldas. "Sim, eu fiz esse implante no Bascom Palmer; agora posso ver perfeitamente bem", explicou. Ela bateu palmas, encantada.

Marina acordou sorrindo; sonho engraçado. Sua bexiga exigia alívio. Achou muito estranho estar totalmente vestida, mas apressou-se ao banheiro com os olhos meio fechados, abriu o zíper da saia, abaixou a calcinha e sentou-se na privada. Enquanto urinava, tudo lhe voltava à mente. Sorriu ao *sentir-se* rica. Era uma experiência nova, e tentou explorá-la. Um minuto depois, ao escovar os dentes, percebeu que, de certa forma, da noite para o dia adquirira uma confiança no futuro como nunca antes. A partir daquele momento, não teria que se preocupar em economizar para os tempos de privações, esquadrinhar os jornais à procura de liquidações, lutar com seu carro velho, lamentar por não poder passar umas férias curtas de inverno em Cancun ou Belize. Era uma mulher rica! Enxugando o rosto com uma toalha, consultou o relógio: 8h25. Precisava trocar de roupa e acordar Sean. Recolocou a toalha no gancho, dirigiu-se à porta e abriu-a.

Sean não estava na cama. Isso a deixou em alerta total.

Correu para a varanda; também não estava lá.

Seus olhos vasculharam todo o quarto. Em nenhum lugar viu a bengala, e a maleta dele havia desaparecido.

Os joelhos de Marina cederam sob seu corpo. Ela caiu lentamente sobre o tapete, sentindo-se quase como no dia em que, alguns anos antes, fora atingida acidentalmente no plexo solar pelo cotovelo de um estranho, quando entrava no trem C, na estação da rua Canal: sem fôlego, atordoada, lágrimas escorrendo-lhe pela face. O homem de gelo roubara-lhe todas as joias! O verme dissimulado havia fugido, deixando-a com uma valise e um passaporte falso, sob um nome igualmente falso, num país comunista! Roubara os diamantes de Carlos também! Desatou num choro convulsivo, sentindo piedade de si mesma, por quase cinco minutos. De repente, ficou paralisada. Será que o canalha levara seu passaporte e sua passagem de avião?

Com as mãos e os joelhos no chão, Marina pegou a mochila e procurou freneticamente a carteira. Achou-a e abriu-a. Seu passaporte, o de Elena e o de Pablo estavam lá. As passagens de avião também. Encontrou vinte notas de 100 dólares que não eram suas. Que desplante daquele canalha! Para quê ela precisaria daquele dinheiro? A passagem de avião já estava paga. Para o hotel ou qualquer emergência que surgisse? Filho de uma grandessíssima puta!

Marina voltou ao banheiro e fez o asseio matinal. Depois de alguns minutos, retornou ao quarto, desanimada, enxugando o rosto, absorta, pensando no que fazer em seguida. A única pessoa que conhecia em Cuba era Elena Miranda. Mais ainda, Elena era a única que acreditaria em sua história, que teria condições de ajudá-la. Mas o que a professora cubana poderia fazer? Nada.

O que tinha a fazer, sem perda de tempo, era correr até o aeroporto, decidiu. Tentar interceptar o calhorda antes que embarcasse, grudar-se a ele como se fosse um colete salva-vidas. Em público, ele não poderia machucá-la nem fingir que não a conhecia. Ela se aproximaria dele e sussurraria em seu ouvido: "Quer que eu faça um escândalo, seu cretino? Quer que eu diga àqueles policiais ali o que você está tentando contrabandear para fora do país dentro dessa maldita bengala?" Marina podia até vê-lo sorrir e balançar a cabeça. "Por que demorou tanto?", ele perguntaria. "Achei melhor vir mais cedo para molhar as mãos de uns poucos e tentar conseguir que nos colocassem no primeiro avião." Ele diria uma coisa assim.

Marina vestiu uma calça jeans e uma blusa de linho branca, pegou a mochila e a malinha de mão e deixou o quarto. Na saída, sentiu um pouco de fome e foi rapidamente até o salão de refeições.

— Pode me ver um copo de suco de laranja? — pediu a uma garçonete jovem, em espanhol.

— Claro, senhora. Quer escolher uma mesa?

— Não precisa. Estou com pressa. Veja só um copo de suco de laranja.

— Mas de pé eu não posso servir a senhora.

— Me veja um maldito copo de suco de laranja.

A garçonete dirigiu-se depressa ao balcão e serviu-lhe o suco. Marina pegou o copo e bebeu tudo em quatro goles. Tirou do bolso 2 dólares e entregou-os à garçonete.

— Obrigada. Fique com o troco.

Quando se virou para sair, avistou o holandês. Ele estava à mesa, ao lado de uma janela ampla, apreciando a vista do mar, bebendo calmamente. Marina olhou à volta. Será que...? Ela passou por mesas onde outros hóspedes tomavam café da manhã.

— Bom dia. — Ela tentou abrir um sorriso sedutor, mas simplesmente não conseguiu.

— Ah, bom dia — disse o especialista, levantando-se. — Gostaria de me acompanhar?

— Não, obrigada. Viu meu marido por aí?

Scherjon franziu levemente a testa.

— Seu marido?

Ele não está sabendo de nada, percebeu Marina.

— Não se preocupe — disse ela, antes de dar meia-volta e deixar o salão de refeições.

O recepcionista da manhã dirigiu-se a ela às pressas.

— Licença, senhora. Está deixando o hotel?

— Estou — respondeu Marina com rispidez.

— Qual é o número do seu quarto?

Ela logo percebeu o problema.

— Quarto 321 — respondeu.

— Um momento, por favor — disse o rapaz e deu meia-volta.

Marina o acompanhou à recepção e esperou impaciente para entregar a chave do quarto. Teria o cretino deixado a conta sem pagar? Não ficaria surpresa. O recepcionista estava digitando e observando a tela.

— Tudo certo — disse ele finalmente, com um sorriso forçado. — Bom dia, senhora.

Com passadas largas, ela chegou ao hall de entrada. O Hyundai também não se encontrava no estacionamento. Ela fez um sinal para o manobrista.

— Me chame um táxi.

O homem assentiu com um movimento de cabeça, virou-se e levantou um braço. Quase imediatamente um Peugeot amarelo de quatro portas surgiu na entrada do hotel. O manobrista abriu a porta para ela.

— Vamos para o aeroporto — disse ela ao motorista.

— Qual terminal?

— Não sei.

— Está indo para onde?

— Canadá.

— É o terminal 3.

— Vamos o mais rápido possível. Eu pago o dobro que o marcador indicar.

— Sim, senhora — respondeu o motorista, controlando a vontade de esfregar as mãos uma na outra.

Eram 7h36 de domingo quando Elena Miranda acordou. Espreguiçou-se e bocejou à vontade. Lembrar-se dos eventos da noite anterior a fez rir por alguns momentos. Não era o riso alto, tolo, de criança, como aquele que ela deixara escapar no *paladar*. Era uma risada gutural, sexy, astuciosa, raramente compartilhada por outros, que ela dava quando alguma coisa realmente gratificante lhe acontecia, como um orgasmo extraordinário ou um presente inesperado. Virou-se e sorriu para o monte de diamantes na sua mesinha de cabeceira. Sim, aquelas pedrinhas mudariam sua vida.

Elena foi ao banheiro e, ao lavar o rosto, notou que sua face esquerda ainda estava com as marcas do lençol. Olhou para as ferramentas e a lanterna e prometeu a si mesma apanhá-las mais tarde e guardá-las em algum lugar. De volta ao quarto, fez a cama, vestiu a mesma bermuda e o blusão laranja da véspera e foi até a cozinha para preparar um espresso. Enquanto bebia o café, pensou que deveria ir à loja, pegar sua ração diária de 80 gramas de pão branco, fazer um ovo mexido e comê-lo com o pão e uma segunda xícara de café. Uma nova risada. Trinta e oito diamantes, mas nem um pouco de leite, manteiga, geleia, nada.

Voltou ao quarto, tirou o blusão, pôs um sutiã e depois vestiu de novo o blusão. Elena se sentira muito envergonhada um dia quando, tendo se esquecido de usar o sutiã, vestiu um suéter branco de algodão e, ao se dirigir à farmácia para comprar alguma coisa, os homens ficaram olhando para seus seios e mamilos. Por alguma razão obscura, os olhares de admiração que suas coxas, pernas e traseiro atraíam não a aborreciam.

Apanhou seu cartão de racionamento, uma moeda de 5 centavos e suas chaves. No hall de entrada, quando se dirigia à porta da frente, a campainha tocou. Elena franziu o cenho, aproximou-se da porta e destravou-a.

— Papai!

Ele entrou, e os dois se abraçaram fortemente antes de se beijarem. Desde a morte de Pablo, durante cada uma das suas saídas de 48 horas nos fins de semana, Manuel Miranda havia passado algumas horas com a filha, sempre aos domingos de manhã. Não considerava isso obrigação paternal; na verdade, queria compensar todos os anos perdidos, dar o pouco de apoio e proteção que podia, fazer Elena sentir que estaria sempre presente quando ela precisasse. Devido à excitação da véspera, Elena esquecera-se da visita daquela manhã.

Manuel Miranda acreditava que, até então, a vida da filha não fora muito feliz. E ele contribuíra muito para essa infelicidade com sua ausência quase permanente durante a infância dela, o divórcio, depois o assassinato da segunda mulher e do amante dela, o escândalo subsequente e sua sentença de prisão. A doença incurável e a morte do filho dela foram devastadores; estar em contato diário com crianças enfermas não devia ser nada fácil. Como se tudo isso não bastasse, sua mãe a deixara para cuidar dos avós idosos, que moravam a centenas de quilômetros de distância. O antagonismo entre ela e Pablo era uma fonte constante de atrito. E, depois, o irmão fora assassinado. Como conseguia se manter tão agradável depois de tantos infortúnios permanecia um mistério para ele. Não entendia também sua dedicação a crianças doentes.

— Você está bem? — perguntou antes de notar algo novo nos olhos da filha.

— Ah, papai, em toda a sua vida, você nunca chegou a lugar nenhum numa hora mais oportuna — disse Elena com um largo sorriso, segurando o pai pelo braço.

— É mesmo?

— Papai, você consegue guardar um segredo? — Era uma pergunta retórica, e ela sabia disso.

Miranda retribuiu o sorriso, piscou várias vezes, inclinou a cabeça como se preferisse não dizer o que estava a ponto de sair de seus lábios.

— Elena, se eu tivesse ganhando 1 centavo por cada segredo que já guardei, seria milionário.

— Eu sei, papai, eu sei. Mas é uma longa história. Vamos ali comigo comprar pão. Depois a gente toma café junto — disse, empurrando-o suavemente para fora do apartamento e fechando a porta. Ela lhe deu o braço. — No fim de maio, quando num dia de manhã eu me preparava para o trabalho, apareceram dois turistas lá em casa...

Elena era uma boa contadora de histórias e levou quase uma hora para terminar. Estavam sentados à mesa da cozinha, cotovelos sobre a mesa, dois pratos com os restos dos ovos mexidos na pia, xícara de café na mão. Miranda vira muita coisa em toda a vida, mas estava abismado e demonstrava sua surpresa.

Elena estendeu o braço e cutucou o pai nas costelas.

— Bem, diga alguma coisa. Pensa que estou brincando?

— Me mostre — disse ele.

Com um largo sorriso, ela o conduziu primeiro ao banheiro. Miranda viu as ferramentas no chão antes de espiar dentro da cavidade onde os diamantes haviam permanecido intocados durante uns quarenta anos. Em seguida, ela o levou até o quarto e apontou para a mesinha de cabeceira. Miranda aproximou-se e fitou as pedras com reverência por quase um minuto antes de escolher uma, acender a lâmpada e examiná-la sob a luz. Era o primeiro brilhante, na verdade, a primeira joia que via em toda a vida. Devolveu a pedra à pilha, desligou a luz e virou-se para Elena.

— Filha, para você, o Período Especial acabou-se.

Elena soltou um riso franco e bateu palmas de alegria, controlando-se em seguida.

— Supondo que sejam verdadeiras.

— Ah, pode ter certeza que são — disse Miranda enquanto se recostava à penteadeira. — Você soma 2 e 2, e o resultado é 4. O proprietário construiu este prédio com dinheiro fraudulento, morou neste apartamento. Quando nos mudamos para cá, o vizinho do apartamento 6, Tomás não sei de quê, não me lembro, que foi embora em 1963 ou 1964, me disse o sobrenome do homem. Consuegra soa familiar. E, é verdade, lembro vagamente que esse inquilino disse que o dono tinha um filho e uma filha. Corria o boato de que ele pagou 200 mil dólares a Batista para ser nomeado subsecretário do Tesouro.

— Ah, papai — exclamou Elena ao sentar-se. — Poupe-me da propaganda política.

— Você não está sabendo de nada. Era assim que as coisas funcionavam. Vou lhe contar uma história, uma que tenho razões para acreditar que seja verdade. Dizem que um homem pagou 300 mil para conseguir o posto de chefe de Alfândega do porto de Havana. Ele aceitava suborno de importadores, exportadores e contrabandistas profissionais tão descaradamente que o próprio Batista o destituiu do cargo três meses depois. Sabe qual foi o comentário que dizem que fez? "Se eu não tivesse sido muito rápido, teria perdido dinheiro."

— Incrível!

— De acordo com esse tal Tomás, Consuegra era bem ladino, porque conseguiu manter seu posto por quase três anos. Pelo que me lembro, ele era contador. Obviamente escondeu esses diamantes aqui com medo de confisco. Quando percebeu que Batista estava condenado, provavelmente mandou a maior parte do dinheiro que roubou para fora do país. Trabalhando no Tesouro, deve ter sido fácil fazer isso; bastavam algumas remessas bancárias, eu presumo. Mas diamantes não dá para enviar. Contrabandear para fora do país é arriscado demais, então escondeu as pedras, achando que a Revolução não ia durar e que ia poder recuperar seu tesouro.

Naquele momento, Elena convenceu-se de que as pedras não eram falsas. Mas então um outro problema lhe veio à mente, e ela arqueou as sobrancelhas.

— Mas, papai, como é que vou poder vender esses diamantes? Você sabe, eu não posso simplesmente dizer: "Olhe o que eu achei. Quero vender isso."

— Claro que não. Quando se acha um tesouro, de qualquer tipo que seja, ele deve ser entregue ao governo.

— Imagino. Então, o que é que eu posso fazer?

— A primeira coisa que você tem que fazer é ficar de bico calado. Não conte a ninguém, além de mim.

— E depois?

— Não sei. Faça um pouco mais de café. Vamos tentar achar uma maneira de resolver esse problema.

— Eu estava pensando em sondar um empresário estrangeiro.

— É possível. Você conhece algum?

— Quem, eu? Não. Os únicos estrangeiros que conheci foram Sean e Marina.

— Vamos voltar para a cozinha. Preciso tomar um café. Meu cérebro funciona melhor com cafeína na corrente sanguínea.

O taxímetro marcava 12 dólares e 10 centavos. Marina deu 25 dólares ao motorista e saiu do veículo. Um carregador empurrando um carrinho aproximou-se dela. Ela fez que não com a cabeça e entrou no terminal. Dirigiu-se primeiro ao balcão de informações e soube que nenhum avião havia partido para o Canadá nas últimas 12 horas; o voo seguinte estava programado para as

Escondido em Havana **253**

15h15, um voo da LACSA, com destino a Toronto. Agradeceu à mulher, depois olhou à sua volta. O tumulto de sempre. Tentando demonstrar despreocupação, Marina caminhava de um lado a outro do terminal sem encontrar Sean. Sentou-se numa cadeira de plástico próxima ao balcão da LACSA, que estava vazio, e preparou-se para uma longa espera. O relógio mostrava 9h32 minutos. Inspirou fundo e olhou em todas as direções, atitude que iria repetir com regularidade pela hora e meia seguinte.

Sentado num banco da igreja Santa Rita de Cássia, próximo à porta, a 60 centímetros de distância do seu captor e fingindo indiferença, Sean deixou a vista percorrer todo o recinto. Não conseguia identificar as imagens ricamente adornadas no altar principal, exceto o Cristo na cruz. Os santos, ele reconhecia. Confessionários, velas, o cheiro de cera queimada. Talvez umas trinta pessoas, que alternadamente se sentavam, ajoelhavam e levantavam. Mas não havia vitrais. Era uma igreja moderna, simples; não uma daquelas catedrais imponentes, de 300 anos, tão comuns na Europa e na América Latina.

Sean considerou suas opções. Truman o levaria até a casa de Elena, a ameaçaria com uma arma, vasculharia seu apartamento, tentaria descobrir a verdade. Como ela reagiria? Ao alugar o quarto onde Sean foi revistado, Truman dissera algumas palavras em espanhol, não muitas, mas o suficiente para fazer perguntas simples. Qual seria a reação dela? Contar tudo? Era razoável supor que, na presença daquele estranho ameaçador, ela ficasse do lado de Sean. E Marina? Talvez ela resolvesse procurá-lo na casa de Elena e confiar seu infortúnio à professora cubana, contar-lhe o tipo de canalha que ele era.

Bem, a argentina mudaria de ideia no momento em que percebesse que ele havia sido sequestrado e se recriminaria por ter suposto que ele a traíra. Se a situação piorasse, isso daria margem a dois tipos de atitude. As mulheres poderiam ajudá-lo a dominar Truman. Ou elas poderiam ficar sem ação. Ele, por sua vez, tentaria atingir a cabeça do captor com algum objeto, a bengala, se não dispusesse de algo mais pesado; em seguida, pegaria a arma e lhe daria um tiro, se viesse a ser necessário. Teria que improvisar. Talvez Elena negasse a descoberta das joias, e eles conseguissem persuadir o filho da puta de que não havia nenhum diamante por trás da saboneteira. Talvez Truman acreditasse em sua versão depois de inspecionar o banheiro. E não os matasse, se ficasse convencido de que não haviam encontrado as joias. *Não conte com isso*, disse Sean a si mesmo.

Sean teria que entregar tudo a ele: Truman era consideravelmente mais sagaz e muito mais esperto do que imaginara. Jamais saberia como aquele homem descobrira o dia da sua viagem a Havana, o hotel onde se hospedariam. Talvez, daquela mesma igreja, tivesse mantido vigilância na noite anterior. O edifício de apartamentos não era visível, mas a maioria do parque e uma seção das calçadas da rua 26 podiam ser mantidas sob observação, sem atrair a atenção. Mas como poderia ter ouvido a conversa? Teria colocado uma escuta? Sean chegou à conclusão de que jamais descobriria isso também. Possivelmente teria espreitado Pablo daquela igreja. Mas, por não ter descoberto as pedras escondidas na bengala, Truman poderia estar convencido de que eles não tinham encontrado nada; muitas pessoas se deixaram levar pela fantasia criada por algum velho à beira da morte. Essa vantagem psicológica era a arma secreta de Sean.

Truman planejava seu passo seguinte. O tempo se esgotava. Logo que a missa fosse encerrada, eles sairiam, se misturariam ao restante dos fiéis, depois iriam até o edifício. Alguns turistas se deleitavam contemplando as figueiras. Quando chegassem ao apartamento, ele descobriria a verdade, nem que tivesse que extrair os dentes da mulher cubana. Amarraria e amordaçaria a todos — lençóis, cortinas, toalhas, o que quer que estivesse disponível — e faria uma busca minuciosa. Se não encontrasse nada, os abandonaria amarrados e tomaria o primeiro voo de volta; mas, se os diamantes estivessem na casa, quebraria mais dois pescoços. Em nome do Pai, do Filho e do Espírito Santo. Amém.

Truman deu um riso dissimulado. Sean lançou um olhar de esguelha a seu captor.

Elena e o pai estavam discutindo a melhor maneira de lucrar com os diamantes, quando a campainha tocou. Ambos franziram o cenho antes de Elena pular da cadeira com um sorriso.

— Devem ser Marina e Sean. Eles disseram que passariam aqui hoje de manhã para se despedir. Venha comigo, quero que você conheça os estrangeiros.

Miranda refletiu por um instante.

— Não, eu fico aqui. É melhor que eles não me vejam.

— Por quê?

— Sou um prisioneiro. Não devo falar com estrangeiros nem saber o que está se passando aqui.

— Mas eles não sabem que você é um prisioneiro.

— Elena, acredite em mim, é melhor que eles não me vejam.

A campainha tocou pela segunda vez.

— Está bem. — Ainda não convencida, Elena deixou a cozinha.

Abriu a porta e defrontou-se com Sean. O semblante dele, diferente agora, demonstrava preocupação. Ela percebeu que não se barbeara. Por trás dele encontrava-se um homem alto e gordo, que não fazia a barba havia uns dois ou três dias, a mão direita no bolso do paletó esporte. Ambos revelavam olheiras escuras sob olhos vermelhos e pareciam não ter dormido na noite anterior. Desde o primeiro dia, Sean lhe inspirara confiança; naquele homem atrás dele, ela jamais confiaria.

— Olá, Sean.

— Olá, Elena.

— *Y Marina, ¿dónde está?* — perguntou, ficando na ponta dos pés para olhar por trás deles.

Sean adivinhou o que Elena perguntava. *Ela não está aqui, é bom não tocar no nome dela*, pensou ele.

— Podemos entrar? — perguntou, piscando rapidamente de forma conspiratória para Elena.

— O quê? — perguntou Elena, em inglês.

Sean deu de ombros e arqueou as sobrancelhas. O homem gordo sussurrou algo no ouvido de Sean.

— *¿Podemos pasar?* — repetiu Sean com um sotaque terrível.

— Claro — respondeu Elena, com um movimento de braço. Por que estariam os dois ensopados de suor? Apoiando-se na bengala, Sean entrou mancando. O homem gigantesco o seguiu. Uma atmosfera indefinível, estranha, os acompanhou. Elena franziu a testa. *O que estaria acontecendo?*, perguntou-se enquanto fechava a porta. Quando se voltou para eles, viu a arma que o estranho agora empunhava e assustou-se.

— Silêncio — disse o estranho.

Elena fez que sim com um movimento rápido de cabeça.

— *¿Dónde está?* — perguntou Truman.

— *¿Dónde está qué?* — retrucou Elena, somente para ganhar tempo. Ela logo percebeu quais eram as intenções do estranho. O pai lhe veio à mente. *Esconda-se, papai*, tentando uma mensagem telepática.

— *Habla o te mataré* — disse Truman, em espanhol. Fale ou mato você.

Elena teve uma sensação de pânico insinuando-se pelas células do seu cérebro, comprimindo-lhe a bexiga. Quem seria aque-

Escondido em Havana **257**

le touro que trouxera Sean até sua casa sob a mira de uma arma? Onde estaria Marina? Que diabos estava acontecendo? Durante alguns minutos, ficou sem fala.

— *¿Qué quieres saber?* — O que você quer saber?, conseguiu finalmente perguntar.

Truman havia alcançado o limite de seu vocabulário espanhol, algumas frases aprendidas na América Central. Sentiu-se frustrado; a raiva ferveu-lhe o sangue.

— Diga a essa puta que eu atiro se ela não falar — retrucou, dirigindo-se a Sean.

— Seja razoável — observou Sean, tentando aplacar a ira do homem. — Eu te disse que ela não fala inglês. Foi por isso que eu trouxe a mulher latina comigo. Não tem nada aqui. Não encontramos droga nenhuma. Agora, Ernie, sejamos razoáveis... pare com isso...

— Não me venha com essa de "Ernie" para cima de mim, Lawson. Eu não sou burro. Escutei vocês martelando em algum lugar neste apartamento. Você disse que era uma saboneteira no banheiro.

— Foi isso mesmo — admitiu Sean, na esperança de ganhar alguns minutos.

— Vamos lá ver — ordenou Truman, apontando para o corredor da casa com a arma e empurrando Sean. Tendo compreendido a palavra *banheiro*, Elena reuniu coragem suficiente para virar-se e conduzi-los até lá. Teria Sean dito a ele que os diamantes estavam ali? Quando passou pela porta da cozinha, com o canto do olho tentou ver se o pai estava à vista. Não estava. Ela calculou que ele havia escutado a breve troca de palavras, compreendido que algo errado estava acontecendo e se escondido atrás da porta, que ela nunca fechava. *Não saia, papai, por favor.* Elena parou na entrada do banheiro.

— Entre — disse Truman.

Ela entrou. Os dois homens a seguiram.

— Era para estarem ali — disse Sean, apontando para a cavidade. — Não tinha nada.

Elena sabia o significado de *nada*. Sean havia negado ter achado os diamantes.

Truman examinou o buraco na parede rapidamente, desviou o olhar para as ferramentas, depois se dirigiu de novo a Sean.

— O que foi que vocês fizeram pelas duas ou três horas seguintes, se não acharam nada?

Palavras simples que Elena traduziu mentalmente.

Mais uma vez, Sean deu de ombros.

— Discutimos o que pode ter acontecido. Talvez o velho tenha inventado a história, talvez meu amigo não tenha entendido a informação que ele deu. Sentamos na cozinha, e ela preparou um espresso, e a gente...

Complicado demais para Elena; não conseguia entender. O grande erro de Sean era ter admitido a possibilidade de que o amigo tivesse entendido errado a orientação dada pelo pai no leito de morte. Desconfiado, Truman contraiu os olhos.

— Tem algum outro banheiro aqui? — interrompeu ele.

— Não.

— Quero verificar isso.

— Ah, pelo amor de Deus, Ernie. Você acha que eu não me certifiquei?

Truman estava perdendo a pouca paciência que lhe restava.

— Cala a boca. Anda.

Forçou seus prisioneiros para o fundo do apartamento. Seguindo os sinais feitos pela ponta da arma, Elena evitou o próprio quarto para adiar a descoberta de seus diamantes o máximo de tempo. Levou-os primeiro para o terceiro quarto, aquele que fora seu antes de sua mãe mudar-se para Zulueta. Truman examinou-o, mandou que Sean abrisse o armário, depois voltou

Escondido em Havana **259**

para o corredor. Seguiram para a dependência de empregada, onde encontraram um banheiro pequeno com um chuveiro, um vaso sanitário e uma pia. Sob o chuveiro havia duas torneiras e uma saboneteira intacta, embutida na parede, no nível dos azulejos.

— Filho da puta — rosnou Truman, de raiva e triunfo, um ódio profundo refletido em seus olhos.

Sean permaneceu em silêncio, procurando, aflito, uma saída.

— Você encontrou as pedras. Do contrário, teria procurado atrás dessa aqui. Onde é que estão?

— Estão com ela.

— Ela?

— Sim. Íamos pegá-las hoje, em torno do meio-dia.

— *¿Dónde están?* — gritou Truman faiscando, voltando toda a atenção para ela mais uma vez.

Elena fitou o bandido, aquele homem monstruoso, e ficou paralisada de medo. Sean começou a levantar a bengala centímetro por centímetro. Truman percebeu o movimento e virou-se. A bengala atingiu seu braço direito; a arma caiu no chão. Truman rugiu e lançou-se contra Sean com uma velocidade incomum para um homem de 1,90 metro e 130 quilos. Cabeça abaixada e braços estendidos, ele se atracou com o oponente. As costas e a cabeça de Sean bateram violentamente na parede, e ele caiu no chão, inconsciente. Truman realizou a rotina que então já dominava. Levantando o corpo inerte pelas axilas, sentou Sean no chão, agachou-se por trás dele, segurou-lhe o queixo com a mão direita e a parte posterior da cabeça com a esquerda, e em seguida quebrou-lhe o pescoço. Truman soltou o corpo, que caiu no chão com um estrondo. Magnetizada, atônita, aterrorizada, Elena não conseguia tirar os olhos do homem estendido no chão.

Truman estava tentando levantar-se, olhos fixos na arma que queria recuperar, quando o primeiro golpe de um martelo esmagou-lhe a parte posterior do crânio e lançou um estilhaço para dentro de seu cérebro. Logo em seguida houve um segundo impacto brutal, que introduziu na massa cinzenta um fragmento do osso temporal. Um terceiro golpe foi desferido com grande força uns 2 centímetros acima do ouvido esquerdo, enterrando no tecido macio um fragmento da têmpora do tamanho de uma moeda. O homem alto e gordo caiu sobre o cadáver de seu empregador, olhos dilatados em total perplexidade, a vida desvanecendo-se em espasmos incontroláveis.

Respirando pesadamente, Miranda **fitou** o homem que continuava em convulsões. Elena, olhos esbugalhados, cobriu a boca com as mãos, suprimindo o grito que queria liberar a plenos pulmões. As contrações de Truman foram se reduzindo e pararam por completo. Miranda olhou para a filha.

— Tudo bem?

Elena fez que sim com a cabeça, depois baixou as mãos. Seu lábio inferior tremia. Seus olhos encheram-se de lágrimas.

— Ah, papai.

Miranda deixou cair o martelo, aproximou-se de Elena em três passos largos e a abraçou fortemente. Ela soluçou histericamente por um minuto, depois se recuperou e afastou-se devagar.

— Papai, o que foi que você fez?

Miranda lhe deu seu lenço.

— A única coisa que eu podia fazer, filha. A única coisa que eu podia fazer. Assoe o nariz.

Ela obedeceu.

— Mas esse homem está morto. Você matou um homem. Agora... você... quer dizer, o que vamos fazer?

— Pensar. A primeira coisa que vamos fazer é pensar. Não entre em pânico. Foi em legítima defesa, mas temos que pensar no que vamos fazer agora. Você conhece ele?

Elena balançou a cabeça negativamente.

— E esse outro cara?

— Esse é o Sean.

— O cara que achou os diamantes?

Elena confirmou com um movimento de cabeça.

— Muito bem. Venha comigo, vamos sentar na sala.

Mais uma vez Helena acedeu, agora sentindo-se nauseada. Queria ir para longe do sangue que escorria. Queria desaparecer da face da Terra. Mas suas pernas não respondiam.

— Venha comigo, Elena — disse ele, levando-a pelo braço. — Você não tem nada a temer. Você não fez nada. É uma vítima sobrevivente aqui, entendeu? Venha.

Desesperada, alguns minutos depois das 11, Marina terminou sua reflexão sobre a diferença entre planejamento e improvisação. Estava diante de um trapaceiro experiente que provavelmente — não, provavelmente não, certamente — havia planejado todos os seus passos com muita antecedência e previsto sua reação também. E, claro, concluíra que ela viria procurá-lo neste aeroporto. Portanto, ele não iria para lá; ela estava agindo impetuosamente, perdendo seu tempo. Sean havia feito uma reserva num voo partindo de outro aeroporto cubano, talvez Varadero. O maldito homem de gelo era tão esperto que deveria ter ido para Santiago de Cuba pela Cubana de Aviación, e de lá para Quebec ou Montreal. Não retornaria a Toronto, tinha certeza. Jamais o veria de novo. Ela perdera. Carlos perdera. Derrotada, apanhou sua mochila, pegou a malinha de mão, tomou o elevador, saiu e chamou um táxi.

— Para onde? — perguntou o motorista.

— 3A, entre a rua 24 e a 26, Miramar.

Foi uma longa discussão. Elena não queria envolver o pai mais ainda e pediu que ele fosse embora imediatamente. Miranda se recusou, argumentando que, se a abandonasse, ela seria acusada de homicídio culposo. Certamente ela poderia alegar legítima defesa, mas nada evitaria que ela fosse mandada para a prisão até ser julgada. Os policiais iriam querer saber por que aqueles homens haviam ido à casa dela. No momento em que revelasse o verdadeiro propósito da visita — e ela teria que fazê-lo, seria inevitável —, ela teria que enfrentar uma segunda acusação, como cúmplice, por privar o Estado cubano de um tesouro escondido por alguém que dele se apropriara de maneira fraudulenta. Mesmo que não fosse acusada de homicídio culposo, ela seria condenada por esse outro crime.

Não, a coisa certa a fazer, refletiu Miranda, seria dizer que aqueles homens o haviam abordado, contado sobre os diamantes secretos e pedido permissão para procurá-los. Ele havia concordado em troca de um terço das pedras preciosas e levado aqueles homens até a casa da filha naquele dia de manhã. Ela concordara com a busca diante do pedido do pai. Depois de encontrarem as pedras, os dois estranhos discutiram sobre a divisão, e o homem grande quebrara o pescoço do parceiro e tentara matá-lo, então ele se defendera. Ainda tinha dez anos de pena a cumprir, portanto não importava que lhe dessem uma nova sentença. Argumentou com a filha por quase meia hora, querendo que ela cedesse, tendo consciência de que o tempo era de fundamental importância.

Elena chorava silenciosamente, sem querer aceitar a decisão do pai, de vez em quando assoando o nariz no lenço, agora ensopado, que ele lhe emprestara. Percebeu que aquela versão estava cheia de furos. A polícia identificaria os corpos, procuraria Sean no quarto do hotel, encontraria o restante dos diamantes, tomaria o depoimento de Marina. Ela visitara o casal no Copacabana, almoçara com eles num restaurante público. Talvez no dia anterior alguns vizinhos os tivessem visto entrando e saindo do

Escondido em Havana **263**

prédio. Tudo viria à tona. Mas estava comovida com a dedicação do pai, com o fato de, naquele dia, ele ter salvo sua vida; agora tinha certeza de que o grandalhão a teria matado também. Não havia meio de escapar da prisão.

A campainha tocou.

Elena teve um sobressalto na cadeira em que estava.

Miranda franziu o cenho e respirou fundo.

— Pergunte quem é — sussurrou ele, levantando-se.

Elena permaneceu grudada à cadeira, os olhos dilatados de terror.

Miranda segurou as mãos da filha e a fez levantar-se.

— Controle-se. Pergunte quem é — disse ele, puxando-a para a porta.

— Quem é? — perguntou Elena com um tremor na voz.

— Sou eu, Marina.

— Ai, meu Deus — murmurou Elena em pânico.

— Quem é? — sussurrou Miranda.

— A mulher de Sean.

— A mulher do cara que mancava?

— É.

Miranda olhou para o chão por um instante, pensando.

— Deixe ela entrar.

— Mas, papai...

— Não discuta comigo. Ela tem o direito de saber, e talvez todos concordemos em contar a mesma história à polícia. Abra a porta.

Puxando a maleta, a mochila na outra mão, Marina entrou com um leve sorriso que logo em seguida se transformou numa expressão apreensiva. Elena fitava-a com olhos vermelhos, cheios de lágrimas. E estava tão pálida! Quem seria aquele homem velho e baixo que fechava a porta?

— Ah, Marina.

— Qual é o problema?

— Prazer em conhecê-la, Marina. Sou o pai de Elena. — Levando-a pelo braço, conduziu-a até o sofá. Desconcertada, a mulher sentou-se pesadamente na beira do sofá.

— O que aconteceu? — perguntou ela.

Elena aproximou-se, sentou-se ao lado de Marina, abraçou-a e depois começou a soluçar incontrolavelmente.

— Elena, o que aconteceu?

Miranda tomou a palavra.

— Marina, temos más notícias.

Ela paralisou. Suavemente, desvencilhou-se do abraço de Elena e virou-se para Miranda com um olhar questionador.

— Seu marido — começou.

Sentiu-se aliviada. O canalha. O que teria feito àquelas pessoas tão gentis?

— O que foi que ele fez?

— Ele não fez nada. Está morto.

Não, impossível. Malditos homens de gelo não morrem nunca. De alguma forma, havia enganado aquelas pessoas tão crédulas.

— Tem certeza?

Miranda fez um sinal grave com a cabeça. Então se perguntou por que ela estava tratando o caso de maneira tão tranquila.

— Como... como foi que descobriram que ele morreu?

— É que... ele foi morto aqui.

— O QUÊ?

Somente agora ela começava a entender, calculou Miranda.

— Por favor, não grite.

— Como assim, não grite? Você está me dizendo que meu ma... Ah, droga. Ele foi morto aqui, você disse?

— Foi.

— Está brincando comigo. Me mostre o corpo.

Ele se levantou e fez sinal para que Marina o seguisse. Elena permaneceu na sala, mordendo a unha do polegar direito, esperando ansiosa. Um minuto depois, Marina correu para a sala e Miranda se viu com duas mulheres desavoradas nas mãos. Elas estavam no sofá, braços em volta uma da outra. Ele não tinha tempo para isso, mas lhes deu um minuto.

— Agora me escutem, vocês duas. — Marina voltou-se para ele, fungando, enxugando as lágrimas do rosto, olhos vermelhos de chorar.

— Você disse... que o outro homem... quebrou o pescoço dele? — conseguiu perguntar entre soluços.

— Isso mesmo.

— Quem é o outro homem?

Miranda franziu a testa.

— Você está perguntando a *nós dois* quem é o outro homem?

— Eu não conheço ele!

— Ele falava inglês — interrompeu Elena, controlando-se. — Achei que ele era americano, ou canadense, não sou capaz de distinguir a diferença. Ele também sabia algumas palavras em espanhol.

— Mas nós dois viemos sozinhos — disse Marina com ar surpreso, encolhendo os ombros como se para enfatizar que não havia necessidade de trazer ninguém mais. — Nunca vi esse homem. — Voltando-se para Miranda, incredulidade estampada nos olhos: — E você o matou?

— Em legítima defesa, sim, com o martelo que vocês trouxeram ontem, depois que ele quebrou o pescoço do seu marido, e quando ele já estava pronto para matar Elena.

— Marina, ele era um verdadeiro animal — murmurou Elena, passando as mãos rapidamente pelos cabelos dela. — Ele trouxe Sean aqui sob a mira de uma arma, querendo saber onde estavam os diamantes. Falavam em inglês, e eu não entendia uma palavra do que diziam, mas parecia que Sean estava tentando convencer aquele... homem horroroso de que não tinha encontrado os diamantes. Então ele nos levou até o banheiro, viu o buraco na parede e começou a dar uma busca pela casa. No quarto de empregada, por alguma razão que eu não consigo entender, ficou furioso e insultou Sean. Sean bateu nele e os dois começaram a brigar e... foi horrível, horrível. — Novas lágrimas banharam seu rosto enquanto movimentava a cabeça de um lado para outro, fechava os olhos e pendia a cabeça.

Houve um momento de silêncio. Marina fazia esforço para pensar, mas o turbilhão de emoções em que estava mergulhada a impedia.

Miranda queria voltar ao problema.

— Está claro para mim. De alguma forma o grandalhão tomou conhecimento do tesouro, sequestrou seu marido e...

— Ele não era meu marido.

A revelação fez os olhos de Elena secarem. Ela levantou o rosto e fitou Marina.

— Ele não era seu marido?

Miranda teve um vislumbre de esperança.

— Não, Elena. Sinto muito. Isso era parte do plano. Achamos que pareceríamos um casal mais respeitável se disséssemos que éramos marido e mulher. Conheci o Sean há apenas alguns meses. Na verdade, fomos apresentados pelo filho do homem que escondeu os diamantes aqui. Ah, droga!

— O que é? — perguntou Miranda.

— Onde está a bengala? Sean estava com uma bengala?

— Estava. Está no quarto de empregada, junto aos dois corpos.

— Ah, meu Deus. Ah, meu Deus! Será que pode ir buscar, por favor, senhor?

Um minuto depois, com as mãos trêmulas, Marina girou o cabo, retirou de dentro um receptáculo e tirou-lhe a tampa. Elena correu até seu quarto e voltou com uma pinça de sobrancelhas. Marina retirou o algodão e virou o recipiente devagar, e diversas pedras rolaram na palma de sua mão esquerda. Enquanto as admirava, a culpa fez com que duas lágrimas grossas lhe rolassem pelas faces e caíssem sobre os diamantes.

— E eu que pensei que ele havia fugido e me abandonado aqui. É por isso que estou aqui. Fui primeiro ao aeroporto. Ah, Sean, me perdoe.

O vislumbre de esperança percebido por Miranda transformou-se numa aurora magnífica. Ele suprimiu um sorriso.

— Muito bem, Marina, quero pensar com atenção sobre o que aconteceu. Minha filha acreditou em você, em vocês dois, e agora ela se encontra na maior confusão de sua vida. Não há nenhuma maneira de encobrir tudo isso. Ela me disse que você trouxe dois passaportes, um para ela e outro para o Pablo. Passagens aéreas também. Ela decidiu permanecer em Cuba. Mas essa decisão foi tomada antes... do que aconteceu hoje. A única maneira de Elena permanecer em liberdade é deixar Cuba junto com você.

— Mas, papai...

— Cale a boca. Você ainda tem esses passaportes?

— Aqui comigo.

— Deixe-me ver

Marina devolveu os diamantes para o recipiente de chumbo, fechou-o, depois procurou os passaportes na mochila. Elena ficou quieta enquanto o pai os examinava. Ela percebeu que aquela era a melhor solução possível. Mas o que aconteceria a ele? Não podia deixar que assumisse uma responsabilidade que era dela. Descobria também um novo lado da sua personalidade: o administrador de crises de cabeça fria, o homem destemido, o general. Seu pai tornava-se um surpreendente herói de 3 metros de altura.

— E você garante que não são falsos? — perguntou Miranda, querendo se certificar.

— Foi o que Sean disse — respondeu Marina, eximindo-se da responsabilidade. — Os nossos são idênticos, e com eles entramos e saímos de Cuba em maio, e voltamos agora sem nenhum problema.

O ex-general percebeu a implicação.

— Então vocês não são cidadãos canadenses.

Marina abaixou a cabeça e olhou para o chão.

— Não, senhor. Somos, aliás, éramos, quero dizer, Sean era americano, eu também sou americana, naturalizada.

Elena lutava contra a raiva que crescia dentro dela por ter sido tão ingênua a ponto de acreditar em tudo que Sean e Marina lhe disseram.

— E o filho do proprietário? O cara que precisa de um transplante de pulmão e coração? — perguntou.

Marina fechou os olhos e com os dedos abertos massageou a testa enquanto respirava fundo. Depois de um instante, fitou Elena nos olhos.

— É em parte mentira. Ele não precisa de um transplante, mas é cego. Perdeu a visão no Vietnã, uma mina. E é pobre.

Miranda contraiu os músculos da face. Agora elas estavam falando sua língua. Mas não levava a nada.

— Muito bem. Vamos ter que considerar que esses passaportes não são falsos. Escute, Elena. Você vai ter que ir. Não há alternativa. Banque essa droga de surda-muda, se for preciso. E manque também, para justificar a bengala. Espere um pouco. — Ele olhou para a parede. — Eles têm aparelhos de raios X no aeroporto.

Marina retrucou.

— Não, escutem. Sean disse que esse recipiente é feito de chumbo, então os raios X não revelam o que tem dentro.

Miranda concordou, pensativo.

— Cara brilhante. Pensou em tudo. Bom, não exatamente, mas quase. Muito bem, Elena, pegue algumas coisas, faça as malas e vá. Agora. Não espere nem mais um minuto. Faça as malas, agora.

— Seu pai tem razão, Elena. Vamos fazer isso.

— O que você vai fazer, papai?

Uma vez mais, Miranda fixou a vista no chão por uns segundos.

— Vou sair com vocês. Nós todos rimos, aparentamos estar alegres, sem a mínima preocupação, nos despedimos na próxima esquina, eu lhe dou um beijo no rosto, aperto a mão da Marina. Vocês seguem seu caminho, chamam um táxi na Quinta Avenida, e eu sigo o meu. Ninguém sabe o que aconteceu aqui, não houve disparos, nem gritos. Vários dias vão se passar antes que... vocês sabem, o mau cheiro.

— Ah, meu Deus — disseram as duas mulheres em uníssono.

— Quando descobrirem, vocês já vão estar a salvo, a milhares de quilômetros de distância. A polícia provavelmente vai vir me visitar e me dizer que dois homens mortos foram encontrados aqui e que você desapareceu. Eu finjo estar preocupado e peço uma investigação completa. Quando saímos daqui, você estava muito bem de saúde, feliz, despreocupada, e estava indo passar uns dias na praia com uma amiga. Essa vai ser minha história.

Elena pensou sobre isso por um momento.

— Mas as autópsias, papai. Eles não conseguem determinar o dia e a hora exatos em que eles morreram?

— O dia, com certeza; a hora, acho que não. Não depois de vários dias.

— E as impressões digitais? — perguntou Marina.

— Certo. Vou limpar o martelo e... não se preocupem. Vá fazer as malas, Elena. Agora, ande, ande.

— Mas, papai...

— É uma ordem. Ande.

Miranda voltou para o quarto de empregada, enquanto Marina ajudava Elena a fazer a mala. O odor de morte recente ele conhecia muito bem. Com cuidado para não pisar na poça de sangue, ele limpou bem o martelo e fechou a mão direita de Sean em torno do cabo. Inspecionou o quarto com atenção, refletindo. Poderia haver alguns fios de cabelo no chão, mas ele não tinha tempo de examinar. Suas impressões digitais na cozinha e na sala não eram problema. Ele admitiria que havia estado ali naquele dia.

Miranda correu até a sala. O recipiente de chumbo permanecia no sofá. Ele o apanhou e levou-o ao quarto de Elena. Marina e Elena ficaram paralisadas, observando-o. Sem uma palavra, começou a colocar os diamantes da filha dentro do tubo.

— Continue a fazer as malas.

Isso as pôs em ação de novo. Ele guardou os últimos diamantes e se dirigia à sala quando, de repente, parou à porta.

— Elena, essa mala tem uns 50 anos — observou ele.

— Foi o que eu disse a ela — comentou Marina.

— É a única que eu tenho, papai.

— Não, eu só estava pensando se... Continue a fazer as malas, eu volto logo.

Na sala de estar, Miranda comprimiu a maior parte do algodão dentro do recipiente, apertou bem com o dedo, colocou o restante no bolso, depois fechou o tubo com a tampa de plástico e colocou-o de volta dentro da bengala. Depois de apertar o cabo, balançou a bengala ao ouvido. Nenhum barulho. Ótimo. Voltou para o quarto da filha. Na diagonal, a bengala cabia dentro da mala de Elena.

Escondido em Havana **271**

— Os vizinhos achariam estranho se vissem uma de vocês deixando o prédio com a bengala, mancando — disse ele. — Agora, essa peça de museu é perfeita para guardar a bengala, mas, se você entrar no aeroporto com ela, todo mundo vai ficar olhando para você. — E, virando-se para Marina: — Assim que conseguirem um quarto em algum lugar, leve Elena a uma loja e compre uma como a sua para ela.

— Sem problema — disse Marina.

— Então, vocês vão para o aeroporto com a bengala à vista. Turistas, estranhos, ninguém vai notar.

— Eu espero — disse Elena.

— Uma última coisa, Elena. O recipiente é feito de chumbo, e o chumbo pesa muito. Essa bengala é pesada demais para você, mas vai ter que segurá-la como se fosse leve. Se as pessoas notarem que está ofegante, se arrastando ao andar com ela, vão suspeitar. Então você vai ter que fingir, entende o que estou dizendo? Ande sem fazer esforço, com um sorriso nos lábios.

— Vou tentar. Obrigada, eu não tinha pensado nisso.

Eram 12h19 quando as duas mulheres voltaram para a sala. Elena se maquiara e estava com uma aparência bem melhor, embora diferente do seu dia a dia, observou Miranda. Ela queria usar seu melhor traje, um conjunto de calça e casaco marrons e uma blusa de mangas compridas cor de creme, mas Marina aconselhou-a a não fazer isso. No verão, as pessoas que viajavam na classe econômica usam roupas confortáveis, principalmente turistas retornando de ilhas tropicais: jeans, shorts, blusões, sandálias, esse tipo de coisa. Elena finalmente vestiu sua única calça jeans, uma blusa branca sem mangas e sapatos baixos pretos já bem usados. Tinha pendurada no ombro uma bolsa de couro preta, comum. Marina também havia retocado a maquiagem, para se tornar mais apresentável.

— Vocês estão maravilhosas, garotas — disse Miranda.

— Ah, papai...

— Pare com isso! Nem mais uma lágrima.

Marina pegou sua maleta de mão e a mochila.

— Me dê a maleta — o homem pediu à filha.

— Para quê?

— Me dê aqui.

Miranda removeu todas as identificações cubanas da carteira de couro velha de Elena e pôs tudo em seus bolsos.

— De agora em diante, você é essa mulher canadense, Christine alguma coisa. Vou jogar tudo isso no cano de esgoto. Agora, vamos.

— Papai?

— O que é?

— Posso lhe dar um abraço? — implorou ela.

— Claro, mas sem choro.

— Prometo.

Elena colocou a maleta no chão e depois lhe deu um abraço apertado. Temendo novas lágrimas, ele se afastou.

— Como posso lhe dizer onde estou e como estou? — perguntou Elena, lutando para conter as emoções.

Miranda refletiu por um momento, mordendo o lábio inferior.

— Você sabe meu endereço. Daqui a três meses, em novembro, me envie um número de telefone, não o seu, o de alguma outra pessoa, num envelope sem endereço do remetente. — Ele fez uma pausa e refletiu um pouco mais. — Se eu receber e, bom... se as coisas acontecerem da maneira que esperamos, tento lhe telefonar no último domingo de dezembro, de um telefone público, entre as 10 da manhã e 1 da tarde. Primeiro você diz que Marina lhe ofereceu uma maneira segura de deixar o país e você aceitou. Não me disse nada, porque achava que eu não aprovaria. Diz que vai bem e que vai escrever em breve. Então eu lhe dou a notícia de dois corpos encontrados no seu apartamento. Você não acredita: "Como assim, dois corpos no meu apartamento?" "De quem são eles?", esse tipo de tolice.

— Jesus! — exclamou Marina.

— O quê?

— O senhor é uma figura, sabia? — *Outro homem de gelo*, pensou.

— Vou tomar isso como um elogio.

— E mamãe?

— Nem pense nisso. Sua mãe vai ter que aceitar seu desaparecimento até você escrever para ela, e não escreva enquanto a gente não se falar ao telefone. E lembre-se: você soube por mim que dois homens foram encontrados mortos aqui. Você sabe somente o que eu lhe contar.

— Está certo.

— Vamos andando — disse Miranda, pegando a maleta da filha.

Deixaram o edifício pouco depois das 12h30. Até mesmo Marina, mestra em simulação, não conseguia mostrar-se tão confiante quanto pretendia, enquanto dizia em voz baixa a Elena:

— Não se preocupe, querida, vai dar tudo certo. Você agora devia estar pensando num lugar onde a gente possa se hospedar. Não é bom que seja um dos melhores hotéis, mas também não deve ser uma espelunca. Basta que seja um hotel três estrelas, onde possamos conseguir um quarto e então sair para comprar uma malinha de mão para você.

Elena concordou com um movimento repetido de cabeça, enquanto olhava com tristeza para o Parque de la Quinta. Estaria apreciando-o pela última vez? Estaria deixando para trás sua vida inteira, seu mundo? Viu que somente uma tragédia da magnitude da que havia testemunhado, com consequências tão desastrosas, a faria fugir. Aquele era o lugar a que pertencia, o lugar onde estavam suas raízes!

Uma mulher idosa, que morava na casa de telhas vermelhas ao lado do edifício, voltando do mercado com uma sacola plástica cheia de batatas, sorriu e cumprimentou Elena com a cabeça. Ela devolveu o sorriso. Aquela senhora morava ali já fazia tanto tempo que nem sequer conseguia lembrar quanto, provavelmente a vira crescer, por Deus! Aquele rosto, enrugado, amigo, fazia parte de seu mundo, assim como seus alunos, os vizinhos, suas lembranças, esperanças, e agora esse era o mundo do qual estava tentando escapar, para sempre. De repente, tudo que antes nem lhe merecia atenção na vida parecia indispensável, tão precioso!

Em menos de trinta segundos percorreram a distância até a esquina da rua 26 com a 3A, tempo suficiente para começarem a suar sob o sol escaldante. Com um largo sorriso, Miranda entregou a maleta à filha.

— Sorria — ordenou ele.

Elena tentou forçar um sorriso. Ele a beijou na face, depois estendeu a mão a Marina.

— Tome conta da minha filha, Marina.

— Não se preocupe — ela disse, sentindo a grandiosidade daquele momento.

Miranda virou-se e saiu arrastando os pés, para pegar um ônibus na Terceira Avenida. Elena ficou olhando para o pai, na esperança de que ele se virasse e acenasse um adeus.

— Vamos andando, Elena.

— Espere um pouco.

— Lembre-se que as pessoas estão olhando e que não queremos chamar atenção. Vamos.

Ao se afastarem, Elena virou-se pela última vez. Já não via o pai em lugar nenhum.

— De agora em diante, você é uma surda-muda — disse Marina. — Não fale na presença de ninguém, nem do motorista do táxi, nem do recepcionista do hotel, de absolutamente ninguém, está entendendo?

— Estou.

— Agora, me diga o nome do hotel onde podemos encontrar um quarto.

— O Sevilla, em Prado.

— Certo.

Os joelhos dele cederam, como se de repente enfraquecidos por terem-no carregado durante tantos anos, e Manuel Miranda jogou-se no banco vazio do ponto do ônibus. Nunca se sentira tão exaurido, e se perguntou por quê. Duas horas haviam se passado e ainda sentia o impacto de retorno do martelo sobre sua mão ao atingir a cabeça do homem. Tirara outras vidas em inúmeras ocasiões — em combate, três vezes ao comandar pelotões de fuzilamento, uma acertando contas com uma esposa adúltera e o amante — e seus joelhos jamais haviam cedido. Remorso? Tolice. Jamais sentira remorso na vida, menos ainda naquele momento, depois de salvar a vida da filha.

Miranda se perguntou se poderia ser pânico. Procuraria investigar isso. Nunca tivera medo de morrer, nem mesmo depois de ter adquirido o gosto pelas coisas boas da vida, que perderia se morresse: aventuras em lugares distantes, respeito, autoridade, poder, reconhecimento e sexo, o prazer máximo. Estava convicto de que um caminho rápido para o fim, como a pena de morte, seria melhor do que sofrer de um câncer terminal e definhar numa cama durante meses. Também não tinha medo da intervenção divina. Não acreditava em Deus, nem no demônio, nem em droga nenhuma. Não, não era pânico.

O que seria, então? A idade? Seus quatro ferimentos a bala? Possivelmente. Há uma primeira vez para tudo, inclusive os joelhos. Durante todos aqueles anos, ele vira como gradualmente outras partes mais viris de seu corpo vinham se debilitando.

Poderia ser amor? Amor pelo que de melhor saíra dele, a mulher mais admirável que conhecera na vida, mais do que sua mãe, do que a mãe dela, as tias, as primas, as sobrinhas, muitíssimo superior à mulher mais bela e mais bondosa entre todas da longa lista com quem estivera envolvido?

Ele começava a compreender por que seus joelhos haviam cedido. Era do amor pela filha e do temor de nunca mais voltar a vê-la. Podia ser isso. E lhe vieram à mente todo o tempo perdido, os anos de guerras, os estados de alerta, as mobilizações, os campos de treinamento e o cárcere. Os milhares de horas de reuniões de pessoal, reuniões da célula do partido, reuniões no Ministério da Defesa, sessões plenárias do Comitê Central. O tempo gasto com mulheres nas praias, nos iates, em estâncias nas montanhas e nos quartos. Miranda balançou a cabeça. Não, *isso* tudo bem. E acima de tudo, sua condenação. A antítese de um bom pai, isso é o que ele tinha sido. Merda. Sentia remorsos! Sim, as pessoas realmente mudam com a idade.

O que deveria esperar era nunca mais voltar a vê-la. Isso significaria que ela havia conseguido escapar, vender os diamantes, tornar-se uma mulher rica, deixar para trás seu passado triste e traumático. Uma nova preocupação despontava. Elena não estava preparada para o mundo que iria enfrentar lá fora. E demonstraria isso. As pessoas se aproveitariam dela. Talvez Marina lhe ensinasse o caminho, lhe desse uma ajuda. Bom, estava fora de suas mãos, agora. Avistou um ônibus a alguns quarteirões de distância. Levantou-se. Joelhos firmes. *Boa sorte, Elena*, foi a mensagem mental que enviou à filha, enquanto limpava a poeira deixada na calça pelo banco.

CAPÍTULO 7

Faltavam 15 minutos para as 13 horas quando Trujillo deixou o escritório de Pena após declarar que não conseguira fazer nem mesmo uma tênue conexão entre o policial assassinado e Pablo Miranda. Eles tinham características inteiramente diferentes: altura, peso e histórias de vida. Evelio Díaz não portava dólares nem cocaína; seu relógio não fora roubado. Não havia marcas de mordida no corpo. De acordo com outros policiais jovens de sua unidade, o novato era calmo e descontraído, bem casado, monógamo e aplicado. A única semelhança era a forma como os dois tinham morrido.

A caminho do refeitório, Trujillo pegou a correspondência em seu escaninho. Estava na fila, esperando atrás de três homens para chegar ao lugar onde as bandejas limpas de alumínio estavam empilhadas, quando leu: "Zoila Pérez, CDR 45, Zona 6, Playa, telefone: 24-5576, telefonou às 20h55. Sobre o assassinato de Miranda." A folha de papel o fez parar onde estava. Olhando para o chão, tentava, em vão, lembrar-se do rosto da mulher. Era uma coincidência estranha demais, refletiu. Tinha que haver uma conexão. Trujillo deu meia-volta, deixou o refeitório e dirigiu-se a sua escrivaninha na enorme sala reservada aos policiais. Folheou sua agenda no mês de junho. Lá estava: Zoila Pérez, Presidente, CDR 45, Tel. 24-5576. Aproximou-se da mesa sobre a qual havia duas linhas diretas, destinadas a servir trinta detetives. Era um domingo, hora do almoço, e ambas estavam livres. Discou o número.

— Alô — respondeu uma voz masculina.

— Posso falar com a camarada Zoila Pérez, por favor?

— Quem está falando?

— Capitão Félix Trujillo.

— Um momento.

Trujillo passou a ponta da língua por sobre os lábios e recostou a nádega esquerda numa ponta da escrivaninha. Sua agenda estava aberta, uma caneta esferográfica sobre a página do dia. Quando Zoila disse alô pela primeira vez, ele estava espirrando, cobrindo o bocal com a mão.

— Alô? — disse novamente a mulher.

— Ah, desculpe, camarada. Estou resfriado. Um momento.

Ela ouviu quando ele assoou o nariz num lenço.

— Estou retornando seu telefonema.

— Precisa cuidar dessa gripe.

— Bom, você sabe como é. Um bilhete aqui diz que você telefonou a respeito do caso de Pablo Miranda.

— Ah, sim.

— Alguma novidade?

Zoila Pérez repetiu o que havia relatado ao policial de plantão na noite anterior: estrangeiros visitando Elena, um carro alugado estacionado na rua, as batidas na parede. A única informação nova que forneceu foi a placa do carro, que o capitão anotou antes de fazer praticamente as mesmas perguntas que o policial de plantão havia feito: teria Zoila visto ou ouvido alguma coisa que a fizesse suspeitar que Elena estava em perigo? Havia alguma coisa que indicasse que ela estava sendo coagida a receber os estrangeiros em seu apartamento? O que pareciam ser as batidas na parede?

— Você viu Elena hoje? — perguntou Trujillo depois que Zoila lhe deu todas as informações.

— Bom, vi. Hoje pela manhã, por volta das 9, eu vi quando ela entrou no prédio de braços dados com um homem muito mais velho e conversando animada.

— O turista?

— Não. O turista é mais novo, e mais alto.

— Já tinha visto esse homem antes?

— Não estou certa. Talvez, mas acho que não. Meus olhos já não são os mesmos de antes.

— Elena parecia estar bem? O de sempre?

— Ah, sim.

— O carro ainda está aí?

— Não.

— Certo, camarada, obrigado. Vai passar o restante do dia em casa?

— Acho que sim, vou.

— Devo dar uma passada por aí mais tarde.

— Fique à vontade.

O capitão pegou a escada para o segundo andar, mas seu chefe não estava em lugar nenhum. Encontrou o major almoçando no refeitório. Trujillo sentou-se no mesmo banco de granito e conteve um espirro, antes de dizer a Pena o que acabara de saber.

— Talvez esse casal seja o mesmo que levou Pablo e Elena ao *paladar* — especulou Trujillo no final de seu relato.

Pena acompanhou a lógica daquela afirmação.

— Ao mesmo tempo, pode não ser. Mas suponha que seja. E daí? Eles deixaram Cuba três dias antes de Pablo ser assassinado.

— Eu sei. Mas é... uma coincidência muito estranha. Eles vão embora e três dias depois Pablo é assassinado; eles reaparecem e um dos nossos homens é assassinado da mesma forma. Não acha melhor investigar esses dois?

— É bem improvável, mas podemos fazer isso. Vamos começar pela locadora de automóveis. Vou telefonar para a empresa, procurar saber quem alugou o carro e aí talvez pedir às viaturas com rádio a localizarem. Você vai fazer uma visita a Elena Miranda?

Quando Trujillo ia responder, teve um acesso de tosse. Os policiais no recinto olharam para ele. Pena lhe entregou seu copo de água; o capitão tomou um pouco.

— Você está com um resfriado horrível.

Trujillo concordou com um gesto de cabeça.

— O que você está tomando?

Trujillo balançou a cabeça negativamente.

— Nada?

O capitão bebeu um pouco mais de água antes de responder.

— Fui à farmácia ontem à noite, quando estava voltando para casa. Não tinham nada, nem mesmo aspirina. Minha mãe preparou um chá de ervas.

— Você foi ao médico?

— Quer dizer o nosso?

— É.

— Não.

— Vá, então. Ele tem uns comprimidos que funcionam maravilhosamente bem, doados por um grupo suíço de solidariedade.

— Está bem.

— Você almoçou?

— Não.

— Vá pegar uma bandeja e se junte a mim.

Quando estava na metade do prato de arroz, feijão-preto, batatas cozidas e salada verde, Trujillo disse que visitaria Elena, explicaria que um policial havia sido assassinado da mesma forma que o irmão dela, então perguntaria se ela tinha notícias dos canadenses. Pena se opôs a essa abordagem, dizendo que era muito mal elaborada. O major era a favor de que se contasse a ela sobre o novo assassinato e esperasse pela reação da moça. Se ela mencionasse os canadenses, ótimo; se não, haveria algo estranho. Em seguida, Pena pediu o número do telefone de Zoila e da placa do carro e anotou no seu maço de Populares. Depois de um péssimo café, deixaram o refeitório, fumando.

O major acompanhou Trujillo ao consultório. Observou com atenção enquanto um médico muito jovem examinava a garganta do capitão e em seguida balançava a cabeça em reprovação ao cigarro aceso. Só depois que verificou a pressão arterial e o pulso do paciente, o médico prescreveu os comprimidos, dois dias de cama e o máximo de água que conseguisse beber. Um enfermeiro deu a Trujillo quatro comprimidos amarelos enormes e recomendou que tomasse um de 12 em 12 horas. Trujillo tomou o primeiro imediatamente. Quinze minutos depois, dirigindo uma motocicleta Ural com um *sidecar*, ele estava a caminho de Miramar.

Não havia quartos disponíveis no Sevilla, mas a recepcionista, uma mulher educada, de meia-idade, simpatizou com a surda-muda que aparentava nervosismo e telefonou para um colega no Deauville. Dois minutos depois desligou o telefone e, com um sorriso, garantiu a Marina que elas poderiam passar a noite num hotel próximo, em Galiano, entre o Malecón e San Lázaro. Ao mesmo tempo que o motorista do táxi abria a mala do carro na entrada do Deauville, um carregador surgiu do nada e, estranhando a maleta antiquada, levou a bagagem delas. Com olhos espertos, Marina inspecionou o saguão em três segundos: duas estrelas, barato, velho, o tipo de lugar que os agentes de turismo reservam para turistas sem muito dinheiro e sem luxo.

Na recepção, Marina disse que elas eram as pessoas enviadas pelo Sevilla e deu seu nome. O recepcionista verificou as mensagens recebidas num quadro, balançou a cabeça afirmativamente e pediu identificação. Marina se comunicou com Elena com uma linguagem rápida de sinais. A professora identificou facilmente a palavra *passaporte*, mas os movimentos das mãos eram pateticamente espúrios. O recepcionista observou por alguns instantes. Aquela mulher bonita era surda? Elena abriu a bolsa e entregou o documento.

Marina preencheu as fichas e deu a Elena a dela para assinar. No minuto em que colocou a caneta no papel grosso, a professora percebeu que não poderia mais assinar seu nome. Entrou em pânico. Qual era seu novo nome? Dirigiu o olhar para a linha correta. Christine Abernathy. Assinou um CA seguido de uns garranchos indecifráveis. Seria a mulher um pouco burra também?, pensou o recepcionista.

Assim que o carregador guardou no bolso o dólar, fechou a porta do quarto 614 e saiu, Elena virou-se para Marina.

— Droga, eu quase...

Parou no meio da frase quando Marina repetidamente colocou o dedo indicador sobre os lábios.

— O quê?

Marina aproximou-se e sussurrou no ouvido dela.

— Este quarto pode ter escuta.

Elena franziu a testa, em parte por incompreensão, em parte por discordância.

— Você acha? — murmurou, enquanto vasculhava o quarto com o olhar. Duas camas de solteiro, uma cômoda barata, um armário, um banheiro, uma janela de vidro com cortinas finas, um aparelho de ar-condicionado, um televisor, duas cadeiras plásticas brancas de braços.

Marina ligou o ar-condicionado e a televisão antes de explicar as precauções que Sean tomava quando em Cuba. Então sugeriu o mesmo procedimento, apenas por medida de segurança. Afinal, Christine era surda-muda; seria estranho ouvir-se uma conversa no quarto delas. Elena concordou em se comunicar em voz baixa quando um programa de TV em espanhol, de perguntas e respostas, atingia o máximo da banalidade. Sentaram-se nas camas, de frente uma para a outra. Elena cruzou as pernas na altura dos tornozelos e entrelaçou os dedos das mãos. Marina dobrou as pernas sobre a cama, sentando-se sobre um dos pés e apoiando-se sobre o braço direito.

Inicialmente a simplicidade do plano permaneceu inalterada. Em poucos minutos deixariam o hotel, duas amigas saindo para um passeio, comprariam uma mala de mão numa loja onde os produtos eram vendidos somente em dólares, na rua Galiano, depois voltariam para o Deauville, passariam as coisas de Elena da mala velha para a nova e iriam para o aeroporto. Nesse ponto da conversa, entreolharam-se, embora por diferentes razões.

— As pessoas do hotel estranhariam — disse Elena, franzindo a testa.

— Qual aeroporto? — perguntou Marina.

— O quê?

— Para qual aeroporto devemos ir?

— Agora eu não estou entendendo.

Marina respirou fundo antes de começar a explicar em sussurros.

— Quando percebi que Sean e a bengala tinham desaparecido, achei que ele tinha me traído. Como eu podia saber o que tinha acontecido? Então fui ao aeroporto para ver se ainda conseguia me encontrar com ele, ameaçar um escândalo... — Tentou conter as lágrimas, mas não conseguiu.

Elena sentiu pena dela. Marina e Sean não foram casados, mas parecia ter havido alguma coisa entre eles.

— O que eu não consigo entender — disse, enquanto Marina ficava em silêncio para enxugar uma lágrima — é como aquele homem conseguiu entrar no seu quarto e sequestrar Sean sem acordar você.

— Também não entendo — observou Marina, com um movimento de cabeça. — Eu estava exausta depois de toda aquela agitação, dormindo como uma pedra, mas deve ter havido algum barulho. O cara deve ter batido à porta e ameaçado Sean. Como é que eu não ouvi nada?

— Não faço ideia.

— Bom, enquanto eu procurava Sean no aeroporto, realmente irada, sabe, certa de que ele tinha me ferrado, tentei imaginar o que ele faria. E de repente me ocorreu que ele não iria para *aquele* aeroporto, porque de certa forma sabia que ali seria o primeiro lugar onde eu ia procurar. Está entendendo?

— Acho que não.

Marina transferiu o peso do corpo para o braço esquerdo e virou os pés para o outro lado do corpo.

— Suponha que você esteja fugindo, bom, nós *estamos* fugindo; a primeira coisa a fazer é bancar o advogado do diabo. "Onde será que vão procurar por mim?" Que é a mesma coisa que "Que lugares devo evitar?". Entende o que quero dizer?

— Claro.

— Então você diz a si mesma: eu não devo ir para casa, nem para a casa de meus pais, nem para a de meus melhores amigos.

— Nem para o aeroporto mais perto.

— Exatamente. Então, imaginei que Sean iria para Varadero, ou Santiago de Cuba, ou qualquer outra cidade onde se possa pegar um avião para o Canadá, ou para o México, ou qualquer outro país. Na verdade, pensei, e Deus me perdoe por isso, que ele tinha planejado tudo com muita antecedência, que tinha comprado as passagens no Canadá: uma saindo de algum aeroporto de Cuba que não fosse o de Havana, e outra do lugar onde o primeiro avião pousasse para o destino final de Sean.

— Entendo. Você está achando que a gente devia fazer isso.

— Exatamente. Só por medida de segurança. Não sabemos se esse homem, que o seu pai... desculpe, mas *matou* é a palavra. Não sabemos se ele tem um cúmplice; alguém que sabia para onde ele estava indo, sabia da existência dos diamantes e que, neste exato momento, esteja nos procurando ou que vá começar a nos procurar dentro de algumas horas.

— Ah, Marina. Você acha? — perguntou Elena, olhos esbugalhados.

— É uma possibilidade.

Elena levantou-se e começou a andar nervosamente de um lado a outro do quarto antes de mexer no controle remoto e aumentar o volume da televisão. Marina manteve os olhos fixos na professora cubana.

— Então você sugere que a gente vá para lá? Varadero? — perguntou Elena.

— Não sei. Qual é o aeroporto mais movimentado depois do de Havana?

— Bom, eu me lembro de ter lido um artigo no jornal dizendo que Varadero era o segundo em movimento.

— Fica a que distância daqui?

— Aproximadamente a 120 ou 140 quilômetros daqui.

— Como é que chegamos lá?

— A gente pode pegar um táxi.

Marina considerou a possibilidade por um instante.

— Não, acho que não. Chamaria muita atenção, o motorista se lembraria de nós duas, por causa da tarifa alta. Podemos pegar um ônibus?

— Claro, existe uma empresa de ônibus, a Vía Azul, cuja passagem é 10 dólares. Mas não sei quantos ônibus eles têm por dia, nem o horário. Vamos ter que telefonar.

— Então está decidido. Vamos para o aeroporto de Varadero, dizemos que eu telefonei para casa e descobri que meu filho sofreu um acidente. Precisamos de duas passagens, para Toronto, de preferência, mas se não houver voos imediatos, vamos para Cancun, México, Jamaica, qualquer outra cidade de onde a gente possa fazer uma conexão.

— Para mim, está bom.

— Ótimo. Preciso fazer xixi.

Marina dirigiu-se ao banheiro, entrou e fechou a porta. Elena ficou em frente à televisão por um ou dois minutos, sem prestar atenção, tomada pela confusão em que havia se metido.

— O que é que as pessoas aqui vão pensar? — perguntou quando Marina voltou para o quarto consultando as horas no relógio. — A gente chega implorando um quarto e depois vai embora em poucas horas?

Marina respirou fundo e fitou o teto por um minuto, concentrada.

— Acho que foi no *New York Times*, não tenho certeza, mas eu li em algum lugar que vocês têm alguns hospitais aqui que tratam pacientes estrangeiros. É verdade?

— É. Existem vários: o Cira García, o Camilo Cienfuegos, o...

Escondido em Havana **287**

— Ótimo. Vamos dizer que você vai ser internada no Cira García. Precisávamos de um hotel porque chegamos um dia antes, mas telefonamos e eles nos disseram que você podia ser internada hoje. Eu vou ficar com você.

— Parece razoável.

— Então, vamos sair para comprar sua mala e telefonar para a rodoviária.

— Vamos. Deixamos a bengala na minha maleta?

Fingindo-se exasperada, Marina revirou os olhos.

— Ah, Elena, você às vezes é tão ingênua. Depois de tudo que passamos, é melhor não deixarmos essa bengala fora das nossas vistas enquanto não vendermos a última pedrinha. A gente come com ela, toma banho com ela, dorme com ela, e se uma de nós duas tiver vontade de transar, ela vai ser nosso falo.

Elena se surpreendeu, rindo, mas logo se conteve. Sabia que não devia rir algumas horas depois de dois homens terem morrido diante de seus olhos, mas Marina era demais. Sorrindo sem graça, começou a lutar com as tiras de couro e as trancas enferrujadas de sua maleta.

Depois de quase dois minutos tocando sem sucesso a campainha do apartamento 1 e aguardando ser atendido, o capitão Trujillo pegou a escada para o segundo andar para falar com a informante.

Zoila apresentou-o ao marido, um homem careca de 50 e tantos anos trabalhando em sua coleção de selos, depois ofereceu uma cadeira a Trujillo à mesa da cozinha. Coou um café, foi informada de que sua vizinha do andar de baixo não se encontrava em casa e disse que não sabia onde Elena estaria. Talvez tivesse ido ao cinema, ou visitar algum de seus alunos, ou à praia, comentou. Zoila levou um minuto inteiro para listar as tarefas de casa que tinha que fazer durante os fins de semana — limpar, cozinhar, lavar roupa, passar, descongelar o refrigerador GE de 50 anos, ficar na fila do mercado para comprar a comida racionada, ficar na fila do mercado do Exército da Juventude para comprar frutas e legumes não racionados. Procurava deixar claro que Trujillo não podia esperar que ela passasse horas à janela. Duas vezes ele tentou conter os espirros, mas não conseguiu.

Assoando o nariz, o capitão pediu que ela lhe telefonasse assim que visse Elena, depois apertou a mão do filatelista e deixou o apartamento. Zoila e o marido estavam certos de que pegariam aquela gripe em poucos dias; o homem era um espalhador ambulante de vírus. No térreo, Trujillo passou mais uns dois minutos tocando a campainha do apartamento 1 antes de deixar o prédio e dar partida na sua motocicleta. Estava pronto para sair quando, acima do barulho do motor do veículo, a voz de Zoila lhe alcançou o ouvido. Ele levantou a vista para a varanda da mulher. Sim, lá estava ela, tentando se fazer ouvir. Ele colocou a mão por trás da orelha para sinalizar que não conseguia entender o que ela estava dizendo. Zoila colocou o pulso esquerdo em frente à boca e com o direito fez círculos em torno do ouvido para indicar que ele estava sendo chamado ao telefone. Trujillo desligou o motor e subiu de novo a escada.

— Obrigada, camarada Zoila.

— De nada. O telefone está na mesinha do canto.

Trujillo sentou-se no sofá e pegou o aparelho.

— Capitão Trujillo a seu dispor.

— Olá, Félix.

— Quem está falando?

— Pichardo.

— Oi, cara. O que é?

— Pena quer que você se encontre com ele na Primeira Avenida entre a rua 34 e a 36, Miramar. Ele disse que encontraram o carro alugado lá, aparentemente abandonado.

Trujillo permaneceu em silêncio, olhos fixos na parede. Zoila prestou atenção a cada palavra dele.

— Está me ouvindo?

— Estou. Primeira entre 34 e 36, certo?

— Positivo.

— Pena está a caminho?

— Positivo.

— Mais alguma coisa?

— Negativo.

— Cuide-se.

— Você também. Cuidado para não pegar uma pneumonia ou coisa assim.

A viatura policial, um Peugeot, encontrava-se estacionada uns 10 ou 12 metros atrás do Hyundai Accent. O motorista permanecia ao volante; seu companheiro estava à porta do passageiro, cotovelo esquerdo apoiado sobre o teto do carro, fumando um cigarro. Quando viram o capitão descer da moto, o motorista levantou-se e o outro policial jogou fora o cigarro. Trujillo respondeu ao cumprimento de forma não muito amigável.

— Faz muito tempo que estão aqui, camaradas? — perguntou, enquanto lhes apertava a mão.

— Uns dez minutos, capitão — respondeu o motorista, um sargento moreno com um enorme bigode preto. Tinha uma prancheta na mão esquerda.

— Revistaram o carro?

— Não. Recebemos ordem para não fazer nada. Encontramos ele — o homem lançou a vista para a prancheta — às 14h32. As ordens eram para aguardar até o pessoal do DTI chegar aqui. Disseram que o senhor era um major.

— O major está a caminho. Eu sou Trujillo.

O capitão deu a volta em torno do Hyundai, olhando através dos vidros. Ao lado da porta do passageiro, tirou de um de seus bolsos de trás um lenço úmido e amassado e olhou para ele com repulsa antes de agitá-lo no ar para desamassar um pouco. Cobrindo os dedos com o lenço, inclinou-se pela janela do carro e abriu o porta-luvas. Encontrou um mapa de estradas e uma cópia do contrato. Não o surpreendeu o fato de estar em nome de Sean Abercon; Marina Leucci também estava autorizada a dirigir o automóvel. A ficha dizia que eles ficariam hospedados no hotel Copacabana.

Trujillo virou a cabeça e olhou para os andares superiores do prédio a cinco quarteirões e meio de distância. Bom, às vezes as pessoas faziam coisas estranhas, como deixar um veículo estacionado a cinco quarteirões de distância de casa. Sem gasolina? Talvez. Se a chave estivesse na ignição, ele poderia verificar isso, mas não estava. Entretanto, o Hyundai estava virado em direção ao leste, como se eles estivessem indo para a cidade, não voltando. Visitar um amigo no bairro? Era possível. Então eram pessoas preguiçosas, pegando o carro para percorrerem somente cinco quarteirões.

Trujillo suava profusamente sob o sol inclemente e sua boca estava ressecada. Olhou em torno à procura de um lugar público nas proximidades onde pudesse pedir um copo de água. Os pedestres em trajes de banho voltando para casa olhavam para os policiais com curiosidade. Adolescentes queimados do sol andavam de bicicleta, jogavam bola ou pregavam peças nos adultos. Havia por perto algumas árvores grandes, de troncos ásperos, nenhuma delas com folhagem suficiente para fornecer uma boa sombra. Dois quarteirões a leste, um sinal de neon indicava um restaurante. Mas precisava esperar por Pena. Tirou o quepe e enxugou o rosto com a manga da camisa. Do outro lado da rua, o mar azul e calmo era um convite. O lugar ideal para mergulhar, se refrescar e se livrar de uma gripe de verão indesejável.

— Ei, companheiros, vamos pegar uma sombra na viatura de vocês?

Pena chegou três minutos depois, num Lada comum. O major atravessou a rua e Trujillo saiu da viatura de polícia. Parado ao lado do Hyundai, o capitão entregou o contrato de aluguel do automóvel ao chefe, que parecia mais interessado no documento do que no carro. Finalmente, Pena levantou a vista em direção ao oceano e considerou algo por um momento.

— Você fala inglês? — perguntou ao subordinado.

— Nem uma palavra.

— Você sabe se algum desses dois fala espanhol?

— De acordo com Elena Miranda, a mulher é argentina.

— Vamos para o Copacabana, então. Vamos conversar com esse tal de Sean; ela pode traduzir. Vamos usar o carro alugado como desculpa. Achamos que tivesse sido abandonado, blá-blá-blá. Deixe sua moto aqui, vamos no Lada.

Dez minutos depois, ficaram sabendo que o Sr. Abercorn e a Sra. Leucci haviam deixado o hotel. O manobrista do estacionamento em serviço — segundo turno — lembrava-se de ter visto o Hyundai no sábado, mas não no domingo. O recepcionista — mesmo turno — não sabia se eles tinham se mudado para outro hotel nem se haviam deixado o país.

— Preciso tomar água — disse Trujillo.

No bar do hotel, o capitão bebeu avidamente três copos de água gelada.

Pena voltou para o lugar onde estava estacionado o Hyundai e parou atrás da moto. Pelo rádio, pediu ao operador para telefonar para a locadora de automóveis, informar sobre o veículo abandonado e pedir a eles, não, ordenar que mandassem alguém buscar o carro imediatamente. Depois, despachou os policiais na viatura e voltou para o Lada. Enquanto o major se sentava ao volante, Trujillo deu um espirro explosivo.

— *Coño*, Trujillo, vire o rosto para lá.

— Desculpe — disse numa voz abafada, enxugando o nariz.

— Você quer infectar a força policial toda?

— Já pedi desculpas.

— Está bem, está bem. Esse é o único lenço que você tem?

Trujillo fixou a vista através do para-brisa por uns segundos antes de falar.

— Se continuar a reclamar da minha gripe, a dar uma de chefe, vou tirar os dois dias que o médico prescreveu.

Pena achou melhor deixar passar aquela observação.

— Claro que é a única droga de lenço que tenho — acrescentou Trujillo. — Saí de casa às 7, devo ter espirrado 1 milhão de vezes, você acha que era para estar limpo e seco?

Mantendo a vista na avenida, Pena pegou um maço de Populares no bolso da camisa e ofereceu-o ao capitão, que tirou um, acendeu-o e, em seguida, aproximou o fósforo aceso do cigarro de Pena. Fumaram em silêncio por um minuto.

— Olha aquilo! — exclamou Pena em tom de admiração.

Era uma linda negra, de pele clara, passando de biquíni. Trujillo teve que se conter para não rir. A moça era bonita, mas o que a raposa velha na verdade estava tentando fazer era consertar as coisas, com aquela conversa de homens sobre mulheres. Ele ficou imaginando como é que um policial perspicaz, experiente, astuto e sagaz podia se tornar tão previsível ao lidar com subordinados. Então percebeu que era uma provocação. Filho da puta!

— Não estou gostando — comentou Trujillo.

— Não acha essa morena maravilhosa?

— Não estou gostando de nada disso. Das batidas na parede ontem à noite, de Elena Miranda não estar em casa hoje, de este carro ter sido abandonado aqui, de os turistas terem deixado o hotel.

Pena refletiu sobre essa observação, fumando em silêncio. Amassou a ponta do cigarro no cinzeiro antes de falar. Trujillo jogou a guimba pela janela.

— Vou voltar para o quartel — observou o major —, telefonar para Turismo, perguntar se esses dois se registraram em algum outro hotel. Também vou procurar saber da Imigração se eles deixaram o país hoje. Você fica aqui. Quando o pessoal da locadora chegar, inspecione a mala do carro e o assento traseiro e veja se o problema foi falta de gasolina. Se não achar nada suspeito, vá para casa e descanse um pouco. Me encontre no meu escritório às 21 horas em ponto hoje. A essa hora, eu já devo ter relatórios vindos de Turismo e Imigração, e aí resolvemos o que fazer depois.

— Está certo. — Trujillo abriu a porta.

— Cuide-se.

— Claro.

Pena ligou a ignição e deu partida. Trujillo passou os vinte minutos seguintes espirrando, observando os pedestres e esperando pelo reboque da locadora de automóveis. Quando finalmente chegou, ele revistou o Hyundai. Não havia nada no assento traseiro nem na mala; o tanque tinha três quartos de gasolina. Quando o automóvel foi rebocado, o capitão considerou a possibilidade de ir à casa de Elena para ver se ela havia voltado, mas depois desistiu; precisava ir para a cama e descansar algumas horas. Pressionou o pedal várias vezes; a Ural não dava partida. Depois de mexer no carburador e nas velas por vários minutos, o troço velho finalmente voltou à vida e Trujillo conseguiu ir para casa.

O terminal rodoviário Vía Azul, na esquina das ruas 26 e Santa Teresa, do lado oposto ao Zoológico de Havana, ficava num prédio de três andares, de 50 anos, junto com uma loja de conveniência e uma locadora de automóveis. Tudo pertencia ao Estado.

Às 15h50, um táxi vermelho deixou Marina Leucci e Elena Miranda numa área aberta asfaltada, onde alguns carros de aluguel aguardavam passageiros. O motorista, sorrindo satisfeito depois de receber uma gorjeta de 1 dólar e 55 centavos, abriu a mala e retirou de lá duas maletas pretas e uma mochila. Elena puxou o cabo retrátil, apoiou-se na bengala e se preparou para manquejar até a sala de espera. Marina pegou a maleta dela e sua mochila antes de lançar um olhar questionador à professora, que inclinou a cabeça para a direita. Marina entrou e segurou a porta para a amiga entrar.

Antes de deixarem o quarto do Deauville, Marina avisou a Elena que ela teria que bancar a surda-muda consistentemente. Não poderia sussurrar nem uma palavra em público. Se quisesse um copo d'água ou um café, se precisasse lavar as mãos ou fazer xixi, deveria achar uma maneira de se comunicar sem dizer uma palavra. Elena explicou que conhecia a língua dos sinais; o que não era o caso de Marina. O treinamento de professora de portadores de necessidades especiais incluía aprender os rudimentos dessa linguagem, e Elena sabia o bastante para expressar ideias simples. Marina disse que isso era perfeito, que tornaria a representação da cubana ainda mais convincente, mas Elena não podia esquecer que a amiga não sabia absolutamente nada da linguagem dos sinais. Teria que adivinhar, então será que dava para se ater às coisas simples? E acrescentar algumas expressões faciais?

Não fora difícil fazer isso enquanto se concentrava em escapar e sobreviver: ao andar nas ruas, fazer compras, atravessar os saguões dos hotéis, pegar táxis. Mas agora, sentadas na área de embarque, esperando para tomar o ônibus, ouvindo dois casais conversarem sobre os planos de viagem para um balneário famoso, viram-se privadas de falar sobre as recordações de morte e medo que as perseguiam, de confidenciar suas esperanças e preocupações.

Meia hora depois, um funcionário apontou para um ônibus Mercedes-Benz novo, com ar-condicionado, assentos reclináveis e cortinas nas janelas, para 45 passageiros, que acabara de chegar ao terminal rodoviário. Todos os seis passageiros escolheram colocar a bagagem no compartimento acima dos assentos, de modo que o carregador não ganhou gorjeta. Marina perguntou ao motorista se ela e a amiga poderiam escolher os assentos que quisessem e ele fez que sim. Elas seguiram até o fim do corredor do ônibus e guardaram as maletas no compartimento acima dos penúltimos assentos. Com um aceno, Marina convidou Elena a sentar-se à janela; Elena insistiu que Marina ficasse com o lugar. Passaram alguns minutos sorrindo e gesticulando um tanto tolamente, até que Marina, apoiando-se no encosto de cabeça do banco, entrou e jogou-se no assento que ficava à janela. Elena sentou-se no do corredor e apoiou a bengala entre as pernas. Aos poucos, o sorriso delas desapareceu; ambas relaxaram. Às 16h30 pontualmente o ônibus deu partida.

Elena fixou o olhar numa escultura de bronze de tamanho natural, próxima à entrada do zoológico, uma das peças despretensiosas de Rita Longa. Uma família de veados subindo um rochedo íngreme: o macho, cabeça erguida, os cornos desafiando inimigos potenciais, farejava o ar, certificando-se de que não havia perigo. A fêmea parecia incerta se deveria seguir o macho ou cuidar de sua cria, dividida entre o dever maternal e seus próprios desejos. O filhote ainda descobria fragrâncias e sabores, indefeso e dependente. Quantas vezes ela não havia ficado diante daqueles animais, admirando-os fascinada? Centenas de vezes. Voltaria a vê-los algum dia?

Enquanto o ônibus dirigia-se primeiro ao terminal rodoviário nacional para apanhar outros cinco passageiros, e depois ao hotel Nacional para pegar mais cinco, as preocupações de Elena tingiram-se de tristeza ao perceber que até mesmo um país pequeno como Cuba era grande demais para uma pessoa comum chegar a conhecê-lo e compreendê-lo. Os cidadãos do mundo, os magnatas capitalistas viajados, os diplomatas, os comerciantes, os jornalistas, os consultores, os técnicos e outros mais não eram cidadãos de lugar nenhum. O país dela — seu mundo — era Havana. Nem mesmo isso. Havia bairros inteiros na capital cubana em que ela jamais pisara e que conhecia apenas de nome — Juanelo, Parcelación, Moderna, Diezmero, tantos outros.

Ela havia estado nas províncias, visto as campinas, as plantações de cana-de-açúcar e de tabaco, as palmeiras reais e as casinhas coloridas, quando visitava os avós em Zulueta; também passara meses trabalhando em Pinar del Río, de braços dados a outros alunos secundários e universitários. Mas pertencia a Havana. E agora estava indo embora. Elena suspirou. Era uma questão de autopreservação, depois dos últimos acontecimentos. E quer estivesse numa cela de detenção ou a milhares de quilômetros de distância, não voltaria a andar pelas ruas da sua cidade. Ela não tinha escolha, pensou. Quanto mais se distanciava de Havana, maior sua convicção de que não voltaria jamais.

À medida que o ônibus prosseguia, depois de o cobrador completar sua tarefa de conferir os bilhetes destacando os canhotos pelas linhas perfuradas, quando as telas dos televisores começavam a mostrar um filme americano péssimo e, à esquerda do ônibus, o litoral brilhava em tons de azul, branco, verde e ocre, os pensamentos de Elena voltaram-se para os viajantes experientes. O que eles sabiam? Nada. Tudo que faziam era olhar. Da forma como ela, naquele momento, estava olhando. O que ela sabia das alegrias e tristezas das pessoas que moravam naquela casinha lá adiante? Era tão pretensioso dizer: "Eu conheço Cuba. Estive lá seis vezes nos últimos três anos. Nove semanas

Escondido em Havana **297**

ao todo." Sim, hospedados em ótimos hotéis, dirigindo carros alugados, nadando, indo a festas, divertindo-se muito. As mesmas pessoas que diziam conhecer a Espanha, a França, o México e 47 outros países. Visitaram cinquenta países; não conhecem nenhum.

E agora ela se tornaria uma viajante. Para onde iria? Supondo que conseguisse chegar ao Canadá, o que aconteceria então? Marina era americana, certamente teria um passaporte guardado em algum lugar com o qual poderia retornar aos Estados Unidos. E ela? O que poderia fazer? Apertou a bengala. Os diamantes eram seu passaporte. Agora que estavam todos misturados de novo, precisavam ser divididos outra vez. Se Marina sugerisse ir sozinha a alguma cidade grande americana para pôr à venda todo o lote, prometendo retornar ao Canadá com o dinheiro dela, Elena recusaria. Com educação. Teria que ensaiar a seguinte fala: "Querida Marina, agradeço sinceramente sua ajuda, mas fico com os meus diamantes." Ao que Marina provavelmente responderia: "Você não confia em mim, Elena? Depois de tudo pelo que passamos?" "Não! Eu confio em você inteiramente! É só que eu..." Bom, na hora ela saberia o que dizer. Tinha outros obstáculos a superar antes desse. Elena estava então totalmente resignada a sua sorte, e um tanto otimista. O que tivesse que acontecer, aconteceria. Algumas pessoas chamam isso de destino, outras de desígnio de Deus, fortuna, sorte, qualquer que seja. Tudo se resumia a: há um limite para o que se pode fazer; depois de certo ponto, está nas mãos de outra pessoa.

Olhou para Marina, e a companheira de viagem estava de boca entreaberta, olhos fechados, num sono profundo. Perfeitamente natural: relaxamento repentino, conforto, impossibilidade de conversar durante a viagem, nada a fazer durante três horas. Então, por que ela também não dormia? Provavelmente porque estava dizendo adeus a seu passado.

O major Pena tirou os óculos de leitura e massageou a testa, pressionando contra ela a palma da mão direita antes de esfregar os olhos com os punhos fechados. Em seguida, deu um enorme bocejo e estendeu os braços e as pernas. Pena estava próximo à exaustão, então acendeu um cigarro. A convicção de que não tinha condições de manter o mesmo ritmo de homens jovens crescia. Tempo, a dimensão implacável, além de trinta ou quarenta cigarros por dia, vinte quilos de excesso de peso e a percepção de que perdiam a batalha. A cada dia, números maiores de roubos, assaltos à mão armada, estupros, espancamentos, drogas e homicídios, e mais do que nunca policiais aceitando propinas. Mas as pessoas não sabiam. As estatísticas de crime não eram publicadas, o número de policiais presos por corrupção era mera conjectura. A gigantesca máquina de propaganda política concentrava-se em fazer os cubanos acreditarem que seu país era o paradigma de uma nação, de um país que — com relutância e modéstia e de forma surpreendente — havia se tornado o último bastião de ideias elevadas, o repositório da moralidade do mundo, o berço da decência humana, a nova Esparta.

A diferença entre teoria e prática era a causa da apatia generalizada, pensou o major. Como aqueles que denunciam a falsidade política eram disciplinados, a maioria silenciosa se protegia sob uma capa de ceticismo. Você vai a uma reunião do partido, é obrigatório. Geralmente são as mesmas histórias e argumentos que já ouviu centenas de vezes desde criança. Por que se venceu (ou perdeu) uma dada batalha que ocorreu quarenta e tantos anos antes; por que a ordem econômica do mundo atual está errada (adote a nossa, é a melhor); por que os cubanos arriscam a vida para fugir para os Estados Unidos (culpa-se a Lei de Ajuste Cubano); os perigos da dolarização na América Latina (não em Cuba). Então, ao sair da reunião, você dirige um olhar de relance a um companheiro — pessoa que conhece desde que se tornou adulto —, vira os olhos, ele faz o mesmo gesto, e termina aí qualquer oposição a tal estado de coisas.

Pena apagou o cigarro, perguntando-se, uma vez mais, se a nação inteira se conformava com aquele destino. Sabia por que ele se resignava. Em uma palavra: medo. Medo do que um novo governo capitalista poderia fazer. Era velho o suficiente para lembrar que a democracia, a diversidade ideológica, a liberdade de expressão, as eleições livres e a livre empresa eram abstrações sem sentido quando não se tem um emprego. Mesmo que houvesse trabalho, o aluguel consumiria 60 por cento do salário, as contas mensais sugariam outros 15 por cento, as mensalidades escolares engoliriam mais 10 por cento, e o transporte, 5 mais. Restariam 10 por cento dos seus ganhos para cobrir gastos com alimentação, vestuário, despesas médicas, remédios, impostos e itens inesperados. Em particular, tinha medo que um novo governo tentasse equilibrar o orçamento em detrimento de segurança social, educação e assistência médica.

Perguntou-se também como ficaria a situação do crime no país se o governo mudasse. Lera a respeito da Máfia em Cuba nas décadas de 1940 e 1950, do poder que ela havia exercido sobre as autoridades governamentais, sua influência no turismo americano e na indústria de jogos. Não era uma história ficcional de Coppola-Puzo. Ocorrera de fato. Cinquenta anos depois, o problema poderia ser ainda mais grave: cartéis de drogas colombianos tentariam garantir uma base de operações, abrir laboratórios de processamento de cocaína, usar Cuba como um trampolim mais adequado para alcançar os americanos viciados. E depois, havia a Máfia russa, os jamaicanos, os mexicanos, todos agora mantidos a distância por uma política antidroga de tal modo firme que, se a situação se agravasse, não hesitaria em providenciar um pelotão de fuzilamento. Um governo democrático conseguiria segurar as rédeas com firmeza? Ou, como em algumas outras partes do mundo, sucumbiria ao poder supremo do dinheiro?

Medo da repressão era sua terceira maior preocupação. Não a repressão brutal tão frequentemente encontrada na América Latina: mãos presas às costas, um tiro na cabeça, não. No "primeiro território livre da América", dissidentes políticos são simplesmente mandados para a cadeia por alguns anos. Suas vidas não correm risco. O problema é que, no momento em que você é rotulado dissidente político pacífico, você passa a ser ninguém pelo resto da vida. Até mesmo as pessoas que secretamente admiram sua coragem o ignoram e, entre os poucos que se atrevem a falar com você, encontram-se informantes. Pena temia ver-se condenado ao ostracismo pelo resto da vida.

Sem dúvida, ele estava fora do jogo, havia desistido: Pena acovardado. O major colocou os pés em cima da escrivaninha e fechou os olhos. Droga de circulação. Mas tinha confiança nos jovens. Eles não sabiam que os observava de perto, diariamente. Homens como Trujillo, Pichardo, Martínez. De melhor nível educacional e mais inteligentes, suspeitavam que haviam sido enganados na escola quando lhes ensinaram que tudo era ruim antes da Revolução. Não pareciam temer o retorno aos modos de vida do passado (ou uma viagem de barco para Miami) tanto quanto ele e as pessoas da sua idade temiam.

Os homens que assumiriam as rédeas no século XXI estudavam com atenção os jovens europeus que faziam negócios em Cuba, a maioria homens da idade deles, entre 30 e 40 anos, ganhando muito dinheiro, conquistando as mulheres mais atraentes, entrando e saindo de Cuba em aeronaves a jato. Eles também observavam cuidadosamente os amigos da Revolução: os idealistas, que sinceramente acreditavam ser Cuba o Paraíso Final. Comunistas, socialistas, seguidores de Trótski e Che, alguns cristãos que recebiam permissão para viajar ao exterior quando quisessem, que possuíam centenas de dólares para comprar passagens aéreas de ida e volta, que eram livres para proclamar suas ideias políticas, publicar jornais e revistas, fazer greve, organizar demonstrações públicas contra praticamente o quê e quem quisessem, que exigiam anistia para prisioneiros políticos. Podiam até construir barricadas e atirar pedras nos policiais, santo Deus! Mas Pena suspeitava que essa geração mantinha suas ideias para si mesma. Seu raciocínio devia ser algo do tipo: *Não discuta com a velha guarda. Diga apenas:"Sim, claro." Deixe que acreditem que concordamos piamente. Eles não nos entendem. Não sabem o significado da palavra* diálogo, *do termo* hiato de gerações. *Deixe estar. Nosso tempo chegará.*

Pena conseguia visualizar Trujillo e Pichardo à porta do escritório, falando baixinho, lançando-lhe olhares. Levantava-se agora e se aproximava dos jovens garanhões para lhes dar uma reprimenda. Nem sempre fora acovardado, gritava. Havia lutado nas montanhas de Escambray de 1963 a 1965; havia estado na Etiópia com Ochotorena, o maior *cojonudo* de todos os *cojonudos*...

— Chefe...?

Os olhos de Pena se abriram.

— O quê?

— Você estava dormindo?

— Não. Só descansando os olhos um pouco. Ei, você está com uma aparência bem melhor.

— Estou me *sentindo* melhor. Aqueles comprimidos realmente funcionam. E a sopa da minha mãe me fez suar em profusão.

— Ótimo.

— Alguma novidade?

— O Serviço de Imigração em Boyeros disse que eles não deixaram o país. — Pena fez uma pausa para acender um cigarro.

— E o de Turismo, que eles não se registraram em nenhum dos melhores hotéis.

— Por que somente os melhores?

— Eles precisam de seis horas para verificar em todos os hotéis de Havana. São 55, entende? Então perguntei: quanto tempo leva para verificar nos melhores primeiro: Nacional, Cohiba, Libre, Riviera e Capri? Duas horas, responderam. E deram a informação. Em nenhum deles.

— E quando é que vamos saber sobre os outros?

Pena consultou o relógio:

— Às 22h30.

Trujillo pegou uma cadeira e sentou-se com as pernas abertas.

— Talvez fosse melhor telefonar para Zoila, a presidente do CDR de Elena. Saber se ela voltou e se podemos ir lá hoje à noite.

Pena concordou com um aceno de mão. Trujillo procurou o número do telefone e discou. Foi especialmente cortês e bem-educado. Sentia muito estar incomodando àquela hora, mas será que ela podia fazer o favor de chamar Elena ao telefone? Acendeu um cigarro enquanto Zoila foi verificar. Estava apagando-o no cinzeiro quando ela voltou. Ninguém atendeu no apartamento 1, e todas as luzes estavam apagadas. Ele agradeceu à camarada Zoila e depois colocou o fone no gancho.

— Essa mulher... — começou Trujillo, como se falando sozinho.

— Que mulher?

— Elena Miranda. Ela não é o tipo de mulher que desaparece.

— Desaparece? Você disse desaparece?

— Bom... é forçar um pouco.

— Um pouco? Ela foi vista hoje de manhã, Trujillo. Com um homem.

— Eu sei.

— Você não disse que ela era gostosona?

— Disse, mas...

— Mas o quê? Ela não sai? Nunca vai ao cinema? Não transa nunca?

Trujillo concordou com um movimento de cabeça, olhos semicerrados. Sabia que não tinha razão para desconfiança, objetivamente falando, mas havia uma suspeita que o incomodava e não lhe saía da mente.

— Então, o que vamos fazer agora?

— Esperar até receber o telefonema de Turismo.

— Está bem. E que tal uma partida de xadrez?

A 5 quilômetros de distância de Matanzas, algo errado aconteceu com o ônibus quando ele subia um morro, e uma fumaça ocasionada por um curto-circuito elétrico começou a ser exalada pelo sistema de ventilação. O motorista parou o veículo e comunicou o problema pelo rádio. Um ônibus extra é mantido em Matanzas para uma eventualidade como essa, mas o motorista não foi encontrado. O homem dissera à mulher que estaria na garagem da empresa jogando dominó com os mecânicos de plantão, quando na verdade estava num motel barato transando com uma mulher. Quando ele finalmente pediu uma carona para Matanzas e levou o ônibus extra para o local onde se encontravam os passageiros, já haviam se passado duas horas e meia.

Manter a farsa da surda-muda o tempo todo foi difícil. Os passageiros foram instruídos a descer do ônibus com suas bagagens e esperar no acostamento, onde a grama alta e árvores reduzidas ao tronco não ofereciam nenhuma sombra. Por sorte, o sol já baixava no horizonte. Depois de meia hora de espera, Marina aproximou-se do motorista e perguntou quando iriam continuar a viagem. O homem respondeu sem se comprometer:

"Daqui a pouco". Uma hora depois, ao cair da tarde e os morcegos começarem a sobrevoar, ela se aproximou dele pela segunda vez e perguntou quantos minutos "daqui a pouco" representava para os cubanos. O homem deu de ombros e levantou as duas mãos, palmas para cima. Furiosa, ela voltou para onde Elena aguardava junto à bagagem.

Queriam conversar, tranquilizar-se, discutir alternativas, fazer planos, mas ambas tinham exatamente o mesmo temor. E se algum dos passageiros também fosse descer no aeroporto? E se as visse falando e depois usando a linguagem dos sinais? Então, Marina fez sua péssima encenação e Elena fingiu entender, esperando que nenhum verdadeiro surdo, surdo-mudo, nem professor de portadores de necessidades especiais aparecesse nas imediações.

Elena queria dizer à exasperada Marina: *Você está achando isso irritante? Achando inaceitável? Bem, querida, você não sabe o que as pessoas que pagam passagens em pesos cubanos têm que aguentar quando viajam de uma província do leste para uma do oeste. Algumas passam dois, às vezes três dias num terminal ou numa estação esperando na fila por um ônibus ou um trem, dormindo no chão, comendo qualquer coisa, sem tomar banho. Você não tem ideia! Isso não é nada! Um ônibus vai chegar aqui dentro de uma hora ou duas e nos levar para Varadero porque você pagou nossas passagens em dólares, porque todos esses passageiros são estrangeiros.*

Marina queria gritar ao mundo sua repulsa pelas coisas cubanas. *Esta ilha quente, úmida e fedorenta onde nada sai segundo os planos. Onde as pessoas matam impunemente, os homens despem as mulheres com os olhos, os ônibus quebram, e morcegos do tamanho de aviões de aeromodelismo sobrevoam sua cabeça. Ah, Virgem Maria! Me ajude a sair dessa droga de país comunista com meus diamantes e eu prometo que doo 10 mil dólares à igreja da Imaculada Conceição.*

Anoiteceu. Elena levantou a vista para o céu e ficou maravilhada com os milhões de estrelas brilhantes. Era como se os céus estivessem zombando da poeira chamada Terra, pensou. Finalmente, o ônibus extra chegou. Todos suspiraram juntos aliviados, levantaram o polegar uns para os outros e subiram às pressas no veículo. Depois de Matanzas, somente os faróis dos automóveis que se aproximavam clareavam intermitentemente o interior do ônibus. Os passageiros mais próximos estavam três assentos à frente delas, então, quando Elena voltou do banheiro, Marina viu que elas poderiam arriscar alguns sussurros.

— Elena.

— O quê?

— Eu estava pensando...

— Ei! Você não disse que a gente não devia falar?

— Acho que dá para falar baixinho. Está escuro e aquele casal está sentado a quase 4 metros de distância. E isso é importante. Não vai ser esquisito se descermos no aeroporto?

— O que você quer dizer com "esquisito"?

— Fora do comum, estranho. As pessoas não viajam de Havana até esse aeroporto para tomar um avião. Elas embarcam em Havana. Agora, você disse que esse aeroporto fica a meio caminho entre Matanzas e Varadero, não foi?

— Fica, sim.

— Então, se descermos lá, o trocador e o motorista vão saber que queríamos ir para o aeroporto, e não à praia. Talvez algumas pessoas no aeroporto também achem estranho.

— Bom...

— O que você acha de irmos para o terminal de ônibus em Varadero, tomarmos um táxi para um dos hotéis, comermos alguma coisa lá, e depois tomarmos outro táxi para o aeroporto? O primeiro taxista acharia que estávamos chegando ao hotel; o outro acreditaria que estivéssemos deixando o hotel. Qualquer policial curioso ou carregador do aeroporto nos veria chegando da praia, o que faz sentido, se acabamos de receber a notícia de que meu filho sofreu um acidente e precisamos pegar o primeiro voo que estiver saindo de Cuba.

Elena considerou a questão por um instante.

— Eu não tinha pensado nisso. Você tem razão. De qualquer forma, é mais seguro assim.

— Então, vamos fazer isso.

Quando o ônibus deixou a rodovia principal para pegar a estrada que levava ao aeroporto, elas ficaram atentas a sinais e a pessoas. Para padrões internacionais, o terminal mais importante parecia pequeno e mal iluminado. Não havia grandes letreiros luminosos anunciando as empresas aéreas, hotéis nem restaurantes. Um casal deixou o ônibus no que parecia ser apenas a entrada para todas as companhias e todos os portões e ninguém demonstrava se importar com isso. Elena lançou um olhar de alívio para Marina para indicar que ela não se arrependeria por ter sido tão cautelosa. O ônibus fechou a porta e deixou o terminal.

— De qualquer forma, acho que essa é a melhor solução — sussurrou Marina quando se viram envoltas nas sombras de novo.

— Também acho.

Pena estava agitado anotando algo num pedaço de papel, e Trujillo percebeu que alguma informação significativa havia sido descoberta. O major dissera ao telefone: "Às suas ordens", depois cobriu o bocal e disse baixinho ao capitão:

— Turismo.

— Soletre para mim — disse ele.

Trujillo ficou a seu lado e o observou escrever em letras maiúsculas CHRISTINE ABERNATHY. Acima do nome, liam-se as seguintes linhas:

Hotel Deauville
Quarto 614
Marina Leucci
13h35.

— Elas o quê? — gritou Pena ao telefone. Depois escreveu 15h50. — Por quê? — continuou o major. — Ninguém perguntou?

Ele escutou durante alguns instantes, depois respirou fundo.

— Sim, eu sei. Desculpe, camarada. Vamos perguntar aos funcionários do hotel. Obrigado.

Trujillo esperou o major desligar o telefone em silêncio e passar a mão pela cabeça, gesto característico quando algo o incomodava.

— Vamos pegar a estrada, capitão. Marina Leucci e uma mulher chamada Christine Abernathy registraram-se no Deauville à 13h35, e deixaram o hotel às 15h50. O Escritório Central não sabe de mais nada. Vamos ver o que conseguimos descobrir com os funcionários.

Trujillo devolveu as peças de xadrez que estavam em torno do tabuleiro para a caixa de charutos, enquanto Pena ajustava o cinto e a arma na cintura.

— Você se ferrou — disse o capitão, contemplando seu rei, bispo, cavalo e dois peões brancos ainda confrontando o rei, o bispo, o cavalo e dois peões pretos de Pena.

— Vamos embora — disse o major, colocando o quepe.

Trujillo pegou as peças do tabuleiro, jogou-as na caixa e seguiu Pena porta afora.

Com Elena atrás alguns passos (para justificar a bengala), as duas mulheres entraram no saguão do Meliá Varadero com os ombros abertos e a cabeça erguida. Fora o último conselho que Marina sussurrara no ônibus escuro, depois de ter exposto brevemente o que pretendia fazer quando chegassem ao aeroporto.

— Você é surda-muda, e não tímida ou nervosa. Você entra altiva nos lugares, e não às escondidas. Você é senhora de si. Se as pessoas a virem entrando timidamente, como se estivesse admirada ou amedrontada, como se fosse uma estranha ali, vão começar a lhe perguntar o que está fazendo naquele lugar, vão mexer com você, aborrecê-la.

Elena, no entanto, teve que fazer um esforço consciente para disfarçar sua admiração ao ver um jato de água jorrar a uma altura de 15 a 20 metros, em seguida reduzir-se gradualmente, para depois esguichar de novo alguns segundos depois. A fonte era no meio de um lago no centro do saguão. Peixes vermelhos nadavam sob a superfície espumosa, tartarugas pequenas descansavam sobre pedras cobertas de musgo, e trepadeiras que caíam dos andares superiores do hotel criavam um véu vegetal em torno do lago. Isso, ela pensou, era a Cuba que os cubanos nunca viam, nem mesmo os poucos que tinham condições para tal. Objetos reluzentes, pisos imaculados, luzes ofuscantes, lojas caras. Casais bem alimentados, tranquilos, elegantes, de dezenas de países diferentes, contando piadas, relaxando e divertindo-se muito.

Elas acharam a cafeteria, escolheram uma mesa, deixaram a bagagem ao lado de um vaso de plantas e examinaram o cardápio. As duas estavam famintas. Elena não comera nada desde a manhã, quando ela e o pai haviam dividido a parca ração de pão e de espresso enquanto discutiam alegres sobre os diamantes. Marina engolira um copo de suco de laranja ainda mais cedo pela manhã.

Pediram sanduíches com batatas fritas e cebolas, uma cerveja para Marina e um refrigerante para Elena. Intrigado com a mulher que fez seu pedido apontando para o menu, o garçom sorriu muito e foi especialmente atencioso com ela. Depois que comeram, Marina tomou uma xícara de chá; Elena preferiu um espresso. Café puro! Não a mistura usual de ervilhas e grãos de café.

Enquanto esperavam pelo troco, Marina procurou dentro da mochila uma caneta esferográfica e escreveu num guardanapo: "Me dê sua carteira." Quando Elena lhe entregou a carteira, Marina colocou dentro dela cinco notas de 1 dólar. Elena, muito surpresa, fez que não. Marina ignorou sua objeção, em seguida deixou uma gorjeta de 3 dólares e fez com os lábios, sem emitir som:

— Vamos? — A professora assentiu. Marina colocou sua carteira, caneta e cinco ou seis guardanapos dentro da mochila ao se levantar para sair.

Pena e Trujillo chegaram ao Deauville pouco antes das 23 horas. O recepcionista de plantão os escutou, depois explicou que seu turno começara às 15 horas; não havia sido ele que registrara as hóspedes. Pareceu-lhe estranho, no entanto, que elas tivessem fechado a conta duas horas depois, então ele perguntou à mulher que pagou — em dinheiro — se havia alguma coisa errada. Ela sorriu e disse que não, que o quarto era bom. O problema era que elas tinham vindo para tratar do joelho da amiga no Cira García, mas que o voo delas havia sido na véspera da internação. Depois que alugaram o quarto do hotel, telefonaram para o hospital, só para saber a que horas deveriam se internar no dia seguinte, e o administrador lhes disse que um paciente acabara de receber alta e que o quarto delas estava disponível, de modo que elas podiam ir para lá imediatamente, que era o que elas estavam fazendo. Pareceu estranho ao recepcionista que a conta não tivesse incluído um telefonema, mas ele supôs que elas haviam telefonado de um telefone público. Não, não havia nenhum homem com elas. Descrição? Bom, eram mulheres bonitas, de seus 30 e tantos anos, a mais alta mancava e usava uma bengala. Devem ter tomado um táxi, sim.

Trujillo dirigiu-se ao ponto de táxi enquanto Pena perguntou o nome do recepcionista que as registrara, soube que ele tinha telefone em casa, então lhe telefonou da recepção. Sim, o homem admitiu, lembrava-se de duas mulheres canadenses. Elas tinham deixado o hotel? Por quê? Ele explicou que elas tinham sido recomendadas pelo Sevilla e depois descreveu uma surda-muda muito atraente.

— O que você quer dizer com uma surda-muda? — perguntou Pena, franzindo o cenho. Ele não tinha ideia do que o homem estava dizendo.

— Bom, a mais alta era surda-muda. A amiga se comunicava com ela por meio da linguagem dos sinais e de expressões labiais.

Pena estava confuso.

— A amiga dela mancava?

— Mancava? Não, nenhuma das duas mancava.

— Tem certeza?

— Claro que tenho.

Internamente, Pena resmungava.

— Espere aí — disse ele, dando o fone para o recepcionista de plantão: — Quero saber se vocês estão falando da mesma pessoa.

O funcionário examinou os registros, deu o nome das mulheres a seu colega e, quando não havia sombra de dúvidas, Pena confirmou que o recepcionista que registrou as mulheres não sabia da existência da mulher que mancava e tinha certeza de que a mais alta era surda-muda, e que o funcionário da noite não ouvira a tal mulher dizer nenhuma palavra, mas a tinha visto mancar e usar uma bengala.

Pena bateu com o telefone no gancho. O funcionário que estava de folga xingou o maldito policial, esmurrou o travesseiro e tentou voltar a dormir. Trujillo retornou do ponto de táxi com a notícia de que os três motoristas do Panataxi que trabalharam no turno mais cedo já haviam ido para casa. Ficou atônito quando Pena descreveu a surda-muda que mancava.

— O quarto já foi arrumado? — perguntou Trujillo ao recepcionista.

— Não.

— Tem certeza?

— Absoluta. As camareiras arrumam os quartos pela manhã. Mantemos algumas delas em horas extras somente para grupos muito movimentados.

— Está bem. Queremos dar uma busca.

O subgerente os acompanhou até o quarto 614 e a maleta velha vazia foi examinada com desconfiança e apreendida. De volta ao saguão, depois que Pena colocou a valise na mala do Lada e agradeceu a todos pela cooperação, os dois policiais pararam ao lado de uma porta de vidro.

— Não estou gostando nada disso, chefe — disse Trujillo.

— Nem eu.

— Sei que isso vai parecer loucura, mas a descrição da surda-muda se encaixa em Elena Miranda como uma luva.

— Deixe disso — retrucou Pena, como quem diz "dá um tempo".

— E o que me diz da maleta? — perguntou Trujillo. — Você ainda usava fraldas quando ela foi fabricada.

— Não sou tão velho assim.

— Você acha que uma turista canadense de seus 30 anos viaja com uma maleta como essa?

— Vamos procurar um catálogo telefônico e ligar para o Cira García.

O homem que atendeu ao telefone disse que nem Christine Abernathy nem Marina Leucci haviam sido internadas no hospital. Se o major quisesse saber se pacientes com aqueles nomes haviam se internado ali no passado, ou se haviam feito reservas para o futuro, teria de telefonar para a administração do hospital pela manhã.

Pena agora estava ficando tão ansioso quanto Trujillo.

— Temos que encontrar o motorista de táxi — disse ele.

Trujillo espirrou três vezes. Deixe-me tomar outro desses comprimidos primeiro — disse, assoando o nariz.

Elena Miranda seguiu Marina em direção ao terminal do aeroporto. Cabeça erguida, ombros abertos, passos largos. Suas pernas estavam um pouco trêmulas e agradecia por ter a bengala e a maleta de rodinhas para se apoiar. Pararam diante do monitor que listava as partidas imediatas. Elena estava tentando entender as colunas, as palavras e os números quando Marina olhou à volta e se dirigiu aos balcões das empresas aéreas. Mancando de maneira esquisita, Elena se apressou para acompanhar o passo de Marina, preparando-se para o que viesse a acontecer.

Marina aproximou-se do balcão de uma empresa, examinando o homem do outro lado. Moreno e calvo, forte, de seus 40 anos, bigode curvo que se juntava a um cavanhaque benfeito. O sorriso perspicaz e a forma como olhou para elas o distinguia como alguém cujo passatempo favorito era socorrer moças em apuros, autoconfiante, que conhece todos os truques e proporciona os melhores orgasmos. Em duas palavras, o machão latino, ou em uma única palavra, o cretino de que elas precisavam, concluiu Marina. Em seu crachá de plástico lia-se: Eusebio.

— Você é da Sunlines? — perguntou em espanhol.

— Sou, em que posso ajudar a senhora? — Ele estava visivelmente aliviado de não ter que usar seu inglês insuficiente.

— O voo de vocês para Nassau sai às 5h30?

— Exatamente. As senhoras estão com o grupo de turismo?

— Não. Nós... eu...

Os lábios de Marina tremeram. Ela parecia estar se recompondo enquanto respirava fundo, o olhar fixo na parede por trás do homem. E, no momento em que duas lágrimas escorriam-lhe pelas faces, ela fitou o funcionário nos olhos para deixá-lo ver que sua sorte estava nas mãos dele. O homem ficou fora de si.

— A senhora está com algum problema? — perguntou ele.

Elena, parecendo abalada e ela própria à beira das lágrimas, pegou um lenço e tentou entregá-lo a Marina, que recusou com um movimento de cabeça.

— Ela está bem?— Eusebio dirigiu-se a Elena.

A professora respondeu com um "ug, ug" gutural, enquanto também fazia que não com a cabeça. O homem não entendeu nada.

— O quê? — perguntou.

Marina levantou a cabeça, a mulher forte agora, superando o sofrimento.

— Eu estou bem. Desculpe. — Virou-se para Elena e articulou: "Eu estou bem" e alisou a mão da companheira. — Minha amiga é surda-muda — explicou ao funcionário.

—Ah!

— Acabei de receber a notícia de que meu filho sofreu um acidente. Ele está na Unidade de Terapia Intensiva. Eu moro em Toronto. — Ela respirou fundo. — Preciso voltar o mais rápido possível e queria saber se pode nos vender duas passagens para Nassau. Pelo que vi ali no monitor, não há nenhum voo para o Canadá nas próximas horas. O dessa empresa é o próximo voo para um lugar de onde podemos fazer uma conexão.

Eusébio era novo na empresa. Ficava no balcão somente para informar aos madrugadores que o voo partiria na hora.

Depois, observava o trabalho dos funcionários mais antigos e os ajudava a carregar as malas das balanças para a esteira. Não sabia se havia assentos vazios naquele voo específico e não saberia dizer antes que o funcionário do posto chegasse, às 3 da manhã. Mas sabia que todos os voos da empresa para Cuba eram fretados por operadoras de turismo. O lucro máximo era alcançado não por *overbooking*, mas por escolher em sua frota a aeronave do tamanho adequado para cada voo. Usualmente alguns assentos permaneciam vagos; quanto menos melhor, segundo o chefe.

— Bom, sinto muito. Espero que ele melhore. Quantos anos ele tem?

— Oito.

— O que aconteceu com ele?

— Foi atropelado e o motorista fugiu. Meu filho estava andando de bicicleta e...

A mãe ansiosa se conteve de novo; a surda-muda atraente alisou-lhe a mão. Eusebio olhou para as duas com compaixão. O sofrimento delas lhe tirara da mente todos os pensamentos ligados a sexo; queria ajudar, mas num canto escuro de seu cérebro surgiu a cobiça. Viu que podia conseguir uma boa gorjeta ali.

— Não se preocupe, senhora. Ele vai se recuperar. Vou fazer o que puder para colocar as duas naquele voo. Se essa aeronave tiver dois assentos disponíveis, vocês estarão em Nassau às 6h30. Por favor, sentem-se ali. Logo que meu pessoal chegar, vou verificar com eles e lhes digo. Mas seu espanhol é perfeito. É canadense?

Marina esboçou um leve sorriso.

— Sou argentina de nascimento, mas imigrei para o Canadá faz muitos anos.

— Ah, "*Mi Buenos Aires querido...*".

Elena lembrou-se de Pablo, repetindo exatamente esses mesmos versos da música, na manhã em que Sean e Marina apareceram em seu apartamento pela primeira vez. Ela então suspirou.

— Qual é o problema, querida? — Marina voltou-se para ela, com preocupação no olhar. Eusebio percebeu que havia dito uma besteira. Essas mulheres não estão no clima para músicas.

Elena fez um movimento negativo de cabeça. O pescoço de Pablo havia sido quebrado, e o homem que o pai dela matou havia... quebrado o pescoço de Sean.

— Ah, desculpe — disse Eusebio.

Elena controlou-se e usou a linguagem dos sinais. Marina virou-se para Eusebio.

— Ela está só querendo ir ao banheiro. Onde fica?

— Ali — Eusebio apontou à sua esquerda. — Vão logo ver.

— Está bem. Quando voltarmos, esperamos por você... Ali, você disse?

— É.

— Escute, Eusebio, não vou esquecer se conseguir duas passagens naquele avião. Não vou esquecer de você, nem de seu chefe, ou do chefe do chefe. Entende, Eusebio?

— Não é necessário, senhora.

— Tenho certeza que não. Mas quero mostrar minha gratidão.

Marina forçou um sorriso de mãe preocupada, virou-se e dirigiu-se ao banheiro com Elena seguindo atrás. Eusebio quase via um retrato de Andrew Jackson forrando seu bolso.

O escritório da Panataxi, a maior empresa de táxi de Havana, fica localizada na rua Santa Ana, a três quarteirões do DTI. Os dois policiais cumprimentaram o supervisor do turno da noite alguns minutos depois da meia-noite. Já era quase 1 hora quando os policiais souberam quais os três motoristas que haviam

316 José Latour

sido designados para o ponto de táxi do Dauville na tarde anterior. Um boletim enviado para todos os taxistas em todos os pontos informava o nome e o endereço deles, e os três motoristas que se encontravam mais próximos foram à procura dos três homens. O primeiro motorista sonolento a chegar lembrava-se das duas mulheres; elas haviam tomado o táxi de Mingolo. O segundo não sabia de nada e controlou-se para não perder a calma e reclamar do idiota do supervisor e dos malditos policiais por tirarem-no da cama, que era o que sentia vontade de fazer. Mingolo foi o último a chegar lá. Sim, lembrava-se da corrida. Para o terminal de ônibus Vía Azul, por quê? Qual era o problema? Bom, agora que o major mencionava isso, ele não se lembrava de ter ouvido a mulher com a bengala dizer nenhuma palavra. Sim, alta, cabelos louro-escuros. Elas levavam duas maletas de mão e uma mochila. Não, não disseram qual era o destino. Daquela rodoviária, elas poderiam ir para Viñales, Trinidad, Varadero ou Cayo Coco. Havia também algumas partidas diárias para Santiago de Cuba, com paradas em todas as capitais das províncias.

Pouco depois das 3, os policiais retornaram ao DTI. Pena telefonou para o Quartel-General Nacional e falou com o coronel Adrián Bueno, o homem responsável por toda a força policial cubana da meia-noite às 6. Trujillo ficou impressionado com a forma como seu chefe, em pouco mais de três minutos, apresentou ao coronel um resumo que começou com a morte de Pablo Miranda e terminou com a descoberta de um veículo de aluguel abandonado, o desaparecimento de um canadense e a fuga de duas mulheres também canadenses, uma delas surda-muda, que inventaram uma história sobre uma internação num hospital cubano e largaram uma maleta velha num quarto de hotel.

— Então, o que quer que eu faça, major?

— Eu gostaria que contatasse a Imigração e mandasse eles...

— Eu não dou ordens à Imigração, major.

— Sim, desculpe, que pedisse a eles para ficarem de olho em três cidadãos canadenses em todos os aeroportos cubanos e não permitir que deixem o território nacional antes de serem interrogados. Os nomes deles são...

— Espere aí. Espere aí, major. E qual é o motivo que temos para interrogá-los? Que tipo de crime essas pessoas cometeram? Homicídio, desordem, incêndio culposo, estupro, roubo?

— Bom, na verdade...

— Existe algum indício de que essas pessoas tenham alguma coisa a ver com o assassinato de Pablo Miranda? Eu me lembro do caso, o filho de Manuel Miranda.

— Exatamente.

— Existem provas que liguem os canadenses a esse caso?

— Bom, o homem e uma das mulheres visitaram Elena Miranda ontem, quero dizer, anteontem. Eles estiveram em Cuba no mês de maio passado, visitaram Pablo e Elena e partiram três dias antes de Pablo ser assassinado.

— *Antes* de Pablo ser assassinado, major?

— Sim, coronel.

— Você verificou isso?

— Verifiquei, sim.

— Então, não podem ter sido eles que mataram Pablo Miranda, não é?

— É verdade.

— Desde quando você disse que Elena Miranda não é encontrada?

Pena percebeu que havia perdido a discussão.

— Sei que parece que estou agindo apressadamente, mas...

— O que é que eu digo à Imigração, major? Que Elena Miranda está desaparecida desde ontem de manhã? Que essas mulheres canadenses mentiram ao dizer que iam se internar num hospital? Que elas abandonaram uma maleta velha num hotel?

— Coronel, alguma coisa suspeita está acontecendo. Eu não sei o quê. Mas com toda certeza alguma coisa suspeita está acontecendo.

— Major, por favor, reconsidere. Estou de plantão até as 6 da manhã. Se encontrar alguma prova concreta antes das 6, eu tomo as providências. Com isso que você tem aí, eu não vou pedir à Imigração para prender três canadenses.

— Eu não estou pedindo para prender. Só quero interrogar as duas.

— Entendo. E fazer as mulheres perderem o voo, irem à embaixada canadense para fazer uma denúncia formal, e depois disso eu ser esculachado por meu superior? Não, obrigado, major. Encontre uma prova de que um crime foi cometido, e eu faço o que você está pedindo. É só.

— Sempre às ordens, coronel. Até logo.

Pena desligou o telefone, passou as mãos pelos cabelos e abanou a cabeça. Era por isso que continuava major aos 56 anos. Pena impulsivo, Pena idiota, Pena imaturo, Pena, um merda.

— Ele recusou — observou Trujillo.

— Claro que recusou. Nós não temos um caso. Eu não devia ter telefonado.

— E agora, vamos fazer o quê?

— Vamos para casa, Trujillo, é isso que vamos fazer. Vamos parar de correr atrás do próprio rabo e amanhã de manhã, quero dizer, dentro de 4 horas, voltamos para cá e tentamos ajudar na investigação do policial assassinado.

O telefone tocou.

— Pois não — rugiu Pena.

— Major, é o tenente Gómez, o policial de plantão.

— Diga, filho, qual é o problema?

— Tem aqui um cara da Havanauto, na linha 4. Ele disse que ontem o senhor estava querendo saber de quem era um Hyundai que foi abandonado na Primeira Avenida, em Miramar.

— É isso mesmo.

— O carro foi alugado por um canadense: Sean Aftercon.

— Abercorn.

Trujillo aguçou os ouvidos.

— É, bom, desculpe. Agora esse mesmo cara da Havanauto está dizendo que uma viatura da polícia informou que um Mitsubishi Lancer, estacionado bem próximo ao lugar onde estava o Hyundai, na rua 30, entre as ruas 5 e 3, foi depenado. Roubaram o rádio e dois pneus.

— Você disse rua 30, entre a rua 5 e a rua 3?

Trujillo saltou da cadeira.

— É, major.

— Bom... e daí? Quer dizer, por que ele está nos informando sobre isso?

— Ele disse que o carro também foi alugado a um canadense poucas horas depois que esse Aber qualquer coisa alugou o Hyundai, no mesmo local, terminal 3 do aeroporto. O nome dele é... espere um pouco... Anthony Cummings. Ele achou que isso talvez interessasse ao senhor.

Fitando Trujillo, Pena permaneceu em silêncio por alguns instantes. O capitão não se continha de curiosidade.

— Major?

— Estou aqui.

— Bom... o que digo a esse cidadão, major?

— Diga a ele que... nada, nada. Agradeça a ele. Depois telefone para o sargento Nivaldo e diga que se apronte. Envie um carro para ir buscá-lo.

— Agora mesmo, major.

Pena desligou.

320 José Latour

— Uma viatura da polícia encontrou um Mitsubishi Lancer, depenado, a dois quarteirões de distância do edifício onde Elena mora. Foi alugado por um canadense. Anthony Coming ou coisa assim.

Um esboço de sorriso surgiu nos lábios de Trujillo.

— E você mandou chamar Nivaldo.

— Faço isso há 35 anos. É tempo demais. Se eu estiver errado, a pensão é boa. Não se preocupe, nada vai acontecer a você. Assumo toda a responsabilidade.

A espera de quatro horas e meia, sentadas no saguão do aeroporto, estressadas e impossibilitadas de se comunicarem, criou entre elas uma certa intimidade. Durante a primeira hora mais ou menos, o pensamento das duas mulheres era o mesmo: que Sean tivesse inventado algo menos desgastante do que o ardil da surda-muda. Elas queriam conversar, consolar uma à outra, talvez até fazer uma brincadeira. Para aliviar a tensão. Mas ele não tinha, e elas se resignaram ao silêncio.

Certificando-se de que não havia ninguém no banheiro, Elena contou a Marina por que se emocionara. Marina viu que ela tinha razão. Seria uma coincidência rara se Pablo e Sean tivessem sido mortos da mesma maneira por assassinos diferentes. De volta ao saguão, a suspeita que Marina havia levantado depois de saber que Pablo fora assassinado voltou à tona. Talvez Sean realmente tivesse conhecido um fugitivo americano que havia sequestrado um avião e se estabelecido na ilha. Seria o estranho morto o homem que Sean contratara para ficar de olho em Elena e no irmão? Elena disse que ele falava apenas algumas palavras em espanhol, com um sotaque muito carregado.

Sean temia que o irmão de Elena viesse a se apossar de todos os diamantes; talvez tivesse pedido ao expatriado para matar Pablo. O homem pode ter exigido saber por que Pablo teria que morrer. Não cabia a Sean ditar as condições; não em Cuba, onde ele não conhecia ninguém, muito menos assassinos profissionais, então, se o homem tivesse exigido saber por que era preciso se livrar de Pablo, Sean teria tido poucas opções. Ou mentiria ou diria a verdade. Provavelmente Sean disse a verdade, e a cobiça despertou no cretino, que quis ficar com todas as pedras, e por isso matou seu empregador. Devia ter sido isso! A suspeita que ela tivera quando estavam à beira da piscina do Copacabana estava certa! Sean não merecia morrer, mas havia brincado com fogo por muito tempo e terminou queimado.

A compaixão que sentira por ele diminuiu. Talvez ele tivesse merecido, cavado a própria cova. De qualquer forma, se conseguissem fugir com a bengala, ela e Carlos dividiriam a parte de Sean. Provavelmente 2 ou 3 milhões de dólares. E não havia nada de errado naquilo. Era como se fosse... uma herança. Mas ela não devia ficar feliz com aquilo. Não era correto.

Seus pensamentos voltaram-se para o homem cego, e seu coração se derreteu. Ele era... bem, se ela fosse condenada à prisão perpétua sem direito à condicional e pudesse escolher um companheiro de cela, escolheria Carlos. Seria isso amor? Se fosse, não havia nada de extraordinário ou arrasador. Não era sexo, embora ele fosse um grande amante. Era sua sensibilidade, seu infortúnio, sua inteligência, seus modos, suas preferências, sua paciência, sua música, sua... como ele conhecia tão bem seu gênio, seus gostos, aspirações, caprichos, zonas erógenas, tudo. Bem, nem tudo. Ela precisava deixar de lado seus estímulos visuais favoritos. Mas tirando isso, nenhuma outra pessoa a conhecia melhor do que aquele homem cego.

Marina começou a se transportar no tempo, tentando se entender. Jamais fizera isso antes. Somente ao se ver diante da morte, diante da possibilidade de ser presa ou de se tornar milionária, passava a refletir seriamente por que seria tão desajustada. Pensou nas amigas. Aquelas da sua idade e mais velhas que haviam desistido, se casado, tido filhos, se divorciado e voltado a casar. Felícia e Vanessa se casaram três vezes; Ethel, quatro, com homens tão diferentes que as amigas se perguntavam se a psicóloga afável não estaria pesquisando a causa dos casamentos fracassados.

Mas ela se recusava a entregar os pontos, até mesmo a Carlos. Bom, o fato era que ele não lhe fizera nenhuma proposta. Mas, se tivesse feito, ela teria dito não. Por quê? Não sabia. Não era por temer perder sua independência. Se isso acontecesse, pediria o divórcio. Mas, em se tratando de Carlos, essa não seria uma opção. Ela se desprezaria por abandoná-lo, por dar a ele a prova definitiva de rejeição, por aumentar os sentimentos de inferioridade e dependência do rapaz. Jamais se casaria com um homem cujo pedido de divórcio a constrangesse. O que a fazia lembrar-se do professor de teatro casado que se apaixonara por ela...

Perdida no turbilhão de lembranças, Marina passou a hora seguinte de volta a seus primeiros anos em Nova York, depois em Buenos Aires, onde tudo era tão diferente: os Natais quentes e os agostos frios; as piadas ("Sabe por que os ataúdes dos argentinos têm furos na tampa?" "Para que os vermes possam sair para vomitar."), as gírias: *pucho, botón, quilombo, boliche, y un interminable etcétera*; seu primeiro copo de vinho tinto e seu primeiro cigarro; a perda da virgindade aos 15 anos, "os filmes", a *bombilla* que segurava para sorver a infusão de mate; seus pais dançando tango na sala...

Aquela era a primeira visita de Elena a um aeroporto, e a apreensão e a curiosidade juntas a impediam de se entregar a recordações. Seu olhar era atraído para o que ela mais temia: as cabines da Imigração, as portas com os avisos amedrontadores, "PARTICULAR — ENTRADA PROIBIDA", por trás das quais ela imaginava soldados altos fumando charutos e com revólveres, algemas e cães prontos para apreender traficantes de drogas, contrarrevolucionários fugitivos e contrabandistas de diamantes. Ela examinou outros avisos — o que significaria VIP? Era o único sem tradução para o espanhol — e as bancas de souvenirs, de lanches, de livros e CDs. Queria poder fazer uma centena de perguntas a Marina.

As pessoas também atraíam sua atenção. Os passageiros entrando e saindo apressados, ou só passeando, de vez em quando parando para olhar uma vitrine. Mulheres varrendo o chão e esvaziando latas de lixo e cinzeiros. Carregadores empurrando os carrinhos. Elena ficou admirada com o número de pessoas que portavam walkie-talkies. Viam-se nas mãos ou nos quadris de diversos inspetores alfandegários, de oficiais da Imigração, da maioria dos funcionários das empresas aéreas. Todos os agentes de segurança, que mantinham expressões sombrias para agradar seus supervisores, tinham um consigo. Alguns policiais jovens de uniforme também portavam walkie-talkies: eram os únicos que não tinham um ar de importância; pareciam apenas cansados. Somente os empregados da limpeza e os carregadores não tinham esses equipamentos eletrônicos.

Entretanto, depois de uma hora, ela se acostumou com os estímulos visuais, os sons e os cheiros, e suas preocupações e receios voltaram. O pai era sua maior preocupação. A senhora de idade que morava na casa ao lado do seu prédio o implicaria, tinha certeza disso. Elena tinha a impressão de que a velha não aprovava delações e rumores e era muito reservada, mas, quando um duplo assassinato acontece, todos se pronunciam. Quando os corpos fossem encontrados, sua vizinha declararia ter visto os três deixando o prédio ao meio-dia no domingo.

Conseguiria ele se livrar das acusações? E se não, seria condenado à pena de morte? E ela suportaria viver com *isso* em sua consciência? A ideia de que sua fuga poderia resultar na execução do pai era difícil demais de suportar. Ela rejeitou a ideia com um gesto quase imperceptível de cabeça. Ele se *safaria*. Para se consolar e convencer, começou a enumerar todos os argumentos favoráveis que conseguia imaginar. Se o pior viesse a acontecer, se a polícia conseguisse provar que ele havia matado um homem, e provas periciais o forçassem a admitir o crime, poderia ele argumentar ter agido em legítima defesa? A arma tinha as digitais do homem grande, certo? Certo. O que mais? Depois da morte de Pablo, ele criara o hábito de visitá-la aos domingos pela manhã. Podia provar isso, ela esperava, e provar que não houvera premeditação. E o que se esperava de um pai ao ver a filha atacada por uma besta humana num acesso de cólera diante de seus olhos?

Poderia ele ser associado aos diamantes? Não. Não havia como a polícia descobrir a respeito dos diamantes. Ele não contaria, ela tinha certeza disso. A polícia encontraria apenas o buraco vazio onde antes havia uma saboneteira. A saboneteira quebrou-se, era só. Mas então, qual teria sido o motivo? A polícia ia querer saber. Por que esses homens invadiram a casa de sua filha? *Não tenho a menor ideia*, era o que ele deveria responder. Ou talvez... ela suprimiu um riso, então desconfiou que estava enlouquecendo. Depois de pensar bem, não parecia tão fantástico. Seu pai poderia especular ter sido um crime passional. Talvez os dois homens estivessem apaixonados por sua filha: esse poderia ser um motivo. Será que ele teria essa ideia? Não seria impossível, nem mesmo improvável. Ela era uma mulher bonita. Ela sabia disso e presumia que a maioria de seus amigos e vizinhos o confirmaria.

Por alguns minutos, Elena lembrou-se de como achara Sean atraente. Envergonhada, afastou-o imediatamente da memória. Era uma forma de perversão alimentar esse tipo de pensamento sobre um homem que morrera 12 horas antes. Ele tentara reagir. Para salvá-la? Não estava certa.

O que seria de seus alunos? A doce Danita, uma menina negra de 11 anos, tetraplégica, com uma mente brilhante. Aquela garota a fazia lembrar-se de Stephen Hawking. Ela era jovem demais para escolher uma área de estudo, mas, o que quer que escolhesse, faria história. E era tão apegada a ela. Assim como Felipe, o menino branco de 9 anos, cujos rins não funcionavam, conectado diariamente a uma máquina de diálise, à espera da morte acidental de um garoto ou garota de sua idade. Eles não compreenderiam por que ela os abandonara. E como poderiam?

Várias vezes havia sido avisada, como todas as professoras de portadores de necessidades especiais, para não criar um laço afetivo muito forte com os alunos, mas, como a maioria de seus colegas, não fora capaz de seguir a recomendação. Ela os amava e sofria por eles muito mais do que se regozijava em seus momentos de felicidade. Agora desapareceria da vida deles sem uma única palavra. Bom, desapareceria mesmo que permanecesse em Cuba — numa cela de prisão. Ela não os desertava deliberadamente. O que poderia fazer por eles? Se conseguisse finalmente vender os diamantes, enviaria para eles todo tipo de coisas que lhes tornasse a vida mais fácil, não importava o custo. Sim, faria isso.

Essa resolução a consolou e ela suspirou profundamente. Deu então uma olhada no relógio de pulso: 1h55. Seria uma noite longa.

PARTE TRÊS

CAPÍTULO 8

As pessoas que observavam o sargento Arenas no trabalho frequentemente nutriam, no íntimo, uma desconfiança de que aquele policial modesto, calado, fumante inveterado talvez nem sempre respeitasse a lei. Qualquer um que soubesse que ele era um serralheiro se perguntaria por que um homem com aquela habilidade, que lhe permitia ter acesso a qualquer lugar, desde simples residências até cofres bancários, se resignara a sofrer as mesmas privações suportadas pela maioria de seus conterrâneos e resistira à tentação de roubar. Os policiais, principalmente os novatos, eram duplamente desconfiados: o cara — pensavam — é um puta policial. Antes ou depois de cumprir suas obrigações, ele observa os peritos identificarem digitais, coletarem fios de cabelo e fragmentos de vidros, fibras, tinta e terra, examinarem as marcas deixadas por um instrumento, registrarem as impressões de sapatos e pneus. Ele sabe exatamente quais erros não pode cometer, meu Deus!

Nivaldo Arenas aprendera o ofício com o pai; porém, depois de entrar para a força policial em 1965, fez cursos na sua profissão em Moscou (um semestre completo em 1977) e na Tchecoslováquia (quatro meses em 1986). Pediu aposentadoria em 1992, quando dois hotéis de Havana instalaram as primeiras fechaduras eletrônicas importadas por Cuba, argumentando que, aos 51 anos, era velho demais para começar a aprender a lidar com scanners, fitas magnéticas e toda essa parafernália. Os oficiais do alto-comando da polícia perceberam que as trancas eletrônicas se restringiriam a menos de 0,0001 por cento do total e que não poderiam se dar ao luxo de abrir mão de um de seus especialistas em fechaduras tradicionais. O chefe da Polícia Nacional, um general de duas estrelas, mandou chamar Nivaldo e pessoalmente lhe garantiu que jamais seria solicitado a trabalhar com trancas eletrônicas; pediu-lhe, então, para adiar a aposentadoria por alguns anos e treinar policiais jovens. Lisonjeado, o sargento aceitou a proposta.

Arenas era um homem introvertido, e bem poucos sabiam — o major Pena era um deles — como era orgulhoso de nunca ter feito uso ilegal de sua habilidade. Isso o fazia sentir-se superior. Ele tinha certeza de que 99,99 por cento das pessoas que obedeciam à lei se abstinham de cometer atos criminosos por temerem punição, e não por questão de princípio. O serralheiro considerava os poucos que passavam no teste o grupo mais seleto da Terra. Aqueles que poderiam roubar, matar, falsificar, fraudar ou cometer qualquer tipo de crime sem temer punição, e ainda assim não o faziam! Eram pessoas realmente superiores, mantenedoras da chama, tão extraordinárias e singulares quanto seres de outro planeta. E ele era uma delas! Seu eterno herói era Harry Houdini.

O major Pena pensava em tudo isso enquanto observava as expressões de José Kuan e Zoila Pérez ao verem o sargento abrir a porta da frente do apartamento 1. O serralheiro levou menos de sessenta segundos, sob luz fraca, fornecida por fósforos acesos pelo capitão Trujillo (não havia pilhas para as lanternas no almoxarifado do DTI desde julho). Zoila, de penhoar e chinelos, inclinava-se para a frente para ver o cilindro. Parecia uma espectadora tentando compreender como um mágico realizava seu truque. Kuan, de pulôver, calça verde-escura e sapatos marrons de cadarço, parecia igualmente perplexo.

Arenas fechou a caixa de ferramentas, levantou-se, abandonando a posição de joelhos, e fez um gesto indicando que já podiam entrar. Acabara de deixar o papel de protagonista e passava ao de figurante, mas não se importava com isso. Da porta, o capitão Trujillo tateou à procura do interruptor e, ao encontrá-lo, pressionou-o. A luz acendeu numa única lâmpada de sessenta watts no teto da sala. Duas baratas correram para baixo do sofá.

— Camarada Elena?

Trujillo entrou, e Pena seguiu-o. Zoila e Kuan permaneceram no hall de entrada com Arenas, que acendeu um cigarro.

— Alô? Camarada Elena?

Os policiais chegaram ao corredor. Trujillo acendeu a luz.

Pena virou-se para a porta.

— Testemunhas, entrem. É para isso que vocês estão aqui — disse, mal-humorado, fazendo sinal para que os acompanhassem. — E não toquem em nada — acrescentou. Péssimo relações-públicas, pensou Trujillo.

— Andem, andem — insistiu Nivaldo, cutucando Zoila e Kuan.

Os policiais e suas testemunhas levaram três minutos — andando com cuidado, inspecionando armários, verificando para ver se haviam forçado a entrada — para chegar às dependências de empregada no final do corredor. Trujillo acendeu a luz e em seguida recuou violentamente, atingindo Pena no nariz com a parte posterior da cabeça.

— Ei! Qual é o seu problema?

— Dê uma olhada.

Massageando o nariz, Pena olhou para dentro do quarto. Esqueceu a dor e virou-se para as testemunhas. Ambos estavam extremamente alarmados.

— Muito bem, camaradas, muito obrigado. Podem voltar para casa.

— Está havendo algum problema? — perguntou Zoila.

— Está, sim. Meu nariz está quebrado. Ah, um último favor, camarada. Preciso usar seu telefone.

— Pois não. Elena... está... aí dentro?

— Não, não está. Mas outras pessoas estão. Vamos, vamos.

— Mas... o que aconteceu?

— É melhor não saber, camarada, é melhor não saber.

Trujillo e Nivaldo montaram guarda no hall de entrada enquanto Kuan voltava para casa e Pena subia a escada atrás de Zoila. Às 4h10 o major telefonou para o coronel Adrian Bueno no Quartel-General Nacional. Zoila, a seu lado, estava morrendo de curiosidade para saber o que ele tinha a dizer.

— Camarada coronel, aqui é o major Pena do DTI.

— Pode falar, major.

— Bom, coronel, depois que eu falei com o senhor, há uma hora...

Pena pôs o coronel a par dos últimos acontecimentos, guardando seu momento de triunfo para o final. Mas Adrián Bueno não pretendia morder a isca. Era um policial igualmente experiente e suspeitou de que aquele maldito major, de quem nunca ouvira falar, queria fazê-lo explodir por ter entrado numa resi-

Escondido em Havana **333**

dência particular sem um mandado de busca, para depois provar, com alguma descoberta repulsiva, que tivera razão ao infringir o regulamento. Esperaria para ver, decidiu Bueno, enquanto escrevia em seu caderno de notas.

— ...e no último quarto... encontramos dois cadáveres, ambos de homens brancos.

Zoila teve um sobressalto ao ouvir a notícia.

É isso, então, pensou Bueno, sorrindo.

— Bom trabalho, major. Iniciativa, é disso que precisamos. Então, suponho que vá telefonar para o LCC e o IML.

— Vou sim, camarada — concordou Pena, contrariado porque o coronel não havia ficado furioso. Iniciativa, sim.

— E agora você quer que eu telefone para a Imigração para deter aqueles três canadenses que mencionou para serem interrogados.

— É, camarada.

— Está bem, me dê os nomes deles.

Às 4h45, Eusebio, sério, fez um sinal chamando Marina e Elena. Elas se levantaram e se dirigiram ao balcão. Fazia meia hora que as duas não desviavam a vista daquela direção, desde que os primeiros passageiros chegaram, a maioria carregando bolsas brancas de couro artificial com emblemas vermelhos da "Temptation Tours". Depois de três passos, Elena percebeu que não estava mancando, então exagerou. Por trás do balcão, uma mulher de casaco azul-claro e lenço branco fixou nelas o olhar. De 30 e poucos anos, com pouco menos de 1,60 metro, morena. Em seu crachá de identificação, lia-se Alicia. Marina preferia lidar com homens, mas não tinha escolha.

— Bom dia, senhora — disse Alicia em espanhol, e em seguida deu um sorriso profissional.

— Bom dia. Muito prazer.

334 José Latour

— O prazer é todo meu. Meu colega me explicou seu problema.

— Obrigada, Eusebio.

O atendente fez um sinal de cabeça.

— Posso lhe vender duas passagens — continuou Alicia —, mas não posso colocar vocês juntas.

— Alicia, nós iríamos no compartimento de bagagem, se nos deixasse.

Alicia concordou com um sinal.

— Passaportes, por favor.

Dois minutos mais tarde, Marina e Elena estavam ainda mais nervosas. Alicia continuou folheando os documentos, voltando para o primeiro que havia inspecionado, depois para o segundo, de volta ao primeiro, mais uma vez ao segundo. Duas vezes levantou a vista para o rosto de Elena para comparar seus traços aos da fotografia, depois examinou Marina em detalhes três vezes. Finalmente, a funcionária estava satisfeita.

— Tudo certo, vou emitir as passagens para vocês — disse ela.

Elena respirou fundo e de repente percebeu que sua bexiga estava a ponto de estourar. Marina quase gritou de felicidade e bateu palmas, mas se contentou com um sorriso. Parecia que vender passagens no balcão da empresa era incomum, pois Alicia não usou o computador. Em vez disso, copiou os nomes que estavam nos passaportes, devolveu-os a Marina e completou o restante do formulário em letras maiúsculas.

— São 436,80 dólares — disse Alicia finalmente. — Cartão ou à vista?

— À vista.

Marina entregou 500 dólares. Eusebio pesou, etiquetou e transferiu a bagagem para a esteira. Alicia grampeou os recibos das bagagens nas passagens, depois colocou-as em cima do balcão com os cartões de embarque e o troco.

— Obrigada — disse Marina. Entregou a Elena os documentos dela, mas não tocou no dinheiro.

— É para você, Eusebio — disse, indicando o dinheiro com o queixo. — E este aqui é para você, Alicia — acrescentou, estendendo o braço para a mulher com uma nota de 100 dólares na mão.

— Não, obrigada — observou Alicia, séria. — Tenho uma filha de 8 anos. Não gosto de tirar proveito do sofrimento humano. Fique com seu dinheiro.

Extremamente surpresa, Marina só conseguiu olhar para a mulher e murmurar:

— Mas seria um prazer para mim...

Elena queria agarrar Marina pelo braço, dizer-lhe que não e mandar um beijo para Alicia. Mas, como surda-muda falante de inglês, não podia ler lábios em espanhol. Embora demonstrasse estar um pouco envergonhado, Eusebio parecia pronto a pular na parte que lhe tocava.

— Bom, aproveite de alguma outra forma. Esse é meu trabalho — disse Alicia finalmente.

— Não vou me esquecer de você.

— Façam uma boa viagem.

Elena puxou Marina em direção ao banheiro. Nada disseram; três outras mulheres estavam usando os sanitários e as pias. Depois de pagarem 40 dólares em taxas de aeroporto, foram para as cabines da Imigração. Tendo visto a funcionária da empresa examinar tão cuidadosamente os passaportes, Marina esperava um interrogatório de dez minutos. Uma mulher de blusa verde-clara e saia verde-oliva, com galões de tenente nas dragonas, examinou seu passaporte, a passagem e o cartão de embarque, olhou rapidamente para o rosto dela, carimbou o passaporte e fez sinal para que passasse. Menos de vinte segundos no total.

— Minha amiga. A próxima mulher — disse Marina à tenente. — Ela é surda-muda. Caso queira lhe perguntar alguma coisa, posso ficar aqui para traduzir para você?

A tenente franziu a testa e concordou com um gesto de cabeça. Marina fez um sinal para Elena se aproximar. A professora entrou na cabine. A oficial da Imigração olhou para a surda-muda com curiosidade e se perguntou por que ela estava tão pálida. Sua vista se dirigiu a Marina por um instante. O que essas duas vieram fazer na praia? Ver televisão no quarto? Bom, não fazia diferença para ela. Examinou o passaporte. Era idêntico aos milhares de passaportes canadenses que ela verificava todo inverno, com os mesmos carimbos cubanos. Apesar de ser incomum para pessoas que desciam no aeroporto de Havana partir de Varadero, acontecia. Depois olhou para o rosto da mulher. Não era feia, provavelmente casada. Sua mente voltou-se para o canalha taciturno de quem estava se divorciando. Ele consideraria uma surda-muda a mulher ideal, de boca calada o tempo todo, sem poder gritar quando ele tentava estuprá-la no meio da noite. Depois ficou imaginando como uma surda-muda lidaria com esse tipo de homem. Ela carimbou o passaporte. Vinte e cinco segundos.

— Tudo certo, pode ir.

Num saguão muito maior e mais amplo, elas se viram diante de duas máquinas de raios X operadas por oficiais alfandegários que vestiam uniformes feios, cor de mostarda. Marina dirigiu-se à máquina mais próxima com confiança, colocou a bolsa na esteira e passou pelo detector de metais ao lado. Uma funcionária da Alfândega examinou a tela com um tédio infinito. Três anos fazendo o mesmo trabalho e nunca encontrara ninguém tentando passar com uma arma ou algum explosivo. Virou a cabeça e distraidamente pôs os olhos na passageira seguinte: uma mulher manca que colocou a bolsa na esteira e tentou colocar a bengala também.

— *No, no hace falta* — disse a funcionária.

Em um movimento reflexo, Elena olhou para ela e então percebeu que não deveria ter feito isso. Por um décimo de segundo, questionou-se sobre o que fazer. Ela era supostamente surda, então pôs a bengala na esteira e virou-se para passar pelo detector de metais. Percebendo o movimento pelo canto do olho, virou-se. A mulher deu um pulo do banco onde estava, pegou a bengala antes que desaparecesse completamente no interior da máquina e a entregou a Elena, que arqueou as sobrancelhas e balançou a cabeça como quem não entende o que está havendo.

— Ela é surda-muda — explicou Marina do outro lado, com um tom histérico na voz.

— Ah — disse a operadora da máquina, levemente surpresa com a informação. — Bom, diga a ela para ficar com a bengala. Ela pode cair e se machucar.

Marina realizou sua única e incompreensível fala por meio de sinais e articulou alguma coisa; Elena prestou muita atenção para fazer a leitura labial. Em seguida, fez que sim com a cabeça, abriu um belo sorriso para a funcionária da Alfândega e passou pelo detector de metal. O alarme disparou; Elena fingiu não ter ouvido. O encarregado vira toda a cena anterior e, com um sorriso, fez sinal para que Elena passasse. Ela não estava acreditando que precisava fazer xixi de novo. A operadora da máquina de raios X percebeu que não havia observado a tela quando a bolsa passou pelo aparelho, mas não importava. Era provável que não houvesse nada suspeito ali, não na bolsa de uma mulher deficiente. Mas a bengala era muito pesada. Ela se esqueceu de tudo quando um novo passageiro se aproximou da máquina.

Em seu escritório, o supervisor da Imigração que estava em serviço, o major Oscar Torriente, consultou o relógio: 5h02 minutos. Dali a 58 minutos, o major Pedro o substituiria. Estava com muito sono. Precisava de uma xícara de café quente e forte.

Ajustando o quepe, deixou a sala. Dois minutos e meio depois que ele fechou a porta, sua máquina de fax começou a emitir uma ordem urgente para todos os portos e aeroportos para que vigiassem três cidadãos canadenses: Sean Abercorn, Christine Abernathy e Marina Leucci. Eles deveriam ser detidos e entregues à polícia, que receberia ordens vindas do Quartel-General.

No portão 2, as últimas duas passageiras na fila para embarcar num Boeing 777 com destino a Nassau ainda seguravam seus passaportes, em nomes de Christine Abernathy e Marina Leucci.

Em Havana, três vans brancas Mercedes-Benz, uma do LCC e duas do IML, estavam estacionadas no único quarteirão da rua 3A. Uma segunda caminhonete Lada do Quartel-General Nacional havia se juntado à do DTI, que estava com Pena. Um sedã Peugeot da Imigração foi o último a chegar. Os dois policiais jovens que montavam guarda à residência do embaixador belga não tinham dúvidas de que algo grave havia acontecido, mas logo ficaram desapontados. As luzes vermelhas das viaturas não haviam sido ligadas, os motores estavam desligados e os faróis apagados, e não se viam policiais de preto da SWAT preparando-se para invadir o edifício; a cena não tinha a dramaticidade dos filmes de ação americanos que eles adoravam.

Centenas de pássaros, acostumados a passar uma noite tranquila empoleirados nos galhos das figueiras do Parque de la Quinta, esperavam nervosamente pelo nascer do sol para esvoaçarem. Sua preocupação era causada por cinco abutres que haviam aparecido ao cair da noite, atraídos pelo mau cheiro da morte que começava a emanar, ainda não detectável pelas outras espécies, e agora esperavam adormecidos nos galhos mais altos. No chão, alguns grilos cantavam, indiferentes aos abutres, aos pássaros e aos humanos.

Escondido em Havana **339**

No hall de entrada do prédio, Pena e Trujillo comunicavam às pessoas do Quartel-General Nacional, do IML e do setor de Imigração o pouco que sabiam. No apartamento 1, especialistas do LCC coletavam provas. Ninguém tinha permissão para entrar antes de eles terem acabado, e o local era um verdadeiro tesouro de impressões digitais e amostras de sangue.

O sargento Nivaldo Arenas, sentindo-se deslocado entre tantos capitães, majores, tenentes-coronéis e um coronel, fumava sozinho na calçada. Não gostava de cadáveres; eles lhe faziam lembrar os pais, a quem havia vestido antes de levar ao necrotério. Ambos haviam morrido de causas naturais, numa idade avançada, mas ainda assim cada uma das mortes fora um choque, e ver outros defuntos o deixava nervoso. Talvez não precisassem mais dele. Estava considerando pedir permissão para dar o fora dali.

Logo que a pouca informação disponível foi passada para todos, os nove oficiais dividiram-se em três grupos. Os assistentes do IML permaneceram juntos, os policiais e o agente da Imigração passaram a conversar amigavelmente, enquanto Trujillo e a Dra. Bárbara Valverde, a patologista que realizara a autópsia em Pablo Miranda, ficaram na entrada cimentada, entre o hall do edifício e a calçada. Valverde, escalada para o turno da madrugada durante aquela semana, havia sido convocada para a remoção dos corpos. Os dois estavam contentes de se encontrarem e demonstraram isso.

— Você está deslumbrante, Bárbara.

— Ah, pelo amor de Deus, Félix. É cedo demais.

Trujillo pigarreou.

— Maravilhosa. A madrugada é o momento perfeito para confessar a atração que sinto, a vontade que tenho de conhecer você de maneira mais íntima, longe desse cenário de crimes em que estamos metidos. O que há de errado nisso? Sei que não sou nenhum bonitão, mas será que sou tão repulsivo?

— Não.

— Homens brancos não a atraem?

— Ora, vamos. Raça não é o problema aqui.

— Então?

— Você é um homem casado, Félix. Eu não saio com homens casa...

— Não sou.

— Ah, não me venha com essa. Eu sei que é.

— Meu divórcio saiu duas semanas atrás.

— Ah.

A patologista lançou o olhar para o Parque de la Quinta, processando a nova informação. Maravilha. Sentira-se atraída por aquele homem desde o primeiro dia.

— Sinto muito — mentiu. — O que aconteceu?

— Não sinta, e nada aconteceu. — O capitão espirrou; por sorte tinha um lenço limpo no bolso. — Não sinta, porque isso remove o obstáculo que impedia que a gente se conhecesse melhor... — Assoou o nariz, pensando em como aquilo era pouco romântico. — E eu disse "nada aconteceu" porque foi exatamente o que aconteceu: nada. Raramente nos víamos. A maioria das noites, quando eu chegava em casa, ela já estava dormindo; e, pela manhã, quando ela se levantava, eu ainda estava dormindo ou já tinha saído. Ela reclamava que minha profissão e a vida de casados entravam em choque.

Bárbara não pôde deixar de sorrir. Tinha dentes perfeitos.

— Meu ex-marido reclamava do mesmo problema.

— Com razão?

— Claro. Pessoas como eu e você... bem, olhe para nós dois agora. Você acha que as pessoas normais aguentam essa droga de vida?

— Não, não dá. Seu ex-marido, o que ele era?

— O que você quer dizer com isso?

Escondido em Havana **341**

— Profissionalmente, quero dizer.

— Burocrata. Finanças. E sua ex-mulher?

— Secretária. Entende agora? Das 9 às 17, os dois. Não conseguem entender o que fazemos, não conseguem se adaptar.

Ele estava errado, pensou Bárbara, mas ficou calada. O que Trujillo tentava dizer era que, como casal, eles compartilhariam a loucura de estarem de plantão 365 dias por ano, achariam fácil tolerar o ceticismo e a frustração de que, mais cedo ou mais tarde, sofrem os policiais, os médicos, os enfermeiros e — espécies mais raras — os políticos honestos. Por que se sentia atraída por homens extremamente imaturos e românticos que acreditavam poder equilibrar uma profissão estressante com amor, casamento, filhos e diversão?

Alguns pássaros começaram a cantar; os grilos aos poucos desapareciam.

Ela havia passado dois anos na Bolívia procurando os restos mortais de Che e dos *guerrilleros* que morreram com ele. O marido prometera esperar por ela; mas, ao embarcar naquele avião, sabia que ele não esperaria. Ela foi de qualquer forma por causa da admiração que sentia pelo revolucionário argentino e porque a missão lhe traria uma promoção na carreira. Era também uma questão de escolha: a profissão *versus* a vida familiar. Jamais se casaria de novo. Jamais.

— Em que está pensando? — perguntou ele.

— Me leve ao cinema um dia desses.

— Combinado. Quando?

Entreolharam-se em total espanto por um segundo, e depois caíram na gargalhada. Os outros viraram a cabeça. Pena sorriu.

— Entende o que quero dizer? — observou Bárbara, secando as lágrimas do canto dos olhos de tanto rir. — Não conseguimos nem combinar um dia e uma hora para fazer uma coisa simples como essa. Eu telefono para você, está bem?

— Está bem.

Trujillo anotou o número do seu telefone no maço de Populares dela.

Elena entregou seu cartão de embarque a Eusebio, que naquele momento se encontrava no portão de embarque. Ele sorriu, retirou o canhoto e o entregou a ela. Elena também sorriu (sorriso vacilante, pensou Eusebio) e apressou-se atrás de Marina, que estava alguns passos à frente. Estava apertada! Precisava ir ao banheiro. Entraram no avião. O comissário de bordo deu um sorriso e um bom-dia, depois olhou para o canhoto na mão dela e acrescentou, apontando:

— O corredor à direita.

— Ela é surda-muda — disse Marina ao comissario.

— Ah.

— *Baño* — Elena articulou a palavra para Marina.

Marina fez um movimento com a cabeça.

— Ela precisa ir ao banheiro primeiro.

— Pois não. Ali.

— Marina esperou por ela no corredor. As turbinas foram ligadas. Passou-se um minuto. A porta da aeronave foi fechada. Mais outros sessenta segundos se passaram. Outros comissários fecharam os compartimentos de bagagem de mão e verificaram os cintos de segurança. O avião começou a andar.

— Não podemos decolar com sua amiga lá dentro — disse o comissário mais velho, obviamente preocupado. — Ela vai demorar muito?

A porta dobrável abriu-se, e Elena saiu, envergonhada.

— *El bastón* — disse Marina, apenas articulando as palavras, os olhos salientes e as mãos agitadas.

Elena voltou rapidamente e pegou a bengala. Pediu desculpas com um sorriso (sorriso vacilante, pensou o comissário mais velho) e seguiu Marina pelo corredor.

O major Oscar Torriente voltou ao escritório da Imigração às 5h19. Leu o fax, aproximou-se da copiadora e fez 11 cópias. Quando estava deixando a sala, o telefone tocou. Na cabine 1 estava havendo um problema com um espanhol que afirmava ter perdido o passaporte. O major deu um suspiro de resignação e dirigiu-se para lá devagar.

Elena Miranda sentou-se à janela e olhou para as luzes na pista. A aeronave seguia cada vez mais veloz. Eram 5h41.

— Muito bem, doutora, eles são seus agora — disse Pena à Dra. Bárbara Valverde às 5h41.

O espanhol continuava dando trabalho ao major Torriente às 5h41.

Às 5h42 minutos a aeronave atingira 900 metros e estava subindo. Com os olhos úmidos de lágrimas, Elena Miranda observava as primeiras luzes do alvorecer.

O major Oscar Torriente entregou a fotocópia do fax ao policial na cabine 5 às 5h58. A tenente, que 52 minutos antes havia carimbado os passaportes das duas fugitivas, leu os nomes e depois consultou seus registros.

— Está preparado para isso? — perguntou ela ao major com um olhar de esguelha.

E Torriente percebeu que estava metido numa grande enrascada.

EPÍLOGO

Como as instituições para ex-figurões que cometem deslizes são apenas presídios pequenos, de segurança mínima, os horários de visita são flexíveis em Tinguaro. Se o visitante estiver em trabalho oficial, ele pode interrogar um prisioneiro em qualquer horário, entre, digamos, 6 da manhã e 10 da noite, então o agente penitenciário de plantão não fez objeção quando o major Pena do DTI pediu outra entrevista com o preso 14, Manuel Miranda, conhecido como o General, em torno das 19 horas, na quarta-feira, 29 de novembro de 2000.

Os registros da prisão revelavam que aquele mesmo policial e o capitão Félix Trujillo haviam interrogado esse prisioneiro cinco ou seis vezes nos últimos dois meses, mas ninguém sabia de que se tratava. Os agentes penitenciários não se atreviam a pergun-

346 José Latour

tar aos policiais nem ao preso. Outros detentos sempre estavam dispostos a escutar o que algum companheiro tinha a dizer, mas nunca faziam perguntas, e Miranda não contava nada. Como os meios de comunicação cubanos não publicavam crimes locais, ninguém tinha a menor ideia de qual havia sido o problema. Os presos, como a população em geral, tinham conhecimento de tiroteios nas cidades americanas, do último estudante assassinado por um colega de classe ou qualquer outro caso sangrento que acontecia "no Império", mas nem uma palavra fora dita ou escrita sobre os dois cadáveres encontrados no quarto de empregada de um apartamento em Miramar.

Desta vez, o major do DTI foi sozinho. Esperou no escritório do "instrutor político" — um parlatório usado pelo policial de reabilitação — que, algumas vezes, funcionava também como sala de interrogatório, quando, raramente, se acreditava que um prisioneiro podia fornecer informações sobre alguém ou sobre algum acontecimento passado. Havia uma escrivaninha com uma cadeira, um arquivo, duas cadeiras dobráveis, um ventilador oscilante sobre uma base, um telefone e um cinzeiro. A luz era fornecida por uma lâmpada fluorescente de 40 watts. Uma seteira à direita permitia a ventilação do local. Do lado de fora, o canto dos grilos e o cheiro da grama eram intensos.

— Alguma notícia? — perguntou com ansiedade Miranda ao entrar na sala, conduzido por um guarda.

Pena esperou até o guarda sair e fechar a porta.

— Depende — respondeu.

Miranda olhou para ele surpreso e em seguida retrucou:

— *Ay, cojones.* — E levantou a vista para o teto, como se buscasse a intervenção divina.

Pena forçou um sorriso, baixou a vista em direção ao cimento áspero do piso e abanou a cabeça. A linguagem corporal que

Escondido em Havana **347**

significava não-acredito-nesse-cara frequentemente usada por cubanos quando diante de uma pessoa esperta.

— Escute, Pena. Eu já lhe disse mil vezes. Não sei de nada. Eu saí em torno do meio-dia com Elena e uma amiga dela, Marina, como você disse que ela se chamava. A única coisa que quero saber é se tem notícias da minha filha. Então não me venha com essa merda de "depende". Você tem notícia da Elena, não tem?

— Sente-se. Ali — disse Pena, apontando para a cadeira da escrivaninha.

Miranda conhecia o limite. Na primeira entrevista, os policiais pediram, praticamente ordenando, que se sentasse naquela mesma cadeira. Ele supôs que era por serem dois e por haver duas cadeiras dobráveis, mas agora Pena estava sozinho. Algum maldito truque psicológico, calculou. Para dar a impressão de que estava no comando. Foda-se, pensou Miranda. Havia sido um jogo de gato e rato desde o primeiro dia.

— Como vai Trujillo? — perguntou.

— Vai bem.

Miranda fez um gesto com a cabeça de quem está ouvindo. Por que o mais jovem não teria vindo? Isso não era comum. Sempre se exigia uma testemunha.

— Você disse "depende". Que tipo de resposta é essa a uma pergunta simples, feita por um pai preocupado?

— Eu disse "depende" porque tenho notícias de sua filha e outras mais. Coisas que acho que talvez queira saber.

Miranda refletia, enquanto Pena acendia um cigarro e depois colocava em cima da escrivaninha o maço de Populares e a caixa de fósforos.

— Agora você me vem com esse "talvez eu queira saber". Vamos acabar com esse duplo sentido, Pena. O que é que está pegando?

— O que está pegando — e Pena soltou a fumaça pelo nariz — é que eu não pedi autorização para lhe dar esta notícia. Portanto, a menos que prometa que nunca houve esta conversa, eu fico de bico fechado. Se abrir a boca sobre isso, eu sou preso. E não num clubezinho desses em que o senhor está. Vai ser para valer.

Miranda contraiu os lábios, pensando rápido.

— Por que está fazendo isso?

Pena deu de ombros.

— Bom, no seu caso, a pena foi severa demais, general. O senhor lutou nas batalhas mais sangrentas, arriscou a vida milhares de vezes, fez uma única merda e foi condenado a muitos anos de prisão. Agora, em menos de três meses, perdeu o filho e sua filha desapareceu. É bem mais velho do que eu, qualquer dia desses vai bater as botas, e não vou querer ter na consciência o remorso por ter tido a chance de diminuir seu sofrimento e não ter feito isso.

Miranda deu um largo sorriso.

— Você ainda pode bater as botas antes de mim, fumando desse jeito.

— É verdade, eu sei disso. Quer ouvir minha história ou não?

— Pode ser.

— Falamos sobre o quê, hoje?

Miranda ponderou a resposta por um momento.

— Você achou que, sendo uma conversa particular, sem a presença de Trujillo, eu podia revelar alguma coisa nova. Não revelei.

— Está bem.

Pena deu um trago no cigarro.

— O setor de Segurança do aeroporto de Varadero tem circuito interno de TV de baixa velocidade. Vídeos de vigilância, como eles chamam. Na parte inferior da tela se veem a data e a

Escondido em Havana **349**

hora. E temos um cassete deles que prova que sua filha e Marina Leucci estiveram lá durante quase cinco horas, na madrugada de segunda-feira, 7 de agosto.

Miranda permaneceu impassível, os olhos semicerrados. Ele imaginava que Elena e Marina tivessem partido do Aeroporto Internacional de Havana. Ter escolhido Varadero foi uma ideia brilhante. A argentina era boa, muito boa mesmo.

— Também temos prova de que uma empresa que freta aviões, a Sunlines, vendeu uma passagem a uma mulher canadense surda-muda que andava mancando, em torno das 5 da manhã, na segunda-feira.

— Surda-muda? — perguntou Miranda, tentando demonstrar surpresa. Era um péssimo ator.

Pena fez que sim, enquanto batia a cinza do cigarro no cinzeiro.

— A passagem era num voo para Nassau, nas Bahamas. O passaporte da surda-muda identificava-a como Christine Abernathy. Mas essa mulher não era nem canadense nem surda-muda. Era a sua filha. Deve ter torcido um tornozelo depois do meio-dia, no dia 7 de agosto, porque a vizinha que viu vocês três saindo do prédio naquele dia disse que na ocasião ela não estava mancando.

— Não, não estava — admitiu Miranda.

— As passagens aéreas foram pagas por Marina Leucci — acrescentou Pena.

— Então ela está bem — disse Miranda, demonstrando no semblante um alívio sincero.

Pena confirmou com um gesto.

— Existem alguns cubanos trabalhando no aeroporto de Nassau. O pessoal da empresa de aviação e um oficial de ligação da Alfândega. Eles fizeram algumas amizades lá, então conseguimos descobrir que Christine Abernathy e Marina Leucci chegaram a salvo em Nassau, na manhã do dia 7 de agosto, e embarcaram no mesmo dia, às 15h45, num voo da Air Canada com destino a Toronto. Sabemos que sua filha estava bem naquela ocasião. Mas seu paradeiro agora é desconhecido.

Pena jogou fora a ponta do cigarro. O ex-general dirigiu o olhar a Pena.

— Obrigado, major.

— Ainda tem mais.

Miranda franziu a testa.

— Segundo a embaixada do Canadá, os dois homens mortos, Abercorn e Cummings, não eram canadenses. Mas tinham passaportes canadenses autênticos. Então, por sugestão nossa, Ottawa enviou as impressões digitais deles para Washington. Eram americanos. O sobrenome do cara grande era Truman, o do outro era Lawson.

— O que eles estavam fazendo em Cuba?

Pena olhou para Miranda.

— Se o senhor não for capaz de esclarecer isso, ninguém mais será.

— Eu não sei o que eles estavam fazendo aqui! — protestou Miranda.

Pena respirou fundo.

— Está certo. Vamos continuar. Os peritos dizem que Truman quebrou o pescoço de Lawson; alguns fios de cabelo de Lawson foram encontrados nos braços de Truman, bem onde a cabeça de Lawson pode ter encostado nele, se Truman quebrou o pescoço dele por trás. O senhor sabe, bom, talvez não, mas essas pessoas do LCC, elas tiram fotos, coletam provas, medem ângulos, examinam manchas de sangue e, quando terminam, conseguem dizer com precisão o que realmente aconteceu. A teoria deles é justificada pelo fato de que a arma encontrada na cena do crime pertencia ao policial cujo pescoço foi quebrado poucas horas antes. Então, Truman matou um policial. Mas Lawson não quebrou a cabeça de Truman: uma terceira pessoa fez isso. Pode ter sido sua filha, ou a misteriosa amiga argentina, ou o senhor...

— Pena, por favor... eu já lhe disse...

— Certo, certo, alguma outra pessoa, então. Mas Lawson não matou Truman.

Miranda tentou mostrar-se ofendido.

— O que permanece um grande mistério — continuou Pena, olhos fixos no prisioneiro — é o motivo do crime. Não sabemos por que esses dois homens foram mortos. Na parede do banheiro, no lugar de uma saboneteira, achamos um buraco e, dentro dele, uma cavidade no concreto como se um pacote pequeno tivesse sido embutido lá. Encontramos também uma lanterna e um formão novo no apartamento. Embrulhado em algodão, acredita? Agora, por que alguém embrulharia um formão em um chumaço de algodão? A lanterna tinha as digitais de Lawson. Na lata do lixo, encontramos uma saboneteira quebrada com algumas digitais de Lawson também, e um lenço velho. Costuradas dentro do bolso do paletó desse tal Lawson, encontramos duas passagens de avião que ele tinha comprado em Toronto: uma para um voo de Varadero a Cayo Largo del Sur, para o mesmo dia em que foi assassinado; a outra, para um voo fretado de Cayo Largo a Toronto no dia seguinte. Sabe alguma coisa sobre isso?

— Francamente, não — respondeu o ex-general depois de um minuto de hesitação. — Minha filha disse que a saboneteira tinha se quebrado e que tinha sido tirada do lugar, e me pediu para comprar uma nova. Eu não sabia que isso tinha sido feito por esse tal de Lawson.

— Achei que o senhor não ia mesmo saber nada sobre isso — observou Pena, esbanjando sarcasmo. — E, finalmente, como Truman matou outras pessoas da mesma maneira que seu filho foi morto, tiramos a impressão da dentada dele. Está sabendo que seu filho tinha uma marca de dentada no pescoço?

Miranda franziu o cenho e fez que não. Estava dizendo a verdade: ninguém lhe contara isso.

— O assassino o mordeu no pescoço para despistar, para fazer parecer que tinha sido um tipo de assassinato por motivo sexual. Bom, Truman matou seu filho, general. Então, quem quer que tenha matado esse homem vingou a morte de Pablo.

Miranda tirou um cigarro do maço de Populares de Pena e o acendeu com mãos trêmulas. Pena sentiu vontade de lhe dar um abraço. O ex-general fixou o olhar no teto e deixou sair um jato de fumaça.

— Se algum dia pegar o assassino, agradeça a ele por mim, major. — O rosto dele estava vermelho. *Pressão arterial: provavelmente 20 por 15*, pensou Pena.

— Agradeço, pode acreditar. Mas sabe de uma coisa? Acho que nunca vou encontrar esse desgraçado. Algum policial incompetente inadvertidamente destruiu a única prova encontrada naquele quarto que não pertencia a nenhum dos dois mortos, nem a sua filha: um fio de cabelo. Fora isso, encontramos apenas digitais.

Miranda sorriu com tristeza.

— Você é um cara e tanto, Pena.

— Vindo do senhor, é uma honra — disse o major, enquanto pegava seu maço de cigarros e fósforos, levantando-se em seguida.

No dia 2 de dezembro, logo que Miranda chegou em casa, na licença de fim de semana, sua terceira mulher, Ângela, lhe entregou uma carta com carimbo de Montclair, Nova Jersey. O remetente era N. Pérez, e o endereço do Sr. ou Sra. Pérez era 355 Main Street, Waldwick, Nova Jersey. No banheiro, o ex-general memorizou um número de telefone, rasgou a carta e o envelope

Escondido em Havana **353**

em pedacinhos, depois jogou-os no vaso e deu descarga. Ângela era um exemplo de discrição e não perguntou de quem era a carta. Ela havia sido interrogada por Pena e Trujillo imediatamente depois do duplo assassinato e soube do desaparecimento de Elena, mas seus esforços para compartilhar a tristeza do marido e saber mais haviam sido recebidos com uma recusa carinhosa porém firme.

No dia 31 de dezembro, Manuel Miranda encontrava-se entre as centenas de pessoas que esperavam a abertura do centro comercial conhecido pelos *habaneros* como Charlie III, na avenida Salvador Allende. Formando um semicírculo, a multidão assistia à apresentação de um comediante cego contando piadas. A cada minuto aproximadamente explodia uma risada entre os espectadores, abafando o ruído do tráfego, que seguia veloz pela avenida de oito faixas. A temperatura estava em torno de 18°C, mas a sensação térmica causada pela umidade e pelo vento era de 10°C, gelada pelos padrões de Havana, e as pessoas estavam felizes por vestirem suas roupas de inverno, quase nunca usadas. O céu encoberto era uma trégua ao sol ofuscante do ano inteiro.

O comediante era branco, baixo e tinha entre 30 e 40 anos. Parecia bem-cuidado: gorducho, cabelos à escovinha e bem barbeado. Vestia uma jaqueta cinzenta impecável por cima de uma camiseta branca, uma calça de algodão cinzenta, de cintura alta, e tinha na mão esquerda uma bengala branca de madeira. Não usava os óculos escuros que a maioria dos cegos usa e mantinha os olhos azuis bem abertos, fitando o espaço vazio. Espectadores céticos se perguntavam se ele realmente sofria de cegueira e merecia sua compaixão; podia ser apenas um ótimo ator usando um estratagema para extrair algum dinheiro das pessoas. Miranda lembrou-se de outro homem cego e de outra bengala, mas não conseguia formar uma imagem mental do sujeito desconhecido que, supostamente, era o responsável pela morte de três homens. Seria ele verdadeiro ou Marina o inventara? Se fosse real, seria de fato cego ou havia aperfeiçoado um número que lhe permitia manipular outros? Ele jamais saberia.

Miranda olhou para o relógio: 9h48. O comediante estava terminando a apresentação que fazia sete dias por semana, 52 semanas por ano. O centro comercial abria às 10 horas, e ele deixava sua melhor piada para as 9h55, antes de desejar a todos um bom dia. O cego não pediu contribuições. Simplesmente ficou lá com um largo sorriso e a mão estendida.

Naquela manhã, como em todas as outras, as pessoas começaram a lhe dar moedas, algumas notas também, desejando-lhe um feliz Ano-Novo. Ele repetia em altos brados:

— Obrigado, obrigado, obrigado. — Beneficiando-se do espírito magnânimo característico do Ano-Novo, o comediante já havia coletado três mãos cheias de dinheiro quando Miranda lhe deu uma moeda de 1 peso.

As portas se abriram às 10 horas em ponto. Os mais jovens se empurravam para entrar, os mais velhos retraíam-se, dando passagem. O centro comercial estava lotado, quando Miranda entrou logo depois das 10; teria sido extremamente difícil seguir alguém no meio daquela multidão. Ele passou uma hora olhando as vitrines, entrando e saindo das lojas, admirando moças bonitas, imaginando onde as pessoas conseguiam tantos dólares e concluindo que a diáspora cubana envia toneladas de dinheiro para o seu país. A ironia disso o fez sorrir. A remessa de valores feita por contrarrevolucionários ultrajados, traidores e crápulas, consumistas consumados, seduzidos pelo capitalismo, havia se tornado uma das maiores, se não *a* maior, fonte de receita para o governo que pregava a extinção do capitalismo.

Ele parou diante de uma vitrine para observar algumas roupas esportivas ridículas e, de repente, virou-se e seguiu pela escada, dois degraus de cada vez. No segundo andar, num posto de venda da companhia telefônica, Miranda comprou um cartão de 20 dólares — a 2 dólares o minuto, seria suficiente para uma ligação de dez minutos para qualquer parte dos Estados Unidos. Dirigiu-se às três cabines telefônicas, a 5 metros do posto de venda. Todas estavam ocupadas e havia quatro pessoas na fila. Naquela manhã de agosto, na atmosfera extremamente pesada do apartamento da filha, ele se esquecera de que o número de chamadas telefônicas a distância subia de forma astronômica nos feriados. Sua intenção havia sido dar a Elena uma data fácil de lembrar. Teria simplesmente que esperar sua vez.

Eram 11h19 quando ele fechou a porta da cabine telefônica, inseriu o cartão e discou um número. Houve alguns cliques antes de um telefone público tocar no saguão do hotel Pickwick Arms, no número 230 da rua 51 leste, Manhattan, Nova York.

— *Oigo* — disse uma voz feminina ansiosa em espanhol.

Miranda sorriu. Apenas uma palavra, e ele reconheceu a voz dela.

— Como vai, filha?

— Papai!

Miranda sentiu as lágrimas lhe subirem aos olhos e a garganta apertar-se.

— Feliz Ano-Novo — conseguiu dizer. Em seguida, fez um gesto com a cabeça, com raiva de si mesmo. O que estava acontecendo com ele? Tornando-se sentimental?

— Ah, papai. Feliz Ano-Novo para você também. Como vai? Como vai mamãe?

— Eu vou bem. Mas me diga, que diabo aconteceu? Onde você está? Sua mãe está preocupadíssima, e eu também.

— Bom, o que aconteceu foi que Marina, a amiga que você conheceu, me ofereceu a oportunidade de deixar Cuba em segurança... — Ela lia suas anotações. — E, para falar a verdade, papai, eu já não aguentava mais o sistema. Eu sabia que você e a mamãe não aprovariam, então decidi não contar nada. Desculpe. Foi muito difícil para mim aquela última manhã que passamos juntos. Me perdoe, por favor?

— Está perdoada. Mas você podia ter me contado. Eu não teria impedido você de viajar.

— Ah, papai.

— Você sabe o que aconteceu no seu apartamento?

— Não. O que foi?

— Encontraram dois turistas mortos no quarto dos fundos.

— Você está brincando!

Achando que a voz dela soava um pouco superficial, Miranda iniciou um relato de cinco minutos do que aconteceu depois que elas partiram. Elena não interrompeu nenhuma vez, nem sequer se surpreendeu. Ele esperava que estivesse apenas paranoico, e que o telefonema não estivesse sendo gravado.

— A polícia me entrevistou em cinco ocasiões diferentes, tentando descobrir se eu sabia de alguma coisa. Imagine! Acho que eles já estão convencidos de que não tive nada a ver com isso, mas gostariam de perguntar a você como esses homens entraram no seu apartamento e o que aconteceu lá. A polícia diz que um deles se fez passar por marido da Marina.

— Isso é ridículo. A Marina não é casada.

— Foi o que a polícia disse. Você tem ideia de como esses caras entraram em seu apartamento?

— Você sabe que não. Nós saímos juntos. Não tinha ninguém no apartamento. Nunca dei minha chave a ninguém. Não posso imaginar como esses caras conseguiram entrar. Quem matou eles?

Muito despreocupada, muito indiferente, Miranda continuava pensando.

Escondido em Havana **357**

— A polícia não sabe ou, se sabe, não disse a ninguém. Talvez seja melhor não vir a Cuba nos próximos anos, querida, ou eles vão interrogar você.

— Bom, eu não tenho nada a esconder. Mas acho que tem razão. Quero dizer, depois de emigrar ilegalmente e tudo.

— É isso mesmo. — Miranda olhou para o visor do telefone. Ele ainda tinha 4 dólares e 8 centavos para gastar, pouco mais de dois minutos. — Me diga, como vão as coisas por aí? — perguntou.

— Não podiam estar melhor, papai. Consegui um trabalho numa joalheria chique de Manhattan. Um lugar maravilhoso. O salário é bem melhor do que eu esperava, e o dono disse que vai me dar um aumento, se eu continuar a trabalhar bem.

— Bom, isso é ótima notícia. — Ele sentiu uma onda de alegria inundando-o.

— É. Vou lhe enviar algum dinheiro.

— Não precisa. Mande para sua mãe.

— Vou mandar para vocês dois. Como vai mamãe?

— Preocupada, muito preocupada. Escute, vou telefonar para ela daqui a pouco e vou dar a boa notícia com cuidado; hoje de tarde, ou de noite, você tenta ligar para ela.

— Está certo, vou tentar. Diga a ela que, se eu não telefonar, é porque as linhas vão estar ocupadas. Você sabe como é, Ano-Novo.

— Eu sei. Como vai Marina?

— Ah, ela está em Paris. Queria ir conhecer a nova iluminação da torre Eiffel com o novo namorado, um pianista porto-riquenho.

— E você, vai a alguma festa de Ano-Novo?

— Vou, com um amigo. Ele é cego, sabe, mas, papai, é o homem mais amável, mais bem-educado que já conheci.

Miranda congelou.

— Cego, você disse?

— É.

A pausa desperdiçou 40 centavos. Elena esperou pacientemente, um sorriso nos lábios.

— Bom, parece que você tem essa vocação para cuidar das pessoas com necessidades especiais — disse o pai.

— Ele é cubano, papai — acrescentou ela.

— Cubano?

— É.

A pausa seguinte levou mais 60 centavos, enquanto Miranda deduzia corretamente.

— Elena, não confie em ninguém. Você está me ouvindo?

— Estou ouvindo, papai. Não se preocupe. Eu não podia estar mais protegida.

— Elena, escute. Não confie em ninguém. Nem nesse cubano cego, nem em ninguém.

— Ei, espere um pouco. Eu estou lhe dizendo. Carlos é a pessoa mais doce...

— Você não sabe, está me ouvindo? Você não sabe. Só me restam alguns segundos neste cartão, Elena.

— Eu amo você, papai — disse, com voz embargada.

— Eu também amo você. Tenha cuidado, não confie em ninguém. Mande dizer quando eu posso...

A conexão foi interrompida antes que Miranda e Elena combinassem uma data, uma hora e um número para o telefonema seguinte. Ele colocou o fone no gancho, removeu o cartão e abriu a porta. Não podia acreditar. Namorando o filho de um peculatário e responsável pela morte do irmão. E ele não podia avisá-la pelo telefone. Confuso, desceu a rampa devagar até a entrada principal. O comediante cego não estava mais lá.

Claro, ela se encontrara com ele quando os diamantes foram divididos. Mas por que diabos ela estava namorando o filho da puta? Como poderia lhe dizer que o homem que tivera o prazer de matar era o executor do assassinato de seu irmão? Que ele devia estar seguindo ordens do homem cego que ela estava namorando? O canalha mais amável, bem-educado e doce que ela havia conhecido. Bom, estava fora de seu alcance. Não podia fazer porcaria nenhuma pela filha. Sua noite de Ano-Novo foi totalmente arruinada.

Em silêncio total, Elena e Carlos Consuegra tomavam vinho tinto num bar do hotel Pickwick Arms. Haviam escolhido uma mesa para dois, sobre a qual Elena se debruçava, de braços cruzados, observando pelo janelão de vidro pedestres em roupas de frio, andando apressados pelas calçadas, enquanto visualizava o pai em algum lugar de Havana. Carlos estava sentado ereto como uma vara. Desde sua adolescência se perguntava por que a maioria dos cegos se inclinava para a frente, as cabeças levemente curvadas, como se em oração. Quando ficou cego, prometeu a si mesmo seguir a minoria.

Pelas roupas, eles não pertenciam ao Pickwick, um hotel de preços módicos para pessoas de baixa renda, despretensiosas ou econômicas que visitavam Manhattan. Durante muitos anos, Carlos Consuegra fora um nova-iorquino de parcos recursos, sem condições de comprar produtos de grife nem se hospedar em lugares caros, então, quando precisou sugerir a Elena um lugar com telefone público para ela fazer uma ligação internacional, o primeiro que lhe veio à mente foi o saguão do Pickwick. Mas, naquele último dia do ano, o cego tinha a aparência de um homem rico e estava impecável, num terno bege de três botões, de uma mistura de lã e seda, camisa de piquê, gravata de seda e sapatos de couro. A roupa fora escolha de Marina e, depois de sentir o toque macio do tecido, ele desembolsou mais de 2.700 dólares por ela. O casaco marrom pendurado no cabide lhe custara 1.100 dólares.

A transformação de Elena foi ainda mais impressionante; somente Marina percebia a metamorfose. A professora estava fascinante num terninho de lã cinza-claro sobre uma blusa preta de jérsei de gola alta, meias pretas e botas de salto alto. Usava um colar e brincos de pérolas artificiais. Um relógio Cartier lhe dava um toque de luxo ostentoso. Até mesmo num lugar multirracial como Manhattan, onde mulheres bonitas se encontram em abundância, Elena Miranda atraía olhares de admiração.

Seis semanas antes, depois de muita negociação, um comerciante de diamantes pagara a Carlos 49 mil dólares por um diamante de tamanho médio. Elena conseguira 43 mil por um dos seus; Marina recebera 51 mil dólares. O comerciante pretendia vender a gema do homem cego por 175 mil dólares e nem um centavo a menos. O de Elena seria um grande negócio por 150 mil; o de Marina conseguiria alcançar o mínimo de 180 mil, talvez chegasse aos 200 mil dólares. Os vendedores suspeitavam de que haviam sido enganados, mas, estando necessitados de dinheiro e não tendo certificado de propriedade, não lhes restava alternativa. Lawson havia sido o homem dos contatos; sua morte os deixara sem a orientação de especialista.

As roupas finas eram parte de uma estratégia para dar a aparência de ricaços e obter respeitabilidade. Eles também passaram a fazer muita pesquisa nas livrarias públicas sobre diamantes e o preço dessas joias no mercado. Elena e Marina liam em sussurros e tomavam notas; Carlos, sentado entre as duas, memorizava o máximo que podia. Era desencorajador descobrir que as coisas eram muito mais complicadas do que eles imaginavam. Havia um mercado de pedras brutas e outro paralelo de pedras lapidadas.

— Então vamos nos concentrar nas lapidadas. — Mas o mercado de pedras lapidadas é essencialmente um mercado de crédito para lapidários, reagindo à inflação, às taxas de câmbio, às taxas de juros, às taxas de letras do Tesouro menos a inflação, ao pico de 1980, à baixa de 1986...

— *Coño, qué complicado es esto* — reclamava Elena, o correspondente em espanhol a "Porra, como isso é complicado". Carlos julgou corretamente que Marina era uma má influência sobre a professora: os palavrões e a linguagem baixa de Elena haviam aumentado sensivelmente desde que elas se conheceram.

Depois de um mês e meio de pesquisa amadorística, eles decidiram que seria melhor vender os diamantes um a um e guardar os outros em cofres pessoais. Marina ofereceria um de seus menores diamantes a outro negociante em janeiro, depois Elena tentaria um terceiro comprador em fevereiro e Carlos sondaria um quarto em março. Calcularam que poderiam esperar uma boa oportunidade; a coisa realmente mais difícil era parte do passado, e essa parte eles queriam esquecer.

Ao perceber logo que Elena e Carlos estavam seriamente atraídos um pelo outro, Marina decidiu sair de cena. Ela detectou os sinais bem no início e, depois de algumas semanas de um pouco de ressentimento, ficou contente por eles. Parecia que o homem cego — impressionado pelo resultado da aventura, surpreso com a ingenuidade da professora, solidário com o sofrimento dela, agindo como seu conselheiro em diversas questões, seduzido por sua voz e seu charme, e talvez porque o partilhar de uma herança cultural crie laços invisíveis — apaixonara-se por Elena Miranda. A coisa boa era que Elena também parecia encantada, presa a cada uma das palavras dele. Se isso estava acontecendo antes de eles dormirem juntos, pensou Marina, uma vez que Elena passasse uma noite na cama do homem cego, ela seria totalmente conquistada. Marina esperava que Elena fosse uma amante experiente também; Carlos estava acostumado a mulheres desinibidas, que conheciam todos os truques. *Esses dois merecem ficar juntos*, pensou ela. Mas não havia revelado ainda a seus sócios que pretendia se mudar para a Flórida. Marina não estava em Paris com um namorado; estava procurando casa em Winter Haven antes de viajar para Miami para fazer a avaliação de um de seus maiores diamantes.

— Está se sentindo melhor agora? — perguntou Carlos.

— Claro. Ninguém suspeita dele. — Ela assoou o nariz num lenço de papel, apertou-o na mão e jogou-o dentro de um cinzeiro.

— Isso é muito bom. Você andava tão tensa, principalmente nessas duas últimas semanas.

Elena suspirou.

— Eu não conseguia tirá-lo da mente. Se ele não tivesse telefonado hoje, acho que esta teria sido a pior noite de Ano-Novo de minha vida.

A conversa foi interrompida. Olhando para um táxi que deixava um passageiro com uma maleta preta semelhante à dela, Elena estava pensando que ainda não se acostumara a sua nova personalidade. Será que se acostumaria algum dia? Ter testemunhado mortes tão violentas a transformara para sempre, mas, acima de tudo, trocara de país, cultura, maneira de se vestir, clima, amigos, vizinhos. Perdia as luvas o tempo todo, quase sempre tinha que voltar ao local onde eram guardados os casacos para buscar o seu depois que saía de algum lugar, temia se perder no metrô, não conseguia se adaptar ao ritmo enlouquecido de vida, à dissimulação. Felizmente, Carlos estava a seu lado. Ela aos poucos se tornava seus olhos; ele gradualmente se tornava seu amor.

— Quando você quiser falar, eu gostaria de saber o que ele disse — observou Carlos, passado um minuto.

Elena dirigiu o olhar da rua para as cicatrizes no rosto dele, para os óculos escuros.

— Bom, os corpos foram descobertos na segunda-feira. A vizinha do lado de quem falei, lembra?

— Lembro.

— Ela disse à polícia que tinha visto a gente, a Marina, o papai e eu, deixando o apartamento ao meio-dia no domingo, então eles interrogaram o papai cinco vezes. Eles teriam chegado a ele de qualquer forma. Suas impressões digitais estavam na cozinha e na sala. Ele negou tudo, claro. Eu sabia que ele ia negar. Ele se manteve firme à história que havia inventado. Papai é desse tipo de pessoa; podem lhe colocar uma arma na cabeça, e ele não fala. Cortam os colhões dele, e ele não fala. Desculpe minha linguagem.

O homem cego sorriu, em seguida tateou à procura de seu copo e tomou um gole.

— Só isso? — perguntou.

— Não. A polícia disse a papai que os homens mortos eram turistas, então devem ter achado os passaportes deles.

Carlos fez um gesto com a cabeça, de quem está ouvindo, e depois franziu o cenho.

— Bruce disse que usaria passaportes canadenses. Mas, se o cara que o matou vivia em Cuba já fazia muitos anos, a polícia não ia dizer que ele era turista. Estrangeiro, sim, mas turista, não. Tem certeza de que seu pai disse turistas?

— Absoluta. Ele disse *turistas*, não *extranjeros*.

Carlos balançou a cabeça negativamente.

— Eu me tornei um homem rico à custa da vida de meu melhor amigo.

Elena colocou a mão sobre a dele.

— Não foi culpa sua.

— Eu sei. E você sabe o que me consola?

— Não, o quê?

— O fato de seu pai ter vingado a morte do meu amigo.

Com o braço sobre a mesa, segurou a mão dela. Nada foi dito por alguns instantes.

— Você acredita em destino? — perguntou ele.

Ela deu de ombros em resposta. Isso acontecia frequentemente, de ela esquecer que ele era cego. Mas ele sentiu o movimento na mão dela.

— Quero dizer, meu pai era um *batistiano* — disse ele. — O seu era um dos *guerrilleros* que derrubaram Batista, que foi a razão por que fugimos de Cuba. Seria difícil encontrar duas vidas em cursos mais divergentes.

— É verdade — concordou ela.

— E fomos lançados um nos braços do outro pelas circunstâncias mais estranhas possíveis, como se tivesse que ser. E desde que eu conheci você, bom, não no primeiro dia, mas nas últimas semanas eu me arrependo de...

Carlos parou de falar. Contraiu os maxilares. Elena o fitou.

— Você se arrepende de ter me conhecido? — perguntou ela.

— Claro que não — respondeu ele, balançando a cabeça, com raiva de si mesmo.

— Você se arrepende de quê, então?

— De nada. Eu ia dizer uma besteira.

— Diga.

— Eu me arrependo de você não ter entrado em contato com seu pai antes.

— Não era isso que você ia dizer.

— Você lê mentes?

— Não, eu leio seu coração.

O homem cego sorriu.

— Eu lhe digo algum dia. — Então levou a mão dela aos lábios e beijou-a suavemente. Ela se estendeu sobre a mesa e acariciou as cicatrizes no rosto dele.

Do lado de fora, pesados flocos de neve começavam a cair.

títulos da **COLEÇÃO NEGRA**

MISTÉRIO À AMERICANA
org. e prefácio de DONALD E.

BANDIDOS
ELMORE LEONARD

NOTURNOS DE HOLLYWOOD
JAMES ELLROY

O HOMEM SOB A TERRA
ROSS MACDONALD

O COLECIONADOR DE OSSOS
JEFFERY DEAVER

A FORMA DA ÁGUA
ANDREA CAMILLERI

O CÃO DE TERRACOTA
ANDREA CAMILLERI

DÁLIA NEGRA
JAMES ELLROY

O LADRÃO DE MERENDAS
ANDREA CAMILLERI

ASSASSINO BRANCO
PHILIP KERR

A VOZ DO VIOLINO
ANDREA CAMILLERI

A CADEIRA VAZIA
JEFFERY DEAVER

UM MÊS COM MONTALBANO
ANDREA CAMILLERI

METRÓPOLE DO MEDO
ED MCBAIN

A LÁGRIMA DO DIABO
JEFFERY DEAVER

SEMPRE EM DESVANTAGEM
WALTER MOSLEY

O VÔO DAS CEGONHAS
JEAN-CHRISTOPHE GRANGÉ

O CORAÇÃO DA FLORESTA
JAMES LEE BURKE

DOIS ASSASSINATOS EM MINHA VIDA DUPLA
JOSEF SKVORECKY

O VÔO DOS ANJOS
MICHAEL CONNELLY

CAOS TOTAL
JEAN-CLAUDE IZZO

EXCURSÃO A TÍNDARI
ANDREA CAMILLERI

NOSSA SENHORA DA SOLIDÃO
MARCELA SERRANO

SANGUE NA LUA
JAMES ELLROY

FERROVIA DO CREPÚSCULO
JAMES LEE BURKE

MISTÉRIO À AMERICANA 2
org. de LAWRENCE BLOCK

A ÚLTIMA DANÇA
ED MCBAIN

O CHEIRO DA NOITE
ANDREA CAMILLERI

UMA VOLTA COM O CACHORRO
WALTER MOSLEY

MAIS ESCURO QUE A NOITE
MICHAEL CONNELLY

TELA ESCURA
DAVIDE FERRARIO

POR CAUSA DA NOITE
JAMES ELLROY

GRANA, GRANA, GRANA
ED MCBAIN

RÉQUIEM EM LOS ANGELES
ROBERT CRAIS

ALVO VIRTUAL
DENISE DANKS

O MORRO DO SUICÍDIO
JAMES ELLROY

SEMPRE CARO
MARCELLO FOIS

REFÉM
ROBERT CRAIS

CIDADE DOS OSSOS
MICHAEL CONNELLY

O OUTRO MUNDO
MARCELLO FOIS

MUNDOS SUJOS
JOSÉ LATOUR

DISSOLUÇÃO
C.J. SANSOM

CHAMADA PERDIDA
MICHAEL CONNELLY

GUINADA NA VIDA
ANDREA CAMILLERI

SANGUE DO CÉU
MARCELLO FOIS

PERTO DE CASA
PETER ROBINSON

LUZ PERDIDA
MICHAEL CONNELLY

DUPLO HOMICÍDIO
JONATHAN E FAYE KELLERMAN

ESPINHEIRO
THOMAS ROSS

CORRENTEZAS DA MALDADE
MICHAEL CONNELY

BRINCANDO COM FOGO
PETER ROBINSON

FOGO NEGRO
C. J. SANSOM

A LEI DO CÃO
DON WISLOW

MULHERES PERIGOSAS
org. de OTTO PENZLER

CAMARADAS EM MIAMI
JOSÉ LATOUR

O LIVRO DO ASSASSINO
JONATHAN KELLERMAN

MORTE PROIBIDA
MICHAEL CONNELLY

A LUA DE PAPEL
ANDREA CAMILLERI

ANJOS DE PEDRA
STUART ARCHER COHEN

CASO ESTRANHO
PETER ROBINSON

UM CORAÇÃO FRIO
JONATHAN KELLERMAN

O POETA
MICHAEL CONNELLY

A FÊMEA DA ESPÉCIE
JOYCE CAROL OATES

A CIDADE DOS VIDROS
ARNALDUR INDRIDASON

O VÔO DE SEXTA-FEIRA
MARTIN W. BROCK

A 37ª HORA
JODI COMPTON

CONGELADO
LINDSAY ASHFORD

A PRIMEIRA INVESTIGAÇÃO DE MONTALBANO
ANDREA CAMILLERI

SOBERANO
C. J. SANSOM

TERAPIA
JONATHAN KELLERMAN

A HORA DA MORTE
PETROS MARKARIS

PEDAÇO DO MEU CORAÇÃO
PETER ROBINSON

O DETETIVE SENTIMENTAL
TABAJARA RUAS

DIVISÃO HOLLYWOOD
JOSHEPH WAMBAUGH

UM DO OUTRO
PHILIP KERR

GARGANTA VERMELHA
JO NESBØ

SANGUE ESTRANHO
LINDSAY ASHFORD

PILOTO DE FUGA
ANDREW VACHSS

CARNE E SANGUE
JOHN HARVEY

IRA
JONATHAN KELLERMAN

CASA DA DOR
JO NESBØ

O MEDO DE MONTALBANO
ANDREA CAMILLERI

O QUE OS MORTOS SABEM
LAURA LIPPMAN

UM TÚMULO EM GAZA
MATT REES

EM RISCO
STELLA RIMINGTON

LUA FRIA
JEFFERY DEAVER

A SOLIDARIEDADE DOS HOMENS
JODI COMPTON

Este livro foi composto na tipologia Chaparral Pro Light,
em corpo 11,3/15,4, e impresso em papel off-white 80g/m²
no Sistema Cameron da Divisão Gráfica
da Distribuidora Record.